Der Beuys von Borbeck

LEPORELLO
KRIMI

LEPORELLO Verlag
Richard-Wagner-Straße 15, D-47799 Krefeld
leporellobuch@aol.com
www.leporellobuch.de

Gestaltung: WerbeAtelier Coelen
Titel-Illustration: Angela Schäfer
Druck und Bindearbeiten: GGP Media GmbH, Pößneck
ISBN 3-936783-07-1

Gesine Schulz

Der Beuys von Borbeck

Die sauberen Fälle der
Privatdetektivin & Putzfrau
Karo Rutkowsky

Leporello Verlag · Krefeld

»Danke an meine Erstleserinnen
Lola Gruenthal, Gunhild Muschenheim, Doris Almenara
und Dorothee Burney für ihre stets anregende Kritik –
Claus Finzi fürs Korrekturlesen –
Bernhard Wilmer, der mir Karos Büro zeigte –
Niko Barrey für die Webseiten-Betreuung –
meine Agentin Gudrun Hebel –
und natürlich die Sisters in Crime.«

GESINE SCHULZ

Inhalt

Für die Lichtburg

und alle, die sich für ihre Rettung eingesetzt haben

– *Statt eines Vorworts* –

Häufig gestellte Fragen über die
Privatdetektivin & Putzfrau Karo Rutkowsky:

Stimmt es, dass Karo eine diplomierte Putzfrau ist?

Nein, das ist ein sich hartnäckig haltendes Gerücht. Als arbeitslose Lehrerin ist sie seit Jahren eine begehrte freischaffende Putzfrau und seit einiger Zeit auch Privatdetektivin.

Hat sie denn irgendeine Befähigung zur Privatdetektivin?

Aber selbstverständlich. Karo hat den Fernkurs „In sechs Monaten zum erfolgreichen Privatdetektiv" absolviert, ihr Ex-Freund ist bei der Kripo, und als Putzfrau hat sie nur noch wenige Illusionen über die menschliche Natur.

Stört es Karo nicht, nach der Zeche ‚Elisabeth Karola' genannt worden zu sein, auf der ihr Vater früher als Bergmann arbeitete?

Nein, das ist im Ruhrgebiet nichts Ungewöhnliches. Ein Brauch, der natürlich mit den Zechen stirbt.

Kann Karo schießen?

Selbstverständlich. Karo kann sehr gut schießen. Sie trifft nur nicht immer.

Stimmt es, dass Karo Judo kann?

Sie hat den VHS-Kurs „Angriff ist die beste Verteidigung" besucht, ja.

Hat sie den schwarzen Gürtel?

Karo hat neben Hosenträgern auch Gürtel. Mag sein, dass auch ein schwarzer darunter ist.

Existiert die LICHTBURG, der alte Filmpalast, in dem Karo ihr Büro hat, wirklich?

Natürlich – wie könnte sie sonst ihr Büro dort haben? Die LICHTBURG gibt's ebenso wie ihr Büro, die Film-Bar und den apricotfarbenen Cocktailsessel, in dem einst Romy Schneider saß.

Warum gibt es keinen Kriminalroman mit Karo?

Weil sie ihre Fälle immer so schnell löst, dass sie in Kurzkrimis passen.

Übrigens, Sie wissen ja:
Alle diese Geschichten – wenn auch nicht ihre Schauplätze – sind der Fantasie der Autorin entsprungen.
Jede Ähnlichkeit mit lebenden oder toten Personen wäre rein zufällig.

Dickmadam lacht

Karo versuchte, in dem kleinen Taschenspiegel zu beurteilen, welchen Einfluss das aufgeschlagene Kinn auf ihr Erscheinungsbild hatte. Sah sie verwegen aus oder nur ungeschickt? Sie tupfte etwas Parfum auf die Wunde. Es brannte höllisch und der Duft stieg ihr unangenehm intensiv in die Nase.

Sie hoffte, potentielle Kunden würden annehmen, sie habe sich die Verletzung im Dienst zugezogen. Das Leben einer Privatdetektivin war nicht immer ungefährlich. Vor allem, wenn das Linoleum in ihrem Büro ein Loch aufwies. Und die Detektivin so blöd war, mit dem Absatz darin hängenzubleiben und ihr Kinn an der Schreibtischkante aufzuschlagen.

Das Telefon klingelte. „Detektivbüro Karola Rutkowsky", meldete Karo sich.

„Nicole Hooger hier. Zwei ‚o'. Ich würde gerne Frau Rutkowsky sprechen."

„Am Apparat."

„Ah ja. Gut. Also, Frau Rutkowsky, ich brauche jemanden, dringend. Eine Frau, genauer gesagt. Für diskrete Nachforschungen. Diskret, aber gründlich. Und schnell."

„Eine Frau", wiederholte Karo.

„Ja, unbedingt. Welche Größe tragen Sie?"

Karo hob ihre Brauen.

„Nach zwanzig Uhr berechne ich Nachtzuschlag, Frau Hooger."

„Ja ja. Aber welche Größe tragen Sie?"

„Achtunddreißig, vierzig. Je nachdem. Ich nehme an, das ist relevant?"

Frau Hooger seufzte. „Und wahrscheinlich sind Sie über eins sechzig groß?"

„So ist es."

„Haben Sie keine Mitarbeiterin, die etwas runder ist?"

„Leider nein, Frau Hooger."

„Dann hat es keinen Zweck. Sie waren meine letzte Hoffnung."

Letzte Hoffnung! Das klang verzweifelt. Das klang nach Honorar. Karo setzte sich auf und zog den Schreibblock heran. „Ich bin sicher, ich kann Ihnen helfen, Frau Hooger. Warum erzählen Sie mir nicht, worum es geht?"

„Nicht am Telefon. Können Sie zu mir in den Club kommen? Jetzt?"

„In den Club?"

„Der Phoenix-Damen-Club in Haarzopf. Ein Fitness- und Diät-Club speziell für übergewichtige Frauen. Exklusiv, diskret, wirkungsvoll."

Und bestimmt teuer.

„Hätten Sie Zeit, Frau Rutkowsky?"

„Lassen Sie mich sehen . . ." Karo blickte auf ihren leeren Terminkalender. „Ja . . . das ließe sich einrichten. Die Adresse? Gut. In einer halben Stunde bin ich bei Ihnen."

Karo warf den Hörer auf die Gabel, griff ihre Sachen und knallte die Bürotür hinter sich zu. Eine Etage tiefer, in der Film-Bar der Lichtburg, machte sie halt.

„Schorschi, ich muß weg. Potentielle Kundin. Falls jemand nach mir fragt –"

„Notiere ich Namen und Nummer und sage, du bist aus und verfolgst eine heiße Spur. Alles klar." Giorgio, der Barkeeper, winkte mit dem Gläsertuch.

„Danke, Schorschi. Bis dann."

Eine halbe Stunde später stand sie vor der angegebenen Adresse, einer weißen Villa aus den zwanziger Jahren. Ein schmaler Rasenstreifen, riesige Rhododendronsträucher und neben der Eingangstür ein diskretes Emailleschild:

Der Phoenix-Damen-Club
Für Damen von Format
Inhaberin: Nicole Hooger

Karo öffnete die Tür und betrat die Eingangshalle. Eine gepflegte Frau um die Vierzig eilte auf sie zu.

„Frau Rutkowsky? Nicole Hooger. Danke, dass Sie so rasch gekommen sind. Hier, gehen wir doch in mein Büro."

Karo ließ sich in einen mit türkisfarbenem Wildleder bezogenen Sessel sinken. Sie sah sich um. Minimalistisch und sehr modern eingerichtet. Weiß, grau, chrom, etwas Türkis.

„Unsere Farben", erläuterte Frau Hooger. „Im ganzen Haus. Leicht und kühl. Gefällt es Ihnen?"

Karo nickte. Dies war mehrere Lichtjahre entfernt von ihrem schäbigen Fünfziger-Jahre-Büro in dem alten Filmpalast.

„Also", sagte Frau Hooger und fuhr mit einer Hand über ihre untadelige grau-schwarz-melierte Kurzhaarfrisur. „Seit etwa zwei Wochen haben wir Probleme mit Vandalismus. Es fing recht harmlos an. Kritzeleien in den Toiletten, in Umkleidekabinen. Schnell entdeckt und schnell beseitigt. Dann wurden Plakate unseres Sponsors verunstaltet. Flugzettel mit dummen Sprüchen tauchten auf. Gestern, in einem Einführungs-Dia-Vortrag ... furchtbar. Eine ganze Reihe von Fotos von magersüchtigen jungen Frauen. Bis es von uns bemerkt wurde - die neuen Klientinnen waren entsetzt, verunsichert. Heute mittag wurde entdeckt, dass drei Personenwaagen zerstört worden sind. Neuestes Design und beste Technik. Irreparabel. So darf es nicht weitergehen."

„Hm", machte Karo. „Haben Sie irgendeinen Verdacht?"

Frau Hooger hob ihre Arme, graziös wie eine Tänzerin, und zuckte mit den Schultern. „Nein. Ich habe unbedingtes Vertrauen in mein Team. Und die Klientinnen? Es ergibt keinen Sinn. Jemand muß derangiert sein. Sehen Sie, ich hatte gehofft, Sie könnten hier als Klientin auftauchen und die Angelegenheit untersuchen."

„Scheint mir eine gute Idee", sagte Karo.

„Aber Sie sind doch viel zu schlank. Das fiele sofort auf. Könnten Sie sich verkleiden, dicker machen? So etwas gibt es doch?"

Karo nickte. In dem Fernkurs *In sechs Wochen zum erfolgreichen Privatdetektiv* hatte sie den Verwandlungs-Koffer („nicht in der Kursgebühr enthalten") bestellt. Er stammte aus ehemaligen Stasi-Beständen für die OPM (operative Personenmaskierung) und enthielt Brillen mit Fensterglas, Sonnenbrillen, falsche Augenbrauen und Schnurrbärte, Nasenformen, Haarteile, Florena Action Haarspray, Coloran Schläfenweiß, Hüte, schmierige Schminke sowie Körper- und Wangenpolster, mit denen man in Minuten zum Dikkerchen werden konnte. Karo hatte die Polster für eine der im Kurs empfohlenen Übungs-Beschattungen angelegt. Sie hatte geschwitzt wie ein Schwein. Die Wangenpolster schmeckten so eklig rosa wie sie aussahen. Außerdem waren sie andauernd verrutscht. Karo schüttelte den Kopf. Nie wieder.

„Aber noch besser wäre es, Frau Hooger, wenn ich als Angestellte des Clubs gelten könnte. Ich wäre beweglicher innerhalb des Hauses und wahrscheinlich auch unauffälliger. Teil des Mobiliars, sozusagen."

„Ja, genau. Das ist brillant, Frau Rutkowsky, absolut brillant. Dass ich nicht selbst drauf gekommen bin! Sie könnten einen Kurs geben. Wie wäre es mit Selbstverteidigung? Darin sind Sie in Ihrem Beruf gewiss eine Expertin. Nichts Kompliziertes für unsere Damen, natürlich. Ein paar einfache, aber effektive Übungen. Na?"

Karo schluckte.

Den Selbstverteidigungskurs in der Volkshochschule hatte sie eher sporadisch besucht. Sie konnte sich aus einer Umklammerung befreien, einem Mann in die Eier treten und mit den Fingern in die Augen stechen. Unterrichten konnte sie das keinesfalls.

„Das wäre eine Möglichkeit", sagte sie. „Durchaus. Allerdings stelle ich mir vor, dass ich in einer anderen Funktion meinen Nachforschungen besser nachgehen könnte. Wie wäre es, wenn ich als Putzfrau auftreten würde?"

Zumindest würde sie in dieser Rolle überzeugend wirken. Ihr Haupteinkommen bezog sie immer noch aus ihrem zweiten Job als exklusive schwarzarbeitende Putzfrau in einigen Villen des Essener Südens.

Frau Hooger winkte ab. „Nein, nein, da wäre Frau Franke, unsere Raumpflegerin, zu Tode beleidigt. Das Risiko kann ich nicht eingehen."

Karo nickte. Eine erstklassige Putzfrau hatte ihre Arbeitgeberinnen voll in der Hand.

„Ich weiß", rief Frau Hooger. „Ich werde Sie einfach als allgemeine Assistentin vorstellen. Sie können in der Aqua-Bar nach dem Rechten sehen, überall ein bisschen aufräumen und so weiter. Ist ja egal. Die Hauptsache ist, Sie finden die Täterin!"

„Eins sollte ich noch erwähnen", sagte sie, als sie Karo durch die Villa führte. „In letzter Zeit tönt manchmal so ein Lachen durchs Haus ..."

„Ein Lachen? Woher und von wem?"

„Woher ist schwer zu sagen. Es hallt durch die Treppenhäuser, über die Flure. Es ist ein bisschen unheimlich. Trällernd, aber freudlos, verstehen Sie? Einmal, und dann ist Stille. Ein paar Klientinnen haben sich schon verwundert darüber geäußert. Ich habe irgendeinen Scherz dazu gemacht. Aber ich bin besorgt. Nach jedem Vorfall haben wir früher oder später eine Schmiererei oder sonst etwas entdeckt."

Karo nickte. „Ein triumphierendes Lachen nach vollbrachter Tat. Könnte sein."

Sie folgte Frau Hooger ein Treppenhaus hinauf bis zum zweiten Stock, das andere hinunter. Überall begegneten ihnen Frauen, stabile, mollige, dicke und auch fette Klientinnen: im Untergeschoss auf dem Weg zu den Umkleidekabinen und im Becken für Wassergymnastik, auf den oberen Etagen in den Gymnastikräumen, im Fitnessraum an Folterinstrumenten, auf der Massagebank, bei der Diätberatung. Eine kleine Boutique bot Sportkleidung von Größe vierundvierzig steil aufwärts. Leggings, Sweatshirts, Badeanzüge mit Röckchen und dezent farbige Gymnastikkombinationen („stark formend, dennoch elastisch"). An den Wänden warben Plakate für die Diätprodukte der Firma Schlankoform. Schlanke bis magere Fotomodelle lächelten zum Motto „Schlankoform verwandelt ihre Figur und ihr Leben".

„Die Firma sponsert den Club", erklärte Frau Hooger. „Zu

unserem Programm gehört auch eine Diätberatung, die auf den Diätdrinks und Diätsuppen von Schlankoform beruht."

Sie stieß eine Schwingtür auf. „Hier ist unsere Aqua-Bar, der entspannende soziale Treffpunkt des Clubs."

Die silbergrauen Barhocker vor der türkisfarbenen Theke waren fast alle besetzt. Die Damen plauderten, nippten aus Sektgläsern Wasser und knabberten Rohkost. Sie winkten oder lächelten Frau Hooger zu.

„Ich bin jetzt zwei Kleidergrößen runter", rief ihr eine pummelige Blondine zu. „Ist das nicht toll?"

„Großartig", sagte Frau Hooger. „Weiter so. Nur nicht nachlassen."

„Glauben Sie, Sie werden die Täterin finden, Frau Rutkowsky?", fragte sie, als sie nach dem Rundgang wieder in dem eleganten Büro angekommen waren.

„Nun ja, ich denke schon. Es sollte nicht zu schwierig sein. Ich werde morgen früh anfangen. Was die Schmierereien angeht, können Sie sich an einige der Sprüche erinnern?"

Frau Hooger zuckte mit den Schultern. „Nicht im Detail. Lauter blödes Zeug. Aber ich habe einige der bekritzelten Plakate aufgehoben. Hier, sehen Sie."

Karo rollte vier Plakate auf dem Teppichboden aus und beschwerte die Ecken mit Gerätschaften von Frau Hoogers Schreibtisch.

Neben den glücklich lächelnden schlanken Frauen und unter dem Motto „Schlankoform verwandelt ihre Figur und ihr Leben" standen in Druckschrift Zusätze in schwarzem Filzstift oder blauem Kugelschreiber.

„DIE VENUS VON MILO - EIN MÄNNERTRAUM - GRÖSSE 46!!"

„LIEBER EINEN RUNDEN HINTERN ALS FALTEN IM GESICHT!"

Karo grinste. „Ist das nicht von Catherine Deneuve?"

„Weiß ich nicht", sagte Frau Hooger. „Ist genauso ein Blödsinn wie der erste Spruch. Die Venus hat Größe vierundvierzig, soweit ich informiert bin. Mehr Sorgen macht mir, was auf den beiden anderen Plakaten steht."

„SCHLANKOFORM - DIE FIGUR LACHT - ABER DIE LEBER WEINT!“, las Karo. Und: „DIE GESUNDHEITSMINISTERIN WARNT: SCHLANKOFORM SCHADET IHRER GESUNDHEIT!“

„Eine unserer Klientinnen hat sich dadurch verunsichern lassen und hat an den Hersteller geschrieben. Ich habe einen äußerst unerfreulichen Brief von der Geschäftsleitung erhalten. Wenn ich der Sache nicht in kürzester Zeit auf den Grund gehe und sie unterbinde, überlegt man dort ernsthaft, mir das Sponsoring zu entziehen.“

„Drastisch“, bemerkte Karo.

„Ja. Aber wenn solche Gerüchte entstehen und sich verbreiten, kann das einem Produkt erheblich schaden. Und ohne die finanzielle Beteiligung von Schlankoform . . . ich weiß nicht, ob ich den Club halten könnte. Eine Krise zumindest wäre vorprogrammiert.“

„Ich verstehe, Frau Hooger. Ich werde mein Bestes tun.“ Beim Zusammenrollen des letzten Plakats fiel Karo etwas auf. Eine Art Unterschrift, ganz klein, unten in der Ecke. Sie prüfte die anderen Plakate. „Unsere Freundin hat einen Namen“, lächelte sie.

„Nein! Wer ist es? Habe ich gar nicht gesehen!“

„Ein Deckname nur, aber immerhin.“

„Und? Was steht da?“

„Dickmadam.“

„Dickmadam . . . Das hilft kaum weiter.“

„Vielleicht doch. Ich denke, wir können nun mit Sicherheit sagen, dass das unheimliche Lachen von der Täterin stammt. Dieser Kindervers, wie geht er noch?

Eine kleine Dickmadam
fährt mit der Eisenbahn
die Eisenbahn kracht
und Dickmadam lacht.

So oder so ähnlich, nicht?“

„Dickmadam lacht! Genau. Sie lacht. Und sie ist dick. Es ist eine Klientin, nicht wahr?“

„Gut möglich. Ich komme dann morgen um neun, Frau Hooger. Auf Wiedersehen.“

Ein Kinderspiel wahrscheinlich, dachte Karo auf der Rückfahrt. Ein paar Tage im Club und die Sache würde erledigt sein.

Aber nach einer Woche war sie keinen Schritt weiter. Sie kannte inzwischen das ganze Team. Die vier Gymnastiklehrerinnen, Tana, die Masseurin, die Raumpflegerin Frau Franke und Erika Meyer, die Sekretärin. Frau Duvenhage-Kenninghofen, die Diätberaterin, war eine Angestellte der Firma Schlankoform und hatte an drei Vormittagen in der Woche Sprechstunde mit Produktverkauf.

Der einzige Mann, der in dieser Zeit die Schwelle übertrat, war Herr Rupert Kayser, dem die Boutique gehörte. Sie wurde von der Sekretärin mitbetreut, man bezahlte bei ihr. Aber er kam gerne vorbei, brachte Nachschub, plauderte mit Frau Hooger und scherzte mit den Damen in der Aqua-Bar. Tana deutete an, der Besitzer von drei großen Sportbekleidungsgeschäften im Ruhrgebiet sei ein enger Freund von Frau Hooger.

„Sehr eng, Sie verstehen? Und ich glaube ja auch, dass er Geld in den Club gesteckt hat. Sonst würde sie ihm hier nicht so freien Auslauf gewähren. Gerne sehen tut sie es nämlich nicht. Die meisten Klientinnen mögen ihn. Er macht seine Witzchen, ist immer gut gelaunt. Und bringt neue Modelle erfolgreich an die Frau."

„Ein guter Verkäufer also."

„Und ein Kneifer", sagte Tana. „Ich habe ihm mal eine gelangt. Alter Knacker. Ist doch mindestens fünfzig."

Karo nickte abwesend. Sie war frustriert. Sie half in den Geräteräumen, sorgte für Nachschub bei den Handtüchern, betreute die Musik in den Gymnastikklassen, beobachtete die Flure, hielt sich in der Aqua-Bar auf und hatte immer ein unauffälliges Auge auf die Klientinnen. Manche von ihnen kamen jeden Tag, nicht immer zur gleichen Zeit, und ohne Anmeldung, außer zur Massage. Es war unmöglich, per Zeitplan einzelne Frauen mit den Vorfällen in Verbindung zu bringen.

Immerhin hatte Karo einen Spanner entdeckt. Das gab ihr ein kleines Hochgefühl, wenn es auch mit dem Fall nichts zu tun hatte. In einer Aerobicstunde („Wir springen! Höher! Schneller! Wir schütteln uns . . . !) war ihr Blick von den schwitzenden Körpern zu den großen Fenstern geschweift und in den Garten. Zwischen den Baumkronen war mehrmals etwas aufgeblitzt. Karo hatte schnell ihr Fernglas geholt und ihn entdeckt. Aus dem zweiten Stock der Nachbarvilla beobachtete ein älterer Mann bequem in einem Sessel sitzend per Fernglas den Gymnastikraum!

Zu ihrer Enttäuschung war Frau Hooger uninteressiert. „Mein Gott, wenn es ihm Spaß macht. Solange die Klientinnen es nicht bemerken, werde ich nichts unternehmen. Es ist eine sehr respektable Nachbarschaft, und ich werde keinen unnötigen Ärger machen."

Karo ging in die Aqua-Bar, zog sich drei Selleriestangen rein und kippte ein Glas italienisches Mineralwasser hinterher. Sie beobachtete die Dicken auf den Barhockern. War Dickmadam darunter? Warum unternahm sie nichts mehr?

Die meisten Frauen kannte sie inzwischen vom Sehen, viele auch mit Namen. Helga Rademacher war mit sechzehn die jüngste, die vierundsechzigjährige Frau Semrau die älteste Klientin. Frau Plassmann und Frau Koehnen betraten die Bar. Die Koehnen wie immer, trotz ihrer Pfunde, im modischen Lycra-Outfit, tomatenrot diesmal, ein ungewöhnlicher Kontrast zu ihren rot getönten Haaren. Die schüchterne Frau Plassmann trug wie üblich einen dunkelblauen Trainingsanzug, den sie sehr gut ausfüllte. Diese Hüften! Dieser Po! Und diese Haare!

Jemand sollte Frau Plassmann mal einen Tip geben, dachte Karo. Wer die Clubgebühren zahlen konnte, sollte sich eine bessere Perücke leisten können. Selbst wenn man sie vielleicht nur zum Sport trug.

Frau Hooger stand in der Tür und winkte Karo zu sich heran.

„Mein Gott, ich suche Sie überall!", zischte sie. „Haben Sie es nicht gehört? Setzen Sie sich in Bewegung. Suchen Sie. Finden Sie sie! Sie hat gelacht. Vor ein paar Minuten!"

Karo sprintete los. Was mochte Dickmadam diesmal angestellt haben? Vielleicht konnte sie es wenigstens verschwinden lassen, ehe Klientinnen aufmerksam wurden.

In der zweiten Etage war nichts. In der ersten hörte sie das Tuscheln und Kichern schon von weitem. Eine kleine Gruppe von Klientinnen stand vor einem Schlankoform-Plakat.

Karo blickte ihnen über die Schultern.

Die Abbildung einer wohlgerundeten bunten Nana von Niki de Saint Phalle klebte neben dem Fotomodell und ließ es schwach und blass aussehen.

„KURVEN! FARBEN! LEBENSLUST! WANN ASSEN SIE IHRE LETZTE MOUSSE AU CHOCOLAT?", stand in rotem Filzstift auf dem Plakat.

„Mousse au Chocolat", murmelte eine Klientin sehnsuchtsvoll. „Ich werde dicker, wenn ich nur daran denke."

„Mmmmh . . .", seufzte eine andere. „Oder Erdbeereis . . . Ich bin den Schlankoform-Schlamm so leid."

„Ist es das alles wert, frage ich mich manchmal", sagte eine dralle Schwarzhaarige. „Was gäbe ich nicht für ein anständiges Mittagessen."

Als sie zum Geräteraum abzogen, entfernte Karo rasch das Plakat.

„Dickmadam" stand klein in der unteren Ecke. Natürlich.

Frau Hooger war nach wie vor der Meinung, dass nur eine Verrückte diese Taten begangen haben könnte. „Derangiert und auf den Club fixiert."

Karo fühlte sich mehr und mehr an die Aktionen der Guerrilla-Girls erinnert, jener New Yorker Künstlerinnen, die vor einigen Jahren mit Pinsel und Sprühdose gegen die Diskriminierung von Frauen auf dem Kunstmarkt protestiert hatten. Um ihre Anonymität zu wahren, trugen sie auf ihren Streifzügen Gorilla-Masken.

Vielleicht protestierte Dickmadam auf ihre Weise gegen das von Mode und Medien propagierte magersüchtige Frauenbild. Könnte doch sein.

„Unsinn", sagte Frau Hooger. „Die Frau ist eine ganz gewöhnliche Kriminelle. Entwickeln Sie nur keine sentimentale Sympathie für das Weib. Finden Sie sie einfach."

„Von ‚einfach‘ kann hier keine Rede sein“, murmelte Karo sich in den Bart. Ihr Vorschlag, Überwachungskameras anzubringen, war als zu kostspielig abgelehnt worden.

Am nächsten Tag hörte Karo das trällernde Lachen zum ersten Mal selbst. Es kam aus dem Untergeschoss und hallte von den Kacheln wieder. Sie nahm drei Stufen auf einmal und war im Nu unten.

„Hat jemand gesehen, wer da gelacht hat?“, fragte sie die Frauen vor den Umkleidekabinen.

Sie hatten es nur gehört. „Mir ist es kalt den Rücken runtergelaufen“, behauptete eine.

„Es kam aus einer Kabine“, meinte eine andere Frau.

„Von links.“

„Nein, von rechts hinten!“

„Ich glaube, es kam aus dem Schwimmbad.“

Es befanden sich etwa zwanzig Frauen im Becken, vor und in den Kabinen. Karo zog ihren Notizblock hervor, um die Namen zu notieren, als ein Chor spitzer Schreie zu ihnen drang. Das kam eindeutig von oben.

Karo rannte die Treppe hinauf in den zweiten Stock. Das Kreischen kam aus der Aqua-Bar. Es klang hysterisch. Hatte Dickmadam ihren ersten Mord begangen?

Auf alles gefasst, stieß Karo die Schwingtür auf. „Ruhe!“, brüllte sie. „Was ist passiert?“

Das runde Dutzend dicker Frauen verstummte, als sei ihnen der Ton abgedreht worden. Sie blickten auf Karo, hilfesuchend, hoffnungsvoll, als könne sie alle aus einem kollektiven Albtraum befreien. In ihren Gesichtern standen Verzweiflung, Unglauben, Entsetzen. Frau Koehnen war nicht die einzige, deren Wangen schwarz gestreift waren. Tränen hatten die Wimperntusche verlaufen lassen. Alle hatten braun umschmierte Lippen. Sie sahen aus wie missglückte Clowns. Frau Hooger stand wie erstarrt abseits von der Gruppe. Ihr Gesicht war unversehrt.

„Was ist passiert?“, wiederholte Karo.

Frau Hooger deutete auf die Theke. Ein paar Frauen traten zur Seite, um Karo freie Sicht zu gewähren.

Zwei Tortenplatten standen da, leer bis auf einige braune Krümel und fettglänzende Streifen. Zwischen den Platten war ein kleines Schild aufgestellt.

Karo trat näher.

DIE NEUE SCHLANKOFORM-SCHOKOTORTE:
SÜSS - SAFTIG - SENSATIONELL

NUR 10 KALORIEN PRO STÜCK!

TESTEN SIE EIN STÜCK!

Karo fuhr mit einem Zeigefinger über eine Tortenplatte und leckte ihn ab. Sie unterdrückte ein genussreiches Stöhnen. Das war sündhaft gut.

„Keine Schlankoform-Torte", stellte sie fest.

„Natürlich nicht!", rief Frau Hooger. „Eine Kalorienbombe! Ein Attentat auf den Club! Ein Versuch, die Moral unserer Klientinnen zu zerstören! Entsetzlich . . ."

„Seit zwei Monaten bin ich auf der Diät", sagte Frau Koehnen. „Schwerste Disziplin. Jede Kalorie gezählt. Die fürchterlichen Drinks geschluckt. Und jetzt . . . das waren doch bestimmt zweitausend Kalorien."

„Mindestens dreitausend", sagte eine andere Frau. „Köstliche, köstliche Kalorien." Sie fuhr mit ihrer Zunge über die Lippen und brach in Tränen aus. Andere Frauen fingen an zu schniefeln. Sie waren vom Pfad der Tugend abgekommen. Sie hatten gesündigt. Im besten Glauben natürlich. Sie waren unschuldig.

Sie guckten anklagend auf Frau Hooger.

„Wie konnte das geschehen?", fragte Frau Koehnen, wieder ganz die befehlsgewohnte Generaldirektorsgattin.

Frau Hooger schüttelte hilflos den Kopf. „Wir werden der Sache nachgehen, meine Damen. Ich kann mich nur in aller Form für den Vorfall entschuldigen. Frau Rutkowsky, kann ich Sie in meinem Büro sprechen?"

„Das Lachen kam aus dem Untergeschoss", erklärte Karo der erschöpft in ihrem Schreibtischsessel hängenden Frau Hooger. „Dickmadam hat die Torten abgestellt und ist dann runtergegangen, um zu lachen. Nicht ungeschickt. Aber es schränkt den Kreis ein. Die Frauen in der Aqua-Bar können wir von der Liste der Verdächtigen streichen."

„Finden Sie sie, Frau Rutkowsky. Meine Nerven machen das nicht länger mit. Wenn Schlankoform davon erfährt, bin ich erledigt . . . Wie konnte sie überhaupt unentdeckt mit zwei Torten durchs Haus laufen?"

Karo zuckte mit den Schultern. „Zwei Tupperware-Tortenbehälter in einer voluminösen Sporttasche - kein Problem. Ich könnte alle Kabinen und Taschen durchsuchen . . ."

Frau Hooger winkte ab. „Zuviel Aufsehen. Außerdem haben wir kein Recht dazu. Und die Polizei kommt nicht in Frage."

„Ja, vielleicht hat sie das Haus auch schon verlassen. Oder hat die Behälter in einen Abstellraum geworfen."

Weder noch, wie sich bald herausstellte. Die Plastikhauben wurden im Pool gefunden, harmlos auf dem Wasser tanzend.

Auf Karos Drängen informierte Frau Hooger das ganze Team über den Zusammenhang der Vorfälle und enthüllte auch Karos wahre Identität.

„Sie meinen, wegen so einer dicken Madam und ihrer . . . ihrer Streiche ist der ganze Club in Gefahr?", fragte Tana.

„So weit wird es hoffentlich nicht kommen", sagte Frau Hooger. „Aber Sie wissen alle, was Schlankoform als Sponsor für den Club bedeutet. Sollte die Firma sich zurückziehen, würde es eng werden. Außerdem untergraben die Vorfälle das Vertrauen und die Disziplin der Klientinnen. Drei von ihnen sind gestern zu einer Tortenschlacht ins nächste Café gezogen. Auf ein paar mehr Stücke käme es nach der Schokoladentorte nicht mehr an, meinten sie."

Sie verschwieg, dass eine andere Frau die Clubmitgliedschaft in Karos Beisein gekündigt hatte.

„Ich schäme mich, wenn ich daran denke, wie wir uns auf diese Torten gestürzt haben. Wie hysterische ausgehungerte Hyänen. Es war würdelos. Ich mag nicht, was hier aus mir geworden ist."

Frau Hooger forderte alle Mitglieder ihres Teams zur

besonderen Wachsamkeit auf, um Karo zu unterstützen. Den Opfern des Schokoladentorten-Anschlags ließ sie mit einem charmant formulierten Entschuldigungsschreiben Gutscheine für fünf Massagen zukommen. Und alle Klientinnen wurden für den folgenden Samstag nach der letzten Klasse zu einer Party in die Aqua-Bar eingeladen. Offiziell, um ein neues Schlankoform-Produkt vorzustellen – fettloses Popcorn in vier Geschmacksrichtungen: Butter, Käse, Schoko und Kirsch. Inoffiziell, um das angeschlagene Vertrauen in den Club und die Schlankoform-Produkte zu festigen. Aus diesem Grund wurde auch Rupert Kayser für die Party dienstverpflichtet.

Er war an diesem Samstag besonders guter Laune, falls das überhaupt vorstellbar war. Frau Hooger war dankbar für alles, das die Stimmung ihrer Damen hob, und so flirtete er etwas offener, legte hier einen freundschaftlichen Arm um eine runde Schulter, dort drückte er mit einem Lachen eine imaginäre Taille. Die Klientinnen genossen seine harmlosen Aufmerksamkeiten, plauderten entspannt miteinander, lachten, knabberten das neue Popcorn („Der Genuss ohne Reue“) und tranken Mineralwasser.

Frau Hooger war erleichtert.

Karo kam von einem Rundgang zurück. Alles war ruhig auf den Fluren. Sie trank irisches Mineralwasser auf Eis und betrachtete die Menge. Frau Koehnen trug heute einen kanarienvogelgelben Gymnastikanzug und sah gewaltig aus, aber irgendwie toll.

Frau Plassmann im marineblauen Trainingsanzug stand still in einer Ecke und nippte an ihrem Mineralwasser. Herr Kayser warf einen Kennerblick auf ihre Formen. Karo beobachtete, wie seine Hand sich unauffällig, aber zielsicher ihrem runden Po näherte. Kayser schloss genüsslich die Augen, als er hineinkniff. Mit einem Grinsen verschwand er nach vollbrachter Tat Richtung Bartheke. Frau Plassmann nippte weiter an ihrem Mineralwasser, als sei nichts geschehen.

Oder als habe sie nichts bemerkt? Karo stellte ihr Glas ab und bewegte sich wie zufällig in Frau Plassmanns Richtung.

Als sie hinter ihr stand, sah sie sich kurz um und grapschte dann Frau Plassmanns Po.

Wie eine eiserne Klammer legte sich Frau Hoogers Arm um Karos Schultern.

„Frau Rutkowsky!“, flüsterte sie in eisigem Tonfall und mit süßlichem Lächeln. „Darf ich Sie kurz sprechen!“

Sie bugsierte Karo in den nächstgelegenen Gymnastikraum.

„Frau Rutkowsky! Ich bin ein toleranter Mensch. Was Sie in ihrer Freizeit machen, ist mir gleichgültig. Aber ich hätte doch soviel Professionalität von Ihnen erwartet, dass Sie sich während Ihres Auftrags nicht an meine Klientinnen ranmachen. Ich kann nicht glauben, was ich gerade gesehen habe! Wie -“

„Haben Sie bemerkt, wie Frau Plassmann reagiert hat?“

„Wie? Nein. Ich kann -“

„Sie hat gar nicht reagiert. Das ist signifikant. Wie der Hund, der nicht bellte.“

Frau Hooger betrachtete Karo misstrauisch. „Haben Sie getrunken? Hier ist kein Hund.“

„Vergessen Sie den Hund. Seit wann ist Frau Plassmann Mitglied?“

„Seit etwas über einem Monat.“

„Und vor fast vier Wochen begannen die Vorfälle“.

Karo eilte zurück in die Aqua-Bar.

Noch ein Test. Aber eigentlich war sie sich sicher. Aus einer Schublade hinter der Theke nahm sie ein Gemüsemesser. Sie näherte sich Frau Plassmann von hinten. Was, wenn sie sich irrte? Karo piekste kurz mit dem Zeigefinger in Frau Plassmanns Rücken, nickte befriedigt, holte aus und stach ihr das Messer zwischen die Schulterblätter.

„Nei-ei-ein!!“, kreischte eine Frau neben Karo. Sie deutete mit ausgestrecktem Arm auf den Messergriff, der aus Frau Plassmanns Rücken ragte.

Andere Frauen drehten sich um, trauten ihren Augen kaum, verstummten oder schrien auf, je nach Temperament. Frau Hooger stand in der Schwingtür und raufte sich die Frisur.

Es dauerte einen Moment, bis Frau Plassmann begriff, dass man auf sie starrte.

Sie lächelte verlegen. „Ist was?“

„Sie wurden soeben ermordet . . . Dickmadam“, sagte Karo. Sie zog das Messer aus dem weichen Rücken und zeigte es Frau Plassmann.

„Oh! . . . Oh. Ja, dann . . .“

Karo rief: „Bitte beruhigen Sie sich, meine Damen. Ein dummer Scherz. Tut mir leid.“

Sie begleitete Frau Plassmann hinaus. Eine noch blasse Frau Hooger schloss sich ihnen an.

„Darf ich um die Perücke und die Polster bitten“, sagte Karo, als sie im Büro angekommen waren.

Frau Plassmann nahm ihre Lockenfrisur ab, zog Schulter-, Rücken- und Hüftpolster aus ihrem Trainingsanzug und spuckte die Wangenpolster in den Papierkorb.

Frau Hooger starrte stumm auf die verwandelte Frau Plassmann: dunkle Kurzhaarfrisur, schmales Gesicht, schlanke Figur in schlabberndem Trainingsanzug.

„Ja, aber Frau Plassmann! Ich verstehe nicht . . . Sie waren das alles? Warum?“

Frau Plassmann presste ihre Lippen zusammen und schwieg.

„Ihr Ziel war es, den Club zu ruinieren, ihn zur Schließung zu zwingen“, sagte Karo.

Frau Plassmann nickte kurz.

„Das wäre Ihnen ja auch bald gelungen“, rief Frau Hooger erbittert. „Aber warum? Ich habe Ihnen doch nichts getan, oder?“

„Haben Ihre Taten einen gesellschaftskritischen Hintergrund?“, fragte Karo. „Wollten Sie gegen den von den Medien verbreiteten Schlankheitswahn protestieren, den Institute wie dieses unterstützen?“

„Frau Rutkowsky, ich muß doch sehr bitten,“ sagte Frau Hooger.

Dickmadam aber lachte. Trällernd. Und anhaltend.

„Wenn Sie es unbedingt wissen wollen“, sagte sie schließlich. „Ich habe es wegen meines Mannes getan.“

„Cherchez l'homme," murmelte Karo.

„Seit einem Jahr ist er pensioniert. Und da erwische ich ihn vor einiger Zeit, wie er mit dem Fernglas diesen Club beobachtet. Aerobic-Klassen. Er kann genau in den großen Gymnastikraum sehen."

„Der Spanner!", rief Karo.

„Eine recht harmlose Beschäftigung", sagte Frau Hooger.

„Dicke Frauen!", rief Frau Plassmann. „Er liebt Frauen, die etwas Fleisch auf den Rippen haben! Sinnlicher findet er sie. Weiblicher! Es hat mich so erbost. Es hat mich erbittert! Ich geriet außer mich!"

„Aber warum?", fragte Frau Hooger.

„Weil ich eigentlich ein . . . ein vollschlanker Typ bin", schrie Frau Plassmann. „Mollig als Kind, rundlich als junge Frau. ‚Dickmadam' nannte er mich in den ersten Ehejahren zärtlich, wie mein Vater früher. Dann kam sein beruflicher Aufstieg bei Ruhr-Stahl. Repräsentationspflichten für mich. Er drängte mich abzunehmen." Sie zuckte mit den Schultern. „Ich tat es. Ihm zuliebe. Diäten, Gesundheitsfarmen, strengste Disziplin. Jahrelang der Verzicht auf Lieblingsgerichte. Ein Blick auf eine Nudel, und ich musste einen Tag fasten. Er kann essen, was er will und nimmt nicht zu. Soviel Verlust an Lebensfreude. Na ja. Ich dachte, ich räche mich. Er ist jetzt stark gehbehindert. Sitzt meist in diesem Sessel. Dieser Club wird schließen, sagte ich ihm. Und er wurde so richtig blass. Das wäre es. Die Perücke setzte ich auf, damit er mich nicht erkennt durch sein Fernglas."

„Soll ich jetzt die Polizei rufen?", fragte Karo.

„Wie? Ach nein", sagte Frau Hooger. „Das Aufsehen würde uns wahrscheinlich schaden. Vielen Dank, Frau Rutkowsky. Sie können dann gehen. Schicken Sie mir die Rechnung zu."

Karo nickte und nahm ihre Sachen. Im Hinausgehen hörte sie noch, wie Frau Hooger der Plassmann einen Deal anbot. Verzicht auf eine Anzeige gegen Erstattung des Schadens.

„Scheint mir sehr fair", sagte Frau Plassmann. „Ich bin

einverstanden unter der Bedingung, dass Sie im großen Gymnastikraum blickdichte Vorhänge oder Jalousien anbringen. Ich zahle."

Frau Hooger hatte wohl zustimmend genickt, denn noch am Gartentor hörte Karo, wie Dickmadam lachte.

Ausgebadet

Karo hievte einen Hocker auf den Tisch und stieg hinauf. Sie ging vorsichtig in die Knie, um nach dem Lappen zu greifen, als plötzlich jemand am Tisch ruckte. Sie verschluckte ihren Schrei und umklammerte den Fenstergriff. Die Birken und Bahngleise unter ihr verschwammen. Karo war nicht schwindelfrei. Ohne den Griff loszulassen, drehte sie sich langsam um.

Karsten Baecker grinste. „Hey! Sie haben doch keinen Schreck gekriegt?"

„Herr Baecker!" Sie ignorierte seine ausgestreckte Hand und ließ sich auf den Boden hinab. „Herr Baecker, ich habe es Ihnen mehr als einmal gesagt: Ich finde Ihre kleinen Scherze nicht witzig. Habe sie nie witzig gefunden. Werde sie nie witzig finden. Und wenn Sie damit nicht aufhören . . ."

„Ja?"

„Kündige ich."

„Och, Frau Rutkowsky, nöh. Das können Sie mir doch nicht antun." Er ließ eine blonde Strähne über seine Augen fallen und verströmte jungenhaften Charme.

„Ich hätte gleich nach der abgehackten Hand im Gemüsefach gehen sollen."

„Die war stark. Sah die nicht so was von echt aus? Die war gelungen."

Karo schüttelte den Kopf. „Amüsieren Sie Ihre Kunden mit Ihrem Humor und verschonen Sie mich. Sonst mache ich Ernst."

„Meine Kunden? Aber Frau Rutkowsky! Wie stellen Sie sich das vor? Seriosität ist im Bankgeschäft das oberste Gebot."

Karo zuckte mit den Schultern. Das war es ja. Sie konnte sich diesen munteren Endzwanziger nicht als ernsthaften Banker vorstellen. Und doch musste er es sein. War er es.

Erfolgreich dazu. Als Anlageberater bei der Düsseldorfer Filiale einer Kölner Privatbank. Als Börsenspekulant. Und neuerdings auf dem Immobilienmarkt.

Wohnen in alten Industriegebäuden wie dieser ehemaligen Maschinenhalle auf Zeche Zollverein. Von solch einem Loft träumte sie.

„Dann suchen Sie sich andere Opfer für Ihre Scherzchen. Und die Fenster putze ich heute nicht. Ich brauche eine stabile Leiter. Sie wollten eine besorgen, erinnern Sie sich?"

Baecker schlug sich mit der Hand vor die Stirn. „Vergessen! Tut mir leid. Nächste Woche ist sie da. Hand aufs Herz. Übrigens, Frau Rutkowsky, nächste Woche kommen die ersten Interessenten für den Loft in Duisburg. Könnten Sie ihn Montag oder Dienstag auf Hochglanz bringen?"

„Montag geht." Als Privatdetektivin war sie zur Zeit weniger gefragt. Mit ihrem Zweitjob als schwarzarbeitende Putzfrau in den Villen des Essener Südens verdiente sie noch das meiste Geld. Normalerweise akzeptierte sie nur Putzstellen innerhalb der Stadtgrenze. Aber sie hatte Zeit. Und Baecker hatte ihr für diesen Ausflug an den Rhein das Doppelte ihres nicht gerade niedrigen Stundensatzes geboten.

„Bon", nickte er. „Ich hole Sie Montag gegen elf Uhr ab."

„Na? Na, was sagen Sie? Ist das was?", fragte Baecker.

Karo nickte. Eine Seite des dunkelroten Backsteingebäudes spiegelte sich in einem der Ruhrorter Hafenbecken. In der Nachbarschaft von mächtigen Lagerhäusern und Kränen, die wie Riesenkraniche aussahen, wirkte das vierstöckige ehemalige Verwaltungsgebäude fast zierlich.

„Unten kommt ein Restaurant rein. Es gibt bereits Interessenten. Darüber die vier Lofts." Er schloss eine breite Eisentür auf. „Kommen Sie. Hinter der roten Tür ist ein Treppenhaus. Aber zum Haupteingang jeder Wohnung führt der Fahrstuhl."

Es war kein Versuch gemacht worden, den Lastenaufzug aus den vierziger Jahren zu verschönern. In dem harschen Licht der von einem Gitter geschützten Deckenleuchte trat jeder Kratzer auf den Fahrstuhlwänden deutlich hervor.

Mit einem Schlüssel aktivierte Baecker den Aufzug. „Funktioniert nur mit dem Schlüssel oder durch Knopfdruck aus der jeweiligen Wohnung. Hoher Sicherheitsfaktor."

Der Fahrstuhl glitt schnell und fast geräuschlos in den vierten Stock.

Karo war beeindruckt. „Neue Technik?"

Baecker grinste. „Die beste. Erwartet man nicht, oder?"

Die Tür öffnete sich und sie traten in den Wohnraum.

Karo nickte. Der Junge hatte was. Den Blick. Und den Mut.

„Von Ihnen eingerichtet?"

„Nach meinen Vorstellungen von einer Innenarchitektin. Ina VanCampe. Kennen Sie vielleicht?"

„Mhm." Aus den Architekturzeitschriften und Gesellschaftsjournalen einiger Villenbesitzer, die sie beputzte. „Kostspielig."

„Mindestens. Hat sich aber gelohnt. Ich hole es beim Verkauf des Lofts wieder rein. Dicke. Und mit dem Erlös renoviere ich die zweite Etage. Und so weiter. Als nächstes Objekt peile ich eine alte Zuckerrübenfabrik hier am Niederrhein an. Mit dazugehöriger Anlegestelle und Pappelallee."

So machte man das. Vielleicht hätte sie lieber eine Banklehre machen sollen, statt arbeitslose Lehrerin zu werden. Dann wäre sie jetzt keine Putzfrau. Und Privatdetektivin, ermahnte Karo sich. Erfolgreiche Putzfrau und aufstrebende Privatdetektivin.

Der Loft war riesig. Mindestens dreimal so groß wie sein anderer in Katernberg. Nichts für Leute mit Platzangst. Dunkler Hartholzfußboden so weit das Auge reichte. Durch die Fensterfront flutete Licht bis unter die hohe Decke und in die letzten Winkel der paar Außenwände.

Überdimensionale Sofas und verwitterte Kabelrollen als Beistelltische bildeten den Wohnzimmerteil. Nicht weit davon befand sich eine Küchenzeile mit Theke. In der Ferne machten einige Fitness-Geräte den Eindruck moderner Skulpturen. Am anderen Ende des Raumes enthüllte ein transparenter Paravent das niedrige Bett und dunkle Schrank-Kuben.

Baecker deutete auf eine eingezogene Wand mit geschlossener Tür. „Das Bad. Ich verschwinde mal kurz."

Karo trat ans Fenster. Der weite Blick auf den Rhein und die Hafenanlage war spektakulär. Sogar die Spitze von Rheinorange, der Skulptur, die den Zusammenfluss von Rhein und Ruhr markierte, war sichtbar.

Sie hörte, wie sich die Badezimmertür wieder öffnete und wandte sich um. „Wo haben Sie den Staubsauger und die Putz-"

Baecker sah aus, als habe er einen Geist gesehen.

„Ist Ihnen nicht gut? Sie sind ganz blass."

Er deutete mehrmals ruckartig hinter sich.

Karo ging an ihm vorbei ins Bad und blieb stehen. Sie wollte dieses Badezimmer! Ziegelwände, Schieferboden und an der Stirnseite ein Fenster, das bis auf den Boden reichte. Sie trat mit langsamen Schritten näher ans Fenster und sah leicht schwindelig hinab.

Träge Wellen schwappten ans Gebäude. Ein touristenbeladener Rheindampfer bewegte sich flussabwärts. Karo wandte sich um. Die freistehende gusseiserne Badewanne war ein Museumsstück. Da war Vorsicht beim Saubermachen angesagt. Karo ging auf sie zu. Blieb stehen. Wurde ebenfalls blass. Versuchte, ruhig zu atmen und beugte sich wieder vor.

Auf den zweiten Blick sah es gar nicht mehr so echt aus. Aber echt genug. Und anatomisch korrekt.

Karos Blutdruck schoß in die Höhe.

Sie schoß aus dem Badezimmer.

„Herr Baecker! Jetzt reicht's. Wenn Sie das witzig finden, sollten Sie sich behandeln lassen. Ich habe genug. Jemand mit einem schwachen Herzen, der das für echt gehalten hätte, den hätten Sie glatt umbringen können mit solch einem Schreck, ist Ihnen das eigentlich klar?"

Er sah auf wie aus einem Traum. „Nicht echt? Sie meinen, das ist kein Toter?"

Karo stampfte mit dem Fuß auf. „Nun hören Sie schon

auf damit. Ich falle auf Ihre Tricks nicht mehr rein. Ich –"

Baecker schob sie zur Seite und ging ins Bad. Karo hörte ein kurzes Plätschern des Badewassers, ein gurgelndes Stöhnen, dann stand Baecker wieder in der Tür. Die Hemdmanschette und der rechte Anzugärmel waren nass.

„Er ist . . . ich habe . . .", sagte er und fiel um.

Karo stemmte die Arme in die Seiten und sah kopfschüttelnd auf ihn hinab. „Ohnmacht müssen Sie noch üben, Herr Baecker", sagte sie und ging.

Sie ging ziemlich lange, wütend vor sich hinschimpfend, bis sie zu einer Kneipe kam und sich ein Taxi rufen ließ.

„Wohin?", fragte der Taxifahrer.

Nach Essen-Süd, hätte sie am liebsten gesagt, so, wie sie behandelt worden war! Die Vernunft siegte. „Zur nächsten S-Bahn-Station bitte."

Donnerstag nachmittag saß sie in ihrem Büro in der Lichtburg und kaute auf einem Bleistift. Das Telefon blieb stumm. Niemand brauchte eine Privatdetektivin. Regen pladderte an die Scheiben. Die Schreibtischlampe beschien den Staub auf ihrem Schreibtisch und ließ den Rest ihres kleinen Fünfziger-Jahre-Büros im Halbdunkel. Einziger Farbfleck war der apricotfarbene Cocktailsessel. Einst hatte Romy Schneider in ihm gesessen. Karo hatte ihn mal aus der Film-Bar mitgehen lassen. Mit einem Seufzer fischte Karo die Zeitung wieder aus dem Papierkorb. Dass selbst die FAZ eine kurze Meldung brachte, unterstrich den Ernst der Lage.

Lichtburg wieder in Gefahr

Nachdem die Zukunft des traditionsreichen Essener Filmpalastes endlich gesichert schien, machte die Stadt Essen gestern zum vierten Mal eine Kehrtwende. „Leere Stadtkassen zwingen uns zu diesem Schritt", heißt es in einer Pressemitteilung. Voraussichtlich wird das Kino zu einem Las-Vegas-artigen Vergnügungszentrum umgebaut, mit einer Spielbank, tausend einarmigen Banditen sowie zwei Striptease-Bars, eine davon für die Damenwelt.

Es war deprimierend. Nicht nur, weil ihr Büro wieder in Gefahr war, aber auch. Inzwischen mochte sie ihr schäbiges Büro, in dem selbst der Mantelhaken an der Wand noch aus der Hoch-Zeit des Kinos in den fünfziger Jahren stammte. Die Miete war günstig.

Das Telefon überraschte sie.

Es klingelte. Giorgio aus der Film-Bar eine Etage tiefer warnte: „Kunde im Anmarsch".

„Zeichen und Wunder", murmelte Karo. Sie stopfte die FAZ zurück in den Papierkorb, verteilte aufgeschlagene Aktenordner, Gesetzbücher, Fahrpläne und einen Schreibblock auf den Schreibtisch. Den Telefonhörer in der Hand wartete sie auf das Klopfen an der Tür.

„Herein", sagte sie und ins Telefon: „Vielen Dank, gnädige Frau. Es freut mich, dass Sie mit meiner Arbeit zufrieden sind. Aufwie –" Karo warf den Hörer auf die Gabel. „Sie schon wieder! Sie haben vielleicht Nerven!"

Baecker hob beschwichtigend eine Hand. „Ein Fall! Ich habe einen Fall für Sie. Hören Sie mich doch wenigstens an."

Er ließ sich auf den Rand des Besucherstuhls nieder und schob ihr eine herausgerissene Zeitungsseite rüber.

„Aus der WAZ von gestern", sagte Karo. „Duisburger Ausgabe. Na und?"

Baecker tippte auf das Porträt eines schnurrbärtigen Mannes.

„Wer kennt den Ertrunkenen?", las Karo halblaut. „Spaziergänger entdeckten gestern in Duisburg-Ruhrort eine unbekleidete männliche Leiche im Rhein. Sachdienliche Hinweise nimmt jede Polizeidienststelle entgegen. – Und?"

„Ja, erkennen Sie ihn denn nicht? Der Mann in meiner Badewanne!"

Karo schloss ihre Augen. Wie würde sie diesen Verrückten wieder los?

Baecker schwenkte eine zweite Zeitungsseite. „Von heute", sagte er. „Hören Sie: Die Obduktion des am Dienstag im Rhein gefundenen Toten ergab, dass der Mann nicht dem Rhein zum Opfer gefallen ist. Er ist in einem Gemisch aus

Leitungswasser und Badeöl ertrunken, vermutlich in einer Badewanne. Aufgrund der Druckspuren über seinen Fußknöcheln nimmt die Kripo an, dass er ermordet wurde. Seine Identität liegt noch im Dunkeln. Kommissar Kinski gab seiner Hoffnung Ausdruck, dass das ungewöhnliche, ebenfalls noch nicht identifizierte Badeöl auf eine Spur führen könnte. - Sie müssen den Fall übernehmen, Frau Rutkowsky. Bitte! Der Mann lag in meiner Wanne. In meinem Badeöl. Man wird mich für den Mörder halten."

Karo nahm sich das Foto noch einmal vor. „Also, eine gewisse Ähnlichkeit ist da . . . eine ziemliche. Der . . . der Mann in der Wanne war also echt? Und tot?"

Baecker nickte heftig.

Peinlich, dachte Karo. Das ist ja so peinlich. Sie unterdrückte den Impuls, sich mehrmals heftig gegen die Stirn zu schlagen.

„Nun, mh, gut", sagte sie. „Gehen wir davon aus, dass dieser Mann tot in Ihrer Wanne lag. Die Frage ist, wie kam er da hin?"

Baecker nickte.

„Die andere Frage ist, Herr Baecker, wie kam er in den Rhein?"

Baecker zuckte mit den Schultern. „Er muss abgetrieben sein."

„Aus Ihrer Wanne? Schwer vorstellbar."

„Aus dem Hafenkanal natürlich. Aus dem Hafenkanal in den Rhein. Das ist doch nicht weit."

Karo kritzelte Kringel in ihren Notizblock.

„Bleibt immer noch die Frage, wie die Leiche in den Hafenkanal gelangte."

„Ach so. Na, ich habe sie . . . ihn . . . hinein . . . hineingeworfen. Durch das Badezimmerfenster. Es ist sehr groß. Sie haben es gesehen. Es war trotzdem nicht ganz einfach."

„Das war keine gute Idee, Herr Baecker."

„Ich hielt es für eine ausgezeichnete Idee. Ich wollte ihn loswerden. Und wenn das blöde Badeöl nicht wäre, könnte mich niemand mit dem Toten in Verbindung bringen. Ich schwöre, wenn Sie mich heil da rausbringen, Frau Rutkowsky, werde ich mein Badeöl nur noch bei Aldi kaufen."

„Ich verstehe nicht ganz. Was ist denn mit dem Öl?"

„Es ist von Lifestyle-Rezeptur. Als ich neulich in Berlin war, habe ich es mir mitgebracht."

„Oh! . . . Oh, da sitzen Sie aber in der Patsche. Das ist doch dieser Schicki-Micki-Laden. Individuelle Kosmetik, nach Sternzeichen, Augenfarbe und so weiter."

„Schicki-Micki. So ein Quatsch. Es geht um ganz individuell abgestimmte Kosmetik und Körperpflege, die die neusten Forschungsergebnisse einbezieht, aber eben auch Aromatherapie, Ayurveda, Thalasso und das alles."

„Und Sternzeichen."

„Na ja, auch. Kann ja wohl nicht schaden."

„Im Klartext heißt das: In diesem Berliner Laden gibt es Unterlagen, in denen das Rezept Ihres persönlichen Badeöls verzeichnet ist und –"

„Rasierwasser auch."

„Okay, und was noch? Ihr Name?"

Baecker nickte. „Name, Anschrift und andere persönliche Einzelheiten."

„Aus einer Analyse des Badezusatzes könnte man mit Hilfe von Lifestyle-Rezeptur also auf Sie kommen. Dann wundere ich mich, dass die Polizei noch nicht bei Ihnen war."

„Vielleicht wissen sie noch nicht, woher das Öl stammt."

Karo griff nach dem Telefon und ließ sich von der Auskunft die Berliner Nummer geben.

„Lifestyle-Rezeptur, guten Tag. Hier spricht Carolin-Marie. Wie kann ich Ihnen behilflich sein?"

„Tag", sagte Karo. „Ein Freund bezieht sein Rasierwasser von Ihnen. Ich würde gerne eine Flasche bestellen. Als Geschenk. Geht das telefonisch?"

„Selbstverständlich, kein Problem. Wir akzeptieren die meisten Kreditkarten. Allerdings können wir Aufträge erst am Ende nächster, spätestens Anfang übernächster Woche ausführen. Unsere EDV wird gerade umgestellt. Wir haben vorübergehend keinen Zugriff auf die Rezept- und Kundendateien."

„Phantastisch“, rief Karo. „Ich meine, das ist nicht so schlimm. Ich melde mich dann noch mal. Wiederhör‘n.“ Sie legte auf. „Na gut. Das gibt uns etwas Spielraum. Okay, Herr Baecker. Fangen wir mit dem Toten an ...“

Karo befragte ihren Klienten, bis dem der Schweiß auf der Stirn stand. Der Block füllte sich mit Notizen.

Baecker kannte den Ertrunkenen nicht. Auch nicht, wenn er ihn sich ohne Bärtchen, mit Glatze oder blonden Locken vorstellte. Er hatte ihn noch nie gesehen. Sämtliche Fenster und Türen des Lofts waren unversehrt. Keine Anzeichen für einen Einbruch. Er war der Einzige, der einen Schlüssel zum Loft besaß. Die vier Schlüsselkopien befanden sich noch in seinem Safe. Er war zuletzt vor sechs Wochen im Loft gewesen, nachdem er vierzehn Tage dort zur Probe gelebt hatte. Handwerker hatten für die Dauer des Umbaus Schlüssel bekommen, doch die Sicherheitsschlösser von Securotop waren erst danach eingebaut worden. Ina VanCampe, die Innenarchitektin, hatte während der Einrichtungsphase einen Schlüssel gehabt, ihn aber wieder abgegeben.

Er glaubte nicht, dass es jemanden gäbe, der ihm einen Mord anhängen wollte. Er fürchtete, der Mord würde den Verkaufswert des Lofts senken. Es war ihm ein Rätsel, wie der Mann reinkommen konnte.

„Mit einem Schlüssel“, sagte Karo. „Ich gehe mal davon aus, dass es in dem Gebäude keine geheimen Eingänge gibt und dass der Mann nicht durch Schlüssellöcher kriechen konnte. Dann muss er einen Schlüssel gehabt haben oder von jemanden eingelassen worden sein, der einen Schlüssel hatte. Ich gehe weiter davon aus, dass Sie nicht derjenige waren –“

„Frau Rutkowsky! Ich schwöre ... !“

Karo winkte ab. „Ich erwähne es nur. Regen Sie sich nicht auf. Nach dem, was Sie mir erzählt haben, wäre die offensichtlichste und einfachste Lösung, und meist ist das auch die richtige, dass Frau VanCampe den Schlüssel kopieren ließ. Aus uns noch unbekannten Gründen.“

„Das glaube ich nicht. Die VanCampes gehören zur

besten Gesellschaft. Wissen Sie, in wieviel Aufsichtsräten er sitzt?"

„Ja und?"

„Ich glaube es einfach nicht. Außerdem kann man diese Schlüssel nicht ohne weiteres nachmachen lassen. Man muss die entsprechenden Papiere vorlegen, die einen autorisieren, und die liegen bei mir im Safe. Außerdem werden alle Kopien an Securotop gemeldet."

„Hm. Gut. Ich brauche den Schlüssel, eine Anzahlung und die Zeitungsberichte. Alle zwei Tage erstatte ich Ihnen telefonisch Bericht. Wenn auf Ihrer Seite etwas passiert oder Ihnen etwas einfällt, melden Sie sich bei mir. Wenn nicht, halten Sie sich bitte zurück."

Karo fuhr nach Duisburg und untersuchte das Gebäude und den Loft gründlich. Keinerlei Anzeichen für einen Einbruch. Sie versuchte, den Schlüssel nachmachen zu lassen. Die Betreiber der kleinen Läden, die angeblich in Minuten jeden Schlüssel kopieren konnten, schüttelten nach einem Blick auf diesen Schlüssel den Kopf. Das konnten nur Spezialgeschäfte. Ein Anruf bei der Zentrale von Securotop in Solingen, und sie hatte eine Liste von elf Geschäften an Rhein und Ruhr, die technisch in der Lage und autorisiert waren, Schlüsselkopien der Firma anzufertigen.

Karo begann in Essen, in einem Laden in der Fußgängerzone. „Guten Tag, ich führe Recherchen für eine Schriftstellerin durch. Haben Sie einen Moment Zeit?"

Der Mann guckte mürrisch.

„Wäre es möglich, einen solchen Schlüssel ohne Papiere nachmachen zu lassen?"

„Securotop? Möglich is alles. Aber würde es jemand machen? Nee! Wenn's rauskommt, verliert der Laden die Lizenz. Und den guten Ruf. Und dann könn'se zumachen."

Karo fuhr wieder gen Rhein. In Düsseldorf wohnten die VanCampes in einem Penthouse mit Rheinblick unweit des Filmmuseums. Karo erwartete eigentlich nicht, dass die Innenarchitektin es hier versucht hatte. Sie hatte recht. Fehlanzeige auch in dem Schlüsselladen in der Duisburger Innenstadt. Aber auf der anderen Rheinseite, in einem kleinen Fachgeschäft in Rheinhausen traf sie auf eine Spur. Der vertrauenerweckende Meister im grauen Kittel schüttelte auf ihre Frage den Kopf. Aber der junge Mann, der Schlüsselschilder sortierte, sah sie sehr aufmerksam an. Als Karo sich verabschiedete, machte er eine kurze Kopfbewegung und deutete mit den Augen nach draußen. Karo nickte.

Sie wartete ein paar Schritte vom Geschäft entfernt. Nach wenigen Minuten gesellte er sich zu ihr und zündete sich eine Zigarette an.

„Rauchpause", sagte er. „Sind Sie'n Bulle?"

„Ich habe doch gesagt, ich recherchiere für eine Krimi-Autorin, und –"

Er schnaubte und machte Anstalten zu gehen.

„Okay, okay. Ich bin Privatdetektivin und untersuche einen Fall."

Er blieb stehen. „Was springt raus?"

Karo zückte einen von Baeckers Fünfzigern.

„Es ist nicht unmöglich, einen Securotop ohne den ganzen Papierkram nachmachen zu lassen", sagte er und pflückte ihr den Schein aus der Hand.

„Aha. Und? Hat jemand –"

„Sie erwarten nicht, dass ich hier etwas Illegales zugebe, oder?"

Eigentlich schon. Karo seufzte und zeigte ihm ein Foto von Ina VanCampe. „Schon mal gesehen?"

Er nickte. „Ich sage nicht, dass es im Zusammenhang mit der Schlüsselkopie war."

„Vor etwa zwei Monaten?"

„Könnte hinkommen. Klasse Blondine. Hatte einen Mann dabei. Kleiner als sie, fiel mir deshalb auf. Dunkelhaarig, Oberlippenbart."

„Und Sie könnten sich nicht zu einer Aussage –"

„Aussage? Was für 'ne Aussage? Ich hab nichts gesagt, oder?" Er trat seine Zigarette aus und ging.

Wer war der Mann mit dem Bärtchen? Karo lehnte sich in Romys Sessel zurück und kaute eine der Lakritzstangen, die sie sich auf dem Weg in ihr Büro unten geholt hatte. Er war nicht ihr Mann. Wahrscheinlich nicht ihr Bruder. Möglicherweise ihr Geliebter. Und der Loft im Hafen die Liebeslaube. Karo nickte. Dann der Streit. Er wollte Schluss machen, hatte vielleicht eine andere. Mord aus Eifersucht. Oder: Sie wollte die Affäre beenden. Er drohte, ihrem Mann alles zu enthüllen. Ein letztes Bad, sie packte seine Füße, zog ihn unter Wasser ... So könnte es gewesen sein. Doch wie konnte sie die Identität des Mannes herausfinden?

Am nächsten Morgen half eine Schlagzeile der NRZ Karo auf die Spur:

Graf löst Rätsel um Rhein-Toten!

Adeliger Freizeit-Mönch trauert um nackten Butler!

Als Graf von Bredeney aus seinem vierwöchigen Aufenthalt in einem Zen-Kloster im Hochsauerland in sein Schlösschen bei Kettwig zurückkehrte, musste er feststellen, dass sein Butler Henry James, ein außerordentlich zuverlässiger Mensch, spurlos verschwunden war. Der Graf gab eine Vermisstenanzeige auf, anhand derer nun die Identität der Rheinleiche vom Dienstag aufgeklärt werden konnte.

Karo rief Baecker in der Bank an.

„Haben Sie die Zeitungen gesehen? Das war Henry James in Ihrer Wanne, der Butler des Grafen von Bredeney! Ich werde mal sehen, ob ich irgendeine Verbindung zwischen ihm und Ihrer Innenarchitektin nachweisen kann. Dass sie sich kannten, weiß ich bereits. Der Zeuge möchte leider anonym bleiben."

„Können Sie sich sparen", sagte Baecker. „Ina VanCampe hat die Wohnräume des Grafen neu eingerichtet, stand in ihren Referenzen. In postmodernem Neo-Barock. Dabei wird sie den Butler getroffen haben."

„Oh. Ja dann ..." Karo dachte nach. „Hören Sie, Herr Baecker, wir haben nicht mehr viel Zeit. Der Computer von Lifestyle-Rezeptur kann jeden Tag wieder funktionieren, und dann steht die Polizei bei Ihnen vor der Tür. Die Suche nach weiteren Zeugen würde zu lange dauern. Es gibt zwei Möglichkeiten. Sie können meine Untersuchungsergebnisse der Polizei beziehungsweise Ihrem Rechtsanwalt vorlegen, und zwar bevor die Polizei bei Ihnen auf der Matte steht. Oder –"

„Ich tauche unter! Bis Sie alles aufgeklärt haben."

Karo schüttelte den Kopf. „Erst den Butler verschwinden lassen und dann abhauen? Würde nicht den besten Eindruck machen. Nein, ich frage mich, was passieren würde, wenn ich Frau VanCampe mit allem konfrontieren würde. Mit etwas Glück wird sie gestehen. Wenn nicht, kann man immer noch auf Plan eins zurückgreifen."

„Ausgezeichnete Idee, Frau Rutkowsky. Ich komme mit!"

Er ließ sich nicht davon abbringen, und zwei Stunden später klingelten sie an der Tür von Ina VanCampes Atelier. Es befand sich eine Etage unter der Penthouse-Wohnung. Karo hatte sich telefonisch als mögliche Klientin angekündigt.

In der blassen Blondine, die ihnen öffnete, erkannte Karo nur mit Mühe die strahlende Frau aus den Illustriertenberichten. Dunkle Ringe unter den Augen, das Make-up nachlässig verteilt, die Haare von einem Gummiband zusammengehalten.

Frau VanCampes Blick glitt von Karo zu Karsten Baecker. Sie zuckte zusammen. „Herr Baecker . . .", flüsterte sie.

Er nickte.

„Können wir reinkommen, Frau VanCampe?", fragte Karo und trat ins Atelier.

Die Innenarchitektin folgte ihr. Baecker schloss die Tür. Ina VanCampe setzte sich hinter einen Glasschreibtisch. Karo und Baecker nahmen auf den Besucherstühlen Platz.

„Ich bin Privatdetektivin, Frau VanCampe. Herr Baecker hat mich engagiert, und –"

„. . . und wir wissen alles", unterbrach Karsten Baecker. „Wie konnten Sie nur, Frau VanCampe? Wie konnten Sie das tun?"

„Ich weiß. Es tut mir leid. Ein äußerst unprofessionelles Verhalten."

„Hah! Das können Sie wohl laut sagen!"

Karo räusperte sich. „Ehe wir die Polizei benachrichtigen, Frau VanCampe, wollten wir Ihnen die Gelegenhei -"

„Die Polizei? Oh nein! Müssen Sie denn wirklich die Polizei hineinziehen? Herr Baecker, bitte! Ich verspreche, es wird nie wieder vorkommen."

Karsten Baecker schnappte nach Luft.

„Was wird nie wieder vorkommen?", fragte Karo. „Dass Sie den Schlüssel eines Kunden kopieren, in sein Eigentum einbrechen und es als Liebesnest benutzen oder dass Sie Leute in seiner Wanne ermorden?"

„Was?!"

„Haben Sie sich nicht gefragt, wie er aus der Wanne in den Rhein gelangt ist?"

„Meinen Sie Henry? Ich las heute morgen, dass er tot ist. So schrecklich . . . Sie meinen . . . meinen Sie, er ist in der Wanne im Loft ertrunken?"

„Worden", sagte Karo.

Ina VanCampe krauste die Stirn. „Ich verstehe das nicht. Was machte er im Loft? Henry wußte, dass ich bis Montag in den USA sein würde. Wenn wir verabredet waren, kam er manchmal etwas eher als ich und entspannte sich in der Badewanne, aber . . ."

„Sie hatten zwei Schlüssel nachmachen lassen?"

„Ja."

„Hatten Sie Ihren mit in den USA?"

Ina VanCampe schüttelte den Kopf. „Er war hier, in meinem Schmuckkasten. Im Safe. Da kommt niemand ran außer mir und meinem -" Sie verstummte.

„Ihrem Mann?"

Ein Nicken.

Die Kriminalpolizei beschlagnahmte Herrn VanCampes Kleidung. Labortests wiesen auf seinen Jeans und an den Ärmeln eines karierten Oberhemdes Spuren von Baeckers persönlichem Badeöl nach. Im Loft fand die Spurensicherung seine Fingerabdrücke. Nach mehrstündigen Verhören gab Herr VanCampe gegen den Rat seines Rechtsanwalts zu, den Liebhaber seiner Frau mit einer E-Mail-Nachricht zum

Stelldichein in den Loft gelockt und dort umgebracht zu haben. Er leugnete hartnäckig, Henry James anschließend in den Rhein befördert zu haben.

Weit entfernt davon, sich durch den Mord im Loft abschrecken zu lassen, erklärten sich genügend zahlungskräftige Interessenten von der Aussicht auf den Rhein und auf Rheinorange dermaßen überwältigt, dass sie sich im Preis für den Loft überboten.

Karo litt unter schlaflosen Nächten. Sollte sie auf Baeckers ebenso großzügige wie erpresserische Offerte eingehen? Er bot ihr einen kleinen Loft, eher ein Löftchen, auf Zeche Zollverein zum Kauf. Teils aus Dankbarkeit, teils aus Eigennutz zu einem mehr als günstigen Preis. Seine Bedingung: Sie müsste ihn für die nächsten fünf Jahre als Putzkunden behalten.

Die Frage war: Würden ihre Nerven das aushalten?

Fieberhafte Suche

Das Telefon klingelte schon wieder, verdammt. Karo kroch wie blind unter dem Federbett hervor.

„Hano“, röchelte sie in den Hörer.

„Hallo? Wer ist das? Karo? Bist du das?“

Karo nickte. Sie zupfte ein Papiertuch aus der Schachtel und schnaubte. Gründlich.

„Karo! Wirklich. Ein Elefant ist nichts dagegen. Bist du etwa erkältet?“

Karo nickte und ließ sich in die Kopfkissen sinken.

„Genug davon. Karo, du musst mir helfen. Lass alles stehen und liegen und komm nach Köln. Es ist schon wieder passiert. Ganz unglaublich. Ich versuche schon den ganzen Morgen, dich zu erreichen. Na ja, die letzte Stunde. Wo warst du denn? Ich denke, eine Detektivin muss immer erreichbar sein. Hast du etwas zum Schreiben? Ich gebe dir die Adresse. Die Wohnung meines Anwalts. Ich glaube, er glaubt mir nicht. Also, wann kannst du hier sein? . . . Karo?“

Karo öffnete ihren Mund und hustete in den Hörer. Ihre Seiten schmerzten. Rippenfellentzündung vielleicht. Sie tupfte ihre tränenden Augen ab.

„Rosie“, flüsterte sie. „Rosie, ruf mich in einer halben Stunde wieder an. Ich muss zum Hustensaft.“

„Aber, Karo! Ich habe doch –“

Karo hängte auf. Ihr Nachthemd war durchgeschwitzt. Sie fröstelte auf dem Weg ins Bad. Sie schwankte und schlurfte und kam sich vor wie die älteste Frau der Welt. Und die hässlichste. Aus dem Spiegel blickte ihr ein glubschäugiges rotnasiges Geschöpf mit aufgesprungenen Lippen entgegen. Ihre feuchten Haare klebten wie Flaum auf dem Schädel. Karo nahm einen kräftigen Schluck aus der Hustensaftflasche. Sie duschte lange und heiß. Schon besser. Sie gurgelte mit Salbeiwasser, badete ihre Augen in

Kamillenlösung, tupfte Salbe auf ihre entzündeten Nasenflügel und spachtelte eine Schicht Vaseline auf ihre Lippen.

Als Rosie wieder anrief, war Karo bereit. Schwach und schniefelnd, aber warm und sauber lag sie unter all ihren Wolldecken auf dem Sofa. Ganz hinten im Kleiderschrank hatte sie das orange Flanellnachthemd gefunden, das ihr sonst immer zu warm war. Ein Weihnachtsgeschenk von Frau Rogalla, für die sie freitags putzte. Dazu handgestrickte Wollsocken von Frau Bischof (jeden zweiten Donnerstag Hausflur und Fenster). Und der flauschige Morgenmantel von Frau Rainiger, der ein Traum war, solange man nicht die Augen öffnete und von dem aufgeregten Himbeerrot erschreckt wurde. Ein Fehlkauf, den Frau Rainiger (Villa, montags) nur zu gerne ihrer Putzfrau übergeben hatte.

„Karo, häng bloß nicht wieder auf. Ich drehe bald durch hier. Wann kommst du?"

Karos Hände zitterten. Die Überdosis Hustensaft. Aber sie konnte ohne Hustenreiz sprechen. „Rosie, ich kann nicht kommen. Ich bin krank."

„Im Moment hat fast jeder eine Erkältung. Sei nicht so wehleidig. Ich brauche dich, ich hab's dir doch gesagt. Hast du noch dein albernes Auto? Wie lange brauchst du? Eine Stunde höchstens, oder?"

Karo fehlte die Kraft, um mit den Zähnen zu knirschen. „Rosie, ich habe Fieber und keinen Kreislauf. Ich kann heute nicht nach Köln kommen. In ein paar Tagen viellei-"

Rosie kreischte. „Aber ich brauche dich jetzt, du kannst mich doch nicht im Stich -"

Der Rest des Satzes ging in Karos Niesanfall unter.

„'tschuldigung, Rosie. Ich lasse dich schon nicht im Stich. Worum geht es denn?"

„Na, habe ich doch vorhin gesagt: Es ist wieder passiert!"

„Es?" Hatte Rosie sich schon früher so unklar ausgedrückt? „Es? Was meinst du mit . . . Ist etwa wieder eine Patientin von dir, eh, unerwartet gestorben?"

„Unerwartet wäre ja nicht so schlimm. Das kommt immer wieder mal vor. Und damals stellte sich ja auch raus, dass es gar nicht so unerwartet gewesen wäre, wenn der

Arzt die richtige Diagnose gestellt hätte, dieser Blödmann, dann hätte man es erwartet, und ich wäre nicht, wenn auch vorübergehend, wie du dich erinnern wirst, in den Verdacht geraten sozusagen nachgeholfen zu haben, um an das Legat zu kommen – absurd, als würde ich für bloße zehntausend, na ja, natürlich auch nicht für mehr, ich meine, der Gedanke ist lächerlich, und hier geht es nur um viertausend, aber wenn du mir nicht hilfst, lande ich im Knast, wie heißt er hier noch, im Klingelpütz, nicht, und das könnte –"

„Noch ein Wort und ich lege auf", sagte Karo.

Rosie schnappte nach Luft und schwieg.

„Dein Patient ist eines unnatürlichen oder verdächtigen Todes gestorben, und du stehst unter Tatverdacht, weil er dir im Falle seines Todes Geld vermacht hat?"

Aus dem Hörer kam nichts als Schweigen.

„Du darfst wieder etwas sagen. In wenigen, kurzen Sätzen, bitte."

„Sie. Eine Patientin, Frau Lenzmaier. Vorgestern. Akute Vergiftung. Mord. Ich bin die Verdächtige. Die einzige. Die einzige Mordverdächtige, o Gott, Karo, ich halte das nicht aus, es ist so aussichtslos, ich verstehe ja selbst nicht –"

„Stopp!!"

Rosie brach ab.

„Also, Rosie, was soll ich tun?"

„Na, du sollst meine Unschuld beweisen. Den wirklichen Mörder finden. Es sieht schlecht aus, sagt auch mein Anwalt. Die Umstände sprechen gegen mich."

„Ich könnte dir einen anderen Detektiv besorgen, vielleicht sogar jemanden aus Köln, wäre das –"

„Karo, nein! Ich brauche jemanden, der mir glaubt! Der deshalb sein Möglichstes tut, mich da rauszuhauen. Und du kennst mich doch. Du weißt, dass ich niemanden umbringen würde."

„Mh." Von wem weiß man das schon? Karos Mandeln schmerzten beim Schlucken und ihre Augen brannten. Sie hatte Mühe, sich zu konzentrieren. Sie und Rosie kannten sich schon eine ganze Weile, seit über zehn Jahren, aber kannten sie einander gut? Eher nicht. Ein paar gemeinsam verbrachte Semester in Köln, winzige Apartments im selben Haus, einem ehemaligen Bordell, der selbe Berufswunsch, das war's. Aber seitdem schickte Rosie Urlaubskarten, und ein-, zweimal im Jahr, wenn Rosie ihre Oma in Essen besuchte, traf Karo sie im Café Overbeck und erfuhr die neusten Dönekes aus Rosies jeweiliger Stelle. Anders als Karo hatte Rosie eine feste Anstellung als Realschullehrerin erhalten. Bald darauf entschied sie, dass sie ihr Berufsleben lieber mit dankbaren Erwachsenen als mit gleichgültigen Jugendlichen verbringen wollte und wurde Krankenschwester. Stellungen in verschiedenen Privathaushalten folgten, beste Referenzen, und nun dies.

Eine Kältewelle überrollte Karo. Sie umklammerte die Wärmflasche und rutschte tiefer unter die Decken.

„Ja, dann erzähl mal, Rosie, damit ich mir ein Bild machen kann. Was ist passiert?"

„Also, es geschah vorgestern. Wir waren allein in der Wohnung, Frau Lenzmaier und ich. Die Haushaltshilfe hatte frei, deshalb hatte ich ein kleines Mittagessen zubereitet, Omelettes und Salat. Zum Nachtisch gab es Schokoladenmousse, fertig gekauft, aber sehr gut, ganz köstlich, ich weiß nicht, ob du sie kennst, na, ist ja auch egal . . ."

Karo musste lächeln. Schon damals in Köln hätte Rosie am liebsten in Schokolade gebadet.

„. . . jedenfalls, ich brachte das Tablett in die Küche und wusch ab. Ich ließ mir Zeit, rauchte eine, aß noch etwas Mousse, trank ein Käffchen, hörte Radio. Und als ich wieder in ihr Zimmer ging, so vierzig, fünfzig Minuten später, war sie bewusstlos und wurde von Krämpfen geschüttelt. Es war schrecklich. Ich sah, dass sie im Sterben lag. Ich wollte den Notarzt anrufen, da schellte es an der Tür. Ich öffnete, es war Peter Schilling, der Neffe ihres Mannes und ihr Anwalt. Ich rief nur ‚Krankenwagen' und rannte zurück. Ich versuchte, sie wiederzubeleben, aber als der Notarzt kam, war sie schon tot. Er bemerkte einen Geruch nach bitteren Mandeln, dachte gleich an Blausäure und benachrichtigte die Polizei. Das war's. Die Obduktion ergab, dass sie tatsächlich mit Blausäure vergiftet wurde. Das wirkt rasch.

Außer mir war an dem Tag niemand in der Wohnung, deshalb sind sie überzeugt, dass ich sie umgebracht habe."

„Spuren?", fragte Karo.

„Nein, keine. Dass ich das Geschirr per Hand abgewaschen hatte, fanden sie sehr verdächtig. Warum ich es nicht für die Haushaltshilfe gelassen hätte, für den nächsten Tag, und nicht einfach alles in die Spülmaschine gestellt hätte."

„Hm. Und Selbstmord wird ausgeschlossen?"

„Selbstmord kommt nicht in Frage. Frau Lenzmaier war seit ihrem Sturz querschnittsgelähmt, sie hätte sich nichts besorgen können. Sie war auch nicht suizidal. Sie wusste, dass sie nicht mehr lange zu leben hatte. Krebs. Etwa ein Jahr, meinte der Arzt, allerhöchstens zwei bis drei. Aber innerhalb dieses Rahmens war sie ganz zufrieden. Hatte sich in ihr Schicksal ergeben, sollte ich vielleicht sagen. Eine angenehme Patientin."

„Erzähl mir von ihr."

„Von Frau Lenzmaier? Tja, sie war neunundfünfzig, letzte Woche hatte sie Geburtstag. Eine Witwe. Ihr Mann starb so vor drei Jahren, glaube ich. Er war Diplomat. Sie haben in allen möglichen Ländern gelebt. Afrika, Indien, Nordamerika, Südamerika, und was weiß ich. Ich habe ihr gerne zugehört, wenn sie aus diesen Zeiten erzählte. Die Leute, die sie kennengelernt hat! Auf einem Foto ist sie mit Indira Gandhi zu sehen. Und Minister zum Mittagessen – das war ganz normal für sie. Für Willy Brandt hat sie mal einen Empfang gegeben, irgendwo im Ausland. Und Hanna Schygulla, für diese Frau schwärme ich ja so, sie hat auf einer Party gesungen. Nicht, als Willy Brandt da war, glaube ich, ein anderes Mal. Und Liza Minelli hat sie getroffen und noch alle möglichen interessanten Menschen, beinahe Liz Taylor . . . ach, und Marlene Dietrich! Denk mal an. Sie hat irgendetwas zu Frau Lenzmaier gesagt, ich habe vergessen, was, aber Frau Lenzmaier war sehr beeindruckt. Ihr Mann war wesentlich älter als sie. Vor seiner Pensionierung war er nach Bonn versetzt worden, und dann haben sie sich in Köln niedergelassen. Er wollte die Großstadt, sie das Rheinland, da war Köln der Kompromiss. Sie war ursprünglich aus Godesberg. Eine rheinische Frohnatur, wie man so sagt. Ja, was noch? Keine Kinder. Ich glaube nicht, dass sie das bedauerte, sie sagte mal ..."

Karos Lider senkten sich. Mit geschlossenen Augen ließ es sich viel besser zuhören. Keine visuelle Ablenkung. Begleitet von Rosies Stimme glitt Karo in einen angenehmen Halbschlaf. Palmblätter raschelten in einer sanften Brise. Indira Gandhi und eine zierliche blonde Rheinländerin wollten sich gerade mit gigantischen Erdbeer-Daiquiris zuprosten, als ein Elefant auftauchte und in Karos Ohr trompetete.

„Karo! Karo, hörst du überhaupt zu?"

Karo öffnete widerwillig ihre Augen. „'tschuldigung. Muss eine Sekunde weggedöst sein. Wo waren wir?"

„Ich weiß ja nicht, seit wann ich ins Leere gesprochen habe."

„Sie hatten keine Kinder", sagte Karo. „Warte mal bitte einen Moment." Sie setzte sich aufrecht hin und schlug sich mit den Handflächen ein paar Mal auf die Wangen, als wiederbelebende Maßnahme. Noch ein kräftiger Zug aus der Hustensaftflasche und sie war wieder einsatzbereit.

„Okay. Keine Kinder. Einwandfrei Mord. Wer erbt? Außer dir, meine ich. Und wieso erbst du überhaupt? Du bist doch noch nicht lange dort, oder?"

„Nein, seit etwas über drei Monaten. Meine Vorgängerin war mehrere Jahre bei Frau Lenzmaier, seit dem Treppensturz. Jetzt ging sie in Rente. Und Frau Lenzmaier fand den Wechsel zu einer neuen Pflegerin sehr schwierig. Sie mochte mich und hoffte, mit ihrem Legat sicherzustellen, dass ich lange bleiben würde, bis zu ihrem Tod. Und das wäre ich auch, nicht nur wegen des Geldes."

„Aber auch?"

„Na ja. Geld kann man immer brauchen, nicht?"

Rosie schien plötzlich reserviert. Hatte Karo eine empfindliche Stelle berührt? Lag hier ein Motiv? Hatte Rosie ihre Patientin vielleicht doch umgebracht?

Der Besuch des Rechtsanwalts, des Neffen! Wäre er nicht aufgetaucht und Zeuge des Notfalls geworden, hätte Rosie den Notarzt vielleicht gar nicht alarmiert. Und wäre überhaupt eine Obduktion vorgenommen worden, wenn der Hausarzt erst nach ein paar Stunden gerufen worden wäre? Wahrscheinlich nicht, denn er hatte erwartet, dass seine Patientin früher oder später sterben würde. Und der verdächtige Bittermandelgeruch wäre bis dahin verflogen gewesen.

„Sag mal, Rosie, war der Besuch des Rechtsanwalts eigentlich geplant?“

„Nun, ich wusste nichts davon. Herr Schilling ist ja der Neffe ihres Mannes. Meist kam er an ihrem Geburtstag zum Gratulieren vorbei. Doch letzte Woche war er verreist und rief nur an, aus München. Es war ein bisschen schade, weil ihre Patentochter Ellie gerade auf Mallorca ist und auch nicht kommen konnte. Jedenfalls, Herr Schilling hatte Frau Lenzmaier wohl angedeutet, dass er versuchen würde, seinen Besuch am Mittwoch, also vorgestern, nachzuholen. Sie hatte ihn sehr gern. Jetzt verstehe ich auch, warum sie den Spiegel und ihre Kosmetika wollte, und das neue Bettjäckchen, bevor ich das Geschirr in die Küche brachte. Sie machte sich immer zurecht, bevor Besuch kam.“

Konnte Rosie so dumm sein? Sie gab zu, von Schillings Besuch nichts gewusst zu haben. Also könnte er es sein, der durch sein unerwartetes Auftauchen ihren Plan durchkreuzt und sie reingerissen hatte. Aber so beschränkt war sie nicht, entschied Karo. Es musste die Wahrheit sein.

Oder war es ein Bluff, und sie hoffte, Karo so von ihrer Unschuld zu überzeugen? In Karos Kopf drehte es sich. Sie stöhnte.

„Rosie, soll ich nicht doch versuchen, einen anderen Detektiv für dich zu finden? Mein Kopf platzt gleich.“

„Bitte, Karo, nein. Ich bin in einer verzweifelten Lage. Nur jemand, der fest an mich glaubt, wird seine ganze Energie einsetzen, um meine Unschuld zu beweisen, das weiß ich genau. Und du glaubst mir doch, nicht?“ Rosies Stimme klang ungewohnt unsicher.

Karos Antwort ging in einem ganz echten Hustenanfall verloren. „Zurück zu den Erben. Wer profitiert noch von

Frau Lenzmaiers Tod? Der Neffe? Ihre Patentochter? Hat sie andere Verwandte?“

„Nein, sie hat gar keine Angehörigen mehr. Ellie Hermann ist die Tochter einer verstorbenen Freundin. Und weder sie noch der Neffe haben ein Motiv. Er bekam sein Erbe nach dem Tod seines Onkels ausbezahlt, und für Ellie hatte Frau Lenzmaier schon die Ausbildungskosten übernommen. Sie bekommen beide nur noch einige Erinnerungsstücke.“

„Was denn? Vielleicht ein paar dekorative Goldklumpen? Oder ein Briefmarkenalbum mit der blauen Mauritius?“

Rosie kicherte. „Schön wär‘s. Nein, Herr Schilling kriegt jetzt den Siegelring seines Onkels und seine Tabakspfeifen, von denen Frau Lenzmaier sich noch nicht trennen konnte, und Ellie die drei kleinen Briefbeschwerer vom Nachttisch. ‚Meine Glücksbringer‘ nannte Frau Lenzmaier sie. Geschenke ihres Mannes. Der Ring wäre mir lieber. Alles andere soll verkauft werden. Den Erlös davon und den Rest des Vermögens hat Frau Lenzmaier Kinderheimen in Indien vermacht.“

„Und du hast in letzter Zeit keine verdächtigen Inder herumschleichen sehen.“

„Nein. Siehst du, Karo, niemand hatte ein Motiv, ganz abgesehen davon, dass niemand die Gelegenheit hatte. Es ist ein Alptraum.“

„Hm. Hm. Hmmmm. In welchem Stock liegt die Wohnung? Kann jemand durchs Fenster eingestiegen sein?“

„Ausgeschlossen. Am helllichten Tag in den sechsten Stock? Wer? Und warum sie vergiften? Außerdem wehte ein kühler Wind, ich hatte die Balkontüren geschlossen. Wenn es angenehm war, saß Frau Lenzmaier nachmittags gerne im Rollstuhl auf der Terrasse und beobachtete die Schiffe auf dem Rhein.“

Karo war warm geworden. Sie legte die Wärmflasche auf den Boden und befreite ihren Oberkörper von den Decken. Ihr Gesicht glühte. „Ist in letzter Zeit irgend etwas Außergewöhnliches vorgefallen?“

„Was denn?“

„Keine Ahnung, deshalb frage ich ja."

„Nein. Es verlief alles so wie immer. Frau Lenzmaier lebte ja sehr zurückgezogen. Wir hatten so unsere Routine. Einmal im Monat kam der Arzt, außer es gab einen akuten Anlass. Aber es ging ihr relativ gut. Nein, alles ganz normal."

„Sie hatte Geburtstag, sagtest du."

„Ach ja, das schon. Aber diesmal gab es keinen Besuch, es war auch ein ganz ruhiger Tag. Ich hatte eine kleine Torte gebacken, Nussschokolade, ganz köstlich. Wir tranken Tee auf der Terrasse, und sie öffnete die Geschenke, las die Post. Es gab nichts Außergewöhnliches."

„Von wem hatte sie Post bekommen?"

„Es waren hauptsächlich Glückwunschbriefe und -karten, ein kleiner Stapel. Buchstäblich aus aller Welt, sage ich dir. Von Diplomaten und Bekannten, die sie aus dem Ausland kennt. Es waren ganz tolle Briefmarken drauf, die durfte ich für meinen Neffen ausreißen. Von Ellie kam ein Päckchen mit einem halben Dutzend feiner Taschentücher und einer Flasche Kölnisch Wasser. Zweimal wurden Blumen gebracht. Ein Biedermeiersträußchen von Ellie und ein Gesteck von Herrn Schilling, sehr elegant. Eine alte Schulfreundin von Frau Lenzmaier aus Bayern schickte ihr Weinbrandbohnen und eine Glückwunschkarte. Die Pralinen habe ich natürlich diskret konfisziert, aber über die Karte hat sie sich sehr gefreut, besonders, weil die Freundin schrieb, dass sie im Sommer nach Köln kommen wollte. Tja, was noch? Von mir bekam sie einen Krimi, den letzten von Annette Meyers. Und das war's. Das heißt, die Fußpflegerin kam am Tag drauf vorbei."

„Oh je", sagte Karo.

„Wieso?"

„Was sitzt eigentlich unter dem linken Rippenbogen?"

„Die Milz."

„Dann sticht jetzt meine Milz. Apropos Innereien: Was ist denn mit der Haushaltshilfe?"

„Frau Renke. Sie hatte ihren freien Tag, als es passiert ist. Die Polizei hat sie befragt, und ihr Alibi ist überprüft worden. Aber sie ist seit vielen Jahren bei den Lenzmaiers und -"

„Das heißt ja wohl gar nichts. Lange schwelender Hass bricht aus und führt zur Katastrophe."

„Bei Frau Renke bricht nichts aus. Die ist entspannter als ein ausgeleierter BH. Zudem haben Frau Lenzmaier und ich das gleiche gegessen. Selbst wenn Frau Renke zum Beispiel den Balsamico vergiftet hätte - dann hätte es mich auch treffen müssen! Außerdem hat die Kripo alle Lebensmittel zur Analyse mitgenommen, selbst die Eierschalen aus dem Mülleimer."

In Karos Nase kitzelte es. Mit zugekniffenen Augen und aufgerissenem Mund wartete sie auf den unausweichlichen Niesausbruch.

„Ach, Rosie. Ich muss jetzt mal meine Stimme schonen. Und vielleicht ein Dampfbad machen. Wenn du sicher bist, dass das alles ist, was du mir erzählen kannst, würde ich sagen, wir legen eine Pause ein. Falls ich mich bis dahin nicht gemeldet habe, ruf mich gegen drei an. Solltest du verhaftet werden, sag deinem Anwalt, er soll mich anrufen."

„Ist es hoffnungslos?"

„Habe ich nicht gesagt. Ich muss mir alles durch den Kopf gehen lassen. Aber vielleicht überlegst du mal ganz intensiv, ob es nicht doch irgendetwas gab, das nur Frau Lenzmaier gegessen hat, etwas aus einer Verpackung, die du anschließend ausgespült oder ins Klo geworfen hast."

„Da war nichts, bestimmt. Und Medikamente bekam sie mittags nicht."

„Rosie! Denke - bitte - drüber - nach!! Bis später. Tschüss."

Du meine Güte! Hatte diese Frau keinen Selbsterhaltungstrieb? Guckte sie keine Krimis? Spätestens jetzt sollte ihr einfallen, dass Frau Lenzmaier ein gefülltes Bonbon gelutscht oder einen einsamen Portionsbeutel Ketchup über ihrem Omelette ausgedrückt hatte.

Karo wankte in die kleine Küche und machte sich einen großen Becher Brühwürfel-Brühe und eine neue Wärmflasche. Sie wickelte sich die zuletzt getragene Strumpfhose um den Hals, vielleicht half das ja tatsächlich, und machte es sich wieder unter allen Decken auf dem Sofa bequem.

Rosie saß ganz schön in der Scheiße. Ganz gleich, ob sie es gewesen war oder nicht, ihre beste Chance einer Verurteilung zu entgehen, lag wahrscheinlich darin, Zweifel zu säen. Möglichkeiten aufzuzeigen, die einen anderen Täter zumindest nicht ausschlossen. Das würde sie Rosie noch einmal mit Nachdruck vor Augen führen.

Bonbon? Ketchup? kritzelte Karo auf ihren Notizblock. *Brühwürfel?* fügte sie nach einem Schluck aus ihrem Becher hinzu. Wenn Rosie aber nicht die Schuldige war, wovon Karo inzwischen ausging, na ja, zu neunzig Prozent, wer war es dann? Abgesandte der unterfinanzierten indischen Kinderheime schloss sie erst mal aus. Wer weiß, ob die überhaupt von ihrem bevorstehenden Glück wussten. Geheimdienste, die verhindern wollten, dass die Witwe die einst bei einem diplomatischen Diner erlauschten Staatsgeheimnisse publik machte - unwahrscheinlich, äußerst. *Memoiren-Absichten?* notierte Karo. Und die beiden Erben, die ihr Erbe bereits erhalten hatten? Sie waren unverdächtig. Obwohl: Erben sind immer verdächtig. Regel Nummer 19 aus dem Fernkurs *In sechs Wochen zum erfolgreichen Privatdetektiv.*

Karo rutschte noch tiefer unter die Decken.

Diese Erben schienen unverdächtig, weil das verbleibende Erbe gering war. *Ring, Briefbeschwerer etc. schätzen lassen* schrieb Karo. Es blieb die unverrückbare Tatsache, dass Schilling und Ellie an dem Tag nicht in Köln waren. *(Alibis überprüft?)* Und dass sie Frau Lenzmaier das schnell wirkende Gift nicht verabreicht haben konnten. Außer . . . außer, es gab einen brühwürfelähnlichen, ketchuptütengleichen Vorfall, den Rosie übersehen und deshalb nicht erzählt hatte. Oder den sie erzählt, dessen Bedeutung Karo aber nicht erkannt hatte?

Karo schloss die Augen und stellte sich das Schlafzimmer vor. Groß, wohnlich; hell durch die Terrassentüren. Der Blick auf den Rhein. Im Bett die Kranke. Auf dem Nachttisch die drei Glücksbringer, eine Lampe wahrscheinlich, vielleicht etwas Lesestoff. Der Rollstuhl. Sicher mindestens ein Sessel mit kleinem Tisch. Auf einem Regal die Pfeifen, mehr Bücher, Schnickschnack, ein Fernseher. Die Geburtstagsblumen. Rosie, die gerade das Tablett mit dem Geschirr rausbringt.

Halt, Frau Lenzmaier hofft auf den Besuch von Schilling, und Rosie reicht ihr einen Spiegel und ihre Kosmetika und verlässt erst dann den Raum. Frau Lenzmaier schaut in den Spiegel, kämmt über ihre Haare, zieht ihre Lippen nach, fährt mit der Puderquaste über ihr Gesicht, tupft etwas Kölnisch Wasser hinter die Ohren und auf ihre Handgelenke. Nun greift sie nach einem Buch oder einer Zeitschrift, um die Wartezeit zu überbrücken. Vielleicht hört sie auch Radio. Und nimmt wenig später das Gift ein . . . Währenddessen genießt Rosie in der Küche ihre Tasse Kaffee, eine Zigarette und die Schokoladenmousse. Und, wer weiß, vielleicht waren sogar noch ein paar der Weinbrandbohnen übrig.

Moment! Als Rosie von den konfiszierten Pralinen sprach, hatte Karo unwillkürlich die schokoladensüchtige Studentin vor sich gesehen, die mehr Appetit als Geld hatte. Aber inzwischen verdiente Rosie gut. Sie konnte sich die beste Schokolade leisten. Und war sicher nicht so tief gesunken, dass sie ihrer Patientin die Pralinen klauen musste.

Welchen gemeinsamen Nenner hatten Liz Taylor, Liza Minelli und Weinbrandbohnen? Alkohol! Karo grinste so breit wie es ihre aufgesprungenen Lippen zuließen.

Und wo war Frau Lenzmaier höchstwahrscheinlich Liza und beinahe auch Liz begegnet? In der Betty Ford Clinic, darauf würde Karo wetten. Da, wo sich behandeln ließ, wer in Amerika reich, berühmt und drogen- oder alkoholabhängig war.

Karo griff zum Telefon.

„Rosie, warum hast du Frau Lenzmaier die Weinbrandbohnen vorenthalten?“

„Na, sie war Alkoholikerin, habe ich das nicht erwähnt? Trocken zwar, seit Jahren, aber es musste natürlich jeder Tropfen von ihr ferngehalten werden.“

Die Erdbeer-Daiquiris mit Indira Gandhi!

„Noch eins: Wo befanden sich die Kosmetika und der Spiegel, als die Polizei eintraf?"

„Oh, die hatte ich wieder ins Bad geräumt, als der Notarzt übernahm. Ganz automatisch, du weißt, ich bin ein ordentlicher Mensch."

„In diesem Fall ein bisschen zu ordentlich", sagte Karo, die eher das Gegenteil war. „Hör zu. Oder besser, schreib's dir für deinen Anwalt auf: Briefbeschwerer schätzen lassen, Analyse vom Inhalt der Kölnisch Wasser-Flasche veranlassen, Überprüfung von Ellies finanzieller Situation."

„Ohhhh! Du meinst . . . ?"

„Ich bin mir sicher."

Karo drehte sich auf die Seite, schlief zwölf Stunden durch und erwachte mit knurrendem Magen. Es war halb zwei in der Früh. Sie aß eine dicke Käseknifte, trank einen halben Liter Orangensaft und schlief weiter.

Als sie am nächsten Morgen aufwachte, fühlte sie sich etwas besser.

Gegen Mittag rief Rosie an.

„Karo, ich weiß gar nicht, wie ich dir danken kann! Du hattest recht! Ellie soll heute auf Mallorca verhaftet werden. Ich bin baff. Die Blausäure war in der Kölnisch Wasser-Flasche, mit Sekt gemischt, ist das nicht pervers? Sie wußte, dass ihre Patentante früher zur Not das Eau de Cologne getrunken hatte. Hätte man mich drüber informieren müssen. Ts, ts. Und die kleinen gläsernen Briefbeschwerer sind von Baccarat und von Clichy und zusammen ein kleines Vermögen wert. Ich bin fassungslos. Ich hab mal einen fallenlassen. Zum Glück auf den Teppich. Na, ich bin so froh, dass ich mich an dich gewandt habe. Jeder andere hätte mir nicht geglaubt."

Karo räusperte sich. „Um die Wahrheit zu sagen, Rosie, ich hatte auch so einen Moment. Als wir über das Geld sprachen, das sie dir vermacht hat, da hast du irgendwie eigenartig reagiert."

„Ach so." Rosie lachte verlegen. „Ich hatte vielleicht ein wenig ein schlechtes Gewissen. Weil, wenn ich ehrlich bin, die Aussicht auf das Geld hat mich schon beeinflusst. Ich habe zwar reichlich auf der hohen Kante, aber die Aussicht auf mehr finde ich immer ... äußerst anregend." Sie lachte wieder. „Jetzt werde ich mir ein paar Tage Urlaub gönnen, ehe ich mich nach einer neuen Stelle umschaue. Da gibt es ein neues Wellness-Hotel im Schwarzwald. Ruhe, gute Luft, köstliches Essen, Bäder, Packungen, Massagen - Verwöhnung pur. Was hältst du davon?"

„Sehr viel." Karo wickelte sich die alte Strumpfhose vom Hals. „Wohin kann ich meine Rechnung schicken?"

„Ach so. Ja, am besten an meinen Anwalt. Wird ja wohl alles die Rechtsschutzversicherung bezahlen. - Also dann, Karo, vielen vielen Dank nochmal. Du warst absolut großartig. Ich werde dir das nie vergessen. Und wenn ich mal was für dich tun kann - jederzeit."

„Tja ... Es ist so. Ich kann einen Loft auf Zollverein kaufen, zu einem sehr günstigen Preis. Meine Bank will mir aber keinen Kredit für den Kauf einer Eigentumswohnung geben, weil ich als Privatdetektivin unregelmäßig verdiene und nicht besonders viel. Von dem guten Geld, das ich als Putzfrau bekomme, kann ich ihnen ja nichts sagen, wegen der Schwarzarbeit. Und ... und da wollte ich dich fragen, ob du bereit wärst, für meinen Kredit zu bürgen? Ich bin sicher, ich kann ihn abbezahlen, wenn ich mich ein bisschen krumm lege. Und der Loft ist sehr viel mehr wert, von daher wäre es kein Risiko, denke ich ..."

„Tja ..."

„Würdest du darüber nachdenken? Es bedeutet mir sehr viel, Rosie."

„Na klar. Ich werde mal mit meinem Anwalt darüber sprechen, wenn ich aus dem Schwarzwald zurück bin. Glaub mir, mache ich ganz bestimmt. Mach's gut, Karo."

Karo nickte.

Sie hatte verstanden. Hätte ja sein können.

Süße Ruh'

„Ach, *Sie* sind's, Karo! Guten Morgen! Kommen Sie rein. Und ich hätte schwören können, heute ist erst Mittwoch. Ich werde wohl tüddelig."

Karo trat durch die aufgehaltene Wohnungstür in den Flur. „Morgen, Frau Rogalla. Hören Sie auf, mit Ihrem Alter zu kokettieren. Natürlich ist heute Mittwoch. Das wissen Sie ganz genau."

Frau Rogalla lachte. Sie war achtundsiebzig, trug ein Hörgerät und hatte seit einigen Jahren Diabetes. Geistig war sie fit wie ein Turnschuh und ihr Gedächtnis funktionierte bestens. Lezithin und Gedichte verriet sie, wenn jemand fragte. Selten fragte jemand weiter.

„Nun gut. Es ist Mittwoch. Sie wollen mich sprechen, haben aber nicht angerufen. Heißt, Sie möchten die Angelegenheit lieber persönlich besprechen. Nehmen Sie doch Platz. Sie haben auch nicht telefoniert, um zu sehen, ob ich zu Hause bin. Vermute, die Sache ist Ihnen ein wenig unangenehm. Daher – Stier bei den Hörnern gepackt: Wollen Sie mehr Geld?"

Karo schüttelte den Kopf.

„Viel schlimmer: Ich will Sie!"

„Hört sich ja köstlich an, Karo. Na, dann erzählen Sie mal."

Karo rutschte tiefer in den Sessel. Der Regen am Wochenende hatte den weißen Geranien auf dem Balkon zugesetzt. Freitag würde sie sich den Fenstern widmen.

„Tja. Ich habe diesen neuen Fall."

„Na, phantastisch. Glückwunsch!"

Karo nickte. „Erst wollte ich ihn gar nicht annehmen. Es hört sich alles ein bisschen merkwürdig an. Aber es ist erst mein zweiter diesen Monat, und wir haben schon den fünfundzwanzigsten . . . Also habe ich zugesagt. Und wollte da wieder als Putzfrau auftauchen."

Frau Rogalla nickte. „Exzellente Tarnung."

„Aber diesmal unmöglich. Es gibt dort seit Jahren eine feste Putzfrau, und Herr Haase, das ist der Auftraggeber, meinte, er könne sie nicht auswechseln, ohne dass Fragen gestellt würden. Ich sagte, kein Problem. Aber natürlich ist es eins. Und mein Büro fand er schäbig, glaube ich . . ."

„Kein Fan der fünfziger Jahre im Original."

„Nein . . . Jedenfalls, ich sagte, kein Problem, dann würde ich eben eine Mitarbeiterin einsetzen. Das wischte ihm den herablassenden Ausdruck aus dem Gesicht. Sie haben eine Mitarbeiterin, fragte er. Na ja, und irgendwie ließ ich mich hinreißen. Mehrere freie Mitarbeiter und Mitarbeiterinnen stünden mir zur Verfügung, behauptete ich. Ich sah sie geradezu vor mir. Für jede Situation die richtige Person. Und für diesen Fall würde ich auf jemanden aus meinem Seniorenteam zurückgreifen. Er war schwer beeindruckt."

„Kann ich mir vorstellen."

„Na ja, und dann ging er, und ich saß da. Ohne Mitarbeiter. Ohne Seniorenteam. Die Jobvermittlung des Arbeitsamtes kommt wohl nicht in Frage. Für eine Anzeige im Stil von ‚Detektei sucht Senior/in für Undercover-Job' bleibt keine Zeit. Und da fielen mir die Bücher ein, die ich hier bei Ihnen so oft abgestaubt habe. Agatha Christie, Amanda Cross und so weiter. Und ich dachte, vielleicht könnte ich Sie bitten, Frau Rogalla, Sie fragen . . ."

„Ja!"

„. . . ob Sie eventuell –"

„Ja!"

„Ja? Aber Sie wissen doch noch gar nicht, worum es geht!"

„Ich würde sagen, es geht um einen Fall, in dem Sie eine ältere, um nicht zu sagen alte Person brauchen, die für Sie die Augen aufhält, weil Sie dort nicht als Putzfrau auftreten können. Also an einem Ort, an dem sich alte Leute aufhalten, möglicherweise in einer Institution. Ein Altersheim?"

„Meine Güte, Frau Rogalla. Genau. Jedenfalls so was in der Art. Es handelt sich um eine der *ALTERnativen.* ‚Alter' in Großbuchstaben. Ich weiß nicht, ob Ihnen die ein Begriff sind?“

„Aber ja. Das dezentrale Altersheim. Je Stadt auf mehrere Wohnhäuser verteilt. Beliebt, wie ich gehört habe. Eine Bekannte hat sich für die *ALTERnative* in Rellinghausen angemeldet. Lange Wartelisten.“

„Ja, das sagte Herr Haase auch. Er ist der Verwaltungsleiter der *ALTERnativen* im Ruhrgebiet und am Niederrhein. Eine Betriebsprüfung ergab, dass die *ALTERnative Essen-Frohnhausen* weitaus weniger Kosten verursacht als die anderen siebzehn Häuser. Die Fixkosten sind überall vergleichbar. Miete, Personal, die allgemeinen Dienste. Ihm war wohl bewusst, dass Frohnhausen weniger Arbeit macht. Kaum Beschwerden, um die er sich kümmern muss. Weniger Arztbesuche für Wehwehchen, solche Sachen. Das Personal ist gerne da, bleibt lange. In diesem Bericht wurde das alles in Kosten ausgedrückt. Die Zeit, die es ihn und seine Leute kostet, sich um Beschwerden der alten Herrschaften und des Personals zu kümmern. Die Häufigkeit, mit der der Hausarzt gerufen wird. Per-sonalwechsel. Kosten der Suche und Einarbeitung. In siebzehn Heimen vergleichbare Zahlen. Die *ALTERnative Essen-Frohnhausen* fällt völlig raus.“

„An sich erfreulich, oder?“

„Dachte Herr Haase auch. Aber nun setzt man ihn unter Druck. Der Träger will von ihm wissen, warum das so ist. Er soll die gleichen Prinzipien in den anderen *ALTERnativen* zum Einsatz bringen, ansonsten würden sie seinen Vertrag nicht verlängern. Er hat geguckt, hat überlegt. Er kann nichts finden. Die Zeit läuft ihm davon. Der Druck auf ihn nimmt zu. Er fürchtet um seinen Job. Kostensenkung ist der neue Götze, sagte er, selbst in solch einer der Kirche nahestehenden karitativen Einrichtung. Ich wies ihn darauf hin, dass ich vielleicht nichts finden werde, weil es nichts zu finden gibt. Dass die Leute dort möglicherweise einfach gesünder, zufriedener, weniger klagefreudig sind als in den anderen Häusern. Kann doch alles Zufall sein.“

„Das glaubt er offensichtlich nicht."

„Nein. Statistiken lügen nicht, meinte er. Ich soll sozusagen dem Geheimnis ihres Glücks auf die Spur kommen, damit er es in Flaschen abfüllen und den Bewohnern der anderen Häuser verabreichen kann."

„Um seinen eigenen Kopf zu retten. Wie kann ich Ihnen helfen, Karo?"

„Ich wollte Sie fragen, ob Sie für zwei, drei Wochen dort einziehen würden. Eine Bewohnerin ist kürzlich gestorben. Das Apartment ist frei, weil die neue Mieterin noch im Urlaub ist. Herr Haase würde alles arrangieren und Sie als neue ALTERnativlerin vorstellen."

„Keine Frage. Mache ich. Ich werde mir vorkommen wie Miss Climpson. Und in der Zwischenzeit lasse ich meine Wohnung streichen. Passt alles wunderbar."

„Miss wer?"

„Miss Katherine Climpson. Bei Dorothy Sayers wurde sie von Lord Peter Wimsey in solchen Fällen eingesetzt. Als effiziente Sekretärin mittleren Alters. Als unauffällige Bewohnerin einer Pension. Sie beobachtete, spionierte, horchte aus, lauschte dem Klatsch."

„Genau das, was ich mir vorgestellt habe, Frau Rogalla. Vor allem beobachten, zuhören, die Augen offen halten. Und sollte Herr Haase Sie fragen –"

„... bin ich das jüngste Mitglied Ihres Senioren-Teams."

Frau Rogalla besprach mit dem Malermeister den neuen Anstrich ihrer Wohnung. Sie war sehr zufrieden. Bis sie aus der *ALTERnative* zurückkam, würde der Farbgeruch verflogen sein und Karo alle Spuren der Handwerker beseitigt haben. Sie war eine so exzellente Putzfrau. Ein Glück, dass sie von ihren Aufträgen als Privatdetektivin noch nicht leben konnte. Es bereitete Frau Rogalla nämlich das größte Vergnügen, eine Putzfrau zu haben, die außerdem Privatdetektivin war. Da machte es auch gar nichts, wenn Karo mal wegen eines Falles den Freitagstermin verschob oder eine Vertretung schickte.

Frau Rogalla war außerhalb der Buchdeckel ihrer Krimis noch nie mit der Welt des Verbrechens in Berührung gekommen, sieht man davon ab, dass ihr im Sommer 1958 im Kurpark von Bad Kissingen das Portemonnaie entwendet worden war.

Und nun würde sie, Marianne Rogalla, als Hilfsdetektivin ins Lager der ahnungslosen Verdächtigen eingeschleust werden. Das amüsierte sie.

Wie üblich kam Herr Haase als Verwaltungsleiter vorbei, um die neue Bewohnerin der *ALTERnative Essen-Frohnhausen* zu begrüßen. Er machte Frau Rogalla mit den wenigen Hausregeln bekannt und versorgte sie mit kleinen Merkzetteln zu Restaurantservice, Putzdienst, ärztlicher Versorgung und Kulturangeboten.

Mit keiner Miene, keinem Wort verriet er, dass sie sozusagen in seinem Auftrag hier war.

Frau Kogler, eine rundliche Witwe Ende Sechzig mit orange-rot gefärbtem Bubikopf, machte Frau Rogalla mit den anderen Bewohnerinnen bekannt.

Frau von Kamp, trotz Gärtnerschürze und lehmiger Hände ganz Dame, unterbrach ihre Arbeit im begrünten Innenhof. Sie hatte eine rote Kletterrose gemulcht.

„Es freut mich, Sie bei uns begrüßen zu dürfen, Frau Rogalla. Die Pflanzen hier sind meine Domäne, ich erwähne es lieber gleich. Abgesehen davon gehört der Hof natürlich allen. Im Sommer ist er unser zweiter Salon."

„Sehr einladend, Frau von Kamp. Eine Oase, mitten in der Stadt. Mein Kompliment." *Ich sah des Sommers letzte Rose stehn, sie war, als ob sie bluten könne, rot,* zitierte Frau Rogalla in Gedanken die ersten Zeilen des Hebbel-Gedichts. Ihr heimliches Hobby war es, aus dem Schatz ihrer auswendig gelernten Gedichte zu Alltagssituationen passende Verse zu erinnern.

„Frau von Kamp hat eine der beiden großen Wohnungen. Muß man sich leisten können", erläuterte Frau Kogler, als sie den Hof verließen. „Das Ehepaar Ullmann hat die andere. Sie sind zur Zeit aber verreist. Und Frau Petri ist noch auf

Ischia. Fangopackungen und so etwas. Sie hat starkes Rheuma. Aber sonst sind alle da.“

Frau Kogler plauderte ohne sichtbar Luft zu holen. Frau Rogalla nahm sich vor, sie als Informationsquelle zu kultivieren.

„Abgesehen von dem verreisten und verheirateten Herrn Ullmann haben wir zur Zeit leider keinen männlichen Bewohner. Unser Herr Beck starb im letzten Jahr. Mitte Siebzig, aber ein *Mann,* wenn Sie verstehen, was ich meine.“

Frau Rogalla war sich nicht sicher. Sie lächelte und nickte.

„Wir haben es alle so bedauert, als er uns verließ. Alle. Außer Frau Ullmann natürlich. Nehme ich jedenfalls an . . .“

Frau Kogler drückte auf die Klingel neben einer Wohnungstür. „In diesem Apartment wohnt Frau Scheib. Ach, hallo, Scheibchen. Darf ich dir Frau Rogalla vorstellen?“

Frau Scheib war leidenschaftliche Seidenmalerin. An ihren Wänden hingen gerahmte Tücher. Um ihren Hals war ein in grau und schwarz bemalter Seidenschal geschlungen. Und ihre Bluse hatte sie mit einem Muster versehen, das Frau Rogalla nur als psychedelisch bezeichnen konnte.

„. . . jederzeit, liebe Frau Rogalla. Ich bin jederzeit bereit, es ihnen beizubringen. Es ist so befreiend, mit den Farben umzugehen. Manchmal fließen sie langsam wie Honig in den Stoff, meditativ. Dann wieder explodiert alles. Ach! Farben, Farben!“

Im Speisezimmer lernte Frau Rogalla dann Frau Biehn und Frau Hertling kennen. Frau Hertling, sportlich, bot an, sie zu ihrer täglichen Schwimmstunde in die Badeanstalt mitzunehmen.

„Chlorallergie“, murmelte Frau Rogalla und lehnte dankend ab.

Frau Biehn sah leidend aus und sprach mit schwacher Stimme.

„Eine kürzliche Brustkrebsoperation“, erläuterte Frau Kogler leise.“

Einen Pflegefall gab es im Haus: Frau Sellmann, im Apartment neben Frau Rogalla.

„Wenn sie mal bei sich ist, besuchen wir sie, ja?“, sagte

Frau Kogler. „Sie ist sehr nett. Die Arme hat oft solche Schmerzen. Die Pflegerinnen sind reizend, zum Glück. Und wir tun auch, was wir können. Man darf die Hoffnung nicht aufgeben, sage ich immer."

Frau Rogalla nickte und dachte an Emily Dickinson. *‚Hoffnung' ist das Federding, das - In der Seele schwingt - Und die Lieder ohne Worte - Ohne Ende singt -*

Frau Rogalla fand bald ihren Rhythmus in der neuen Umgebung. Zum Frühstück hätte ihr eine Tasse Kaffee und etwas Toast aus ihrer Miniküche gereicht. Doch pflichtbewusst ging sie täglich gegen neun Uhr in das Speisezimmer, wo sie immer einige der Damen antraf, die sie, selten nötig, zum Reden bringen konnte.

Nachmittags setzte sie sich mit dem Gedichtband in den grünen Hof oder den Salon. Manchmal nahm sie auch ihr Strickzeug mit. *Strick dir eine neue Seele, wirf die alte auf den Müll, selbstgestrickte halten besser . . .*

Ihrem Auftrag gemäß, beobachtete sie, hörte anderen Gesprächen zu, befragte die Bewohnerinnen nach ihren Erfahrungen, Unternehmungen, Eindrücken in der *ALTERnative Frohnhausen.*

Die Damen kamen anscheinend gut miteinander aus. Kleinere Unstimmigkeiten wurden nicht allzu ernst genommen und rasch beigelegt. Die meisten hatten Familie oder einen Bekanntenkreis außerhalb der *ALTERnative.* Trotzdem wurde die Geselligkeit innerhalb des Hauses gepflegt. Mehrmals die Woche traf man sich zum Kaffeetrinken bei Frau von Kamp, die gerne - diskret, aber eisern - auf ihre Position als erste Dame des Hauses hinwies.

Man nahm auch viele der kulturellen Angebote wahr, die von der zentralen Verwaltung der *ALTERnativen* organisiert wurden: Musikabende oder Lesungen, Bustouren zu Ausstellungen oder Theateraufführungen in der Umgebung.

Die Bewohnerinnen der *ALTERnative Frohnhausen* fielen in dieser Hinsicht nicht aus der statistischen Norm, das hatte Karo schon beim Studium der Teilnehmerlisten festgestellt.

Die Putzfrau, Anita Pelke, kam seit vielen Jahren täglich ins Haus.

„Näh, die sind alle nett hier", bestätigte sie Frau Rogalla. „Sie werden sich hier bestimmt wohlfühlen. Ich bin echt gründlich, das werden Sie ja schon gemerkt haben . . ."

Frau Rogalla ermahnte sich, dass gewiss kaum eine Putzfrau dem Vergleich mit Karo standhalten würde, und nickte zustimmend.

„. . . aber wenn ich mal nicht so drauf bin und nicht jede Ecke poliere, da wird sich nicht gleich beschwert bei dem Herrn Haase, nee, hier nicht. Wenn ich da von den Kolleginnen höre, wie das in den anderen Häusern ist, also, nee. Und jedes Mal, wenn sie nach Holland fahren, dann bringen sie mir 'n großes Stück von dem ganz alten Gouda mit. Den mag mein Fred so gerne. Echt nett, oder?"

Frau Rogalla nickte und machte sich eine Gedankennotiz.

Jeden Nachmittag gegen zwei Uhr rief Karo sie an. Sie stellte ihre Fragen immer so, dass Frau Rogalla kurz und neutral antworten konnte. Nur für den unwahrscheinlichen Fall, dass jemand lauschte.

Fast zehn Tage waren vergangen, als Frau Rogalla am Telefon zu Karo sagte: „Heute gehe ich mal ins Kino, dachte ich. In die Nachmittagsvorstellung."

‚Kino' war das verabredete Code-Wort für ein Treffen in Karos Büro in der Lichtburg. Karos Kundschaft musste an der Kasse vorbei, durch das Foyer und hinauf zur Film-Bar, ehe sie auf die Treppe stießen, die zu Karos Büro führte. Etwas umständlich, aber dafür war die Miete niedrig und die Möblierung aus den fünfziger Jahren inklusive.

Karo erwartete Frau Rogalla in der Film-Bar. Sie nahmen zwei Cappuccinos mit ins Büro. Karo setzte sich in ihren Drehstuhl. Frau Rogalla nahm in dem apricotfarbenen Cocktailsessel Platz. Sie strich mit einer Hand über den Bezug.

„Zu denken, dass Romy mal in ihm gesessen hat . . . Mein Mann und ich sind hier oft in Premieren gewesen, habe ich Ihnen das mal erzählt?"

Karo schüttelte den Kopf.

„Gary Cooper haben wir gesehen, Hans Albers, Jean Marais ... Das war in den fünfziger Jahren. Vor Ihrer Zeit. Und Trevor Howard. Für den habe ich geschwärmt. Ja, wir sind oft ins Kino gegangen. Die Kinder konnte man damals einfach im Kino-Kindergarten abgeben. Sehr praktisch." Sie lächelte. „Aber nun zu meinem Bericht. Schauen Sie mich nicht so erwartungsvoll an, Karo. Ich habe nichts Dramatisches zu erzählen. Das Leben in der *ALTERnative* verläuft zivilisiert und ist angenehm. Und nur, weil alles so normal und unauffällig scheint, sind mir die folgenden Kleinigkeiten aufgefallen, die möglicherweise aber völlig bedeutungslos für uns - für Sie - sind ..."

„Nun sagen Sie schon!", rief Karo.

„Erstens: Alle fünf Damen, die zur Zeit da sind - Frau Sellmann, die ein Pflegefall ist, nehme ich mal aus - alle fünf Damen sind sehr vergesslich. Sie sind alle jünger als ich, und es ist mir bei jeder aufgefallen. Außerdem sagen sie es selbst. Zweitens: Drei, vier von ihnen machen alle paar Wochen einen Ausflug nach Amsterdam, selbst organisiert. Er wird nicht etwa von der zentralen Verwaltung für alle *ALTERnativen* angeboten."

„Tulpenliebhaberinnen?", sagte Karo.

Es glänzt der Tulpenflor, durchschnitten von Alleen ...

„Aber doch nicht im Sommer, Karo. Jedenfalls fahren sie immer mit Frau Petri, die als Einzige ein Auto hat. Sie muss ihren Aufenthalt auf Ischia verlängern, hörte ich. Bandscheibenvorfall. Den Ausflug wollen sie aber nicht verschieben, scheint ihnen wichtig zu sein. Sie überlegen, mit der Bahn nach Amsterdam zu fahren. Wenn Sie einverstanden sind, biete ich an, sie mit meinem Wagen hinzubringen."

Karo nickte. „Kann nicht schaden. Ist es Ihnen nicht zu anstrengend?"

„Ach wo. Ich fahre gerne. Da ist aber noch etwas, vielleicht ein wenig albern, aber es hat mich geärgert ... Ich war jetzt ein paarmal zu diesen Kaffeenachmittagen bei Frau von Kamp. Es ist hübsch gedeckt, gibt Kaffee, Tee, mehrere Teller mit Gebäck. Alles selbst gebacken natürlich. Soweit, so normal. Jedes Mal gab es einen Teller mit Plätzchen, der mir nicht angeboten wurde und der, egal wo ich mich hinsetzte, so außerhalb meiner Reichweite geschoben wurde, dass ich nicht rankam ... Und viertens: Die Besucher, die ins Haus kommen, sind alle sehr gepflegt, fast immer älter. Zweimal war ein Jugendlicher da, der ziemlich abgerissen aussah, und der zu Frau von Kamp wollte, was mich wunderte. Er blieb nie lange. Beim letzten Mal sah ich beide im Hof. Er schien ungeduldig, und sie schüttelte immer wieder den Kopf."

„Sie konnten nicht herausfinden, wer er war?"

„Nein. Der Sohn von Bekannten, sagte Frau von Kamp auf meine Frage, sehr abweisend. Ich habe dann nicht weitergefragt. Aber ein Foto konnte ich machen, da ich mich schnell auf der anderen Straßenseite postiert und gewartet habe, bis er rauskam. Kein Meisterwerk, aber man kann ihn erkennen."

Karo hatte sich alles notiert. „Hm. Ich werde mal darüber nachdenken."

Frau Rogallas Angebot, ihre Mitbewohnerinnen nach Amsterdam zu fahren, wurde dankbar angenommen. Schon zwei Tage später brauste Frau Rogalla in ihrem grünen Volvo über die Autobahn, neben sich Frau von Kamp, auf dem Rücksitz die Damen Scheib, Kogler und Hertling. Das Wetter war sonnig, aber nicht zu warm. Frau Rogalla freute sich auf den Tag.

Nach ihrer Ankunft stärkten sie sich mit einem Imbiss und Kaffee, bummelten durch die Straßen. Plötzlich hakte sich Frau Kogler bei Frau Rogalla ein, um mit ihr den Gouda für die Putzfrau zu besorgen, während die restlichen drei es eilig hatten, anderen Zielen zuzustreben.

„In zwei Stunden am Auto", rief Frau von Kamp und bog mit Frau Scheib und Frau Hertling um die nächste Ecke.

„Ach, ich glaube, ich warte hier auf dieser Bank auf Sie", sagte Frau Rogalla zu Frau Kogler. „Ich bin von der Fahrerei doch etwas erschöpft." Frau Kogler nickte verständnisvoll und machte sich alleine auf die Suche nach einem Käseladen. Kaum hatte sie ihr den Rücken zugekehrt, hastete Frau Rogalla den drei Damen hinterher.

„Und wohin gingen sie wohl?“, fragte sie Karo am nächsten Tag nach einem eilig arrangierten Kinobesuch.

„Na?“

„Zu einem Coffieshop nach dem anderen. Sechs insgesamt. Zum Glück lagen sie nicht weit auseinander.“

„Coffee Shop? Was – OH! COFFIESHOP! Sie meinen ... Frau Rogalla, Sie wollen mir doch nicht sagen ...“

Frau Rogalla nickte. „Das weiß ich aus der Zeitung, dass in Holland weiche Drogen in sogenannten Coffieshops verkauft werden dürfen.“

„Marihuana? Sie meinen, in Ihrem Altersheim wird gekifft? Hah. Eine echte Alternative. Herrn Haase wird der Schlag treffen.“

„Also, ich weiß nicht, ob sie das rauchen. Müsste man das nicht riechen? Süßlich?“

Karo nickte.

Süße Ruh‘, süßer Taumel im Gras, von des Krautes Arome umhaucht ..., kam es Frau Rogalla in den Sinn. Annette von Droste-Hülshoff, im letzten Herbst memoriert.

„Das haben Sie phantastisch gemacht, Frau Rogalla. Ich bin sicher, damit sind Sie dem Geheimnis der glücklichen *ALTERnative* auf die Spur gekommen.“

Frau Rogalla öffnete ihre Handtasche und holte ein schmales Päckchen heraus. Sie legte es auf den Schreibtisch.

„Hier, ich will es eigentlich nicht behalten.“

„Frau Rogalla!“

„Nun, ich bin in einen der Coffieshops gegangen, als die Damen weg waren. Rick‘s Café hieß es. Sagte, ich hätte gerne dasselbe wie meine Freundinnen, die gerade da waren. Tja – schon hatte ich es. Ich muss gestehen, mir war nicht ganz wohl, als wir über die Grenze fuhren.“

„Frau Rogalla ...“, sagte Karo schwach. „Sie ...“

Karo schüttelte den Kopf und steckte das Päckchen in eine Schreibtischschublade. „Damit geht es in die letzte

Runde. Ich muss noch einige Recherchen anstellen, ehe ich Herrn Haase informiere. Aber Ihre Arbeit ist damit erledigt, Frau Rogalla. Eigentlich könnten Sie wieder nach Hause ziehen. Ist übrigens schön geworden."

„Ja, in ein paar Tagen. Hat ja keine Eile. Bis dahin hat sich der Farbgeruch hoffentlich verzogen."

„Okay, dann machen Sie sich noch ein paar schöne Tage in der *ALTERnative.* Frau Rogalla - Sie waren klasse."

Karo studierte ihre Notizen, kritzelte ein paar Ideen dazu und machte eine Liste. Sie telefonierte mit der Drogenberatung und mit dem Zollamt. Am nächsten Morgen ging sie zur Kripo, um weitere Informationen einzuholen.

Am selben Nachmittag setzte sich Frau Rogalla an Frau von Kamps Kaffeetisch. Sie war fast nostalgisch gestimmt. Es war das letzte Mal, auch wenn die anderen Damen es nicht wussten. Frau Scheib ließ ihre mit Klatschmohn bemalte Seidenbluse bewundern. Frau Hertling mokierte sich über den neuen Bademeister im Hallenbad. Frau Biehn, deren Chemotherapie vorerst abgeschlossen war, sah etwas besser aus. Als auf der Straße Reifen quietschten und Blech auf Blech schepperte, schreckten alle zusammen.

„Ohmeingott!", rief Frau Kogler und war die Erste am Fenster.

„Was ist passiert?"

„Können Sie was sehen?"

„Rücken Sie mal ein Stück."

Frau Rogalla behielt die fünf Damenrücken vor dem Panoramafenster im Auge. Sie beugte sich über den Tisch und entfernte mit beiden Händen ein halbes Dutzend Plätzchen von dem ihr vorenthaltenen Teller. Handtasche auf, Handtasche zu. Nicht lange danach verabschiedete sie sich.

Abends, gegen zehn Uhr, rief Karo an. „Frau Rogalla, wollen Sie dabei sein, wenn ich Herrn Haase morgen unsere Untersuchungsergebnisse vortrage?"

„Häschen - hopp", sagte Frau Rogalla. „Häschen - hopp!" Sie kicherte.

„Frau Rogalla? Geht es Ihnen gut?"

„Wunnerbar . . . ich meine, wunderbar . . . Karo. Gebacken! Ich weiß es jetzt. Deshalb riecht es nicht, weil: gebacken, Karo."

Karo warf den Hörer auf die Gabel. In einer Viertelstunde war sie in der *ALTERnative* in Frohnhausen.

Frau Rogalla hing entspannt in einem Ohrensessel und strahlte. „Selbstversuch. Eins habe ich übrig gelassen. Beweisstück. Gut, nicht?" Frau Rogalla bekam einen Heiterkeitsanfall.

Herr Haase war, wie nicht anders zu erwarten, entsetzt.

„Haschischplätzchen? Drogenhandel? Sie sind alle süchtig? Ich kann mich nur noch erschießen . . ."

„Niemand sagt, dass sie süchtig sind, Herr Haase. Allerdings konsumieren sie wohl regelmäßig. Sie haben alle ein schlechtes Kurzzeitgedächtnis, das ist typisch, habe ich mir sagen lassen. Und Frau von Kamp ist diejenige, die den Überschuss an den kleinen Dealer verkauft. Sie bekommen in Holland offensichtlich mehr als die erlaubten fünf Gramm pro Person. Sonst könnten sie nicht so oft Plätzchen backen und noch zusätzlich Haschisch verkaufen. Der Dealer ist der Polizei bekannt. Ich habe ihn mir am Hauptbahnhof für ein kurzes Gespräch gegriffen. Sie bessert nur ihr Taschengeld auf, meinte er."

Herr Haase stöhnte auf.

Karo begleitete ihn zu seinem Gespräch mit Frau von Kamp. Die war zuerst empört, ganz Dame. Dann leugnete sie. Karo benannte die Coffieshops, erwähnte die Haschplätzchen. Frau von Kamp wurde bleich.

„Nun gut, ich gebe es zu. Aber wir benutzen es als Medizin. Dagegen ist doch wohl nichts einzuwenden. Frau Biehn gegen die fürchterliche Übelkeit während ihrer Chemotherapie. Mir hilft es gegen den hohen Augeninnendruck, und uns alle entspannt es einfach. Wäre es Ihnen lieber, wir würden trinken oder noch mehr Tabletten schlucken? Frau Sellmann mit ihren chronischen Schmerzen gebe ich es übrigens auch. Es ist im Honig. Sowieso ist es nur eine Frage der Zeit, ehe Cannabis wieder in der Medizin zugelassen wird."

Herr Haase klappte seinen Mund zu.

„Außerdem steht das Rezept in dem sehr guten und dazu noch literarischen Kochbuch von Alice B. Toklas. Gertrude Stein, Sie wissen schon."

„Wer?"

„Eine Rose ist eine Rose ist eine Rose", sagte Frau von Kamp.

„Was!?"

„Das ist ein Satz von Gertrude Stein", sagte Karo.

„Leider lesbisch", bemerkte Frau von Kamp. „In Paris."

„Aha", sagte Herr Haase, als sei damit alles erklärt.

„Die Literatur Buchhandlung im Grillo-Theater hat das Buch meist vorrätig. Ich verschenke es gerne. Da ist sogar ein Vorwort von dem Siebeck drin."

Herr Haase warf Karo einen hilfesuchenden Blick zu.

„Nun gut, Mutter Theresa", sagte sie. „Ich sollte Ihnen vielleicht verraten, dass ich mit Ihrem jungen Dealer-Freund geredet habe, der Ihnen gutes Geld für den Stoff bezahlt, was Sie zu einer mickrigen, aber immerhin Drogenhändlerin macht."

Frau von Kamp schlug mit der flachen Hand auf den Tisch. „Ich muss doch sehr bitten. Herr Haase, wer ist diese Person überhaupt?"

Herr Haase wischte sich den Schweiß von der Stirn.

„Es muss aufhören, Frau von Kamp. Es muss aufhören. Kein Haschisch, keine Fahrten nach Holland mehr und vor allem kein Drogenhandel! Sonst . . ."

„Sonst?"

„ . . . zeige ich Sie an. Beim Rauschgiftdezernat."

Frau von Kamps Lippen wurden schmal. Sie nickte.

Herr Haase atmete auf. „Noch eine Bedingung."

„Ja?"

„In den nächsten vier, fünf Monaten möchte ich Beschwerden aus diesem Haus. Klagen. Anrufe. Nichts Großes, aber genug, um die Verwaltung in Trab zu halten. Organisieren Sie etwas, das können Sie ja."

Ein neuer Schwung lag in Herrn Haases Gang, als er die *ALTERnative Frohnhausen* verließ.

Für Frau Rogalla, die ein Honorar abgelehnt hatte, entdeckte Karo ein paar Wochen später im Schaufenster des Antiquariats Wünnenberg das passende Geschenk: eine von Agatha Christie signierte deutsche Erstausgabe von *Lauter reizende alte Damen.*

After Eight

Es begann zu nieseln. Karo klappte ihren Jackenkragen hoch, zog den Kopf ein und legte einen Schritt zu. Den ganzen Tag war es nicht richtig hell geworden. Selbst das Putzen machte da keinen rechten Spaß.

Sie bog in den Eingang der Lichtburg und nickte dem Kassierer zu. Vor der Kasse hatte sich eine kurze Schlange gebildet. Die Retrospektive mit amerikanischen Kriminalfilmen aus den dreißiger und vierziger Jahren war ein voller Erfolg.

Sie hatte ein Auge auf das Plakat geworfen, das im Schaukasten für die Filmwochen warb, eine Collage aus Fotos von Alan Ladd, Bogart, Veronica Lake und Mary Astor. Es wäre das ideale Geburtstagsgeschenk für Moni. Sie würde Berny noch ein bisschen bearbeiten müssen, damit er es in ihre Richtung verschwinden ließ, wenn der Schaukasten neu dekoriert würde.

Auf dem Weg nach oben in ihr Büro machte sie in der Film-Bar halt und ließ sich von Giorgio einen Cappuccino geben.

„Schreib ihn an, Schorschi. Ich zahle Anfang des Monats oder so."

„Und, was macht die Kundschaft, Karo?"

Karo zuckte mit den Schultern. „Was immer sie macht - sie macht es nicht bei mir. Hast Du noch genug Visitenkarten?"

„Reichlich. Ich verteile sie mit den Rechnungen."

„Gut. Danke. Bis später, Schorschi."

Karo schloss ihr Büro auf. Bei diesem Wetter war es darin besonders schummrig. Sie stellte die Tasse auf dem Schreibtisch ab und hängte ihre Jacke an den Wandhaken. Sie knipste die Schreibtischlampe an, holte die Zeitungen aus ihrer Schultertasche und machte es sich im Drehstuhl bequem.

Es war Dienstag. Daher gab es die FAZ, die Welt, die Süddeutsche und die WAZ. Sie las die entsorgten Zeitungen ihrer jeweiligen Arbeitgeber.

Karo begann mit dem Lokalteil der WAZ. Der große Krach in der Oper ging in die vierte Woche . . . die Parkuhren-Regelung in der Innenstadt wurde schon wieder neu diskutiert . . . ach, und Heinz Grabowski war tot.

Der skandalumwitterte und mit mindestens einem Bein in der Halbwelt stehende Geschäftemacher war erst letzte Woche wieder in die Schlagzeilen der Presse an Rhein und Ruhr geraten. Die getrockneten Mischpilze, die er in Massen und so günstig an diverse Feinkostgeschäfte und Restaurants der Region geliefert hatte („Aus biologischem Anbau in Wyoming"), enthielten einen hohen Anteil alter verstrahlter Pfifferlinge aus Osteuropa.

SPÄTE GRÜSSE AUS TSCHERNOBYL hatte die Schlagzeile der Bild-Zeitung gelautet. Grabowski hatte wie immer seinen Profit eingestrichen und seine Unschuld beteuert. Niemand glaubte ihm. Niemand konnte ihm etwas beweisen. Und nun war er tot. Gestorben nach dem Genuss eines Pilzgerichts, das versehentlich einige Giftpilze enthalten hatte.

Karo lächelte. Sie liebte es, wenn das Schicksal ironisch wurde. Die Zeitung wies eindringlich auf die Pilzberatungsstellen hin. Der Sprecher des Verbandes der Einzelhändler nannte diesen Vorfall eine unrühmliche Ausnahme. Die Pilze ihrer Mitglieder seien geprüft und daher ungiftig. Strahlungsarm sagte er nicht.

Das Telefon klingelte zweimal kurz. Giorgio ließ sie wissen, dass jemand auf dem Weg zu ihrem Büro war. Karo ließ Tasse und Zeitungen in einer leeren Schublade verschwinden. Sie warf das Strafgesetzbuch auf den Schreibtisch, öffnete einen Ordner, ergriff einen Bleistift mit der einen, den Telefonhörer mit der anderen Hand und wartete. Es klopfte.

„Herein", rief Karo. Die Tür öffnete sich.

„Ich freue mich, dass Sie mit dem Ergebnis so zufrieden sind", sagte Karo in den Hörer. „Der ausführliche Bericht geht Ihnen umgehend zu . . . Ja, danke."

Sie legte auf.

„Bitte setzen Sie sich doch", sagte sie zu der Frau, die an der Tür stehengeblieben war. Mitte fünfzig, in einem dunklen Kostüm, hellen Strümpfen und flachen Schuhen. Ein Madonnengesicht mit großen braunen Augen. Dunkle, silbern durchzogene Haare, die vom Mittelscheitel über die Ohren fielen und hinten zu einem tiefsitzenden Knoten zusammengefasst waren.

Chefsekretärin, dachte Karo. Oder Lehrerin in einem Mädchengymnasium?

„Ich bin Karola Rutkowsky. Was kann ich für Sie tun?"

Die Frau lächelte, nickte und setzte sich in den Sessel. Ihre Handtasche behielt sie auf dem Schoß.

„Lehner. Marga Lehner."

Karo wartete.

„Ich bin Buchhalterin. Ich kann es mir nicht leisten, meine Stellung zu verlieren. Vor allem jetzt nicht . . . Also kann ich nicht zur Polizei gehen."

Karo nickte.

„Aber irgendetwas muss ich tun. Ich habe ihn geliebt. Er hat mich geliebt, irgendwie. Ich bin es ihm schuldig, wissen Sie?"

„Ihm?"

„Meinem Chef. Er ist tot . . . Und ich glaube, er ist ermordet worden."

„Echt?", rief Karo. Höchste Zeit, dass ihr mal wieder jemand einen Mordfall übertrug! „Ich meine – wirklich? Das wäre ja furchtbar."

Ihre Besucherin schloss kurz die Augen. „Ja. Schrecklich."

„Aber, Frau Lehner, was bringt Sie auf diesen Verdacht?"

„Ja, also, ich kann einfach nicht glauben, dass es ein Unfall war, ein Zufall. Weil – ich weiß ganz genau, dass er keine Pilze mochte. Er hatte einen ausgesprochenen Widerwillen dagegen. Und –"

„Pilze? Frau Lehner, reden wir vielleicht von Grabowski?“

Frau Lehner nickte.

„Und Sie sind - waren - seine Buchhalterin?“ Die Frau sah so harmlos aus. Und so ehrlich.

Frau Lehner nickte. „Seine Buchhalterin und . . . seine Geliebte.“

Karo erinnerte sich an ein Zeitungsfoto von Grabowskis junger Ehefrau, blond und lebenslustig.

Frau Lehner hob ihr Kinn und sagte nichts.

Karo riss sich zusammen. „Also, dann kannten sie ihn sehr gut. Beruflich wie privat.“

„Ja. Er ekelte sich vor Pilzen. Aber wie kann ich das sagen? Anscheinend weiß Frau Grabowski nichts davon. Wundern tut‘s mich nicht. Aber, wenn . . . wenn alles über uns rauskäme - sie würde dafür sorgen, dass ich meine Stellung verliere. Und ich hätte wahrscheinlich Mühe eine neue Position als Buchhalterin zu finden. Ich bin eine ausgezeichnete Kraft, verstehen Sie mich nicht falsch - aber die, mh, spezielle Art der Geschäfte, in die ich gewissermaßen eingeweiht war, würde manchen Arbeitgeber zögern lassen . . . verstehen Sie? Ich meine, ich habe nur meine Arbeit gemacht, aber . . . na ja.“

„Es war nicht immer die feinste Arbeit“, ergänzte Karo.

Frau Lehner lief tiefrosa an. „Hören Sie, ich bin nicht hergekommen, um mich beleidigen zu lassen. Wenn Sie nicht interessiert sind . . .“

„Entschuldigen Sie. Ich bin durchaus interessiert.“

Die erste Kundschaft seit zwei Wochen. Vielleicht ein Mord. Natürlich war sie interessiert.

Karo nahm einen Schreibblock aus der Schublade. Sie kritzelte einen Pilz auf den Block und malte ihn schwarz aus.

Frau Lehner räusperte sich.

„Ich denke nach“, sagte Karo und malte einen zweiten Pilz. „Also, wenn Sie absolut sicher sind, dass Grabowski keine Pilze mochte -“

„Er hasste sie.“

„. . . dann scheinen mir die wichtigsten Fragen zu sein:

Warum aß er Pilze, warum so viele, und wo nahm er sie zu sich."

„Genau, Frau Rutkowsky, genau. Es ist mir ein völliges Rätsel."

„Wenn er sie nicht freiwillig aß –"

„Nie! Niemals!"

„... dann aß er sie unter Zwang."

„So muss es gewesen sein." Frau Lehner nickte. „Obwohl, er gab nicht so leicht nach. In nichts."

„Frau Lehner, was ist mit dem Pilzgericht? Waren darin einfach irgendwelche Pilze oder war es aus seinen Pilzen gekocht, den verstrahlten?"

„Das weiß ich nicht. Was spielt das für eine Rolle? Die Polizei kam gestern in die Firma und gab den Laborbefund bekannt. Vom, äh, Mageninhalt. Sie fragten, ob einer von uns wüsste, wo er vorgestern abend gegessen hat. Vorvorgestern, von heute aus gesehen. Niemand hatte eine Ahnung. Ich auch nicht. Bei mir war er nicht. Mir hatte er gesagt, er wolle einen ruhigen Abend zu Hause verbringen. Seine Frau war aus."

„Er hatte Feinde?"

Frau Lehner schüttelte den Kopf. „Feinde. Was heißt Feinde? Das klingt so melodramatisch. Es gab gelegentlich geschäftliche Konkurrenzsituationen. Alles im Bereich des Normalen."

Karo hob eine Augenbraue. „Nun gut. Ich übernehme den Auftrag, Frau Lehner. Wenn Sie diesen Vertrag unterschreiben würden? Und nach acht berechne ich Nachtzuschlag!"

Frau Lehner nickte und unterschrieb.

„Ich nehme an, Sie können mir eine Liste der Geschäfte verschaffen, an die Trockenpilze geliefert worden sind?"

„Ja, die kann ich Ihnen geben. Es waren nur einige Feinkost-Geschäfte und Restaurants aus der Region. Aber die haben ihr Geld zurückbekommen. Mit einem Bonus für die, hm, Umstände. Sofort, nachdem bei einer Probe durch die Lebensmittelüberwachung die hohe Strahlenbelastung festgestellt worden war. Wir haben ganz unbürokratisch gehandelt."

„Und die Pilze?"

„Die sind beschlagnahmt worden und wurden vernichtet."

„Alle."

„Na ja, so gut wie. Etwa neunzig Prozent. Es war noch nicht viel weiterverkauft oder verwendet worden. Niemand hat Schaden genommen. Ich kann mir nicht vorstellen, dass diese Sache etwas mit seinem Tod zu tun hat."

„Schicken Sie mir die Liste bitte trotzdem. Wenn ein Mann, der sich vor Pilzen ekelt, eine Woche in einen Pilz-Skandal verwickelt wird, die nächste Woche eine größere Menge Pilze verzehrt und an giftigen Pilzen stirbt, dann sehe ich PILZE in Leuchtbuchstaben über dem Fall stehen. Das ist jedenfalls die erste Spur, der ich nachgehen werde. Hier ist die Fax-Nummer des Kinos. Wann kann ich die Liste haben?"

„In etwa einer halben Stunde. Ich fahre gleich noch einmal ins Büro."

„Gut. Und, Frau Lehner, wenn Sie sich dort noch zur Verfügung halten würden, falls ich Rückfragen habe?"

Frau Lehner nickte. Sie erhob sich. „Vielen Dank, Frau Rutkowsky."

„Wiedersehen."

Karo griff nach dem Telefonhörer.

„Lutz Berner."

Karo lächelte süß. „Lutz, mein Lieblingspolizist, wie geht es dir?"

„Karo?" Eine gewisse Vorsicht in der Stimme war nicht zu überhören.

„Ja, ich bin's. Ich habe so lange nichts von dir gehört, und da dachte ich –"

„Was willst du, Karo?"

„Eine kleine Auskunft. Sehr klein. Eine Leichtigkeit für dich."

„Karo, du weißt –"

„Und wie geht es deiner lieben Frau?"

Lutz stieß die Luft aus wie ein gereizter Stier. Er war Karos Ex-Freund. Aus für Karo unerfindlichen Gründen hatte er

Angst, seine Frau könnte durch sie erfahren, dass er kurz vor seiner Hochzeit nochmal mit Karo geschlafen hatte. Und sie mit ihm. Dass er Karo solch einen fiesen Verrat zutraute, rechtfertigte ja wohl ihre kleinen Erpressungsversuche, wenn sie eine polizeiliche Auskunft brauchte.

„Also, worum geht es?"

„Arbeitest du an dem Grabowski-Fall?"

„Nein, tue ich nicht. Aber so weit ich weiß, gibt es auch keinen Grabowski-Fall mehr. Tod durch Unfall."

„Ja, ja. Könntest du trotzdem etwas für mich rausfinden? Ich will wissen, ob die Pilze, die er zu sich nahm, zu den von ihm importierten gehörten, oder ob es sich dabei um irgendwelchen Feld-, Wald- und Wiesenpilze handelte, die mit ihm nichts zu tun hatten."

„Und warum -"

„Reine Neugier, Lutz. Kennst mich ja."

„Eben."

„Und noch heute?"

„Ich will sehen, was sich machen lässt."

„Danke, mein Schatz."

Karo eilte hinunter in die Film-Bar.

„Noch einen Cappuccino, Schorschi. Ich habe einen Fall."

„Glückwunsch. Willst du ihn hier trinken?"

„Nein, ich nehme ihn rüber zum Fax-Gerät. Ich erwarte Unterlagen."

Zurück an ihrem Schreibtisch studierte Karo die Aufstellung. Die Pfund-Packungen mit Trockenpilzen waren an neun Restaurants und Feinkostläden im Ruhrgebiet und drei am Niederrhein geliefert worden, verschweißt in klarer Folie mit dem Aufdruck HG-Qualitäts-Importe. Vier Läden hatten kleinere Mengen verkauft, als die Rückrufaktion kam. Ein Restaurant hatte eine Woche lang Pilze für Jägersaucen verwandt. Alle unverbrauchten Pilze waren eingezogen worden. Frau Oberbeckmann von der Imbissstube Bernhard in Neukirchen-Vluyn hatte sofort alle Pilze dem Müll übergeben, als der Skandal in der Zeitung enthüllt worden war. Der Kaufpreis war Frau Oberbeckmann trotzdem erstattet worden.

Regel Nummer 16 aus dem Fernkurs *In sechs Wochen zum erfolgreichen Privatdetektiv* lautete: Wenn Sie im Laufe der Untersuchung einen Bruch im Muster entdecken, stürzen Sie sich darauf wie ein Habicht auf das Huhn. Karo rief ihre Auftraggeberin an.

„Frau Lehner, was können Sie mir über die Imbissstube Bernhard in Vluyn sagen?"

„Wieso?"

„Nun, sie fällt ein bisschen raus - Feinkostläden, gute Restaurants und dann eine Imbissstube."

„Oh. Ach so. Ja, aber Frau Oberbeckmann ist schon lange eine Kundin. Keine Riesenmengen, aber immer mal das Besondere, wissen Sie? Und Imbissstube ist auch etwas untertrieben. Heinz meinte, sie wollte nur ihren Sohn ärgern. Der ist Rechtsanwalt. Als ihr Mann starb, ein Oberarzt, wissen Sie, machte sie plötzlich diesen kleinen Laden auf. Süßigkeiten, Vollkorn-Gebäck, kleine Mahlzeiten und so etwas. In erster Linie für die Schüler und Schülerinnen aus einem Schulzentrum in der Nähe. Aber es kann jeder hingehen. Sehr nett gemacht. Und sie kocht und backt selbst. Alles gesund, aber sehr lecker. Ja."

„Sie hat die Pilze weggeworfen, lese ich."

„Genau. Ganz spontan. Sie legt so großen Wert auf gesunde Zutaten, da wollte sie so etwas keine Sekunde länger in ihrem Laden haben. Na ja. Weg ist weg."

„Danke, Frau Lehner. Ich melde mich morgen wieder."

Karo hatte die FAZ gerade durch, als Lutz zurückrief.

„Hast du was zum Schreiben? Also, es ist so gut wie sicher, dass in dem Gericht größere Mengen der von ihm importierten Trockenpilze waren. Neben einer Riesenportion frischer Pilze. Keine Kartoffeln oder sonstigen Beilagen übrigens. Und er hat gefressen wie ein Schwein. Entweder war er sehr ausgehungert oder er konnte sich bei einem Lieblingsgericht nicht beherrschen, meinte der Gerichtsmediziner. Die Obduktion war sehr unappetitlich. Grabowskis Pech war, dass ein paar von diesen giftigen Pilzen enthalten waren, Amanita Phalloides. Wir können von Glück sagen, dass mit den restlichen Packungen nichts passiert ist."

„Okay. Danke, Lutz. Weiß man übrigens, wo er gegessen hat?“

„Nein, das ist noch offen. Er war anscheinend nicht der Typ, der sich selber etwas kocht. In der Küche gab es auch keine Spuren. Die Kollegen nehmen an, dass er bei irgendwelchen Bekannten war, die jetzt Angst haben, sich zu melden. Immerhin, sonst scheint niemandem etwas passiert zu sein. Rundfragen bei Taxifahrern und ein allgemeiner Zeugenaufruf laufen noch. Er war kein Musterbürger. Es gibt hier sicher Leute, die nicht allzu traurig sind, dass er jetzt tot ist.“

„Du meinst, die Untersuchung hat keine hohe Priorität.“

„Ich meine, es war ein Unfalltod und wir warten auf Zeugen.“

„Ich verstehe. Ist das alles?“

„Nein, Frau Detektivin.“ Sein Grinsen war deutlich zu hören. „Hier steht noch, unter seinem Schuh klebte eine Salmiakpastille.“

„Durchaus interessant“, sagte Karo. Blöder Affe.

Sie kaute auf ihrem Bleistift und wünschte, er wäre eine Lakritzstange. Karo malte eine dicke eins in die Liste, neben den Namen von Charlotte Oberbeckmann. Sie rief in der Imbissstube an.

„Ach, guten Abend, ich wollte nur fragen, ob sie vielleicht auch Salmiakpastillen haben? . . . Ja? Und wie lange sind Sie heute auf? . . . Vielen Dank. Wiederhör‘n.“

Sie fuhr am Hauptbahnhof auf die Autobahn und war in knapp einer halben Stunde in Neukirchen-Vluyn. Sie fuhr die Niederrheinallee entlang. Vor der Kulturhalle warben Fahnen für ein interessantes Kleinkunstprogramm; in der Kellerkamer, einem kleinen Kneipen-Restaurant, hatte sie mal mit Moni lecker gegessen, als sie auf einem Flohmarkt-Trip hier gewesen waren; da war ein Thomas-Grill, und dort drüben die Imbissstube Bernhard. Sie war im Erdgeschoss eines gepflegten Bürgerhauses aus der Jahrhundertwende untergebracht.

Einige Häuser weiter befand sich ein Zeitungsladen. Karo kaufte eine Packung von Schorschis Zigarettenmarke und fragte, an welchem Tag hier die Müllabfuhr fällig sei.

„Kommt immer Freitag", sagte der Verkäufer. „Morgen wieder."

Donnerstag hatte die Zeitung den Skandal enthüllt. Freitag hatten Frau Oberbeckmann und die anderen Pilz-Kunden Grabowskis die Aufforderung in der Post gehabt, die Pilze nicht weiter zu verwenden und sie zur Verfügung des Amtes zu halten. Da waren Frau Oberbeckmanns Pilze schon von der Müllabfuhr abgeholt worden. Sagte sie.

Karo schlich durch die Toreinfahrt neben der Imbissstube auf den Hof des Hauses. Die Mülltonnen standen ordentlich gereiht an der Mauer zum Nachbargrundstück. Sie hob den Deckel der ersten schwarzen Tonne und verzog das Gesicht. Altes Hundefutter oder Schlimmeres. Sie ließ den Deckel fallen. Musste sie das durchwühlen? Schütteten ordentliche Hausfrauen Essensreste nicht lieber in die Toilette? Genau. Karo versuchte, sich zu überzeugen. Falls es hier ein Pilzgericht gegeben haben sollte. Und falls etwas übrig geblieben war.

Und was machte eine ordentliche Hausfrau mit der Verpackung? Sie warf sie in die gelbe Tonne. Nur gab es hier keine gelben Tonnen, sondern gelbe durchsichtige Säcke. Karo öffnete einen und schüttelte den Inhalt hin und her. Sie identifizierte Joghurtbehälter, Weißblechdosen, Windeln, die angenehmerweise gesondert eingewickelt waren, Milchtüten und - eine große ausgebeulte Plastikfolie mit dem Aufdruck HG-Qualitäts-Importe!

In wenigen Minuten würde Frau Oberbeckmann ihr Geschäft schließen. Karo schob den Müll mit einem Fuß zur Seite. Die relativ saubere Folie verstaute sie in ihrer Schultertasche.

Die Imbissstube gefiel ihr. Lange Reihen gefüllter Bonbongläser. Weingummis, Brausewürfel, Salmiakpastillen ... Fast leere Kuchenplatten. Zwei kleine Tische mit rotweiß-karierten Decken. Auf einer Wandtafel stand „Tagesgericht: Ratatouille auf Reis".

„Kann ich Ihnen helfen?" Hinter der Theke richtete sich eine ältere Frau auf. Karo registrierte streichholzkurze graue Haare, braune Knopfaugen und eine Stupsnase. Meine Güte, die Frau hatte eine beklemmende Ähnlichkeit mit ihrer alten Englischlehrerin.

„Frau Oberbeckmann?“

„Ja?“

„Mein Name ist Karola Rutkowsky. Ich bin Privatdetektivin. Ich würde Ihnen gerne einige Fragen stellen.“

„Privatdetektivin? Nein, wie interessant.“ Frau Oberbeckmanns Hände lagen auf der Theke und knüllten eine Papierserviette zusammen. „Ich glaube nicht, dass ich verpflichtet bin, mit Ihnen zu reden, oder? Nicht, dass ich etwas zu verbergen hätte.“ Sie lachte kurz. „Worum geht es denn überhaupt?“

„Es geht um den Todesfall Grabowski.“

„Er starb. Ja, ich hörte es im Radio, las es in der Zeitung.“

„Sie sind nicht gut auf ihn zu sprechen.“

Frau Oberbeckmann richtete sich auf. „Nein. Er handelte unverantwortlich. Aus reiner Geldgier. Vor einigen Monaten hat er versucht, mir ranzige Nüsse als neue Ernte unterzuschieben. Ein anderes Mal waren es Bio-Hühner, die keine waren. Und das ausgerechnet mir, die ich für eine gesunde, frische Kost stehe, besonders für die Kinder und Jugendlichen. Ich habe ihm meine Meinung gesagt! Aber jetzt – verstrahlte Pilze! Ein solches Gesundheitsrisiko für die jungen Leute! Er lachte nur, als ich ihn anrief.“ Sie schüttelte den Kopf. „Lachte, als sei es nichts.“

„Sie waren wütend auf ihn.“

„Sehr zornig, ja.“

„Und der Gedanke, sich an ihm zu rächen, entstand sehr schnell?“

Frau Oberbeckmann presste ihre Lippen zusammen.

„Frau Oberbeckmann, ich kann beweisen, dass Sie die Pilze nicht am Freitag in den Müll gegeben haben, wie sie der Polizei gegenüber ausgesagt haben. Man könnte auch beweisen, anhand von Spuren an seiner Kleidung, dass er vor kurzem hier war. Man würde vielleicht Zeugen finden, die ihn beim Kommen oder Gehen gesehen haben . . .“

Frau Oberbeckmann schwieg.

„Wussten Sie, dass er vor Pilzen so einen Widerwillen hatte?“

„Nein . . . nein, das wußte ich nicht. Doch ich war froh. Denn als ich ihm sagte, er müsse jetzt so viele seiner Pilze essen, dass er strahlen würde wie ein Weihnachtsbaum und sein Krebsrisiko in die Höhe schießen würde, da machte ihm dieser Aspekt seltsamerweise gar nichts aus. Aber als ich den Deckel von der großen Suppenterrine hob und er das Pilz-Ragout sah, brach ihm der Schweiß aus. Es war mir eine Wonne, ihn essen zu sehen. Es würgte und ekelte ihn. Es geschah ihm recht.“

„Aber wie haben Sie ihn dazu gebracht, das Ragout zu essen. Ich meine . . .“

Frau Oberbeckmann lächelte müde. „Ach, das war kein Problem. Ich habe mir von meiner Freundin Ulla eine Pistole geliehen. Sie macht Schießsport. Erst hat Grabowski mir nicht geglaubt. Aber nachdem ich hinter ihm in die Wand geschossen habe, ein bisschen näher, als beabsichtigt, fing er umgehend an zu essen. Wir waren unten im Keller. Ich kann Ihnen das Loch in der Wand zeigen.“

„Und woher hatten Sie die Amanita Phalloides? Auch von einer Freundin oder haben Sie die für alle Fälle im Medizinschrank?“

„Amanita . . . ? Ich verstehe nicht.“

„Die Giftpilze.“

Frau Oberbeckmann wurde puterrot und fing an zu stottern. „Also . . . aber, aber, junge Frau, Sie . . . Sie glauben doch nicht . . . Also, ich habe den Mann doch nicht absichtlich vergiftet!“

„Nicht?“ Karo ließ sich auf einen Stuhl sinken.

Frau Oberbeckmann kam um die Theke herum und setzte sich zu Karo an den Tisch.

„Die giftigen Pilze müssen in seiner Trockenmischung gewesen sein. Wer weiß, wo er die her hatte. Denn sonst habe ich nur frische Champignons und ein paar Austernpilze dazugetan. Da ist keine Verwechslung möglich. Nein, nein, das war seine Ware. Wenn ich daran denke, dass ich beinahe meine Kundschaft vergiftet hätte . . . Nein, dann doch lieber ihn. Diese Woche sollte das Pilz-Ragout nämlich auf das Menü."

„Tja - in dem Fall hätten Sie sich doch bei der Polizei melden können."

„Unerlaubter Waffenbesitz? Bedrohung eines Menschen mit einer Pistole? Freiheitsberaubung? Dazu Zwangsernährung, das ist doch eine Art Folter. Nein, nein, die Polizei wollte ich da lieber raushalten. Nun, dafür ist es jetzt wohl zu spät."

„Darf ich mir eine Lakritzstange nehmen?"

„Wie? Ja. Sicher."

Karo nahm zwei. Sie wickelte eine aus und biss ein Stück ab. „Die Sache ist die: Mein Auftrag war festzustellen, ob Grabowski ermordet wurde oder einem Unfall zum Opfer fiel. Das habe ich getan. Es war eine Art Unfall. Die Person, die mir den Auftrag erteilte, legt keinen Wert auf einen näheren Kontakt mit der Polizei. Ich kann mir daher vorstellen, dass wir ganz ohne Polizei auskommen werden."

„Das wäre wundervoll. Wirklich. Ich danke Ihnen. Wollen Sie vielleicht noch den Tatort besichtigen?"

Karo sah auf die runde Wanduhr. Noch nicht halb acht. Zu früh, um den Nachtzuschlag in Rechnung zu stellen. „Ja, den Tatort sollte ich mir unbedingt ansehen."

Frau Oberbeckmann deutete auf die Kellertür.

Karo zog den außen steckenden Schlüssel ab, sicher war sicher, und stieg die steilen Stufen hinab in einen großen Kellerraum, der als Warenlager diente. Sie fischte einen Brausewürfel mit Waldmeistergeschmack aus einem angebrochenen Karton, wickelte das giftgrüne Papier ab und steckte ihn in den Mund. Während er vor sich hin schäumte, betrachtete Karo das Loch in der Wand. Ringsum war der alte Putz weggebröckelt. In einem Keller von über hundert Jahren sah das nicht weiter verdächtig aus. In der Mitte des Raumes standen ein ausgesonderter Küchentisch mit grauer Resopalplatte und ein Stuhl. Hier also hatte Grabowski seine fatale letzte Mahlzeit in sich hineingewürgt. Karo nahm noch einen Brausewürfel, Orangengeschmack, für später, und ging die Treppe hinauf. Auf der vorletzten

Stufe blieb sie abrupt stehen. Durch die halb geöffnete Tür sah sie Frau Oberbeckmann vor der Theke, in ihrer ausgestreckten Hand eine Pistole.

Die Pistole war nicht auf Karo gerichtet. Karo öffnete die Tür behutsam ein Stückchen weiter.

Neben einem der Tische stand Marga Lehner, die offensichtlich die realistischeren Fernsehkrimis sah, denn sie hielt ihre Schusswaffe, einen Revolver, mit beiden Händen. Die beiden zielten aufeinander!

Karo räusperte sich.

Wie auf Kommando schwenkten die Waffen nach rechts beziehungsweise links in Karos Richtung. Karo duckte sich. Ein Schuss pfiff an ihr vorbei und bohrte sich in das Treppengeländer.

„HUCH", rief Frau Oberbeckmann.

Definitiv *kein* angemessener Ausdruck, um die Situation zu beschreiben, dachte Karo und robbte rückwärts ein paar Stufen hinunter, harte kantige Steinstufen, die es auf ihre Schienbeine abgesehen hatten. „Oh, Scheiße." Wenn sie sich schon mal teure Jeans kaufte! Hoffentlich würden die Blutflecken rausgehen.

Oben war alles still.

„Meine Damen?", fiepste Karo. Sie räusperte sich. „Meine Damen - nehmen Sie sofort die Waffen runter! Und lassen Sie sie vorsichtig auf den Boden fallen."

Karo lauschte. Es blieb mucksmäuschenstill. Sie hielt es für klüger, ihren Kopf nicht auf die Höhe der Schwelle zu heben.

„Frau Lehner, Frau Oberbeckmann - senken Sie Ihre Waffen JETZT!"

„Die zuerst", sagte Frau Oberbeckmann.

„Warum denn nicht Sie?", konterte Frau Lehner.

Karo verlor die Geduld. „WENN SIE NICHT SOFORT TUN, WAS ICH SAGE, DANN WIRD'S UNGEMÜTLICH! Auf ‚Los' lassen Sie die Waffen fallen, oder es passiert was!"

Karo lauschte. Kein Widerspruch von oben.

„Also - Auf die Plätze ... Fertig ... LOS!!"

Zwei harte Gegenstände fielen fast zeitgleich zu Boden.

Karo richtete sich auf und nahm die letzten Stufen.

„Und jetzt schubsen Sie die Dinger bitte mit einem Fuß zu mir rüber."

Sie schubsten, aber der Schwung reichte nicht sehr weit. Die beiden Waffen lagen friedlich nebeneinander in der Mitte des Raumes. Ehe Karo sich in Bewegung setzen konnte, um sie einzusammeln, wurde die Ladentür aufgestoßen.

Ein uniformierter Polizist sprang in den Raum, blieb breitbeinig stehen und schwenkte seine Waffe einmal von rechts nach links, ehe er sie senkte.

„Keine Angst", sagte er zu Frau Oberbeckmann, die ihn kreidebleich anstarrte. „Uns wurde ein Schusswechsel gemeldet. Hier im Laden."

„Es war nur ein Schuss", sagte Frau Lehner. „Dass Leute gleich immer so übertreiben müssen."

„Und wer hat –?"

„Es war ein Überfall", sagte Karo. „Ein Junkie, glaube ich.

Der Polizist bückte sich nach den Waffen. „Wem gehören die?"

„Mir nicht", sagten Frau Oberbeckmann und Frau Lehner wie aus einem Mund.

„Dem Junkie", sagte Karo.

„Er kam mit zwei Waffen? Und ließ sie hier? Wieviel hat er erbeutet?"

„Nichts", sagte Frau Oberbeckmann.

„Ja, er ging gleich wieder", sagte Karo. „Er war ein bisschen durcheinander. Er wollte eigentlich eine Sparkasse überfallen."

„Verrücktes Volk." Der Polizist schüttelte den Kopf. Er steckte die Waffen ein. „Wahrscheinlich gestohlen. Sie, meine Damen, muss ich bitten, mit aufs Revier zu kommen. Zur Zeugenaussage." Er hielt die Tür auf.

„Entschuldigen Sie", sagte Frau Oberbeckmann. „Ich müsste vorher noch mal kurz . . ." Sie deutete auf eine Tür, die mit „Privat" gekennzeichnet war.

Er zögerte.

„Äh'm, meine Blase, wissen Sie, ist nicht mehr, was sie mal war. Und ich will doch nicht die Polster –"

„Okay, okay. Gehen Sie schon."

Wenige Minuten später saß Karo zwischen Frau Oberbeckmann und Frau Lehner hinten im Polizeiwagen.

„Habe gerade kurz meine Freundin Ulla angerufen", wisperte Frau Oberbeckmann. „Dass sie sagen soll, ihre Pistole sei ihr wohl gestohlen worden. Aber dass sie vergesslich sei, und nochmal gründlich suchen wollte, ehe sie eine Verlustmeldung aufgeben würde."

„Nicht sehr überzeugend", sagte Karo.

„Oh doch. Sie ist einundsiebzig und kann sehr tüddelig wirken, wenn es ihr passt."

„Und mein, eh, Sie-wissen-schon ist einer von Grabowskis Teilen. Nicht registriert. Also kein Problem", sagte Frau Lehner leise.

Als sie an Uhren-Optik Hubben vorbeifuhren, begann die vor dem Geschäft angebrachte Uhr zu schlagen. Sie hörte sich an wie Big Ben.

Acht Uhr. Karo lächelte. Nachtzuschlag!

Greiffenstein Junior

Es war einfach nichts los. Karo saß in ihrem Büro und spitzte Bleistifte zu gefährlicher Schärfe. Gestern hatte sie sogar Staub gewischt.

Letzte Woche hatte sie zwar den Taschendieb gefasst, der in letzter Zeit einige Besucher der Lichtburg um Portemonnaies, Armbanduhren sowie ein zum Kondombehälter umfunktioniertes silbernes Zigarettenetui erleichtert hatte, aber finanziell war das für sie nicht sonderlich ergiebig gewesen. Die Miete für ihr Detektivbüro in dem alten Filmpalast war so niedrig, dass sie dem Kino kaum ihren normalen Stundenlohn berechnen konnte.

Heute morgen war ihr eine sehr lukrative neue Putzstelle angeboten worden. Als Privatdetektivin hatte sie in letzter Zeit nicht viel verdient. Wenn sie nicht bald einen neuen Auftrag bekam, würde ihr gar nichts anderes übrig bleiben, als neben ihren Villen im Essener Süden und dem Loft in Katernberg auch noch dies Penthouse in der Innenstadt zu putzen. Nicht einmal untreue Ehepartner wollten irgendjemanden beschattet haben.

Lag es an der Junihitze, die seit Wochen über dem Ruhrgebiet lastete? Gab es weniger Seitensprünge bei hohen Ozonwerten? Was auch immer. Letzte Chance: ihre E-Mail.

Karo schaltete den Ventilator ab, der wie die mit gemietete Büroeinrichtung aus den fünfziger Jahren stammte. Eine Etage tiefer, in der Film-Bar, winkte sie Giorgio, dem Barkeeper, zu. Er nickte. Er würde potentielle Kunden aufhalten oder ihnen zumindest, und notfalls unter Einsatz alkoholischer Mittel, ihre Telefonnummer abnehmen, so dass Karo sich bei ihnen melden konnte.

In der nahe gelegenen Stadtbibliothek waren alle Terminals mit Internetanschluss besetzt. Karo trat an die Informationstheke. „Ich hatte für jetzt einen PC-Platz gebucht."

Die Auskunftsbibliothekarin guckte sie streng an. „Karo, ich wünschte, du würdest das nicht tun. Wenn die Chefin merkt, dass ich dich immer dazwischen schmuggle, bin ich meine Stelle bald los."

Monika Sydow, Diplom-Bibliothekarin und Karos beste Freundin, hangelte sich seit Jahren auf zeitlich begrenzten Stellen durch die Bibliotheken des Ruhrgebiets. Die jetzige Halbtagsstelle reichte kaum zum Leben, weshalb sie nebenbei und schwarz putzte und für Karo einsprang, wenn die detektivisch ganztags in Anspruch genommen war.

„Eine Reservierung für Platz drei", sagte Moni laut.

Karo verscheuchte den Studenten an Platz drei und rief ihre E-Mail auf. Zwölf neue Nachrichten, und alle von Privatissima! Das ließ hoffen. Karo hatte sich erst vor kurzem der Vereinigung für Privatdetektivinnen angeschlossen. Das Netzwerk trat gegen die Diskriminierung von Detektivinnen in dieser von Männern dominierten Branche ein, förderte den Informationsaustausch und setzte auf gegenseitige schwesterliche Hilfe.

Karo klickte sich durch die Briefe. Es war die übliche Mischung. Bitten um Expertenwissen („Wer kann mir sagen, wie ich die Sozialversicherungsnummer eines US-Bürgers rausbekomme?"), frustrierte Ausbrüche einer Frau aus einer Stuttgarter Detektei mit einem extrem chauvinistischen Chef („Gibt mir jemand von Euch ein Alibi? Dann ist er heute dran!"), Warnungen („Aufträge der Lebensmittelkette Delikathyssen empfehle ich abzulehnen, nähere Infos bei mir erfragen"), Antworten auf frühere Fragen („Ist völlig unmöglich, Marion. Diesen Diamantschliff gab es um 1860 noch gar nicht!") und Ersuchen um örtliche Recherchehilfen (Sitze in Dresden – wer kann eine persönliche Befragung in St. Pauli übernehmen?").

Nur zwei Job-Angebote. Regine, Chefin einer großen Detektei in Berlin, suchte eine Detektivin über fünfzig, die an einer Busreise zu den Küchengärten Südwestenglands teilnehmen könnte („ . . . und keine Schwindeleien, Mädels, ich will die Geburtsurkunde sehen!"). Eine Sybille Meier suchte wegen einer Verletzung eine Kollegin, die bereit wäre, kurzfristig ihren Auftrag in einem Hotel zu übernehmen. („Eine Woche Burghotel Greiffenstein, Kost und Logis, Benutzung von Golfplatz, Sauna, Felsenschwimmbad etc. eingeschlossen, beste Bezahlung . . .").

Hörte sich mehr nach Urlaub als nach Auftrag an. Dazu gut bezahlt. Sie würde anrufen. Anscheinend war der Job noch nicht vergeben, obwohl schon vor drei Tagen angeboten.

Zehn Minuten später hatte sie Sybille Meier am Telefon, die nach einem Sportunfall mit einer Gehirnerschütterung im Bett lag.

„Worum genau geht es?", fragte Karo.

Sybille sagte es ihr.

„Das ist nicht dein Ernst, oder?"

„Ich würde es selber machen, wenn ich nicht das Ruder an den Kopf gekriegt hätte."

„Dein Laden läuft also auch schlecht."

„Na ja, im Moment. Aber sieh es positiv. Eine Woche in einem erstklassigen Hotel mit allem Drum und Dran. Es ist wirklich eine alte Burg, weißt du, immer noch in der Familie. Eine Ottoline Freifrau von Greiffenstein ist die derzeitige Besitzerin. Die Umgebung schön, die Luft gut . . ."

Und die Bezahlung noch besser. Penthouse-Putz oder Schloss-Woche?

„Okay, ich mach's. Aber es darf nie jemand erfahren, versprich mir das."

Moni übernahm die Putztermine, die sich nicht auf die folgende Woche verschieben ließen. Und schon am übernächsten Tag genoss Karo die klimatisierte Kühle des ICE-Großraumwagens und überflog ihre Notizen. Sie hatte mit Delphine von Greiffenstein telefoniert, der angeheirateten Nichte der Freifrau. Delphines Mann, der Neffe, hieß . . . wo stand es noch . . . Herwarth. Und der Name des Sohnes, um den es ging, war Hasso. Tatsächlich. Wie der Schäferhund der Zeitungsfrau. Klein-Hasso wurde in dieser Woche acht. Und Karo war, es ließ sich nicht beschönigen, sein Geburtstagsgeschenk.

„Unsere Ferien hier verlaufen nun etwas anders als geplant. Und da wollten wir unserem Liebling seinen Herzenswunsch erfüllen", hatte Delphine von Greiffenstein am Telefon gesagt. „Herwarth und ich hatten uns ganz fest vorgenommen: sechs Wochen ungestörten Familienurlaub bei Tante Ottoline. Golf satt. Himmlisch. Aber nun müssen wir unbedingt ins Piemont, das heißt, Herwarth muss, aber ich begleite ihn natürlich. Ich muss meinen Charme einsetzen, meinte er. Ein Weingut will abspringen. Sie liefern unseren besten Barolo. Sagte ich, dass wir eine Weinhandlung in Charlottenburg haben? Ja, und daher wird Hasso an seinem Geburtstag allein sein. Und er wollte keine Feier mit Kindern und Clown und Zauberer, auch keine Indianer-Party mit Ponys und Zelten. Er wollte einen echten Detektiv. Und keine Party."

Karo war ein tiefer Seufzer entschlüpft.

Delphine hatte gelacht. „Ja, ich weiß. Kinder! Wahrscheinlich hat er irgendetwas im Fernsehen gesehen, das ihm die Idee gab. Er ist sehr phantasievoll. Ich habe dann nur auf einer Frau bestanden. Mehr Verständnis für ein Kind, dachte ich."

Karo verdrehte ihre Augen, als sie daran dachte. Als Kindermädchen würde sie sich nicht zweckentfremden lassen.

Als sie sich in einem Taxi dem Burghotel näherte, stiegen ihre Lebensgeister wieder. Die Luft war nicht mehr stickig und klebrig, sondern klar und sommerlich warm. Vögel zwitscherten, Kühe lagen auf den Weiden. Von der Nachmittagssonne beschienen tauchte die Burg auf. Eindrucksvoll.

Als Karo in die Eingangshalle trat, erhob sich eine elegante junge Frau von einem der Sofas. „Frau Rutkowsky? Willkommen. Ich bin Delphine von Greiffenstein."

Karo schüttelte die zarte Hand.

„Mein Mann Herwarth. Und dies ist Hasso."

Der Junge sah seinem Vater ähnlich. Schmal und dunkel mit Brille. Er sah Karo ausdruckslos an.

„Wir sind Ihnen dankbar, dass Sie für Frau Meier einspringen konnten", sagte sein Vater.

„Hallo, Hasso", sagte Karo. An den Namen würde sie sich echt gewöhnen müssen.

Hasso nickte.

„Kommen Sie, ich zeige Ihnen Ihr Zimmer", sagte Frau von Greiffenstein. „Dann überlassen wir Sie Ihrem Schicksal, denn wir wollen heute noch los."

Karo verschwendete keine Minute auf das Zimmer.

„Frau von Greiffenstein, was genau sind meine Aufgaben? Das muss ich schon wissen, damit es zu keinen Missverständnissen kommt."

„Aufgaben – meine Güte, das klingt ja so ernst. Stellen Sie sich Hasso tagsüber zur Verfügung, erzählen Sie ihm ein paar aufregende Geschichten aus Ihrer Berufspraxis. Er wird so seine Vorstellungen haben, nehme ich an, auch wenn er sie seiner Mutter nicht mitteilen wollte. Die Tante meines Mannes werden Sie später kennenlernen, sie diniert heute außerhalb. Ihr und den anderen haben wir, wie verabredet, gesagt, sie seien seine Nachhilfelehrerin. Hasso wünschte ja, dass alles ganz geheim bleibt. Auf alle Fälle zögern Sie nicht, die Sauna, das Schwimmbad und so weiter zu nutzen, wenn Sie möchten. Wir sind spätestens in einer Woche wieder zurück. Auf Wiedersehen."

Und fort war sie.

Ein Page brachte Karos Reisetasche und die Nachricht, dass Hasso sie in einer halben Stunde auf der Dachterrasse zu einem Imbiss erwarte. Sie packte ihre Tasche aus. Der Kleiderschrank war antik, die Matratze neu, das Bad aus Marmor – es gab wohl schlimmere Arbeitsplätze.

Sie fand Hasso an einem Ecktisch auf der weiten Dachterrasse vor dem Restaurant.

„Welch ein romantischer Ort", sagte Karo unnatürlich fröhlich. Sie hatte noch nie ein Rendezvous mit einem fast Achtjährigen gehabt.

„Meine Mutter meinte, Sie seien nach Ihrer Reise vielleicht hungrig, Frau Rutkowsky."

„Wenn du möchtest, kannst du mich Karo nennen, Hasso."

Er sah sie an. „Ich kannte mal einen Hund, der hieß Karo."

Karo verkniff sich nicht ohne Mühe die Antwort, die ihr

auf den Lippen lag. „So“, sagte sie und griff nach der Speisekarte.

„Ich wollte einen richtigen Detektiv“, sagte Hasso.

„Und eine richtige Detektivin nützt dir nichts?“

Er zuckte mit den Schultern.

Karo bestellte sich ein Kresse-Ei-Sandwich, Oolong-Tee und einen Obstsalat mit Zimtsahne. „Großartig“, murmelte sie.

„Was denn?“

„Musst du jeden Tag für dich kochen? Dann wüsstest du, was ich meine.“

Schweigen.

„Willst du mir verraten, warum du dir einen Detektiv gewünscht hast?“

„Nur so.“

„Das Geschenk für den Mann, der alles hat, ja?“

„Können Sie schießen?“

„Selbstverständlich.“ Karo biss in ihr Sandwich. Schießen konnte sie. Das Treffen war manchmal ein Problem.

„Führst du mich nachher ein bisschen rum?“

„Warum?“

„Detektivinnen machen sich am Anfang eines neuen Falls immer mit der Umgebung vertraut.“

Er nickte. „Auch die Keller?“

„Unbedingt. Alles.“

„Da ist es sehr dunkel. Manchmal hört man Stimmen.“

„Wirklich? Also, an Geister glaube ich nicht.“

Hasso nickte. Als sei es die richtige Antwort gewesen.

Die Terrasse füllte sich. Happy Hour, oder wie immer das in einem Hotel der besseren Sorte hieß.

„Sollen wir?“, fragte Karo.

Hasso war ein methodischer kleiner Junge. Er begann mit der Umgebung. Durch die Zinnen deutete er auf das ferne Dorf, das nahe Wäldchen und den Golfplatz zu den Füßen der Burg. In den Etagen unter dem Restaurant lagen die Gästezimmer und -suiten. Für ihren langsamen Abstieg in die Eingangshalle benutzten sie teils den mit rotem Samt ausgeschlagenen Aufzug, teils die Haupttreppe.

Es gab schmale Hintertreppen, eine Wendeltreppe in den Turm, altmodische Speiseaufzüge.

„Toll zum Versteckenspielen, oder? Gibt es hier andere Kinder?"

Hasso schüttelte den Kopf.

„Ist das nicht langweilig?"

Hasso verneinte.

Als sie in der Eingangshalle ankamen, füllte die sich gerade mit vom Platz zurückgekehrten Golfern. Sportliche Paare mittleren Alters, die einander zu kennen schienen.

Der uniformierte Portier lächelte und deutete eine Verbeugung an, als er Hasso sah. „Der junge Herr in weiblicher Begleitung? Alle Achtung, ganz famos. Grüß Gott, gnä' Frau."

Nur mittelgroß und dem Pensionsalter nahe, verströmte der Portier österreichischen Charme der herben Art.

„Das ist Herr Hans, unser Chefportier", stellte Hasso ihn vor. „Und das ist Frau Rutkowsky, die . . . Sie wissen schon."

Ein rascher einschätzender Blick unter buschigen Brauen. „Ah ja. Küss die Hand. Bin entzückt, Frau Karola." Er wandte sich ab, um einem dicken Golfer die Tür zu öffnen. Karo und Hasso nutzten die Gelegenheit, um hinauszugehen.

„Ihm hast du gesagt, dass ich Detektivin bin?"

„Herr Hans ist mein Freund. Sonst weiß es keiner."

„Hat er einen Nachnamen?" Sie würde den Teufel tun und ihn „Herr Hans" nennen.

Hasso zuckte mit den Schultern. Er zeigte Karo den Parkplatz, die Garagen, eine schlichte kleine Kapelle, die Ställe für Gästepferde, den unbewohnten Zwinger des kürzlich verstorbenen Rottweilers. Durch ein riesiges Panoramafenster schauten sie in das aus dem Felsen gehauene Schwimmbad im Keller. Noch vor dem Frühstück würde Karo hier ihre ersten Runden drehen, soviel stand fest.

„Schreiben Sie nichts auf?"

„Wie? Doch! Natürlich! Gleich, auf meinem Zimmer. Ganz ausführlich." Ein wunderbarer Vorwand, sich zurückzuziehen. Ein Tablett mit einigen Köstlichkeiten aufs Zimmer, ein bisschen Fernsehen, faul im Bett ... „Gut, dann sehe ich dich morgen, nach dem Frühstück." Frühstück im Bett, nach ein paar Runden im Pool. So würde es sich gut aushalten lassen.

„Meine Mutter hat für heute abend einen Tisch im Restaurant reserviert. Für Sie und mich."

„So. Hat sie das. Isst du nicht mit deiner Großtante?"

„Großtante Ottoline ist heute abend nicht da."

„Du kannst ja lächeln. Ist sie ein Drachen?"

Hasso überlegte. „Nein. Mama sagt, sie ist formidabel."

Karo gab nach. Sie dinierte mit ihrem Auftraggeber.

Sie frühstückte sogar mit ihm, weil sie nach dem Schwimmen viel zu energiegeladen war, um wieder ins Bett zu gehen. Das Restaurant füllte sich mit anderen Gästen. Die meisten gehörten einem hanseatischen Golf-Club an, der hier jedes Jahr um den Greiffenstein-Cup spielte. Eine Handvoll Paare, davon eins bestimmt auf Hochzeitsreise, sowie einige Gäste an Einzeltischen.

Hassos Blick schweifte immer wieder zu einem Tisch am Fenster, an dem ein blonder Mann frühstückte.

„Wer ist das?", fragte Karo.

Hasso senkte den Kopf über seine Müslischale. „Ein böser Mann", deutete Karo sein Murmeln.

„Was?! Warum? Sagtest du ‚böse'?"

Hasso nickte ohne aufzublicken.

„Wie kommst du darauf? Sieht er aus wie ein Bösewicht aus dem Fernsehen?" Guckte das Kind schon Krimis? Karo sah zu dem Mann hinüber. Schlank, blond, leicht gebräunt, Mitte Dreißig. Er las das Feuilleton der FAZ und sah entsprechend harmlos aus. Karo goss sich frisch gepressten Pampelmusensaft nach.

Hasso rutschte tiefer in seinen Sessel. „Nachts", sagte er kaum hörbar. „Ganz oft ... in der Nacht ... habe ich ihn gesehen. Wenn alle schlafen."

Durch Karos Adern schoß Eiswasser. „Du meinst ..." Sie schloss kurz die Augen und atmete tief durch. „Du meinst, der Mann war nachts ... ist in der Nacht ... auf dein Zimmer gekommen?"

Hassos Blick löste sich vom Teppich. In seinem Blick lag Ungeduld. „Auf mein Zimmer? Warum das denn?"

„Na ja, du sagtest - Oh. Ich verstehe. Du hast dich nachts rumgetrieben."

Er nickte. „Wenn ich nicht schlafen kann. Mit der Taschenlampe. Alles ist ganz still. Und anders. Und einmal war er da, mit einer Taschenlampe, und dann in anderen Nächten auch. Immer mit noch einem anderen Mann."

„Weißt du, mit wem?"

„Verschiedene. Sie sind abgereist. Ich habe sie beschattet. Sie haben es nicht gemerkt."

„Sehr gut. Ausgezeichnet."

Hasso verzog keine Miene, bekam aber rote Ohren.

„Was haben sie gemacht?"

„Sie sind in den Keller gegangen. Nicht zum Schwimmbad. Auch nicht in den Käsekeller. Und auch nicht in den Kohlenkeller. Und -"

„. . . auch nicht in den Weinkeller", ergänzte Karo die Litanei.

„Doch. In den Weinkeller. Mit einem Schlüssel. Und dann waren sie weg. Ich konnte sie nicht sehen und auch nicht hören. Und dann kamen sie wieder. Mit einem Paket. Und sind wieder nach oben gegangen."

„Sie waren weg? Gibt es hinter dem Weinkeller noch einen Raum?"

Hasso runzelte die Brauen. „Es ist keine Tür da. Ich habe gesucht."

„Keine, die man sehen kann. Wenn sie weg waren, muss es eine Tür geben. Denn wir glauben doch nicht an Geister, oder?"

„Nein. Nein. Tun wir nicht."

„Warum hast du deinen Eltern nicht erzählt, was du beobachtet hast?"

„Sie haben verboten, dass ich abends das Zimmer verlasse. Großtante Ottoline hat mich einmal erwischt. Und alle haben geschimpft. Und sie haben gesagt, ich soll schlafen. Oder Schafe zählen. Oder mir ein Buch angucken. Nur das Zimmer darf ich nicht verlassen." Er seufzte. „Aber es ist so langweilig, wenn ich nicht schlafen kann. Vielleicht werde ich Detektiv. Da ist das eine gute Übung, oder? Und ich gehe nicht nach draußen. Ich bin auch ganz leise. Ich störe niemanden. Herr Hans sagt, Oliver wäre vielleicht verblutet, wenn ich ihn nicht gefunden hätte. Ich habe ihn nur gefunden, weil ich nicht in meinem Zimmer geblieben bin. Aber das haben wir niemandem gesagt, Herr Hans und ich."

„Wer ist Oliver?"

„Er ist Kellner. Er sagt, jemand hat ihn über den Kopf gehauen und die Treppe runtergeworfen. Großtante Ottoline sagt, wahrscheinlich war er betrunken und ist gefallen und wenn es wieder passiert, wird er entlassen. Und wenn er solche Geschichten erzählt, wird er auch entlassen. Und Mama hat zu Papa gesagt, er ist bestimmt vor einem Ehemann mit Hörnern geflohen und dabei gefallen. Aber es ist doch nicht Karneval. Ich glaube, der da hat ihn über den Kopf gehauen."

Sie warfen beide einen verstohlenen Blick auf den Blonden. Der faltete seine Zeitung zusammen, stand auf und verließ das Restaurant.

„Du möchtest also, dass ich heraus-, dass ich dir helfe, herauszufinden . . ."

„Ja, was er da im Keller macht mit den anderen Männern."

Karo verschluckte ihre spontane Antwort. Vielleicht gab es im Burghotel außer Golf noch andere sportliche Angebote. *Spielen Sie ‚Komm, sei mein Burgfräulein' nach Mitternacht in authentischer Umgebung. Kettenhemd, Laute und Keuschheitsgürtel werden gestellt.*

„Also, sie gehen ohne Paket in den Keller und kommen mit einem raus?"

Hasso nickte.

„Vielleicht klauen sie Wein?"

„Es war immer ein flaches Paket. Flach und rechteckig."

Karo schob das Frühstücksgeschirr zur Seite, holte einen Block aus ihrer Handtasche und fing an, sich Notizen zu machen.

Hasso fischte ein zerdrücktes Oktavheft aus der Hosentasche und las vor, was er zu dem Fall aufgeschrieben hatte. Viermal hatte er den Blonden nachts beobachtet, wie er mit jeweils anderen Männern in den Kellergewölben verschwand. „Vielleicht war es auch öfter, aber manchmal schlafe ich ein und wache nicht auf“, sagte er bedauernd.

„Als Erstes müssen wir einige Tatsachen herausfinden. Den Namen des Blonden, wie lange er bleibt, war er schon mal hier ...“

Hasso beugte sich über sein Heft. Mit einem Bleistiftstummel schrieb er „1: Name“.

„Ich sehe, Sie sind schon bei der Arbeit. Das lob ich mir“, tönte plötzlich eine Altstimme über den Tisch. „Sie sind gewiss Frau Rutkowsky. Ottoline von Greiffenstein. Guten Morgen. Guten Morgen, Hasso. Ich hoffe, du bist schön fleißig.“

Karo sah auf. Die Freifrau, ohne Zweifel. ‚Formidabel‘ beschrieb sie bestens. Vollschlank, vollbusig, die Formen unsichtbar zu damenhafter Diskretion gebändigt, adelige Nase, kühler Blick, das graue Haar in einen eleganten unerbittlichen Knoten geschlungen.

Karo stand auf und ließ ihre Serviette über den Notizblock fallen. „Guten Tag, Frau von Greiffenstein.“

„Guten Morgen, Großtante Ottoline.“ Hasso drückte einen pflichtbewussten Kuss auf die gepuderte Wange.

Die Freifrau lächelte gemäßigt und schritt zum nächsten Tisch. „Guten Morgen, Konsul.“

„Gnädige Frau!“ Der Konsul küsste ihr die Hand.

„Okay“, sagte Karo. „An die Arbeit. Kannst du mit Hilfe deines Portiers den Namen des Blonden rausfinden und wie lange er bleibt?“

Hasso nickte. Er stopfte Heft, Bleistift und ein Brötchen in seine Hosentasche und stürmte davon.

Karo war gerade in ihrem Zimmer angekommen, als Hasso an die Tür klopfte, das Gästebuch unter dem Arm.

„Herr Hans ist noch nicht da, und es war gerade keiner am Empfang, da habe ich es mitgebracht.“

„Hervorragend. Zeig mal. In welchem Zimmer wohnt der Blonde?“

„In 37, im dritten Stock."

„Hier. Tobias B. Blessmann, Stuttgart. Kam vor zwei Wochen an, gebucht bis Anfang nächster Woche." Karo blätterte zurück. „Schau, er war im Herbst zwei Wochen hier und im Frühjahr eine Woche. Ein treuer Gast. Ob er Golf spielt?"

„Weiß ich nicht. Ich frage Herrn Hans."

„Du weißt wahrscheinlich nicht, wo die anderen Männer gewohnt haben."

„Doch! Drei weiß ich!" Er konsultierte das Oktavheft.

Karo notierte die Namen aus dem Gästebuch. Ein Engländer, zuletzt zwei Deutsche. „Okay. Du kannst das Buch zurückbringen. Möglichst unauffällig. Danach untersuchen wir den Weinkeller."

Karo rief die Essener Stadtbibliothek an.

„Stadtbibliothek, Information, Sydow, guten Tag."

„Moni, ich bin's. Kannst du mal gucken, ob du etwas über diese Leute findest? Irgendwas. Ich rufe so in zwei Stunden wieder an." Sie gab die Namen und Wohnorte des Blonden und der drei anderen Gäste durch.

Hasso wartete schon auf sie. Er führte sie über die Personaltreppe in den hinteren Teil der Kellergewölbe hinunter. Die Gänge waren spärlich beleuchtet. Ihre Schritte und Stimmen hallten. Irgendwo tropfte es gleichmäßig.

Hasso zeigte auf dicke Eichentüren mit Eisenbeschlägen. „Der Käsekeller, der Kartoffelkeller, der Vorratskeller. Und hier, der Weinkeller. Aber die Tür ist abgeschlossen."

„Ein ganz altmodisches Schloss. Kein Problem." Sie holte ihren Satz Dietriche hervor und öffnete die Tür.

„Oh, Mann. Cool."

Karo hielt sich nicht damit auf, die Größe des Weinkellers und die Auswahl an Weinen zu bewundern. „Ungefähr wo sind die Männer verschwunden?"

Hasso deutete auf den hinteren Teil der rechten Wand. Die Weinregale waren hell beleuchtet, die seitlichen Gänge lagen im Halbdunkel. Mit Hilfe ihrer Taschenlampen untersuchten sie die Wand. Sie klopften und drückten. Keine Stelle klang hohl, kein Stein gab nach.

„Aber sie waren nicht mehr da“, sagte Hasso. „Ich bin nicht weit reingegangen, ich konnte nichts sehen. Aber die Stimmen waren auch weg. Ganz bestimmt.“

„Wir kommen schon noch dahinter. Kleine Rückschläge muss ein Detektiv einstecken können, okay?“

„Okay.“

„Wie wär‘s, wenn du deinen Portiersfreund suchst und ihn nach Herrn Blessmann ausfragst. Jede Kleinigkeit kann wichtig sein.“

„Oh ja, mache ich. Sofort.“

Karo nahm sich eine Cola mit aufs Zimmer und ließ sich in den Sessel sinken. Es war möglich, dass es harmlose Erklärungen für die Vorfälle gab. Oder relativ harmlose. Aber welche?

Die zwei Stunden waren noch nicht ganz um, als sie Moni wieder anrief. „Na, hast du etwas gefunden?“

„Nichts über die Deutschen, außer Adressen und Telefonnummern, aber die hattest du ja schon. Zumindest stimmen die. Der Engländer, Henderson, wird einmal in einer kurzen Zeitungsnotiz genannt, im Guardian, im vorletzten September. Er ist Kunsthändler und hatte eine Fälschung verkauft, ein Gemälde. Ist aber wohl selber auf die Fälschung reingefallen. Passiert anscheinend öfter als man meinen sollte. Ja, und Tobias B. Blessmann, über den fand ich einiges. Er ist Kunsthistoriker, hat in Bochum studiert, lebt jetzt in Stuttgart. Siebenunddreißig Jahre alt. Seine Dissertation hieß ‚Staatliche Förderung der Kunst im Dritten Reich und die Rolle des Kunstkritikers am Beispiel von Franz-Joseph Schlingmann-von Russek‘. Ein Titel, der so richtig von der Zunge fließt, oder? In den letzten Jahren hat er in einigen Kunstzeitschriften veröffentlicht. Meist zum selben Thema. In der Uni-Bibliothek ist ein Exemplar der Dissertation vorhanden. Soll ich sie mir nach dem Dienst mal angucken gehen?“

„Ja, wäre vielleicht nicht schlecht. Aber nur, wenn du Zeit hast, Moni. Er ist mindestens zum dritten Mal hier im Hotel. Immer alleine. Hat Kontakt mit diesen Leuten, die nur zwei, drei Tage bleiben. Benimmt sich merkwürdig. Ist vielleicht harmlos, aber vielleicht hat er auch jemandem eins über den Schädel gegeben."

„Dann sei schön vorsichtig, Karo. Ich rufe dich heute abend an. Tschüssi."

„Tschüss, Moni."

Hassos sonst blasse Wangen waren leicht gerötet. „Er spielt kein Golf, sagt Herr Hans. Läuft rum, liest viel auf der Terrasse. Sitzt abends an der Bar. Letztes Jahr hat er versucht, Herrn Hans auszufragen. Über früher. Über die Burg. Und das Hotel. Und alte Pläne. Herr Hans sagt, er hat das Trinkgeld genommen und sich dumm gestellt. Das kann er gut. Und dann hat Herr Blessmann mit Großtante Ottoline gesprochen. Mit einem Termin. Aber darüber weiß Herr Hans nichts."

„Fabelhaft, Hasso. Sehr gut. Dann sollten wir als nächstes rausfinden, worüber Herr Blessmann mit deiner Großtante geredet hat. Willst du sie fragen?"

„Nein. Lieber nicht."

Von dem Chefportier gelenkt, fand Karo die Freifrau im Rosengarten.

„Heimatkunde am Beispiel der eigenen Familie? Eine ausgezeichnete Idee, Frau Rutkowsky. Burg Greiffenstein stammt aus dem vierzehnten Jahrhundert, wie Sie vielleicht wissen. Mit späteren Anbauten, Abrissen, Ergänzungen – wie das so ist. Kommen Sie doch morgen nach dem Frühstück in mein Büro. Ich mache Ihnen gerne einige Dokumente zugänglich. Es würde mich freuen, wenn Hasso ein Interesse entwickeln würde."

Abends rief Moni an. „Ich habe die Dissertation ausgeliehen. Vierhundertsechsundachtzig Seiten. Ich überfliege sie gerade. Bisher nichts Relevantes. Obwohl der Typ nicht uninteressant ist, dieser Schlingmann-von Russek. Ich melde mich morgen wieder, ja?"

Karo guckte einen späten Film, nahm ein langes Bad und war immer noch nicht müde. Sie klemmte Wattebäusche zwischen ihre Zehen und begann, die Nägel in dem glitzernden Grün zu lackieren, das eine ihrer Putzkundinnen ihr zu Ostern geschenkt hatte. Nur nicht schlaflos im Bett liegen. Das Grün sah besser aus als erwartet. Fast hätte sie im Badezimmer das Klopfen an der Zimmertür überhört. Sie humpelte hin und öffnete die Tür. Hasso. Angezogen und mit Taschenlampe.

„Kommen Sie! Sie sind gerade runter, in den Keller."

Karo zupfte in Sekunden die Watte vom Fuß, zog die Tür zu und folgte Hasso, der lautlos den Gang entlanghuschte.

Im Keller hielten sie sich zurück. Sie sahen ein fernes Licht tanzen, hörten zwei Männerstimmen. Die Tür zum Weinkeller wurde aufgeschlossen und geöffnet. Die Männer verschwanden in den Weinkeller. Die Tür wurde leise geschlossen.

Karo und Hasso warteten einen Augenblick. Dann öffneten sie die Tür lautlos, traten ein. Sie hörten die Männerstimmen am anderen Ende des Kellers. Dann ein schabendes Geräusch. Schritte. Das gleiche Geräusch. Und nichts. Keine Stimmen, kein Ton. Sie sahen sich an. Karo nickte.

„Letzte Gelegenheit" glaubte sie verstanden zu haben und „zu gefährlich". Sie stupste Hasso an.

Sie verließen den Weinkeller und versteckten sich im Gang in einer im Schatten liegenden Nische. Karo wünschte, das Kind wäre nicht dabei. Der Tonfall des Mannes, die ganze Atmosphäre der Unternehmung gefielen ihr nicht. Und sie hatte noch nicht einmal ihr Verteidigungsspray als Waffe dabei. Nur eine staubige Weinflasche, die sic aus einem Regal gegriffen hatte.

Die Türklinke senkte sich. Karo drückte Hassos Schulter. Er stand unbeweglich, schien kaum zu atmen. Tobias B. Blessmann und ein rundlicher Mann mit Halbglatze kamen aus dem Weinkeller.

„... ein einmaliges Angebot, wie Sie sehen", sagte Blessmann, als er die Tür abschloss. „Aber Sie müssen sich bis übermorgen entscheiden, es gibt andere Interessenten."

„Ich bin auf jeden Fall sehr interessiert. Zwei oder drei, wenn wir uns im Preis einigen können. Ein unglaublicher ..."

Die Stimmen wurden leiser.

Karo wartete einige Minuten, ehe sie Hasso das Zeichen zum Gehen gab. Sie bewegten sich langsam und vorsichtig, bereit, sich zu verstecken, sollten die Männer zurückkommen. Karos Anspannung löste sich, als sie sicher das Erdgeschoss erreicht hatten.

„Der Mann ist heute angekommen", sagte Hasso. „Was machen die da? Was glauben Sie?"

Karo hörte das Rauschen von Seide und fuhr herum. Kein Geist stand vor ihr. Es war Ottoline Freifrau von Greiffenstein in Person. In einem fliederfarbenen Hausmantel, in der Hand die Schleppe und eine Traube grüner Trauben. Oder hieß es Büschel grüner Trauben?

Hasso war verschwunden. Lautlos in die Dunkelheit geschmolzen.

„Ich wachte auf und hatte Appetit auf Trauben", sagte die Freifrau. „Was bringt *Sie* um diese Zeit hierher, auf eine andere Etage?"

Karo wurde sich bewusst, dass sie nicht viel mehr als ein T-Shirt trug (weiß, mit dem Aufdruck „Rettet die Lichtburg") und eine Flasche Wein.

„Ich . . . ich weiß nicht. Ist Vollmond? Ich schlafwandele manchmal."

Die Freifrau schnaubte. Sie sah einen bedeutungsschwangeren Moment auf die Weinflasche, schien aber mehr an Karos Füßen interessiert zu sein.

Karo folgte ihrem Blick. Acht Nägel strahlten ampelgrün im Halbdunkel des Flures. Leuchtnagellack, na großartig.

„Ja – dann, gute Nacht, Frau von Greiffenstein, und guten Appetit."

Kurz vor ihrer Zimmertür gesellte sich Hasso wieder zu ihr. „Gut, dass sie mich nicht erwischt hat."

„Ja. Noch lieber wäre mir, auch ich wäre ihr nicht in die Arme gelaufen. Was rennt sie um die Zeit überhaupt noch durch die Gegend? Na ja, schlaf gut. Wir sehen uns nachher beim Frühstück."

Monis Anruf riss Karo kurz nach sechs aus dem Schlaf.

„Was ganz Merkwürdiges, Karo."

Karo grunzte.

„Burg Greiffenstein wird in der Dissertation mehrmals erwähnt."

Karo saß hellwach im Bett.

„Und zwar war dieser Kunsthistoriker Schlingmann-von Russek Ende der dreißiger Jahre oft im Hotel zu Gast. Hier: ‚Er war Gertrude Freifrau von Greiffenstein freundschaftlich verbunden' ... Gertrude – gibt es die noch?"

„Ich glaube nicht. Die jetzige heißt Ottoline."

„Aha. Wo war ich ... ja: freundschaftlich verbunden und beriet sie im Aufbau ihrer Gemäldesammlung. Fast ausschließlich waren es Exponate von Malern, die auf der Großen deutschen Kunstausstellung in München vertreten und somit von den Machthabern abgesegnet waren'. In anderen Worten, sie sammelte Nazi-Kunst, ist doch interessant, oder?"

„Interessant ist gar kein Wort dafür."

„Zwei- bis dreitausend Reichsmark zahlte sie pro Bild, das war eine Menge, glaube ich. Schlingmann-von Russek kassierte natürlich eine Provision. Meist waren es Bauern- oder Familienmotive, Landschaften ... der Mensch im Kampf mit der Natur ... deutsche Mütterlichkeit, Familienidyllen et cetera, alles im Rahmen der nationalsozialistischen Blut-und-Boden-Ideologie, wie Blessmann schreibt. Die Maler sagen mir nichts. Adolf Wissel, Elk Eber, Sepp Hilz, Adolf Ziegler und so weiter. Na, was sagst du?"

„Mir wirbelt der Kopf. Ganz toll, Moni, danke. Das ist bestimmt relevant."

Karo war heute die erste im Felsenschwimmbad. Nach einigen furiosen Runden sah sie klarer. Sie hatte nicht viel Zeit, wenn sie Blessmann in flagranti erwischen wollte. In ein paar Tagen reiste er ab, und wer weiß, ob er nach dem Dicken noch einen Interessenten erwartete. Sie überlegte kurz, ob sie die Freifrau schon jetzt einweihen sollte. Lieber nicht. Wenn Karos Vermutungen stimmten, würde es einen Skandal geben. Möglicherweise würde die Freifrau einiges tun, um den Ruf ihrer Familie und den des Hotels zu schützen.

Karo hielt ihre Verabredung mit Hassos Großtante ein und erhielt für den angeblichen familienkundlichen Unterricht einen Stapel Fotoalben und eine Rolle mit Burgplänen.

Sie wurde bald fündig. Der Weinkeller war 1870 geteilt worden, um einen geheimen Lagerraum zu schaffen. Die unsichtbare Tür konnte durch einen Mechanismus am letzten Regal geöffnet oder auch festgestellt werden.

„Hah!“, sagte Karo. Ihr Plan nahm Gestalt an.

Hasso war von den Fotoalben fasziniert. Sein Vater als Kind, Großtante Ottoline als junge Braut, Herr Hans als Unterportier.

Ab etwa 1937 zeigten die Fotos auch Gertrude Freifrau von Greiffensteins wachsende Gemäldesammlung, teils in Großaufnahme, teils im Hintergrund von Gruppenfotos. Bis Anfang 1945. Offensichtlich hatten die Amerikaner die Burg als eine Art Hauptquartier benutzt. Fotos von Offizieren und Generälen in der Empfangshalle, im Salon, im Restaurant. An den Wänden hingen wieder die Familienporträts und Landschaften, die schon in den Zwanziger Jahren zu sehen gewesen waren.

„Es muss so gewesen sein“, erklärte sie Hasso. „Blessmann wußte aus seinen Forschungen, dass es diese Gemäldesammlung auf Greiffenstein gegeben hatte. Es gibt im In- und Ausland sicher Sammler, die für die so genannte Kunst aus dieser Zeit viel Geld zahlen. Deine Großtante gewährte ihm Einsicht in die Unterlagen, wahrscheinlich auch in die Alben. Sicher freute sie sich, dass sich ein Kunsthistoriker für die Burg interessierte. Er suchte und fand das Versteck der Bilder. Suchte und fand Kaufinteressenten, die er ab und zu hier trifft, um ihnen die Bilder zu zeigen und zu verkaufen.“

„Die Männer!“, hauchte Hasso. „Oooh!“

„Hasso hing an meinen Lippen. An solche bewundernden Zuhörer könnte ich mich gewöhnen“, erzählte Karo drei Tage später ihrer Freundin Moni.

„Ach, komm! Ich hänge auch an deinen Lippen. Mach

schon. Wie ging es weiter? Wie kamst du zu deinem blauen Auge?"

„Hasso und ich guckten uns das Versteck an . . . ja, ich weiß, aber er ließ sich nicht zurückhalten. Ein fensterloser Raum, mit ein paar Schränken, in denen wir neun oder zehn Bilder fanden, die meisten allerdings mit Kriegsmotiven. Mit Herrn Hans, dem Kellner Oliver, der sich rehabilitieren wollte, und Hasso lauerten wir im Keller auf Blessmann und den Dicken, der einen zweiten Blick auf die Bilder werfen wollte. Als sie drin waren, stellte ich den Türmechanismus fest. Geplant war, sie einzusperren und dann die Polizei zu rufen. Aber entweder war der Schalter kaputt oder Blessmann hatte ihn vorsorglich deaktiviert, jedenfalls stürmte er aus dem Raum, gerade als ich an dem Regal stand, und warf sich auf mich. Ich fiel gegen die Regalecke und blieb benommen liegen. Blessmann ging zu Boden, als Herr Hans ihm mit einer Champagnerflasche auf den Kopf haute. Oliver hielt den Dicken fest, der mit einem Bild verschwinden wollte. Und Hasso war sofort nach dem Ausbruch losgerannt, um Hilfe zu holen. Bis zum Eintreffen der Polizei bewachten mehrere Angestellte und mit Golfschlägern bewaffnete Gäste in Schlafanzügen den Keller."

„Du liebes bisschen, Karo! Ein Urlaub war das nicht gerade. Aber immerhin hast du den Fall gelöst."

„Na ja, sagen wir, ich haben *einen* Fall gelöst. Nicht ganz den, den ich meinte. Die Freifrau rauschte in ihrem seidenen Morgenmantel in den Keller und erklärte, dass Sigurd von Greiffenstein, der Mann von Gertrude, alle Bilder aus der Nazi-Zeit zerstört habe. Noch vor dem Eintreffen der Amerikaner. Angeblich hat er weder Gertrudes Geschmack noch ihre Sympathien geteilt. Vielleicht wusste er auch nur, woher der Wind jetzt wehte."

„Ja, aber –"

„Als Blessmann das Versteck, aber keine Bilder fand, ließ er aufgrund der Fotos Fälschungen anfertigen. Und da sie sich, vor allem im Ausland, besser verkauft, fügte er jede Menge so genannter Frontkunst hinzu. Kriegsbilder. Also war es kein Diebstahl von Greiffenstein-Bildern, nur Hausfriedensbruch im Weinkeller. Am meisten fürchtet Blessmann jetzt die Rache der betrogenen Nazikunst-Sammler. Es gibt da wohl einen ganz rabiaten in Argentinien. Tja, und Hasso ist nun Ottolines Held. ‚Ein echter Greiffenstein', sagte sie. Ihr höchstes Lob."

Karo hat Schwein

Die Kettwiger Straße war eine reine Fußgängerzone, aber darauf kam es jetzt auch nicht mehr an.

Karo fuhr ihren Wagen vor die Lichtburg, fast in die Lichtburg, so nah an die Kinokasse wie es möglich war, ohne den denkmalgeschützen Filmpalast zum Einsturz zu bringen.

Sie sah sich um. Keine Polizisten, keine Politessen in Sicht. Sie zwang sich, sitzen zu bleiben, bis ein paar Fußgänger weitergegangen waren. Sie war schweißgebadet. Dabei war die wochenlange Hitzewelle verebbt und hatte dem Ruhrgebiet ein Strickjackenwetter zurückgelassen, über das jetzt auch alle meckerten.

Mit einem gebrauchten Papiertaschentuch wischte sich Karo Stirn und Nacken ab. Sie versuchte, ruhig zu atmen. Als Privatdetektivin war sie an Aufregung gewöhnt. Aber sie hatte noch nie jemanden gekidnappt.

Ob die Polizei hinter ihr her war? Die Frage war, ob sich jemand in dem Durcheinander ihre Autonummer gemerkt hatte. Vielleicht war gekidnappt auch der falsche Ausdruck. Das Schwein war ja auf eigene Initiative in ihr Auto gesprungen.

In der Herzogstraße war ein Milchtankwagen mit einem Transporter zusammengestoßen. Karo hatte angehalten und war ausgestiegen, um das Chaos zu betrachten, das der Massenausbruch aus dem Transporter quer durch die ausströmende Milch verursacht hatte. Die Autotür hatte sie aufgelassen, und als sie nach kaum einer Minute wieder einstieg, hatte sie einen Beifahrer.

Warum sie ihn nicht sofort seinen Bewachern ausgeliefert hatte, war ihr ein Rätsel. Vielleicht war es sein gehetzter Blick gewesen und das Brüllen und Kreischen draußen, die Brutalität, mit der die Fliehenden eingefangen wurden.

Sie war eingestiegen, hatte die Tür zugeknallt und Gas gegeben.

Die Fußgänger waren außer Sicht.

„Jetzt“, sagte Karo. Sie warf ihm die alte Decke über. „Schnell in mein Büro. Da bist du erst mal sicher.“

Sie ächzte. Zum Glück begegneten sie auf dem Weg nach oben niemanden. Die Film-Bar war leer. Die Nachmittagsvorstellung begann erst in einer Stunde.

Kaum waren sie in ihrem Büro, klingelte das Telefon.

„Ja? Hallo?“, rief sie in den Hörer. „Ich meine . . . Hier Detektivbüro Rutkowsky, guten Tag.“

„Karola?“

„Vatter?“ Die heisere Staublungenstimme ihres Vaters war unverkennbar. Er hatte sie noch nie in ihrem Büro angerufen, kam ihr aber gerade recht. „Sag mal, kann ich ein paar Tage ein Schwein im Holzschuppen unterstellen?“

„Was denn für ein Schwein?“

„Ach, nur so ein kleines, eine Art Ferkel, glaube ich. Geht das?“

„Von mir aus. Karola, du musst sofort kommen.“

„Wieso? Was ist?“ Karos Herz schlug ihr bis zum Halse. Er hatte noch nie hier angerufen. „Sag schon, ist was passiert?“

„Die Polizei. Ich glaube, sie wollen deine Mutter verhaften.“

Sippenhaft? Nur weil sie einem Schwein Asyl gewährte? Quatsch.

Andererseits neigte ihr Vater nicht zu Übertreibungen.

„Aber warum denn?“

Ihr Vater rang nach Luft.

Karo geduldete sich. Ihre Mutter führte ein so harmloses Leben. Als Hausfrau. Als Vertreterin für Dubber-Ware („der preiswerten Alternative“), die sie auf Hausfrauenpartys vertrieb, ebenso wie neuerdings den Modeschmuck im Schmuck-Klub. Und sie war friedfertig und gesetzestreu. Na ja, solange es nicht um diese Yuppie-Tussie ging, die vor einem halben Jahr die andere Doppelhaushälfte gekauft hatte und ihren Eltern das Leben schwer machte.

„Vatter? Sie hat doch nicht wieder Eier auf das Kabriolett der Sombeck geworfen?“

„Nein.“ Schweres Atmen. „Jemand hat die Sombeck umgebracht. Heute Mittag. Im Garten.“

„Oh. Ich bin schon auf dem Weg.“

„Tut mir leid“, sagte Karo zu dem Schwein. „Wir müssen noch mal los.“

Fünfzehn Minuten brauchte sie aus der Innenstadt bis zu der Zechensiedlung in Rellinghausen.

Nach einem Blick in den Rapunzelweg, fuhr Karo weiter. Polizeiautos verstellten die Straße vor dem Haus ihrer Eltern. Karo bog in die Parallelstraße ein und parkte in der Einfahrt der Kowalskys.

Die Kowalskys gehörten mit den Rutkowskys zu den wenigen Bergarbeiterfamilien, die der Siedlung verblieben waren.

In den siebziger Jahren, nach der Schließung der Zeche Elisabeth Karola, waren die Häuser privatisiert worden. Viele der Bewohner hatten sich den Kauf nicht leisten können und waren weggezogen. Andere, wie Karos Eltern, hatten sich verschuldet, um in ihrem Häusken bleiben zu können. Damals waren junge Familien nachgezogen, Heimwerker, die selber neue Bäder einbauten, Wände zwischen den winzigen Zimmern durchbrachen und Dachböden als Kinderzimmer ausbauten.

Wenn heute Häuser verkauft wurden, weil die Besitzer ins Sauerland zogen, nach Mallorca oder in Altenwohnungen, rückten immer häufiger Yuppies nach, die den ursprünglichen Ruhrgebiets-Charme dieser Siedlungen für sich entdeckt hatten und das stadtnahe Wohnen zu schätzen wussten.

Frau Kowalsky riss die Tür auf. „Ja, Karola, gut, dass du kommst. Die ist ja am Spinnen, die Polizei! Und wenn die olle Fricke ihren Mund gehalten hätte, dann wüssten die gar nichts von dem Knies zwischen deiner Mutter und der Sombeck, Gott-hab-sie-seelig. Fies war sie ja, aber so ein Schicksal wünscht man doch keinem. Warst du schon drüben?“

Karo schüttelte den Kopf. „Ich wollte Ihren Mann fragen, ob ich in seinem Kaninchenstall für ein paar Tage ein kleines Schwein lassen kann. Meine Eltern wollte ich jetzt nicht damit –“

„Na klar, ist kein Problem. Wir hatten schon mal ein Spanferkel drin, für das Fest vom Kegelklub. Hat den Kaninchen nichts ausgemacht. Planst du eine Party?“

„Nicht direkt.“

Das Schwein bezog eine mit sauberem Stroh versehene Ecke des Kaninchenstalls. Als Karo ging, schlabberte es Wasser aus einer Salatschüssel mit Sprung und grunzte leise vor sich hin.

Karo musste sich ausweisen, ehe der Streifenpolizist sie ins Haus ihrer Eltern ließ. Sie fand ihre Mutter in der Küche beim Kartoffelschälen.

Mit zusammengepressten Lippen und roten Flecken auf den Wangen entfernte sie Schalen, attackierte Augen, schnitt grüne und braune Stellen mit chirurgischer Präzision heraus und warf diese perfekt geschälte Kartoffel zu all den anderen, die bereits im großen Suppentopf schwammen.

„Sag nicht, du kochst Eintopf für die Hundertschaft, die draußen steht, Hildegard“, sagte Karo und gab ihrer Mutter einen Kuss auf die Wange.

„Hmpf!“, sagte Hildegard und wischte sich mit dem Handrücken eine Haarsträhne aus dem Gesicht.

Ungewöhnlich, dass die jeden Morgen toupierte, hochgesteckte und durch Haarspray für Windstärke zwölf fixierte Frisur anfing, sich zu lösen. Ein Zeichen für den Aufruhr, in dem sich ihre Mutter befand.

„Wo ist Vatter?“

„Im Wohnzimmer. Er hat sich hingelegt. Ich habe drauf bestanden. Die Aufregung bringt ihn noch um. So weit kommt es noch. Was sie zu Lebzeiten nicht geschafft hat, bringt sie nach ihrem Tod noch fertig.“ Eine Kartoffel landete mit achtzig Kilometer Stundengeschwindigkeit im Topf.

„Sie haben dich nicht wirklich in Verdacht, oder?“

„Oh doch.“ Hildegard legte das Kartoffelmesser in die

Spüle und stemmte beide Arme auf ihre Hüften. „Oooh doch! Ich habe mir die Unverschämtheiten dieser Frau nicht gefallen gelassen. Wir haben uns mehr als einmal gestritten, was übrigens Frau Fricke den Beamten nicht schnell genug erzählen konnte. Natürlich habe ich sie als nächstes umgebracht! Selbstverständlich! Was läge näher?"

„Hat jemand die Eier erwähnt?"

„Weiß ich nicht. Bestimmt. Komm, setzen wir uns. Willst du einen Kaffee?"

Karo nickte und rutschte in die Eckbank.

Der Kaffee schmeckte furchtbar. Ihre Mutter war berühmt für ihren guten Kaffee. Karo fing an, sich ernsthaft Sorgen zu machen.

„Na gut. Ihr habt euch gestritten. Du hast ihr Auto mit Eiern attackiert. Aber daraus kann doch niemand folgern, dass du sie ermordet hast. Irrt ihr euch nicht? Natürlich muss man euch befragen –"

„Sie wurde mit einem harten hufeisenförmigen Gegenstand erschlagen. Gleich nebenan, hinterm Haus. Sie haben dein Hufeisen aus dem Flur mitgenommen."

Karo sprang auf und schaute in den Flur. Neben dem Garderobenspiegel ein leerer Haken und eine blasser Hufeisenabdruck an der Wand. Mit vierzehn, in ihrer Pferde-Phase, hatte sie es als Glücksbringer dorthin gehängt.

„Das heißt nichts. Sie müssen es natürlich untersuchen und mit der Wunde vergleichen. Aber sie werden keine Spuren finden, und dann klärt sich alles. Du wirst sehen."

„Sie haben bereits gemerkt, dass wohl keine Spuren drauf sind. Ich habe es gestern geschrubbt und eingeölt, als ich den Flur gründlich machte. Ich glaube, sie fanden das verdächtig. Aber es war eine kleine Roststelle drauf."

Karo stöhnte. Natürlich war das verdächtig. Vor allem, da ihre Mutter kaum beweisen konnte, dass sie das Hufeisen schon gestern gereinigt hatte und nicht erst nach der Tat.

„Trotzdem . . ."

„Wir müssen es ihr sagen, Hildegard." Karos Vater stand in der Tür. „Tag mein Schatz."

„Tag, Vatter." Er lehnte sich schwer auf seinen Stock und seine Stirnfalten waren ihr noch nie so tief erschienen.

„Was müsst ihr mir sagen? Habt ihr was ausgefressen?"

„Heinz . . ."

„Doch, Hildegard. Wenn Karola etwas tun soll, muss sie genau Bescheid wissen."

Hildegard sah Karo an und lächelte kurz und nervös. „Es waren ganz andere Umstände, weißt du. Aber . . . also . . . ich habe mal jemanden niedergeschlagen. Mit einer Flasche allerdings. Und er ist auch nicht gestorben, nur fast. Dein Vater meint, wenn sie dahinter kommen, dass ich vorbestraft bin und weshalb, könnte das schlecht aussehen."

„Karola?"

„Karola, ist dir nicht gut? Da siehst du's, Heinz. Ich sage doch immer, das Kind isst nicht richtig."

Das Frühstück gab es gar nicht, dass einen auf solche Mitteilungen vorbereitete.

„Du hast jemanden mit einer Flasche . . . ?"

Karos Mutter nickte. „Sie war fast leer. Wenn sie voll gewesen wäre, hätte er wahrscheinlich nicht überlebt, meinte der Richter. Ein reiner Zufall. Weil, ich habe natürlich einfach nach der nächsten gegriffen."

„Natürlich", murmelte Karo. „Und wen hast du da . . ."

„Wir nannten ihn Narben-Rudi."

„Narben-Rudi . . ." Nur nicht hysterisch werden. Sie musste das Ganze einfach als einen neuen Fall betrachten, irgendeinen stinknormalen Fall.

„Okay. Hast du mal was zum Schreiben?" Sie machte sich immer Notizen bei der Aufnahme eines neuen Falles.

Karos Vater griff hinter sich auf die Fensterbank und reichte ihr einen Bleistift und einen kleinen Block, auf dem er die neuesten Lottozahlen notiert hatte.

„Also, Hildegard, dann erzähl mal. Wann kam es zu diesem Vorfall und wo und unter welchen Umständen?"

„Es war 1955, im August. Ich arbeitete damals in Duisburg."

„In Duisburg? Ich wußte gar nicht, dass du auch in einem Restaurant in Duisburg gearbeitet hast", unterbrach

Karo. Vor ihrer Ehe war ihre Mutter in der Gastronomie tätig gewesen, wie sie es umschrieb, wenn die Rede darauf kam. Das Wort Kellnerin hatte sie in diesem Zusammenhang nie in den Mund genommen. Nicht ohne Grund, wie sich jetzt herausstellte.

„Ich war Bardame", sagte Hildegard.

Karos Augen nahmen die Größe von mittleren Suppentellern an. Sachlich bleiben. „Bardame in Duisburg" notierte Karo.

„Und wo?"

„Passiert ist es in der Grünen Nixe, kurz nachdem ich im Goldenen Anker aufgehört hatte."

Selbst Karo hatte vom Goldenen Anker gehört. Im letzten Jahr hatte der WDR in seiner Serie „Legenden des Ruhrgebiets" der Hafenkneipe eine ganze Sendung gewidmet. Verrucht war noch der mildeste Ausdruck gewesen, mit dem das Lokal in den fünfziger Jahren beschrieben worden war.

„Er ging mit dem Messer auf eins der Mädchen los. Ich habe ganz instinktiv gehandelt."

Ihre Mutter eine Bardame! Die Männer namens Narben-Rudi kannte! Karo schüttelte den Kopf. Wie Scarlett O'Hara würde sie morgen darüber nachdenken. Jetzt gab es andere Probleme.

„Ja. Hm. Das ist verjährt, glaube ich. Es wäre trotzdem besser, wenn die Polizei nicht dahinter kommt. Also. Wart ihr beide zu Hause, als es passierte?"

„Ich war beim Doktor", sagte Karos Vater. „Als ich zurückkam, wimmelte es schon vor Polizei."

„Wer hat Frau Sombeck gefunden, die Polizei gerufen?"

„Ein Kollege von ihr", sagte Hildegard. „Sie war zu einer wichtigen Besprechung nicht aufgetaucht."

Verena Sombeck war Chef-Gesellschaftsreporterin bei dem Hochglanzjournal RuhrSociety. Sie berichtete über Parties, Hochzeiten, Geschäftseröffnungen, Golfturniere und selbst Beerdigungen, wenn die Leiche prominent genug war.

Erst vor einigen Monaten hatte sie die Stelle des langjährigen Chefreporters übernommen, als dieser pensioniert wurde. Kaum hatten Trendspotter im letzten Jahr vorausgesagt, dass Zechenhäuser in gewissen Kreisen dabei waren mega-in zu werden, hatte die Sombeck ihre Nord-Bredeneyer-Altbauwohnung auf den Markt geworfen und sich so ein Häuschen, ein halbes, gekauft.

Nach einem dreiviertel Jahr war es nicht wieder zu erkennen: Das Dach mit alten Ziegeln neu gedeckt, die Fensterrahmen aus Kunststoff ersetzt durch cremefarben gestrichene Hartholzrahmen, der Nachkriegsputz akribisch entfernt, die alten Backsteine gereinigt, neu verfugt und stumpf poliert. Der Jägerzaun im Vorgarten war durch einen alt aussehenden Lattenzaun ersetzt worden, Stall und Schuppen hinter dem Haus abgerissen, um Platz für einen Sitzplatz und einige Kübelpflanzen zu schaffen. Das Innere des Hauses hatte bisher niemand aus der Nachbarschaft zu Gesicht bekommen.

Das Haus war ein Schmuckstück geworden, keine Frage. Die Familie, die es 1912 mit drei Generationen, einem Untermieter, sechs Hühnern und einem Schwein bezogen hatte, hätte das Äußere wohl als eine Hochglanzversion ihres unter Ruß und Staub rasch gealterten Zuhauses erkannt.

In der Juli-Ausgabe der RuhrSociety erschien ein Artikel über diese gelungene Restaurierung. Die Fotos endeten dort, wo das Haus der Rutkowskys begann. Denn die Haushälfte ihrer Nachbarn war der Sombeck ein Dorn im Fleische, der sich tiefer und tiefer bohrte. Plastikfenster, Plastikzaun, vor der Siebziger-Jahre-Haustür ein Windfang aus Plexiglas und, die Krönung, die ganze Vorderfront war mit hellen Fliesen verkleidet.

„Würde man heute vielleicht nicht mehr machen", hatte Hildegard der Sombeck erklärt, als die ihren Nachbarn vorschlug, ihre Hälfte geschmackvoller zu gestalten. „Aber damals machten das viele, weil es praktisch war. Nie wieder streichen, wissen Sie, und leicht sauber zu halten. Und billig war es auch nicht. Tut mir leid, wenn es Ihnen nicht gefällt, aber es bleibt."

Über den Windfang und den Gartenzaun hätten Karos Eltern noch mit sich reden lassen. Der Zaun musste ohnehin bald ersetzt werden und das Plexiglas zeigte Risse. Aber je aufdringlicher die Sombeck auf sie einredete, um so unnachgiebiger wurde Karos Mutter. „Sie ist so eine arrogante Ziege, Karola. Als hätte sie den Geschmack gepachtet. Es kränkt deinen Vater. Er hat sich die Verbesserungen damals vom Munde abgespart. Und es regt ihn auf, auch wenn er nichts sagt. Seiner Gesundheit tut das nicht gut."

Ein Wort gab das andere. Die Situation verhärtete sich, eskalierte. Seit dem Eier-Vorfall herrschte ominöses Schweigen. Beide Seiten sammelten neue Kräfte.

Und nun war eine Seite tot.

Karo stand auf. „Mal sehen, ob ich mich nebenan ein bisschen umgucken kann."

Hildegard hielt ihr ein flaches Päckchen hin. „Hier, willst du das nach drüben mitnehmen? Ich habe es heute Mittag vom Postboten für die Sombeck angenommen. Habe ich in der Aufregung vorhin vergessen."

Karo winkte ab. „Das hat Zeit. Wir halten uns da erst mal ganz zurück. Macht euch nicht zu viele Sorgen, ja? Wir kriegen das schon hin."

Privatdetektivin hin oder her, der zuständige Kommissar weigerte sich, die Tochter der Hauptverdächtigen an den Tatort oder gar ins Haus der Toten zu lassen.

Ausgerüstet mit dem Fernglas ihres Vaters hängte sich Karo aus dem Schlafzimmerfenster ihrer Eltern im ersten Stock und betrachtete den schmalen Nachbargarten. Auf dem Pflaster der Terrasse zeigte ein Kreideumriss, wo Verena Sombeck gelegen hatte. Polizisten suchten den Garten ab, fotografierten anscheinend Regenwürmer und machten nicht den Eindruck, als hätten sie Aufregendes gefunden.

Karo fuhr zurück in die Stadt. Die Redaktion der Ruhr-Society befand sich im Souterrain vom Haus der Technik.

„Niemand ist zu sprechen. Sie sind alle in einer Krisen-Konferenz", sagte Susie Kurz, die Rezeptionistin. „Außerdem soll ich zu allen Medien sagen ‚Kein Kommentar'."

„Kann ich verstehen", sagte Karo. „Schreckliche Sache. Ich bin Frau Sombeck ein paar Mal begegnet, flüchtig. Sie wirkte sehr, äh . . . dynamisch. Wie war sie denn so als Kollegin?“

Die junge Frau zuckte mit den Schultern. „Kommt drauf an, wen Sie fragen. Zu mir war sie nett, so schlau war sie, sich mit der Rezeptionistin gut zu stellen.“

„Aber . . . ?“

Erneutes Schulterzucken. „Sehr ehrgeizig, sage ich nur. Wenn man ihr im Weg stand - unangenehm.“

„Freunde?“

„Keine Zeit, glaube ich. Mit einer Kollegin aus der Buchhaltung verstand sie sich ganz gut, sie teilten sich eine Weile ein Pferd, aber die ist nicht mehr da. Sorry. Sie sollten jetzt gehen.“

Unter dem Vorwand, die Toilette benutzen zu wollen, untersuchte Karo die Nebenräume. In einer Abstellkammer voller Putzutensilien fand sie auf jedem Besen, Staubsauger, Plastikeimer und Staubtuch die Information, die sie suchte: Eigentum von Super-Putz. Karo kannte die Firma, deren Putzhorden frühmorgens oder spätabends über Bürogebäude, Arztpraxen und Einkaufszentren zwischen Dortmund und Oberhausen herfielen und sie relativ sauber hinterließen. Falls nötig, würde sie sich dort einstellen lassen und sich so Zutritt zum Büro der Sombeck verschaffen. Oder auch nicht einstellen lassen und einfach bei der Putztruppe auftauchen. Das hatte schon mal funktioniert. Irgendwo hatte sie noch einen Kittel der Firma.

Karo winkte Susie Kurz zum Abschied zu. Morgen würde sie versuchen, ein paar Redakteure auszufragen.

Weiter zur Stadtbibliothek. Mit ihrer Freundin Moni, Diplom-Bibliothekarin auf unsicherem Posten, konnte sie nur einen Blick austauschen. Der Auskunftsplatz war von Information suchenden Leuten umlagert.

Eine Bibliotheksassistentin besorgte Karo aus dem Magazin die letzten drei Jahrgänge der RuhrSociety. Karo fing an zu blättern. Die Sombeck, damals noch dunkelhaarig, tauchte zuerst vor etwa zwei Jahren auf Fotos auf, neben Artikeln über Vernissagen, Reitturniere und Wohltätigkeitspartys.

Unsere Junior-Gesellschaftsreporterin Verena Sombeck mit der charmanten Gattin des Aufsichtsratsvorsitzenden von Ruhr-Stahl, deren entzückendem Töchterchen Sydney und der Stute Melbourne.

Im Laufe der nächsten Hefte und Monate wurde die Sombeck immer blonder und schließlich, im letzten Frühjahr, Chef-Gesellschaftsreporterin. Karo blätterte zurück. Auf der vorletzten Seite, in der Rubrik „Neues aus der Redaktion" fand sie die Notiz:

Heribert von Thaller (Archivfoto), langjähriger Chef-Gesellschaftsreporter und geschätzter Kollege, tritt nach längerer Krankheit in den Ruhestand. Die besten Wünsche der Redaktion begleiten ihn. Verena Sombeck, hier auf ihrem Wallach Alexander der Große, die Heribert von Thaller seit zwei Jahren assistiert und ihn zuletzt vertreten hat, wird seine Nachfolgerin.

Er befand sich im Ruhestand und folglich nicht auf der Redaktionssitzung. Dann würde sie eben bei ihm mit der Befragung anfangen.

Die von Thallers wohnten in Überruhr. Karo parkte in der Allee. Das Gartentor quietschte. Ein Kiesweg führte zu dem efeubekleideten Einfamilienhaus. Eine schmale Frau Mitte fünfzig öffnete auf Karos Klingeln die Tür.

„Frau von Thaller? Mein Name ist Karola Rutkowsky. Ich untersuche den Mord an Verena Sombeck und woll-"

„Nein", krächzte Frau von Thaller und griff sich an den Hals. „Sie ist tot? Das habe ich nicht gewollt. O Gott, nein."

Sie schwankte. Ihre Beine gaben nach. Karo stützte sie und führte Frau von Thaller ins Haus. Karo war grenzenlos erstaunt. Das war ja wohl einfach gewesen!

Frau von Thaller deutete auf die Tür zum Wohnzimmer. Sie nahmen in zwei Sesseln vor dem Kamin Platz. Frau von Thaller atmete schwer.

„Kann ich ihnen ein Glas Wasser holen?", fragte Karo.

„Werden Sie mich sofort verhaften? Wie bringe ich es bloß meinem Mann bei? Ich muss jemanden finden, der sich um ihn kümmert. Wie konnte ich nur . . ."

Sie hielt sie für eine Polizistin. Gut. „Wollen Sie mir erzählen, wie es dazu kam?", sagte Karo.

„Sie hat meinen Mann auf dem Gewissen. Seine Gesundheit. Dabei hat er sie so kollegial behandelt. Geradezu protegiert am Anfang. Sie war seine Assistentin, wissen Sie. Heribert hat sie überall hin mitgenommen, sie den richtigen Leuten vorgestellt, sie eingeführt. Und sie war dankbar. Süß wie Honig. Wir haben sie auch hierher eingeladen, zu kleineren Gesellschaften. Sie war charmant, ich kann es nicht anders sagen. Bis sie Fuß gefasst hatte. Dann fing sie an zu intrigieren. Mobbing ist ein zu grober Ausdruck für das, was sie da inszenierte, aber der Effekt war der gleiche. Sie ist . . . war unendlich ehrgeizig. Und kaltherzig. Hart. Mein Mann konnte dem nicht viel entgegensetzen. Er ist von der alten Schule. Ein Herr. Der Druck wurde zu viel für ihn. Er erlitt zwei Herzinfarkte. Nun liegt er oben . . . Er liebte seine Arbeit. Als ich ihn letzte Woche so schwach und antriebslos im Sessel sitzen sah, ein Schatten seiner selbst, packte mich die Wut. Ich wollte mich rächen, ihr eine Unze von dem zurückzahlen, was sie ihm angetan hat."

Eine Unze? Dann wäre ein Sack Federn wohl angebrachter gewesen als ein Hufeisen.

„Ich wollte sie nicht umbringen, das müssen Sie mir glauben. Sie muss besonders empfindlich reagiert haben."

So konnte man es auch nennen. Das Mordopfer hat auf den Schlag besonders empfindlich reagiert. Somit war eigentlich das Opfer schuld an seinem Tod.

„Ich wollte sie nur krank machen. Vor meiner Heirat war ich Apothekerin, mit Giften kenne ich mich aus. Habe ich mich verrechnet? Und sicher hat sie die ganze Schachtel auf einmal verzehrt? Obwohl, selbst dann . . ."

Frau von Thaller sah Karo fragend an.

„Öhhhh . . .", sagte Karo.

„Und wie haben Sie mich so schnell gefunden? Ich habe gestern keinen Absender drauf geschrieben. Waren Fingerabdrücke darauf? Ich habe Handschuhe benutzt und alles noch einmal abgewischt. Ich dachte bestimmt . . ."

„Tja . . .", sagte Karo. Es war ja auch zu gut gewesen, um wahr zu sein. „Frau von Thaller, ich glaube, hier liegt ein Missverständnis vor. Wenn Sie ihr vergifteten - was war es, Kuchen?"

„Nein, frische belgische Pralinen. Sie hatte eine Schwäche dafür."

„Ah ja. Dann haben Sie nichts mit ihrem Tod zu tun. Frau Sombeck wurde erschlagen."

„Dann . . . dann habe ich sie nicht umgebracht? O du meine Güte! Oh, was bin ich froh." Sie presste ihre Hand aufs Herz und schloss die Augen.

Nach einer Weile sah sie Karo an. „Sie wurde erschlagen, sagen Sie? Das ist furchtbar. Aber es tut mir nicht leid, dass sie tot ist. Traurig, dass ich das sagen muss. Werden Sie mich verhaften? Oder anklagen, wegen versuchter Vergiftung?"

„Nein. Ich bin nicht von der Polizei. Ich bin Privatdetektivin. Ich untersuche den Fall, weil meine Mutter zur Zeit die Hauptverdächtige ist."

Frau von Thaller war eine gute Zuhörerin. „Ich kann Ihre Mutter so gut verstehen, Frau Rutkowsky. Es waren rohe Eier, hoffe ich?"

Karo nickte. „Wissen Sie von anderen Leuten, die sie sich zu Feinden gemacht haben könnte?"

„Nein, da kann ich Ihnen leider nicht helfen. Vielleicht war es jemand aus ihrer Vergangenheit. In der Redaktion kommt sie wohl ganz gut zurecht, jetzt, da mein Mann aus dem Weg ist."

„Die Rezeptionistin erwähnte eine Freundin, eine frühere Kollegin?"

„Ja - Barbara Otto. Sie verlor die Stelle durch Outsourcing. Die ganze Buchhaltung wird jetzt von einer Firma erledigt. Ist wohl billiger."

„Können Sie mir sagen, wo ich Frau Otto finden kann? Vielleicht kann sie mir weiterhelfen."

„Nein, das weiß ich leider nicht. Sie ist ins Ausland gegangen, glaube ich. Haben Sie in der Redaktion nach ihrer Adresse gefragt?"

„Nee, hab ich nicht. Darf ich mal telefonieren? Vielleicht ist noch jemand da."

Die Rezeptionistin kannte die Adresse nicht und zögerte, Karo weiterzuverbinden.

Frau von Thaller streckte eine Hand aus. Karo gab ihr den Hörer.

„Susie? Guten Abend. Frau von Thaller hier. Wären Sie so nett, mich mit Frau Lehmann-Ritt zu verbinden? Danke." Sie drückte auf die Lautsprechtaste und nickte Karo zu.

„Frau von Thaller, wie reizend, von Ihnen zu hören. Hier ist der Teufel los. Sie haben vielleicht gehört . . ."

„Ja, ganz schrecklich. Ich will Sie auch gar nicht lange aufhalten. Wenn Sie mir nur rasch sagen würden, wie ich Barbara Otto erreichen kann. Meinem Mann wäre sehr dran gelegen."

„Die Barbara Otto? Sie ist doch auf dieses Schiff gegangen, auf eine Jacht für ein paar Monate, sagte Verena. Sie hatte ja immer diese abenteuerlustige Ader, und die Bezahlung war wohl phänomenal gut. Aber wo genau . . . nein, tut mir sehr leid, ich habe keine Ahnung, Frau von Thaller. Also, dann, auf Wie-"

„Einen Augenblick noch", fiel Frau von Thaller ein. „Kennen Sie niemanden, der Näheres wissen könnte?"

„Nun, gestern hätte ich gesagt, die Verena. Die beiden konnten ganz gut miteinander. Sie hatten ja auch mal dieses Pferd zusammen. Ach, noch letzte Woche sprachen wir darüber. Verena suchte nämlich einen Nachmieter für den Stallplatz. Der Mietvertrag läuft noch ein halbes Jahr."

Stall! Ein Stallplatz! Das Schwein!

Karo berührte Frau von Thallers Arm. „Die Adresse vom Stall!", raunte sie. „Fragen Sie, wo der Stall ist."

„So ein Zufall", sagte Frau von Thaller. „Ich kenne jemanden, der einen sucht. Wissen Sie, wo -"

„Sie müssen entschuldigen, Frau von Thaller. Ich habe jetzt wirklich andere Sorgen. Der Hof liegt am Schuirweg, mehr weiß ich nicht. Verena klagte, dass dort im Winter erst so spät geräumt wurde. Grüßen Sie Ihren Mann. Auf Wiederhör'n." Sie legte auf.

„Danke, Frau von Thaller", sagte Karo. „Ich lasse Sie wissen, was geschieht."

Karo fuhr zurück zu ihren Eltern. Die saßen in der Küche und aßen zu Abend.

„Verhaftet haben sie mich noch nicht", sagte ihre Mutter. „Aber ich soll die Stadt nicht verlassen. Setz dich. Gürkchen?"

Karo nahm eine saure Gurke und schmierte sich ein Käsebrot. „Ich bin noch nicht weitergekommen. Für ein paar Minuten, sah es so aus, aber es war ein Irrtum ... Habt ihr noch das Päckchen, das heute für die Sombeck kam? Ich werde es zurückschicken. Es hat sich erledigt." Frau von Thaller würde die Pralinen sicher gerne persönlich vernichten.

„Das Päckchen liegt oben auf dem Küchenschrank. Ich bin froh, wenn es aus dem Haus ist. Wenn die Polizei es hier findet, hängen sie mir sicher noch Paketraub oder so was an."

Karo nickte. Nichts war unmöglich.

„Bleibst du ein bisschen, Karola? Nachher kommt ein alter Tatort, mit Hansjörg Felmy."

„Ein alter Schimanski wär mir lieber", sagte Karos Vater aus Gewohnheit.

Karo sah zu ihrer Mutter und wurde nicht enttäuscht.

„Ach, Quatsch", sagte Hildegard. „Felmy ist besser."

„Nein", sagte Karo. „Ich muss noch weiter." Sie war zu unruhig, um vor dem Fernseher zu sitzen. Und selbst wenn, hätte ein Programm, in dem ein Essener Kommissar Essener Bürger verhaftete, heute ganz unten auf ihrem Wunschzettel gestanden.

In der Redaktion der RuhrSociety meldete sich niemand mehr. Gleich morgen früh würde sie dort auf der Matte stehen, um ihre Ermittlungen fortzusetzen. In der Zwischenzeit würde sie versuchen, dem Schwein eine Bleibe zu besorgen.

Karo fuhr Richtung Kettwig und bog in den Schuirweg ein. Zwischen Feldern, Wiesen und Weiden wand sich die

Landstraße vorbei an alten Kotten und Höfen hinunter nach Werden. Karo fragte auf einem Bauernhof mit Direktverkauf, wer in der Nähe Einstellplätze für Pferde anbot und wurde einen halben Kilometer weiter geschickt.

Dort parkte sie gleich neben dem großen Fachwerkhaus. Auf ihr Klingeln und Klopfen antwortete niemand. In einer der Scheunen waren mehrere Wohnwagen untergestellt.

„Hallo?", rief Karo in das Halbdunkel. Keine Antwort. Alles wie ausgestorben. Auch die Ställe waren leer. Einige Pferde grasten auf der Weide, die sich bis zum Waldsaum hinunterzog. Auf ihr nächstes, schon hoffnungsloses „Hallooo?" kam ein Mann den Hügel hoch.

„Tut mir leid", sagte er. „Ich habe unten am Bach den Zaun repariert. Kann ich Ihnen helfen?"

„Tja, ich suche einen Unterstell- , ich meine einen Stallplatz, und wollte fragen, ob Sie noch etwas frei haben. Frau Sombeck hatte –"

„Sie kennen Frau Sombeck?" Seine Stimme klang kühler, um nicht zu sagen eisig.

„Sagen wir, ich bin ihr begegnet. Ich hörte um ein paar Ecken, dass sie einen Nachmieter für den Stallplatz sucht. Ist er noch frei? Es wäre allerdings für ein Schwein."

„Für ein Schwein."

„-chen", sagte Karo. „Nicht groß."

„Wollen Sie es mästen?"

„Wie? Nein!" Sie hatte es nicht fünfzig Meter vor den Schlachthoftoren gerettet, um es dann selbst zu Wurst zu machen. „Nein, ich will es nur irgendwo unterbringen."

„Sau oder Eber?"

„Öööh . . . Ist das wichtig?"

Er lachte. „Nicht für mich. Von mir aus geht es in Ordnung. Bringen Sie es morgen vorbei."

„Okay. Gut. Danke. Eh . . . warum hat Frau Sombeck den Stallplatz eigentlich gekündigt?"

Er sah zu Boden. „Kein Pferd, kein Stall. Sie hat Alexander vom Abdecker abholen lassen."

„Von wem?"

„Sie hat ihn schlachten lassen. Die Tierarztkosten waren

ihr zu hoch geworden. Eine Entzündung im Bein."

„Ach ..."

„Ja. Anscheinend hatte sie ‚vergessen', es Frau Otto, der früheren Mitbesitzerin, mitzuteilen. Das durfte ich heute Morgen tun."

„Barbara Otto ist zurück?"

„Braungebrannt. Und trotzdem wurde sie ganz grau, als ich es ihr erzählte. Sie hat so an ihm gehangen." Er schüttelte den Kopf.

„Wann war das? Sagen Sie schon, wann ist das passiert?"

„Warum? Heute morgen, so gegen zehn. Sie war gerade in Essen angekommen und wollte als erstes den Jungen begrüßen. Sie tat mir wirklich leid. Und jetzt hat sie seine Decke vergessen."

Er deutete auf eine karierte Pferdedecke, die an einem Haken hing. „Sein Zaumzeug wollte sie auch mitnehmen. Der Sattel gehört Frau Sombeck."

„Frau Otto kommt noch mal zurück?"

„Nehme ich an. Sie ist so schnell davongestürmt, dass sie beides vergessen hat. Nur sein Hufeisen hat sie mitgenommen."

Karos Anspannung verließ sie.

Fall gelöst.

Ihr wurde ganz leicht im Kopf.

„Ja dann, wenn Sie keine Fragen mehr haben - ich muss runter zum Zaun."

Karo nickte. Sie wühlte in ihrer Umhängetasche und wurde fündig. Nicht nur hatte sie diesmal ihr Mobiltelefon eingepackt, es war sogar geladen. Sie würde die Polizei anrufen und auf Barbara Otto ansetzen. Oh, sie musste den Typen noch fragen, ob er das Auto gesehen oder sich gar die Nummer gemerkt hatte. Na ja, das würde sie nachreichen. Erst mal anrufen, und auch um Verstärkung bitten. Anschließend würde sie sich in einer der Pferdeboxen verbergen und warten. Barbara Otto auflauern. Neben der Tür hing ein Seil. Falls nötig, würde sie ihre Gefangene damit fesseln, bis die Polizei kam. Karo wählte 110.

„Karola Rutkowsky hier. Ich bin Privatdetektivin und rufe

an im Mordfall Verena Sombeck . . . Der heute Mittag, ja. Ich bin hier auf der Spur der wirklichen Mörderin. Schicken Sie bitte sofort einen Zivilwagen her, unauffällig. Ich bin am –"

Ein Arm langte aus dem Nichts nach Karos Telefon, entriss es ihr, warf es in die Ecke.

Karo wirbelte herum. Eine hochgewachsene braungebrannte Blondine mit verheultem Gesicht stand vor ihr.

„Nee", sagte Barbara Otto. „So nicht. Ich weiß zwar nicht, wie Sie mich gefunden haben, aber mich kriegen Sie nicht."

Karo setzte einen Fuß vor, hob den rechten Arm und brüllte „HARRH!". Die Detektivin im Einsatz. Nicht umsonst hatte sie sporadisch den Volkshochschulkurs „Angriff ist die beste Verteidigung" besucht.

Ganz wie Karo vermutet hatte, eignete sich das Seil hervorragend als Fessel. Ehe sie sich versah, hatte Barbara Otto sie verschnürt wie ein Paket, vermutlich unter Einsatz einiger kürzlich auf der Jacht erlernter Seemannsknoten.

„Nee, mich kriegen Sie nicht", sagte Barbara Otto, während sie noch mehr Seil um Karo schlang. „Verena hat mir schon genug angetan."

„Sie geben also zu, Verena Sombeck umgebracht zu haben?"

„Ja, und ich bereue es kein bisschen. Wie konnte sie nur so grausam sein. Ich hatte ihr gesagt, dass ich versuchen würde, im Sommer genug Geld zu verdienen, um Alexander ganz übernehmen zu können. Gut, sie hat die Tierarztkosten übernommen, als das Problem mit seinem Bein anfing und ich den Job verlor. Ich hab ihr dafür sozusagen meine Hälfte an Alexander überlassen. Aber sie wußte, dass das nur vorübergehend sein sollte." Sie wischte sich mit dem Handrücken die Tränen ab. „Ihn einfach umbringen zu lassen, als sich die Therapie hinzog und sie fand, es rentiere sich nicht mehr . . . Und dann zum Schlachthof . . . Können Sie sich vorstellen, was er noch durchgemacht hat? Und alles, was er gebraucht hätte, wären Ruhe und weitere Behandlung. Und sonst . . . ich hätte ihn nicht mehr reiten müssen, wenn die Belastung für sein Bein zuviel gewesen wäre. Er hätte noch ein schönes Leben haben können.“ Sie schluchzte auf.

„Hören Sie“, sagte Karo. „Wenn Sie das der Poli-“

„Seien Sie ruhig! Mich finden Sie nicht noch einmal. Mich findet niemand. Wegen der gehe ich nicht ins Gefängnis. Ich verschwinde. Ich gehe irgendwohin, wo Pferde sind. Nach Kanada. Oder Australien. Oder Irland. Südamerika . . .“

Sie warf sich das Zaumzeug über die Schulter und nahm Alexanders Decke vom Haken. „Sie riecht noch nach ihm . . . Das ist alles, was mir von ihm geblieben ist.“

Sie griff in ihre Jackentasche und zog ein Hufeisen heraus. „Und dies . . . Sie hätten nicht herkommen sollen.“

Barbara Otto hob den Arm und schlug zu.

Mit Mühe gelang es Karo, ihre Lider zu öffnen. Die Welt war weiß. War Winter? Lag Schnee? Ihr Kopf schmerzte.

Ein bleicher Mann in Weiß beugte sich über sie und sah sie an. Karo starrte zurück. Er bewegte seine dünnen Lippen. Der Ton war nicht richtig eingestellt. Karo hörte kaum etwas.

„ . . . Schwein gehabt“, verstand sie plötzlich.

Das Schwein. Sie erinnerte sich an das Schwein. Was meinte er mit ‚gehabt‘?

„Haben sie es geholt?“, flüsterte sie. „Haben die Bullen das Schwein geholt?“ Sie versuchte, sich aufzurichten. „Ist es tot?“

Der Mann drückte sie mit fester Hand nieder. „Sie phantasiert. Geben Sie ihr noch eine.“

Mit wem redete er? Karo wandte den Kopf. Eine Nonne mit einer riesigen weißen Flügelhaube schwebte auf sie zu. Sie hielt eine Spritze in der Hand. Was hatten sie mit ihr vor?

Karo schlug mit den Armen um sich. Der Mann hielt sie fest. Die Nadel verschwand in Karos Arm. Ihre Sicht vernebelte sich. Wurde sie eingeschläfert?

„Zu jung zum Sterben“, murmelte sie. Eigentlich meinte sie das kleine Schwein. „Aber-isch-auch“, seufzte sie und verlor das Bewusstsein.

Blaubart im Schnee

„... let it snow, let it snow, let it snow", sang Bing Crosby unnachahmlich und zudem passend. Noch drei Wochen bis Weihnachten und es schneite. Dicke Flocken fielen, lautlos, unaufhörlich, seit dem späten Vormittag, und würden weiter fallen, wenn man dem Wetterbericht von Radio Essen Glauben schenken konnte.

Karo ließ die Tür zu ihrem Büro auf, um die Musik, die aus der Film-Bar heraufdriftete, nicht auszuschließen. Etwas vorweihnachtliche Stimmung war auch in einem Detektivbüro angebracht, selbst wenn es klein war und etwas schäbig und einzig die Detektivin darin nicht aus den fünfziger Jahren stammte.

Karo setzte sich in den Drehstuhl, legte die Füße auf den Schreibtisch und griff nach dem Glas.

„Mmmhhh ..." Schon das Aroma ... Aber erst der Geschmack ... Sie konnte nicht widerstehen. Seit Beginn des Weihnachtsfilm-Festivals in der Lichtburg gab es in der Film-Bar winterliche Getränke, die sie alle durchprobiert hatte. Von Glühwein über Tee mit Rum und Kandis bis zu heißer Schokolade mit Schlagsahne. Alles ganz lecker. Aber seit dem ersten Schluck letzte Woche war Karo dem Egg-Nog verfallen.

„Einfach himmlisch, Schorschi", hatte sie geflüstert, und Giorgio hatte gestrahlt.

Nun nahm sie jeden Nachmittag, wenn sie auf dem Weg nach oben an der Film-Bar vorbei kam, ein Glas mit ins Büro. Teuer. Aber köstlich. Sie ließ es anschreiben.

Und irgendwie sah der Egg-Nog ganz gesund aus, war sicher gesund. Kaum mehr als ein heißer Eier-Milchshake mit Gewürzen, na ja, und Cognac. Der ihr zugegebenermaßen ein bisschen in die Beine ging. Und in den Kopf. Vielleicht sollte sie etwas essen.

Karo öffnete die oberste Schreibtischschublade und nahm einen Zimtstern heraus. Manche ihrer Putzkundinnen waren sehr backfreudig, und in der Adventszeit fielen alle Hemmungen von ihnen ab. Haselnussbaisers, Spritzgebäck, Honigkuchen, Mandelspekulatius, Berliner Brot - in Karos Schreibtisch fehlte nichts. Sie bekam diese Köstlichkeiten nicht aus reiner weihnachtlicher Nächstenliebe, das war ihr klar. Es waren kleine Bestechungsversuche.

Wenn ihre Detektei weiterhin so gut lief wie in der letzten Zeit, würde sie ihre Putzkundenliste kürzen. Das verbreitete eine Unruhe, die sich positiv auf die Gebefreudigkeit ihrer Kundschaft auswirkte. Karo war schon auf die Geschenke und Geldumschläge gespannt, die man ihr in den nächsten Wochen überreichen würde. Sie ging davon aus, dass sie keine Schwierigkeiten haben würde, ihr Egg-Nog-Konto auszugleichen.

Doris Day sang „I'll be home for Christmas" und Karo schloss die Augen für ein Nickerchen, als das Telefon zweimal klingelte - Giorgios Signal, dass jemand auf dem Weg nach oben war, um Karola Rutkowsky, Privatdetektivin, zu konsultieren.

Karo riss ihre Augen auf, nahm die Beine vom Schreibtisch, knallte die Gebäckschublade zu und fegte die Krümel mit einer Handbewegung auf den Boden. Auf dem alten Linoleum fielen sie kaum auf. In Augenblicken wie diesen war sie froh darüber, dass ihr Büro nicht wie die meisten anderen in der Lichtburg mit Teppichboden ausgelegt war. Gegen das schöne alte Parkett in Bernys Büro hätte sie allerdings nichts einzuwenden gehabt.

Sie hatte gerade das Strafgesetzbuch vom Aktenschrank gefischt und aufgeschlagen auf den Schreibtisch gelegt, als es leise an die geöffnete Tür klopfte. Karo sah auf. Ihr „Herein" erstarb.

Im Türrahmen stand ein Rauschgoldengel. Tauende Schneeflocken glitzerten im blonden Haar und auf dem wadenlangen mitternachtsblauen Samtcape.

Karo schüttelte den Kopf. Nicht nach nur einem Egg-Nog.

Obwohl ein starker Kaffee jetzt nicht schlecht wäre.

„Äh - guten Tag", sagte Karo mit einem Versuch von Festigkeit in der Stimme. Ob sie zu dem Weihnachtsmann gehörte, der unten vor der Kindervorstellung Süßigkeiten und freche Sprüche verteilte? „Wenn Sie ins Kino wollen -"

„Wie? Nein. Entschuldigen Sie. Es ist hier nur genauso wie ich es mir vorgestellt habe. Oh, ist das der Sessel, in dem Romy Schneider gesessen hat? Darf ich?"

Sie ließ sich in dem apricotfarbenen Cocktailsessel nieder, den Karo aus der Film-Bar entführt hatte.

„Hm, klasse. Wann war sie hier? Zu einer Sissi-Premiere? Also, ich fand sie toll. *Die Spaziergängerin von Sans-Souci,* kennen Sie den? Er kam letzte Woche im Fernsehen - und ein richtiges Telefon! Funktioniert das?"

Karo nickte. Sie brauchte diesen Kaffee. „Sagen Sie, kann ich etwas für Sie tun?"

„Ja, natürlich. Jedenfalls hoffe ich das. Frau Rogalla sagt, sie sind sehr gut und genau die Richtige."

Aha. Für Frau Rogalla putze Karo immer noch jeden Freitag. „Und es geht um . . . ?"

„Also, es geht um meinen Geliebten sozusagen. Es ist doch bald Weihnachten . . . mh ..." Sie spähte auf das vor Karo liegende Strafgesetzbuch. „Lesen Sie auf dem Kopf?"

Karo sah hinunter. Verdammt. „Na ja. Nicht grundsätzlich. Aber ich will in Übung bleiben. Als Detektivin muß ich das können. Sie verstehen."

„Ach so. Ja, natürlich. Also, weshalb ich hier bin. Ich möchte gerne, dass Sie ein Geschenk finden."

Karo zog einen Notizblock heran. „Sie haben ein Geschenk verloren? Wissen Sie, bei welcher Gelegenheit und wo? Und worum handelt es sich? Um Schmuck?"

„Ich habe doch kein Geschenk verloren!"

„Wer dann? Ihr Geliebter?"

„Nein, niemand! Ich *suche* ein Geschenk."

„Das Sie nicht verloren haben."

Der Rauschgoldengel nickte.

Karo schloss kurz die Augen. Ab morgen würde sie nur noch die heiße Schokolade trinken. „Was genau brachte Sie auf den Gedanken, eine Privatdetektivin zu engagieren?“

„Ach, wissen Sie, es ist doch unser erstes gemeinsames Weihnachten. Und ich möchte ihm ein richtig schönes Geschenk machen. Etwas Persönliches, ganz Besonderes, Passendes. Aber ich weiß nicht, was! Und das ist es. Ich möchte, dass Sie ein Geschenk für ihn finden.“

Karo faltete ihre Hände. Sie würde ganz ruhig bleiben. „Steht auf meinem Schild unten etwa *Privatdetektivin und Geschenkeberaterin?“*

„Da ist kein Schild.“

Ach richtig. Es war ja geklaut worden. „Nun, ich verrate Ihnen etwas: Geschenkeberaterin stand nicht drauf. In anderen Worten: Sie sind hier falsch. Gehen Sie in eine Parfümerie, eine Buchhandlung oder zu einem Herrenausstatter. Dort kann man Sie beraten. Und das ganz umsonst.“

Die runden blauen Augen füllten sich mit Tränen. „Sie verstehen mich nicht“, flüsterte der Rauschgoldengel mit zitternder Unterlippe.

Na, fabelhaft. Karo riss eine Seite aus dem Notizblock, legte ein paar Weihnachtsplätzchen drauf und schob sie ihr rüber. „Bitte. Und vielleicht fangen wir noch einmal von vorne an.“ Sie nahm einen Stift. „Ihr Name, der Name Ihres Geliebten, wann haben Sie sich kennengelernt und wo.“

Der Rauschgoldengel hieß Stefanie Maass, war zweiundzwanzig und arbeitete als Kosmetikerin in einem Institut in der Innenstadt. Frau Rogalla kam einmal im Monat zur Gesichtsbehandlung, daher die Empfehlung.

Auf der Suche nach ihrem Traummann war Stefanie nach einigen Umwegen im Chatroom einer Internet-Vermittlung fündig geworden. Auf intensive ‚Gespräche‘ im Chatroom und private E-Mails folgten rasch Telefongespräche und das erste Rendezvous. Liebe auf den ersten Blick vor dem ersten Blick, laut Patrick, dem Mann ohne Nachnamen. Denn das war das Problem, aber nicht wirklich ein Problem, oder zumindest kein großes, wie Stefanie behauptete. Patrick war ein Mann mit einem Geheimnis. Stefanie kannte weder seinen Nachnamen noch seinen Beruf, wußte nicht, wo er wohnte. Sie kommunizierten per Mobiltelefon oder E-Mail, sahen sich mehrmals die Woche, liebten sich sehr.

„Und es wird nicht immer so kompliziert bleiben. Eines Tages wird er mir alles erklären können. Bis dahin muß ich Vertrauen haben, und das habe ich. Aber deshalb, verstehen Sie, weiß ich nicht viel über ihn, und ich will ihn auch nicht ausfragen. Aber ich möchte ihm so gerne etwas schenken, das genau richtig für ihn ist, das einfach zu ihm passt, über das er sich wirklich freut."

Karo nickte.

„Ja, und da habe ich mir vorgestellt, Sie finden etwas über ihn heraus, über ihn persönlich. Und daraus ergibt sich dann die Idee für ein Geschenk."

„Und das ist alles?"

„Ganz bestimmt. Natürlich bin ich neugierig. Ich wüßte gerne alles über ihn. Alles. Aber das geht jetzt noch nicht, aus diesen Gründen, die ich nicht kenne. Also, das wollte ich noch sagen, Sie dürfen mir dann auch nichts weiter über ihn verraten, ja? Auch, wenn ich frage. Und wenn ich Sie mit Fragen löchere. Sie müssen dicht halten. Geht das?"

„Ja, natürlich." Mal was Neues. Finden Sie's raus, aber behalten Sie es für sich. Ja, die Liebe ... und noch dazu die große ... War es ihre Aufgabe, eine Klientin darauf hinzuweisen, dass hinter dem Geheimnis ihres Traummannes wahrscheinlich nur eine Ehefrau steckte, die von dieser Affäre nichts wissen sollte? Das war nicht ihre Aufgabe. Natürlich nicht. Auf keinen Fall.

„Hören Sie, Frau Maass. Hat Sie mal der Gedanke gestreift, dass der Mann verheiratet ist, und sein geheimnisvolles Getue verhindern soll, dass Sie unbequeme Fragen stellen oder Ansprüche anmelden?"

Der Rauschgoldengel lief rot an. „Ja, vielleicht ist er verheiratet! Aber es gibt ja auch unglückliche Ehen, oder? Und es gibt Scheidungen. Ich vertraue ihm eben. Vertrauen! Da haben Sie wohl noch nichts von gehört!"

Karo öffnete hastig die Gebäckschublade und opferte das letzte Lebkuchenschaukelpferd mit Schokoladensattel.

„Bitte, möchten Sie ..."

„Oh nein, wie süß! Danke." Der Rauschgoldengel biss

den Pferdekopf ab und wurde wieder friedlich.

Stefanies nächstes Rendezvous mit ihrem Patrick fand am folgenden Nachmittag auf dem Weihnachtsmarkt statt. Treffpunkt Kinderkarussell am Willy-Brandt-Platz. In der Nacht hatte es aufgehört zu schneien. Die trockene Schneedecke knirschte unter den Schritten der Besucher.

Karo verbarg sich hinter dem Bratapfel-Stand. Als der Steeler Kinderchor von *Kling Glöckchen klingelingeling* zu *Schneeflöckchen, Weißröckchen* überging, fing es sachte an zu schneien. Um unauffällig zu wirken, aber eigentlich, weil sie dem Duft nicht länger widerstehen konnte, bestellte Karo einen mit Mandeln und Rosinen gefüllten Bratapfel unter einer Vanillecremehaube. Den zweiten musste sie halb gegessen zurücklassen, weil Stefanie von einem Mann umarmt und geküsst wurde und das Paar in die Menge tauchte. Karo eilte hinterher.

An einem Stand mit Kerzen und Baumschmuck aus Bienenwachs blieben sie stehen, und Karo konnte Patrick genauer betrachten. Sie schüttelte den Kopf. Er war etwa Ende Zwanzig, mittelgroß und mittelschlank, soweit Karo das unter dem Lodenmantel erkennen konnte, und mittelblond. Ein eher unauffälliger Durchschnittsmann als Traummann des Rauschgoldengels! Na ja, sicher hatte er einen faszinierenden Charakter oder einen überzeugenden Po.

Er kaufte ein mit Gold verziertes Wachsherz und überreichte es Stefanie.

„Schnuckiputz", sagte sie und küsste ihn unter sein rechtes Ohrläppchen.

Er warf dem blinden Drehorgelmann und seinem Beagle das Wechselgeld auf einen Teller. Der Hund kam Karo bekannt vor. Das Kinngrübchen des Blinden auch. Ein Schlapphut und die dunkle Brille verbargen einen großen Teil seines Gesichts, aber . . . Der Blinde schüttelte kaum merklich den Kopf. Karo nickte, grinste und folgte dem bummelnden Paar die Rathenaustraße hinunter zum Glühweinwagen, vorbei am Bratwürstchenzelt, zu einem Stand mit mundgeblasenen Christbaumkugeln. Das Beschatten war dank der vielen Menschen ein Leichtes.

Kein Zweifel, der nicht blinde Drehorgelmann war Lutz Berner, Karos Ex-Freund. Vor anderthalb Jahren hatte er sie zugunsten einer heiratswilligen Elektroingenieurin verlassen. Ob er seinen Job verloren hatte? Aber nie würde die Kripo auf ihren besten Drogenschnüffler verzichten, auf Derrick, den Beagle. Was hieß, die beiden waren im Einsatz. Auch im Einsatz.

Wie mit Karo verabredet, hatte Stefanie ihrem Patrick erzählt, sie habe an diesem Abend ihre Betriebsweihnachtsfeier und müsse deshalb bald gehen. Vor dem zugenebelten Stand mit Räuchermännchen aus dem Erzgebirge sah sie auf ihre Uhr und machte eine bedauernde Geste. Er legte einen Arm um ihre Schultern und begleitete Stefanie zu ihrem Auto, das am Weberplatz parkte. Er winkte ihr hinterher und ging zurück. Als er an der Marktkirche in ein Taxi stieg, nahm Karo das nächste in der Reihe.

Zehn Minuten später ließ er sich in der Reginenstraße absetzen und verschwand in einem fünfstöckigen Haus, zu dem er einen Schlüssel hatte.

„Drücken Sie auf die Tube“, sagte Karo zu ihrem Taxifahrer und ließ sich nach Hause bringen.

Keine halbe Stunde später parkte sie mit ihrem Auto schräg gegenüber von dem Haus, das Patrick betreten hatte. Sie war bestens ausgerüstet mit einer Thermoskanne voll Milchkaffee, einem Fotoapparat, dem Fernglas, ihrem Mobiltelefon und einer Tüte Weihnachtsplätzchen. Eine Prüfung der Namensschilder war unergiebig verlaufen. Drei Paare, die mit Vor- und Nachnamen genannt waren, ein S. Wiemann, ein W. Hansen. Kein Patrick. Aber vielleicht war der Vorname ja falsch. Oder er hieß Willi Patrick Hansen, oder Silvio Patrick Wiemann.

Wie immer er hieß, er kam nach einer Weile aus dem Haus. Jetzt trug er eine dicke Winterjacke und hielt einen kleinen Blumenstrauß in der Hand. Ohne sich umzusehen stieg er in einen dunklen Ford mit Hamburger Kennzeichen. Karo folgte ihm zum Stadtwaldplatz und runter zum Baldeneysee.

Der große Parkplatz war fast leer. In der heraufsteigenden Dämmerung kehrten die letzten Spaziergänger und Entenfütterer zu ihren Autos zurück. Patrick ging ein Stück den See entlang. An der ersten Anlegestelle blieb er stehen. Wartete. Karo versteckte sich hinter dem Gerätehaus eines Segelclubs.

Nach einer Weile näherten sich Schritte. Eine junge Frau eilte die spärlich beleuchtete Promenade entlang.

„Patrick? Hallo. Tut mir leid, ich bin spät dran . . .“

„Aber das macht doch gar nichts, Marlis“, hörte Karo. „Ich freue mich, dich endlich persönlich kennenzulernen. Hier, für dich.“

„Danke! Christrosen! Wie schön.“

Karo lugte um die Ecke. Patrick hatte einen Arm um Marlis gelegt. Sie entfernten sich langsam in Richtung Heisingen.

Sie lief zurück zum Parkplatz und untersuchte sein Auto. Bedauerlicherweise waren darin keine hilfreichen Hinweise auf seine Identität oder gar ein Hobby zu erkennen. Die Freude, seine Autonummer zu wissen, schmolz dahin, als sie entdeckte, dass es sich um einen Mietwagen handelte. Und bei dieser Mietwagenfirma hatte sie nicht mal eine Kontaktperson.

Dann würde sie eben Lutz anrufen. Den Gefallen konnte er ihr tun. Leider nicht sofort. Sie hatte wieder mal vergessen, ihr Mobiltelefon aufzuladen.

Karo fuhr zurück in die Reginenstraße. Der Bigamist würde ja noch eine Weile beschäftigt sein. Sie wühlte in ihrem Kofferraum, steckte ein paar Prospekte ein und schlang sich das Seidentuch um den Hals, das ihr einen damenhaft-seriösen Touch gab.

Im Erdgeschoss war niemand zu Hause. Frau Hansen im zweiten Stock war empört. „*Was* bieten Sie da an?“

„Dubber-Ware, die preiswerte Alternative. Plastikbehälter für alle möglichen und unmöglichen Gelegenheiten“, wiederholte Karo und wedelte mit einem Prospekt.

„Da sind Sie bei mir nicht richtig, junge Frau. Ich lege Wert auf Qualität. Lieber zahle ich etwas mehr.“

„Glauben Sie, ich könnte bei einer Ihrer Nachbarinnen mehr Glück haben?“ Karos letzte Worte prallten von der geschlossenen Tür zurück.

Frau Wiemann im Dritten war freundlicher. „Einen Prospekt können Sie mir gerne da lassen. Aber ich nehme nur Glas, das sage ich Ihnen gleich. Bleibense mir mit dem Plastikzeug vom Leibe. Die Reimanns über mir könnten Sie versuchen. Die Almodovars ganz oben sind ab nach Spanien bis nach Weihnachten. Er ist von da, wissen Sie, aber ein ganz Netter. Die haben einen Untermieter für die beiden Monate. Aber ich glaube ja nicht, dass der sich für die Zeit Behälter kaufen will.“

Hah! „Ein einzelner Herr?“

„Da schlägt Ihr Herzken höher, was?“

„Wissen Sie, wie er heißt?“

„Das weiß ich. Da kam mal ein Paket für ihn, als er nicht da war, das habe ich angenommen. P. Müller. Er heißt Herr Müller.“

Müller! Das würde die Suche nach seiner Identität natürlich enorm erleichtern. Andererseits sollte sie ja nur seine Interessen auskundschaften.

„Äh, wissen Sie zufällig, ober er gerne kocht? Oder sonst ein Hobby hat? Haben Sie ihn vielleicht mit Tennisschlägern gesehen?“

„Nee, keine Ahnung. In dem Paket war ein Videogerät. Vielleicht tut der gerne Filme gucken.“

„Vielen Dank, Frau Wiemann. Und falls Sie doch mal auf Plastikbehälter umschwenken wollen, die Telefonnummer steht auf dem Prospekt.“ Karos Tarnung als Vertreterin hatte ihrer Mutter schon manchen Auftrag beschert.

Sie fuhr zurück zur Lichtburg. Ein legaler Parkplatz in der Nähe war auch um diese Zeit nicht zu kriegen. Der Weihnachtsmarkt, die Lichtwochen, die langen Öffnungszeiten der Geschäfte zogen die Leute an. Immerhin kamen die Holländer meist in Reisebussen, die außerhalb der Innenstadt parkten. Für die restlichen Massen schien „öffentlicher Nahverkehr“ ein Fremdwort zu sein. Dazu kam, dass die Abendvorstellung der Lichtburg bis auf den tausenddreihundertzweiten Platz ausverkauft war. Heute gab es eine Benefizvorstellung von *Fanny und Alexander* unter Anwesenheit von Ingmar Bergman.

Karo parkte um die Ecke vom Haupteingang auf dem Bürgersteig. Solange man den Wagen nicht abschleppte, war alles okay. Sie kannte jemandem beim Straßenverkehrsamt, der ihre Knöllchen preiswert aus dem Computer löschte.

Vor der Kinokasse hofften ein paar Optimisten auf zurückgegebene Karten. Die Film-Bar war gerammelt voll. Presse und Promis, die auf das Eintreffen des Meisters warteten. Giorgio und seine Helfer hatten alle Hände voll zu tun. Karo schlängelte sich durch das Gewühle. Giorgio fing ihren Blick auf und schüttelte den Kopf. Niemand hatte nach ihr gefragt.

Karo ließ ein paar Salzstangen mitgehen. Im Büro steckte sie als erstes ihr Mobiltelefon ins Ladegerät. Auf ihrem Bakelittelefon wählte sie Lutz' Nummer im Polizeipräsidium und hatte Glück.

„Berner."

„Karo hier, hallo Lutz. Scharfes Outfit heute Nachmittag!"

„Oh - Karo ..." Seine Freude hielt sich in Grenzen. Ihn plagte immer noch ein schlechtes Gewissen. Karo gegenüber, weil er sie sitzengelassen hatte, seiner Frau gegenüber, weil er noch zwölf Stunden vor der Hochzeit mit Karo geschlafen hatte - Karos letzter Versuch, ihn zurückzugewinnen. Dazu kam seine Furcht, Karo könnte seiner Frau den Vorfall verraten. Dass er ihr das zutraute, schmerzte Karo. Und nahm ihr jede Hemmung, ihn ab und zu für gewisse Auskünfte zur Mitarbeit heranzuziehen.

Karo berichtete in Umrissen von ihrem Auftrag. Widerstrebend stimmte Lutz zu, sich bei der Autovermietung nach dem Mieter des Wagens zu erkundigen.

„Es ist unglaublich, welche Risiken diese Frauen eingehen", sagte er. „Der E-Mail-Austausch gaukelt rasch eine große Vertrautheit vor, das Gefühl, jemanden schon gut zu kennen. Viel viel schneller als früher mit richtigen Briefen. Diese Frauenmorde bei München - nach den neuesten Erkenntnissen haben die ersten Kontakte auch in einem Chatroom stattgefunden."

„Frauenmorde?" Karo erinnerte sich nur vage.

„Mein Gott, Karo. Liest du keine Zeitungen? Es ist ein zunehmendes Problem. Anonymität. Virtuelle Persönlichkeiten. Selbst hier . . ." Er hielt verdächtig abrupt inne.

„Selbst hier - was? Spuck's aus, Lutz."

Er schwieg.

„Wie geht es deiner Frau?"

Er seufzte. „Das bleibt unter uns, verstanden? Wir halten es aus der Presse raus. In den letzten paar Monaten haben sich Frauen bei uns gemeldet, die sich auf diese Art mit einem Mann verabredet haben. An blödsinnig einsamen Orten. Vorher fanden sie es romantisch. Irgendein Perverser. Bisher sind die Frauen mit dem Schrecken davongekommen, und mit einer neuen Frisur."

„Wieso?"

„Er schneidet den Frauen die langen Haare ab. Wir nennen ihn den Friseur. Die letzte hat sich gewehrt und hat ein paar üble Schnittwunden abgekriegt. Kann sein, dass er im Laufe der Zeit gewalttätiger werden wird. Beim nächsten Vollmond, bei der nächsten Frau, die sich zur Wehr setzt, wer weiß."

„Wieso warnt Ihr nicht über die Zeitungen, über Radio und Fernsehen?"

„Man will ihn nicht warnen. Es gibt seit kurzem eine Kommission, die sich speziell um diesen Fall kümmert. Man will nicht, dass er jetzt auf Tauchstation geht."

Karo knabberte die Salzstangen weg. Hätte sie Patricks Date am See erwähnen sollen? War er der Friseur? Wohl eher nicht. Schließlich hatte der Rauschgoldengel nicht nur das erste, sondern auch die folgenden Rendezvous mit vollem Haupthaar überstanden.

Vielleicht gab es für das Treffen am See ja eine ganz harmlose Erklärung.

Ein Gedanke, der in den folgenden Tagen rapide an Glaubwürdigkeit abnahm. Der Mann traf sich jeden Tag mit ein bis zwei Frauen! Mittags ein paar Lebensmitteleinkäufe auf der Rüttenscheider und der Besuch in einem Blumengeschäft, das er mit ein oder zwei Sträußen wieder verließ. Am späten Nachmittag das erste Rendezvous. Immer an relativ einsamen Orten, die verschneit und zur blauen Stunde besonders romantisch wirken mochten. Die Beschattung dort war allerdings eine Herausforderung. Patrick hatte eine Vorliebe für die Promenade am See. Der Weg zur Kluse, die Abtei in Werden und der Südwestfriedhof waren andere Treffpunkte. Womit und wann er sein Geld verdiente, war Karo ein Rätsel. Von irgendwelchen Hobbys ganz zu schweigen. Vermutlich hing er den ganzen Tag im Internet und quatschte Frauen an. Zählte das als Hobby? Wenn ja, zu welcher Geschenkidee inspirierte es?

Armer Rauschgoldengel. Stefanie rechnete mit einer entfremdeten Ehefrau. Statt der gab es eine ganze Horde fremder Frauen. Sollte Karo ihre Klientin aufklären?

„Ihr Traummann ist eine regelrechter Blaubart, tut mir leid - trotzdem fröhliche Weihnachten, Frau Maass." Tränenüberflutetes Büro. Karo schauderte.

Andererseits hatte sie den strikten Auftrag, keine Einzelheiten aus seinem Leben weiterzugeben, lediglich einen Geschenkvorschlag abzuliefern. Und sie würde sich an diesen Auftrag halten. Sie notierte: „Videokassette? z.B. *Blaubarts achte Frau* von Ernst Lubitsch / T-Shirt mit Aufdruck ‚Polygamer Herzensbrecher' / Gutschein für tägliches Sträußchen vom Blumenladen!" Blödsinn!

Lutz war auch keine Hilfe. Der Wagen war an eine Multimedia-Firma mit Sitz in Hannover vermietet. Ohne konkrete Verdachtshinweise konnte er kaum weiterforschen. Selbst Karo sah das ein. Sie gab sich noch einen Tag.

Diesmal verfolgte sie Patrick nach Norden. Die Straßen waren frei, aber am Rand der Bürgersteige türmte sich der Schnee, er lag auf Bäumen und Dächern. Es war kälter geworden. Der Vollmond hing wie eine Eisscheibe am klaren Himmel. Sie durchquerten die Innenstadt, fuhren durch Altenessen, Richtung Karnap. Kurz vor dem Rhein-Herne-Kanal bog Patrick rechts ab.

Die Halde Schurenbach! Das konnte doch wohl nicht wahr sein. Karo blieb in der kleinen Straße stehen und stellte den Motor ab. Als Patrick auf den Parkplatz fuhr, stieg eine Frau aus einem Kleinwagen. Beide hatten Taschenlampen. Begrüßung. Blumenübergabe. Und tatsächlich, sie machten sich auf zur Haldenbesteigung. Der holprige Fußweg wand sich gemächlich um die Halde. Trotz Vollmond und Taschenlampen würden sie nicht allzu schnell gehen können. Eine direkte Verfolgung wäre schwierig. Anfangs war der Weg von jungen Bäumen gesäumt, aber weiter oben hatte man einen freien Blick auf die Serpentinen. Sie würde geradewegs hochkraxeln und das Paar auf dem Plateau erwarten.

Karo tauchte in die Sträucher. Ihre Augen gewöhnten sich ans Halbdunkel. Meist auf allen Vieren, machte sie sich auf den Weg nach oben. Sie kletterte, rutschte auf vereisten Stellen, schürfte sich die Hände am Geröll auf und fluchte. Wieviel hatte dies noch mit ihrem Auftrag zu tun, der Geschenkidee? Herzlich wenig, wenn sie ehrlich war. Sie war von Neugier getrieben, vom Jagdfieber erfasst. Sie brannte darauf, herauszufinden, welches Spiel der unauffällige Patrick Müller spielte.

Keuchend und verschwitzt erreichte Karo das Plateau. Als erste. Weit und breit keine Menschenseele. Die Bramme ragte wie ein prähistorisches Monument in den Nachthimmel. Von einer Autobahn rauschte der Verkehr. Es gab kaum Deckung in dieser Mondlandschaft. Karo kauerte sich hinter ein paar magere Sträucher am Nordrand und wartete.

Zuerst hörte sie die Stimmen, freundlich, lachend. Dann erschien Patrick mit der Frau. Sie gingen auf die Bramme zu. Patrick erklärte offensichtlich Richard Serras Skulptur. Er klopfte mit seiner Taschenlampe gegen das Eisen. Die beiden gingen weiter zum Rand und daran entlang. Er deutete auf das Gasometer in Oberhausen, das Tetraeder in Bottrop, die neongeschmückten Schornsteine der Zeche Zollverein. War er ein verdammter Reiseführer?

Ein paar Meter von Karo entfernt blieben sie stehen.

„Ja, aber was genau hast du vor?", hörte Karo die Frau fragen. Ihn konnte Karo nicht verstehen. Er redete auf die Frau ein.

„Nein!", rief sie. „Das kann nicht dein Ernst sein!"

„Es wird dir gefallen", sagte Patrick mit schmeichelnder Stimme. „Anfangs mag es dir komisch vorkommen. Aber dann ... glaub mir. Du bist nicht die erste ... man könnte -"

Griff er ihr um den Hals? Es war so schwer zu erkennen. Er flüsterte der Frau ins Ohr und holte etwas aus der Tasche, das im Mondlicht aufblitzte. Die Frau kreischte auf.

Er war doch der Friseur! Und es war Vollmond!

Karo richtete sich auf und hechtete mit einem Schrei auf Patrick zu. Die Frau kreischte wieder. Patrick fuhr herum. Karo packte ihn um die Beine. Die Frau griff Karo an. Um sich wehren zu können, ließ Karo Patrick los. Er verlor das Gleichgewicht und verschwand über den Rand. Karo und die Frau lösten sich aus ihrer Umklammerung und schauten hinab ins dunkle Nichts.

„Patrick?", rief die Frau.

Keine Antwort.

Karo richtete ihre Taschenlampe hinunter. Auf einem Vorsprung etwa sechs Meter unter ihnen entdeckten sie Patrick Müller. Er lag auf dem Rücken, die Augen geschlossen, ein Bein in einem merkwürdigen Winkel von sich gestreckt.

„Wenn Sie ihn umgebracht haben, breche ich Ihnen das Genick. Oder wenigstens den Arm", sagte die Frau.

Karo trat einen Schritt zur Seite.

„Ich wollte Sie retten. Ich bin Privatdetektivin. Ich glaube, er ist der so genannte Friseur. Er wird von der Polizei gesucht. Er lockt Chatroom-Bekanntschaften auf einsame Rendezvous und geht dann mit der Schere auf ihre Haare los."

„Patrick ist nicht der Friseur." Die Frau nahm ihre Mütze ab. Auf einer Seite fielen ihre Haare bis auf die Schulter, auf der anderen waren sie eher kurz. Irgendwie apart. „*Das* war der Friseur. Vor zwei Wochen."

„Oh. Haben Sie ihn angezeigt?"

Die Frau schüttelte den Kopf. „Man sollte es tun, ich weiß.

Aber ich kann mir nicht leisten, da reingezogen zu werden. Ich unterrichte an einer katholischen Privatschule. Die Nonnen ... Moment, haben Sie auch was gehört?"

Karo leuchtete Patrick an. Er fasste sich an den Kopf und stöhnte.

„Juchhu, Patrick!", rief die Frau. „Wir kommen runter!"

Sie rutschten vorsichtig den Abhang hinunter.

„Tut mir wirklich leid, Herr Müller", sagte Karo. „Ein bedauerliches Missverständnis."

„Ich kann mein Bein nicht rühren."

Die Frau kniete neben ihm und tastete es ab. „Gebrochen. Wir bewegen ihn besser nicht."

Karo hatte vergessen, ihr Mobiltelefon mitzunehmen. Das von Patrick war durch den Fall demoliert und gab keinen Ton von sich.

„Und ich habe keins", sagte die Frau. „Ich hasse die Dinger. Am besten bleiben Sie bei ihm. Ich gehe runter zu einem Telefon und rufe einen Krankenwagen. Und dann verschwinde ich. Patrick, du nimmst mir das nicht übel, nein? Aber wenn die Schulleiterin von der Art meiner Männerbekanntschaften Wind kriegt, bin ich draußen." Sie nahm Karo zur Seite. „Übrigens, wenn Sie noch am Friseur interessiert sind - ich habe sein Nummernschild gesehen, als er abhaute und zu seinem Wagen rannte."

„Er haute ab?"

„Judo. Ich unterrichte auch Selbstverteidigung. Wollen Sie die Nummer?"

„Ja, geben Sie her."

„Meine gute Tat zum Fest. Ich hatte wirklich ein schlechtes Gewissen. Die Nonnen färben so was von ab. Aber ich habe mich nicht getraut, anonym bei der Polizei anzurufen. Wenn die den Anruf zu mir zurückverfolgt hätten ... Na ja. Ist jetzt Ihre Sache."

Die Frau drückte Patrick einen Kuss auf die verkratzte Stirn und machte sich auf den Rückweg.

„Gut, dass es nicht schneit", sagte Karo.

„Gut, dass ich Sie nicht schütteln kann", sagte Patrick. „Was haben Sie hier eigentlich zu suchen?"

„Ich bin Privatdetektivin. Ihr Verhalten war verdächtig. All diese Frauenbekanntschaften. Die einsamen Treffpunkte. Ich wollte rausfinden, was dahintersteckt."

„Wer hat Sie beauftragt?"

„Kann ich Ihnen leider nicht sagen."

„Ich kann's mir denken. Die Konkurrenz, oder?"

„Nein, keine Konkurrenz. An welche Konkurrenz hatten Sie da gedacht?"

„An keine bestimmte. Es ist ein heißes Thema. Daran könnten alle möglichen anderen Produktionsgesellschaften interessiert sein."

Wie sich nun herausstellte, recherchierte er im Auftrag eines großen Privatsenders. Für eine mehrteilige Doku-Reportage. *Von der Heiratsanzeige zum Chatroom - neue Medien, neue Wege.*

„Es ist das erste Mal, dass unsere Firma für diesen Sender arbeitet. Es muß hundertprozentig laufen. Eine der Bedingungen war, dass es im Vorfeld ganz geheim bleiben sollte. Das Thema ist ein heißes Eisen. Und die Konkurrenz schläft nie. Der Kampf um die Quoten ist sowas von scharf, Sie haben keine Ahnung. Ich habe sogar meiner neuen Freundin nichts davon gesagt. Aber ich war sowieso fast fertig. Genug Frauen haben zugesagt, bei der Sendung mitzumachen. Die ersten Treffen mit mir stellen wir dann vor der Kamera nach. Einsame Orte, ein unbekannter Mann, unterlegt von bedrohlich-spannender Musik. Interviews - warum gehen sie solchen Risiken ein. Schnitt zu den Morden in Bayern. Das wird ganz heiß, sage ich Ihnen."

„Hm. Haben Sie eigentlich ein Hobby?"

„Mein Beruf ist mein Hobby. Außerdem ist mir kalt."

Mit einem Seufzer legte Karo ihm ihre Jacke über.

Der Krankenwagenfahrer schimpfte. „Was für ein beschissener Weg hier hoch. Da hätte man gleich einen Hubschrauber schicken können."

Mit Mühe schafften seine Kollegen Patrick zurück auf das Plateau. Karo begleitete ihn ins Krupp'sche Krankenhaus. Sie musste in der Halle warten und hatte reichlich Zeit, den Krankenhausweihnachtsbaum zu betrachten. Er war mit weißen Wattebäuschen, Gazeschleiern und chirurgischen Instrumenten in Miniatur geschmückt. Beflügelte Krankenschwesterpüppchen und ein kleiner Pfleger umschwebten ihn. Auf der Baumspitze balancierte Florence Nightingale als Engel in viktorianischer Schwesterntracht.

„Dieses Jahr durfte das Pflegepersonal den Baum gestalten“, sagte die Empfangsdame und wies Karo den Weg zur Telefonzelle.

Sie rief Lutz an. „Sag mal, steht auf Hinweise, die zur Ergreifung des Friseurs führen, eine Belohnung? Möglichst eine hohe?“

„Bisher nicht. Wir stehen ja erst am Anfang unserer Ermittlungen.“

„Verdammtes Pech.“ Karo gab ihm das Autokennzeichen des Gesuchten durch. „Sicher werden die Frauen ihn bei einer Gegenüberstellung identifizieren.“

„Das ist keiner deiner Scherze?“

„Lutz!“

„Ich mein ja nur. Also, wenn das stimmt ... Wie kommst du überhaupt zu seiner Autonummer?“

„Ich bin eben Detektivin, mein Lieber. Aber lass mich außen vor, ja?“

„Okay. Eine Informantin, werde ich sagen. Du hast was gut bei mir, Karo.“

„Sowieso.“ Karo hängte auf.

Sie durfte kurz zu Patrick, dessen Bein gerichtet und eingegipst worden war. Mindestens zehn Tage Krankenhaus, schätzte der Arzt, und Weihnachten auf Krücken.

„Ich habe es als Arbeitsunfall gemeldet“, sagte Patrick. „Mein Chef war begeistert. Reporter setzt Leib und Leben ein! Das nehmen wir jetzt rein in die Doku! Konkurrenzsender hetzt Detektivin auf mich – Kampf am Abgrund. Sie machen doch mit?“

Karo schnaubte. „Ganz bestimmt nicht.“

„Verstehe ich nicht. Wollen Sie nicht ins Fernsehen? Aber, egal. Dann lassen wir Sie von einer Schauspielerin darstellen. Blond, am besten. Ein sexy Trenchcoat, rote Pumps ... Dagegen haben Sie doch nichts?“

„Also, wirklich! Ich –“

„Wir kaufen Ihnen die Rechte natürlich ab, Frau Rutkowsky. Ich lasse einen Vertrag vorbereiten.“

Karo machte den Mund zu. Hatte er „abkaufen“ gesagt? Sie sparte ja immer noch auf diesen kleinen Loft auf Zeche Zollverein.

„Hm . . .“

„Gebongt“, sagte Patrick. „Auf den Preis einigen wir uns schon. So. Und nach dem Frühstück rufe ich meine Freundin an. Das Versteckspiel hat jetzt ein Ende.“

Noch vor dem Frühstück rief Karo ihre Auftraggeberin selbst an. „Der Fall ist erledigt, Frau Maass. Allerdings wäre es gut, wenn Sie ihm das Geschenk schon vor Weihnachten überreichen würden. Und sicher würde er sich freuen, wenn Sie ihn gleich zum Frühstück überraschen. Sie finden ihn im Krupp‘schen Krankenhaus.“

„Nein!“, rief der Rauschgoldengel. „Nein, nein, nein! Sagen Sie mir bloß nicht, dass er Arzt ist. Mein letzter Freund war Arzt. Ein echtes Trauma.“

„Nein, kein Arzt. Beruhigen Sie sich. Ganz im Gegenteil.“

„Sie meinen . . .“

„Er ist Patient dort. Kein Grund zur Sorge. Nur ein Beinbruch.“

„Hach, da bin ich aber erleichtert. Echt. Sie haben mir einen ganz schönen Schrecken eingejagt. Ach ja, und das Geschenk?“

„Kennen Sie diese neuen Designer-Krücken? In verschiedenen Farben und Mustern? Was halten Sie davon, ihm Krücken mit Burberry-Muster zu schenken?“

„Gute Idee! Er hat schon einen Burberry-Schal. Ich danke Ihnen, Frau Rutkowsky. Und Frohe Weihnachten.“

„Danke, gleichfalls“, sagte Karo, aber der Rauschgoldengel hatte schon aufgelegt. Karo gähnte.

Im Brotkasten entdeckte sie noch ein paar von Frau Rogallas Dattelpralinen und schob sich eine Handvoll in den Mund. Um zehn musste sie in Bredeney sein, um eine ihrer Villen zu putzen. Da konnte sie noch fast drei Stunden schlafen, wenn sie es nachher mit den Geschwindigkeitsbegrenzungen nicht so genau nahm.

Karo zog sich aus, ließ ihre Klamotten auf den Fußboden fallen und kroch ins ungemachte Bett.

Ihr Pech, dass auf den Friseur noch keine Belohnung ausgesetzt gewesen war. Wenn sie nicht bald die fehlenden Tausender für die Anzahlung zusammenbekam, konnte sie sich den Loft auf Zollverein von der Backe streichen. Immerhin sah es nicht so aus, als würde Patrick Müller sie wegen Körperverletzung verklagen, weil sie aus Versehen sein Bein gebrochen hatte. Na ja, und mal sehen, was diese Fernsehproduzenten rüberschieben würden, für das Recht, sie von einer hochhackigen Blondine darstellen zu lassen.

In Vino Sanitas

„So – einmal Zwiebelkuchen, bitte schön." Die junge Frau stellte den Teller vor Karo auf den Stehtisch. „Brauchen Sie Besteck?"

„Nein danke, habe ich dabei." Dies war schließlich ihr zweiter Tag auf der Gourmetmeile. Gestern noch hatte sie sich Messer und Gabel kaufen müssen. Heute würde Karo das zusammenklappbare Picknickbesteck einweihen, das ihr vor Jahren ein Freund geschenkt hatte, der dem Glauben verfallen war, sie teile seine Leidenschaft für die freie Natur.

Das elegante Paar am Nachbartisch entnahm einem englischen Picknick-Koffer Porzellanteller, Silberbesteck, Kristallgläser und Leinenservietten, orderte Pfälzer Saumagen und entschied sich nach kurzer Diskussion für den Spätburgunder eines Leinsweiler Weingutes.

Karo bestellte sich einen Riesling – als vorauseilenden Trost für den bevorstehenden Nachmittag. Sie schauderte, wenn sie nur daran dachte. Aber nun: der Fünf-Zwiebelkuchen, den das Pfälzer Stübchen nach einem Familienrezept aus der Südpfalz kreiert hatten. Gestern hatte sie beim besten Willen nur ein Stück davon essen können, da sie zuvor am Stand der Résidence in Bärlauchkruste gebratenen Zander mit Spargelragout gegessen hatte. Gefolgt von einer doppelten Portion der grünen Grütze mit Vanillecreme. Übertrieben? Vielleicht. Aber verständlich, denn vorläufig konnte sie sich in dem von zwei Michelin-Sternen geschmückten Gourmet-Tempel in Kettwig keine Mahlzeit leisten. Außer, man würde sie dort engagieren, um einen Fall internationaler Rezept-Spionage aufzuklären und sie erhielte für die Dauer ihrer Ermittlungen einen Personalrabatt.

Die Frage war, würde das Edel-Restaurant auf die Dienste eines obskuren Detektivbüros zurückgreifen, das aus einer Teilzeitdetektivin bestand, die außerdem als schwarzarbeitende Putzfrau so erfolgreich wie ungesetzlich tätig war? Eher unwahrscheinlich.

Karo klappte das Besteck auseinander. Ihr lief das Wasser im Munde zusammen, als sie durch den goldbraunen Zwiebelkuchen schnitt. Sie schloss die Augen, um den ersten Bissen voll auskosten zu können. Der Hefeteig war aromatisch und leicht, der Belag saftig, würzig und unterlegt von zwiebeliger Süße. Besser als Pizza. Eindeutig.

Der Schrei einer Frau riss Karo aus ihren Überlegungen.

„Haltet den Dieb! Haltet den Diiieb!"

Karo drehte sich um. Das Meer der die Kettwiger Straße füllenden Passanten teilte sich. Ein junger Mann, eine Mandarina-Duck-Handtasche vor die Brust gepresst, sprintete die Straße hoch.

Den Zwiebelkuchen im Mund, das Besteck noch in den Händen, trat Karo vor und stellte ihm ein Bein. Er fiel auf die Tasche, aufs Gesicht, aufs Pflaster.

Karo schwang ein Bein über ihn und setzte sich rittlings auf seinen Rücken. Einer seiner Wirbel knackte.

„Aaahuuu . . . !", machte er und versuchte, sich herumzurollen.

„Eine Bewegung und ich steche zu", sagte Karo, etwas undeutlich, mit vollem Mund. Sie hielt die spitze Gabel hinter sein linkes Ohr und drückte leicht an. Der Mann erschlaffte.

„Sie haben ihn! Mein Gott, Sie haben ihn!" Eine rundliche Blondine mit Pfennigabsätzen, aber ohne Handtasche, war außer Atem, als sie sich neben Karo auf das Pflaster kniete. Sie riss am Arm des Mannes, bis ihre Handtasche erschien.

„Mein Flugticket! Mein Adressbuch! Du elendes Stück." Sie schlug dem Mann die Handtasche zweimal über den Kopf, ehe sie den Verschluss öffnete.

„Hier, für Sie. Vielen, vielen Dank." Sie drückte Karo einen Fünfziger in die Hand.

Ein paar Leute klatschten. Ein Polizist tauchte auf und

übernahm den Taschendieb, der sich den Kopf hielt und etwas von Körperverletzung murmelte.

Karo verstaute Messer, Gabel und den Geldschein in ihrer Umhängetasche. Der Besitzer des Pfälzer Stübchens schüttelte ihr die Hand und dankte ihr im Namen aller an der Gourmetmeile beteiligten Essener Restaurants für ihren Einsatz. Er überreichte Karo eine Flasche Gewürztraminer, ein halbes Blech Zwiebelkuchen sowie die neue Werbebroschüre der Südpfälzer Winzer, „In Vino Sanitas" überschrieben.

„Wenn Sie die beiliegende Karte einsenden, nehmen Sie an der Jahresverlosung teil. Sie können einen kleinen Weinberg bei Burrweiler gewinnen."

„Um Gottes willen", sagte Karo. „Aber vielen Dank."

Die Flasche unter den Arm geklemmt, das Blech balancierend, strebte sie der schräg gegenüber liegenden Lichtburg zu. Sie würde sich dem Wein, ihren überfälligen Steuern und dem Zwiebelkuchen in ihrem kleinen Büro widmen, das sich in dem alten Filmpalast befand.

Auch die Lichtburg beteiligte sich an der Gourmetmeile: Das Kino begleitete die Tage mit einem kulinarischen Filmprogramm, und Giorgio hatte Teile der legendären Film-Bar der Lichtburg nach draußen verfrachtet und mixte Cocktail-Klassiker aus der Filmgeschichte.

„Gerührt oder geschüttelt?", fragte er den graumelierten Herrn, der einen Martini bestellt hatte.

Karo nickte Giorgio zu. In der gleich beginnenden Nachmittagsvorstellung gab es *Babettes Fest,* am Abend *Mein Essen mit André.* Karo drückte sich an der Schlange vor der Kinokasse vorbei. Aus der Film-Bar nahm sie sich einen Korkenzieher mit in ihr Büro.

Sie stärkte sich mit einem Glas Wein und mehr Zwiebelkuchen, ehe sie schlecht gelaunt den Inhalt einer Schublade auf den Schreibtisch schüttete.

Papiere, Papiere. Ordentliche Kopien von Rechnungen, die das Detektivbüro Karola Rutkowsky seinen Kunden ausgestellt hatte, Parkzettel mit und ohne Datum, Quittungen für Filmentwicklungen und von der Reinigung, Telefonrechnungen, Bankauszüge, Bahnfahrkarten. Karo machte Stapel. Ihre Sachbearbeiterin beim Finanzamt wurde ungeduldig. Karo hatte ihr versprochen, die überfällige Steuererklärung nächste Woche vorbeizubringen. Sie schenkte sich noch ein Glas Wein ein und aß das letzte Stück Zwiebelkuchen. Sobald ihr Büro wieder besser lief und sie nicht mehr jeden Pfennig beziehungsweise Cent sparen musste, um den Loft anzuzahlen, würde sie sich eine Steuerberaterin leisten, wenn nicht zwei.

Sie starrte auf eine handgeschriebene Empfangsquittung über 20,- € „Ein Nachmittag mit Herkules". Was, um Himmels willen, war das gewesen? Kein Callboy, und sicher wäre der auch teurer - oh! Der Pudel, den sie sich für die Beschattung eines Hunde-Joggers aus dem Tierheim geliehen hatte. Den sie die meiste Zeit hatte tragen müssen, während sie diesem Typen durch den halben Stadtwald hinterhergehechelt war. Auf den Stapel „freie Mitarbeiter" damit.

Es klopfte an der Bürotür. Ehe Karo das Kuchenblech, die Krümel oder die Weinflasche von Schreibtisch fegen oder „Herein" sagen konnte, wurde die Tür aufgerissen.

Eine Frau in Karos Alter, die roten Locken teuer zerzaust, das Businesskostüm edel zerknittert, stürmte herein, bemächtigte sich Karos Hand, schüttelte sie und ließ sich mit einem Seufzer in den Besucherstuhl sinken. Ein Hauch von Diorissimo umgab sie.

„Entschuldigen Sie den Überfall, Frau Rutkowsky. Aber die Angelegenheit ist äußerst dringend, und da ich schon in der Nähe war . . . Ich habe mich gar nicht vorgestellt. Entschuldigen Sie. Ich bin etwas durcheinander. Sandrine Hellerau. Ich sehe, Sie haben viel zu tun -"

„Na ja, eigentlich -"

„Aber ich bitte Sie, übernehmen Sie den Fall, wenn es irgend geht. Giorgio sagt, Sie seien sehr gut, sehr erfahren -"

„Na ja, um ehrlich zu -"

„Er sagt, Sie arbeiten für die ersten Häuser."

Das stimmte. Wenn auch als Putzfrau.

„Und nicht, dass ich der Polizei misstraue, aber bei annähernd zweihunderttausend Besuchern seit gestern kann es fast jeder gewesen sein. Dieser Oberkommissar, oder was er ist, macht mir keinen sehr hoffnungsvollen Eindruck. Mir scheint, er will alle Besucher befragen, deren er habhaft werden kann. Das dauert doch eine Ewigkeit, ich bitte Sie. Und ich fürchte, inzwischen wird die Kampagne Schaden nehmen. Wenn die Medien erst Wind davon bekommen. Oder die Konkurrenz. Sie können es sich ausmalen. Wenn wir ein anderes Motto hätten, ginge es ja noch. Aber so - ein Fest für die Götter!"

„Ein Motto?"

„Sie haben recht. Motto ist nicht das richtige Wort. Es ist das *Thema* unserer Kampagne, es ist eine Weltanschauung, eine Lebenseinstellung, die wir vermitteln wollen. Eine so gute Idee. Da war ich wirklich inspiriert. Mein erster großer Feldzug. Meine Zukunft steht auf dem Spiel. Da darf mir doch so ein kleiner Mord nicht dazwischen kommen."

„Mord", sagte Karo. „MORD? Wer? Wann? Wo?"

Sandrine Helleraus Augen weiteten sich.

„Sie meinen, Sie haben die ganze Aufregung nicht mitgekriegt? Die Schreie seiner hysterischen Ehefrau, die Sirenen von den Krankenwagen, der Feuerwehr, der Polizei? Ganz zu schweigen von der kochenden Volksseele? Wenn ich jetzt nicht andere Sorgen hätte, könnte ich sie hier studieren, die Psychologie der Massen."

Schreie waren nicht bis in Karos Büro durchgedrungen, aber Sirenen . . . ? Irgendwann zwischen dem dritten und vierten Glas Wein, als sie versuchte, die Friseurrechnung als Geschäftskosten zu begründen, da war sie von Sirenen in ihrem Schreibfluss gestört worden und hatte den neuen Filmvorführer verdächtigt, den Ton nicht richtig eingestellt zu haben.

„Doch, die Sirenen habe ich natürlich gehört. Aber ich konnte hier nicht weg. Wenn Sie mir kurz schildern würden, was passiert ist?"

„Einen Moment." Sandrine Hellerau drückte einen Zeigefinger auf ihre Nasenwurzel und schloss kurz die Augen.

„Okay." Sie nickte. „Vor etwa zwei Stunden brach ein

Mann zusammen, nachdem er im Pavillon des Pfälzer Stübchens ein Glas Wein getrunken hatte, einen Schwarzriesling, nebenbei bemerkt. Die Ehefrau kreischte wie am Spieß. Alle, die ein Handy hatten, riefen 110 an, dann standen sie mit dem Rest der Leute nutzlos herum. Ich auch, muss ich gestehen. Jemand versuchte eine Weile Mund-zu-Mund-Beatmung. Und dann – der Besitzer dieser Currywurst-Bude in Altenessen, die den Michelin-Stern bekommen soll, ist Arzt, wussten Sie das? Jedenfalls, er preschte von seinem Pavillon vor der Buchhandlung Baedeker hoch zu uns. Stellte den Tod fest und meinte, es sei wahrscheinlich Gift im Spiel. Giorgio brachte dann die Witwe zum Schweigen, in dem er sie mit dem Siphon abspritzte. War auch höchste Zeit, es war nicht mehr zum Aushalten. Dann kamen schon die Polizei, die Feuerwehr, die Krankenwagen. Chaos. Keiner durfte gehen, bevor seine Adresse aufgenommen war. Sie haben die angebrochene Weinflasche zur Analyse mitgenommen. Kann sein, dass die anderen Flaschen auch konfisziert werden. Auf alle Fälle darf im Pfälzer Pavillon heute nichts mehr ausgeschenkt werden."

„Muss der Stand schließen?"

„Ja, für heute auf jeden Fall. Schon aus Pietät und so. Bis morgen kann neuer Wein hier sein, dann kann es weitergehen. Das Fest wird auf keinen Fall abgebrochen, und da werden wir den Pfälzer Pavillon nicht schließen. Damit wäre niemandem geholfen, oder? Jedenfalls möchte ich, dass Sie den Fall übernehmen und nach dem Mörder suchen. Vielleicht war es tatsächlich ein Verrückter und der Tote ein Opfer des Zufalls, und es hätte jeden treffen können. Dann kann ich nicht viel machen. Aber wenn dieser Mann das geplante Opfer war, dann möchte ich, dass es so schnell wie möglich herauskommt – ob durch Sie oder die Polizei ist mir egal. Schnell muss es sein, verstehen Sie? Dann ist Schadensbegrenzung möglich. Übernehmen Sie es? Ich zahle gut."

Karo nickte und lächelte. In dieser Sekunde hatte sie ihren Tagessatz erhöht.

„Ich werde mein Bestes tun, Frau Hellerau. Ich verstehe

noch nicht, was Ihr Interesse an dieser Sache ist – um was für eine Kampagne handelt es sich, und was hat der Tote damit zu tun?"

„Das habe ich noch nicht erwähnt? Daran sehen Sie, wie nervös ich bin. Es hängt so viel für mich davon ab. Also, ich bin die Präsidentin von *konzepT culturA* - ist Ihnen vielleicht ein Begriff, Frau Rutkowsky?"

Karo schüttelte den Kopf.

„Nein? Na gut, meine Firma ist noch recht neu. Aber stark im Kommen. In ein, zwei Jahren wollen wir an die Börse. Im Frühjahr war ich als „Newcomerin des Jahres" auf dem Titelblatt von *Welt der Werbung - Werbung der Welt.* Dies ist meine erste große Kampagne. Und wenn ich groß sage, meine ich GROSS!"

„Aha. Verstehe. Sie haben eine Werbeagentur und führen einen Werbefeldzug durch."

„Laienhaft ausgedrückt, ja." Sandrine Hellerau unterdrückte, nicht ganz, einen Seufzer. „Es geht um mehr als Werbung. Es geht um ein Konzept. Ganzheitlich, verstehen Sie? Werbung für Wein, für den Wein aus dieser Region, das ist der Kern. Aber wir gehen darüber hinaus. Wir schöpfen aus der Vergangenheit, angefangen bei den Römern, die den Wein in die Pfalz brachten, und leiten den Blick in die Zukunft. Der kultivierte, kulturorientierte Lebensstil, der natürlich den Genuss von Wein einschließt, ist die Welt, die wir entwerfen. Der gesundheitliche Aspekt fließt selbstverständlich mit hinein."

„Alkoholismus?"

„Natürlich *nicht.* Der positive Effekt, den ein gemäßigter Genuss von Wein auf die Gesundheit von Menschen über fünfzig haben kann. Herz, Cholesterin und so weiter. Wenn man dazu Gerichte der Mittelmeerküche isst. Wir zitieren Artikel aus medizinischen Fachzeitschriften diesseits und jenseits des Atlantiks, mit genauer Quellenangabe. Das gibt dem Ganzen einen medizinisch-wissenschaftlichen Touch. Sehr eindrucksvoll und überzeugend, wie Sie sich vorstellen können, Frau Rutkowsky. Wir planen, die Broschüre zu einer Art Zeitschrift zu erweitern. Portraits der Winzer. Mit

Familiengeschichte, wenn vorhanden. Der persönliche Touch. Macht sich immer gut. Die erste Ausgabe mit Rezepten aus Norditalien, jeweils mit den dazu empfohlenen Pfälzer Weinen. Es gibt erste Anzeichen, dass sich andere deutsche Weinregionen anhängen wollen, Sachsen zum Beispiel. Und ein Importeur von erstklassigen Olivenölen ebenfalls. Wer weiß, wo es enden wird."

„Ja, wer weiß. Warum fürchten Sie, dass der Mord Ihrer Werbekampagne schaden könnte?"

Sandrine Hellerau beugte sich vor und deutete mit einem burgunderrot lackierten Fingernagel auf die Weinbroschüre, die auf dem Schreibtisch lag.

„Hier, unser Thema, das über allem steht ‚In Vino Sanitas'. Ich war so stolz darauf. Abgewandelt, Sie verstehen, von ‚In Vino Veritas' - Im Wein liegt die Wahrheit. Gesundheit statt Wahrheit - liegt viel mehr im Trend der Zeit. Ein lateinischer Spruch, den fast jeder verstehen kann, das ist doch genial. Im Vertrauen", Sandrine Hellerau senkte ihre Stimme. „Ich glaube, Latein wird das neue Englisch."

„Tatsächlich?"

„Glauben Sie mir, Frau Rutkowsky. Die Zeit, als ein englischer Werbespruch ein Produkt exklusiv, jung oder weltoffen erscheinen ließ, geht ihrem Ende entgegen. Ist fast vorbei. Hinz und Kunz, selbst die Essener Verkehrs AG wirbt auf Englisch. Die EVAG noch dazu mit falschem. Englisch ist out, Latein ist in. Sie werden sehen."

„Hochinteressant", murmelte Karo. „Aber um auf den Mord zurückzukommen - kann es sein, dass Sie fürchten, die Presse oder Ihre Konkurrenz könnten den Mord irgendwie benutzen, um Ihrer Kampagne zu schaden?"

„Ja, natürlich! Wir proklamieren: Im Wein liegt die Gesundheit, und dann, beim ersten großen Auftritt außerhalb der Pfalz trinkt jemand unseren Wein und kippt tot um. Das ist doch ein Festessen für die Konkurrenz. Lächerlichkeit kann töten, wissen Sie."

„Nicht viel Kollegialität in Ihrer Branche, was?"

„So kann man das nicht sagen. Wir vertreten nach außen natürlich ähnliche Werte und werben für die Werbung, wenn Sie so wollen. Aber untereinander - selbstverständlich gibt es da harte Kämpfe. Es geht um viel Geld, um Märkte. Zu manchen Kollegen hat man einen guten Kontakt, vor allem, wenn sie andere Gebiete beackern. Aber manchen ... möchte man lieber nicht im Dunkeln begegnen."

„Ach?" Karo zog einen neuen Notizblock aus der Schreibtischschublade. „Und wem möchten Sie nicht im Dunkeln begegnen?"

„Ich? Wieso? Das meinte ich nur so allgemein."

„Ach so. Das heißt, Sie sind auf Ihrem steilen Weg nach oben nicht über Leichen gegangen -"

„Also, hören Sie!" Sandrine Helleraus Gesicht war rosa angelaufen und hatte fast die Farbe des halbtrockenen Roséweins, den Karo gestern getrunken hatte. „Natürlich nicht."

„... und sind niemandem auf die Zehen getreten?"

„Na ja ..." Sandrine Hellerau erhob sich und ging im Büro auf und ab. Dreieinhalb Schritte hin, dreieinhalb Schritte zurück. Nachdem sie einem halben Kilometer zurückgelegt hatte, blieb sie vor Karos Schreibtisch stehen.

„Sie glauben, jemand hat den Mord begangen, um meiner Kampagne die Luft abzudrehen, um mich lächerlich zu machen, mir beruflich zu schaden? Um mir vielleicht den Auftrag abzujagen?"

Karos Augenbrauen schnellten in die Höhe. Selbst im Traum wäre sie nicht auf diese Idee gekommen.

„An wen denken Sie?"

Sandrine Hellerau ließ sich in den Besucherstuhl fallen.

„Das würde er doch nicht machen, oder? Ich meine, das wäre doch Wahnsinn. Andererseits ..." Sie zupfte sich am Ohrläppchen. „Die Rache eines enttäuschten Mannes ... Ja - vielleicht fühlte er sich entmannt von mir. Er ist definitiv auf dem Weg nach unten."

„Wie das Englische."

„Wie? Ja. Mhh. Kennen Sie Hajo Hombach?"

„Hat er nicht diese Werbeagentur in Düsseldorf?"

„Die Agentur Hombach, ja. Dort hatte ich meine erste Stelle, gleich nach der Hochschule. Genauer gesagt, meine einzige Stelle, bevor ich meine eigene Agentur gründete. In den siebziger und achtziger Jahren war er einer der ganz Großen in der deutschen Werbebranche. Noch vor ein paar Jahren erhielt er Preise, auch internationale. Ich habe viel von ihm gelernt. Erinnern Sie sich an die Honig-Werbung, die vor einigen Jahren lief? „26 Arten Honig zu schlecken"? Die war von ihm. Ein Riesenerfolg. Vor allem, als irgend so ein Elternverband versuchte, die Werbung wegen ihres angeblich jugendgefährdenden Potentials verbieten zu lassen." Sie lachte leise. „Sehr sinnlich, die Bilder. Aber in keiner Weise pornographisch. Man sah ja nicht viel. Damals hatte ich gerade dort angefangen. Ich habe Hajo viel zu verdanken, das gebe ich zu. Wir haben uns . . . also, wir haben hier in Essen eine Weile zusammengelebt. Und als ich ging, als ich seine Agentur verließ, um mich selbstständig zu machen, war auch unsere private Beziehung zu Ende. Es war bestimmt nicht einfach für ihn. Beruflich wie privat. Mehr und mehr Aufträge werden ihm von jüngeren Agenturen weggeschnappt. Auch um diese Weinkampagne hat er sich bemüht. Es hat zwischen uns einen ziemlichen Krach deswegen gegeben."

„Hat er Sie bedroht?"

„Nein, das nicht. Aber er hat sicher verfolgt, wie es mir mit dieser Werbekampagne geht. Vielleicht kann er den sich anbahnenden Erfolg nicht verkraften. Ich bin jung, schön, erfolgreich, habe eine große Zukunft vor mir. Er ist alt, am Ende seiner Karriere. Er sieht immer noch ganz gut aus - für sein Alter, das muss ich sagen. Trotzdem - vielleicht ist er durchgedreht. Ich weiß es nicht."

„Nun gut. Es ist eine Spur, der ich nachgehen werde." Karo ließ sich die Telefonnummer geben, unter der ihre Klientin in den nächsten Tagen zu erreichen war und beendete den Besuch etwas abrupt.

Ein stechender Kopfschmerz machte sich über ihrem rechten Auge breit. Die nach Zwiebeln und Sandrine Helleraus Maiglöckchenparfum riechende Büroluft wurde unerträglich. Die letzten beiden Gläser Wein waren wohl etwas zuviel für ihre Sanitas gewesen. Karo öffnete das kleine Fenster, machte die Bürotür auf und stellte den Ventilator auf die höchste Stufe.

Sie rief das Essener Polizeipräsidium an und hatte Glück.

„Lutz? Karo hier. Hallo.“

„Was willst du, Karo? Ich habe keine Zeit. Ich bin eigentlich schon weg.“

„Dienstschluss und gleich heim zu Frauchen, ja?“ Sie wurde leicht bissig, wenn sie ihren Ex-Freund in der Leitung hatte. Er hatte sie wegen einer Anderen verlassen und schien es noch nicht mal zu bedauern.

„Es geht ganz schnell, Lutz. Ich will nur wissen, was mit dem Toten von der Gourmetmeile ist.“

„Musst du deine Nase in alles stecken? Wer hat dich engagiert? Die Ehefrau?“

„Du weißt, das ist vertraulich. Sagen wir: Ja, es ist eine Frau.“

„Wirklich? Ich hätte nicht gedacht, dass du ihr Typ bist.“

Karo überging diese wahrscheinlich beleidigend gemeinte Bemerkung. „Also? Und erzähl‘s mir lieber gleich, sonst rufe ich dich zu Hause an. Spät. Und was wird Frauchen dann denken?“

Lutz stöhnte. Zum Glück traute er ihr alles zu.

„Na gut. Es steht morgen sowieso in der Zeitung. In der Weinflasche war Rattengift. Mit einer Kanüle durch den Korken eingeführt. Wir haben alle anderen Flaschen am Pfälzer Pavillon überprüft. Sämtliche Verschlüsse waren in Ordnung. Die fragliche Flasche ist entweder so aus der Pfalz gekommen oder jemand hat die Flasche in Essen reingeschmuggelt. Was im Pavillon ein Leichtes wäre, bei dem Betrieb. Und dieser Schwarzriesling wird allein in Essen in zwei Weinhandlungen verkauft: in der *Weinzeche* in Kray und bei *wein & glas.* Die Kollegen in der Oberpfalz werden sich auf dem Weingut in Schweigen umsehen, aber wir denken, es ist hier passiert. Für jemanden, der auf dem Gut arbeitet, wäre es einfach, den Wein schon bei der Abfüllung zu vergiften. Und Jacques Unger, der Weingutsbesitzer, hielt es für unwahrscheinlich, dass einer seiner Mitarbeiter einen Groll gegen ihn hegt oder unbemerkt durchgeknallt ist.“

„Ihr meint also, es war irgendein hiesiger Verrückter."

„Ja. Das ist sehr wahrscheinlich. Wir überprüfen natürlich auch die Ehefrau und das Umfeld des Opfers. Aber alles deutet auf jemanden, dem es egal war, wen er umbrachte. Wir befragen die Besucher. Doch es wird schwierig werden. Weißt du noch, vor drei Jahren, auf der Kirmes? Das Abführmittel in der Zuckerwatte? Wir haben nie herausgefunden, wer es war."

Damals waren sie noch zusammen gewesen. Sie hatten sogar die Kirmes besucht, aber um die Zuckerwatte zum Glück einen weiten Bogen gemacht, weil Lutz auf einer seiner Diäten gewesen war.

„Ja, ich erinnere mich." Sie hängte auf.

In ihrem alten Schulatlas suchte sie den Ort, aus dem die Unglücksflasche stammte. Schweigen, in der südlichen Südpfalz. Kurz vor Frankreich. Wer konnte ihr denn da unten behilflich sein? Karo griff nach dem Mitgliederverzeichnis von Privatissima, der Vereinigung für Privatdetektivinnen. Mehr als einmal hatte Karo auf der Suche nach Information Fragen an die Mailingliste geschickt und rasch Antworten bekommen. Sie verglich das regionale Register mit ihrem Atlas. Sabine Frey in Baden-Baden war wohl am nächsten dran. Karo wählte.

„Sabine? Karo Rutkowsky hier, Privatissima. Ich rufe aus Essen an. Hättest du wohl Zeit, für mich ein paar Recherchen in Schweigen durchzuführen? Müsste allerdings sofort sein. Im Zusammenhang mit einem Mordfall . . . Ja? Klasse. Es geht um Folgendes . . ."

Karo versprach der Kollegin ein großzügiges Honorar und schickte sie zur Motivsuche aufs Weingut Jacques Unger. Nun konnte sie sich in aller Ruhe dem Hauptverdächtigen widmen. Hajo Hombach. Ein Blick ins Essener Telefonbuch bestätigte: Er lebte noch in Kettwig, wie zu Sandrines Zeiten.

Und in Kettwig wurden die lukrativsten Putzstellen von Bertha Thalers kontrolliert. Früh verwitwet, hatte sie sich und ihre Kinder als Putz-Perle diverser Kettwiger Haushalte durchgebracht. Inzwischen war sie Rentnerin und steuerte vom Sessel aus ihr kleines Heer schwarzarbeitender Putzfrauen.

„Guten Tag, Frau Thalers. Karola Rutkowsky hier. Ich weiß nicht, ob Sie sich noch an mich - . . . Ja? . . . Genau . . . Doch, ich mache noch beides. Das Büro läuft schon ganz gut. Hin und wieder. Sagen Sie, Sie kennen doch sicher Hajo Hombach, der die Werbe- . . . Ja . . . Hatte ich doch gehofft, dass er einer Ihrer Kunden ist. Also, dies ist etwas delikat. Vertraulich . . . Weiß ich. Ja. Sein Name tauchte im Zusammenhang mit einem Mordfall auf, in dem ich ermittle. Ich würde gerne seine Wohnung durchsuchen. Sehen Sie eine Möglichkeit, mich in nächster Zeit als Putzfrau bei ihm unterzubringen, als Vertretung? . . . Ein Verdächtiger, ja . . . Nein, Verbrecher kann man ihn nicht nennen. Ich hoffe, dass eine Durchsuchung Klärung bringen würde. Das wäre doch auch in Ihrem Sinne? Gut . . . Ja? Das wäre mir auch recht. Sagen Sie mir noch Bescheid? . . . Prima, Frau Thalers. Vielen Dank. Tschüss."

Die Befragung von Hunderten von Besuchern der Gourmetmeile musste sie der Polizei überlassen. Aber den Tatort wollte Karo sich noch einmal ansehen.

Der Pfälzer Pavillon war weiträumig abgesperrt und wurde von einer Polizistin bewacht. Die Schaulustigen waren abgewandert. Das Personal räumte auf und packte zusammen. Karo stellte sich einer Kellnerin vor.

„Ja, Frau Hellerau sagte, dass Sie auftauchen würden. Furchtbar, nicht? Der arme Mann. Und die arme Frau. Sie war so was von fertig."

„Als ich vorhin hier aß, bestellte ich den Wein nach der Karte. Ihre Kollegin brachte mir ein Glas und schenkte mir am Tisch ein. Wurde das durchgängig so gehandhabt?"

„Ach, wissen Sie, in dem Gewühle hier . . . Die meisten bestellen nach der Karte, ja. Aber viele gehen auch zum Regal und suchen sich da eine Flasche aus."

„Die Sie oder Ihre Kolleginnen dann rausnehmen?"

Die junge Frau zuckte mit den Schultern. „In der Regel, ja. Aber bei so einer Fülle können Sie nicht überall sein. Manche nehmen sich auch selbst eine Flasche raus. Soll nicht sein, kommt aber vor. Es wird auch geklaut. Aber die meisten bezahlen schon."

„Wer hat die Gamselmanns bedient?"

„Das hat die Polizei uns auch gefragt. Wissen Sie, wir haben keine Ahnung. Gegessen haben die nichts. Von uns kann sich keiner erinnern, die Flasche serviert zu haben. An so einem Tag nimmt man Bestellungen entgegen. Bedient. Räumt ab. An Gesichter kann ich mich da nicht auch noch erinnern."

„Kann ich verstehen. Danke. Falls Ihnen oder Ihren Kolleginnen noch etwas einfällt, lassen Sie es mich wissen, ja?"

Die Kellnerin nickte. „'türlich. Tschüss dann."

Manche nahmen sich selbst eine Flasche aus dem Regal. Genauso unauffällig hätte auch jemand eine Flasche hineinstellen können. Schon gestern oder erst heute. Irgendein Mensch mit Mord- oder Machtgelüsten. Vielleicht hatte er in der Nähe gewartet und das Russische Roulette mit Weinflaschen beobachtet. Würde es heute passieren oder morgen? Wer von den Menschen, die vom Pfälzer Wein kosteten, würde dafür mit dem Leben bezahlen? Es hätte auch Karo treffen können. In Vino Sanitas. Von wegen.

Zwei Tage später betrat Karo im Gefolge von Mercedes die Wohnung von Hajo Hombach in der Kettwiger Altstadt. Mercedes putzte seit einem halben Jahr für ihn. Sie sprach kaum deutsch. Karo hatte keine Ahnung, wie Frau Thalers ihr Karos Anwesenheit begründet hatte.

Mercedes begann, die Fenster des Fachwerkhauses zu putzen und überließ Karo sich selbst. Die Wohnung war recht groß, da sie die erste Etage von drei nebeneinander liegenden Fachwerkhäuschen einnahm. An den weißgetünchten Wänden hingen Landschaften der Düsseldorfer Schule. Die Möblierung war sparsam und modern. Kein Sammler von Krimskrams. Gut. Das machte die Durchsuchung einfacher. Karo begann im Schlafzimmer (spartanisch einfach), machte im Badezimmer weiter (Gästezahnbürsten, Kondome, ein silbergraues Haar im Kamm und ein altmodischer, unschicker Bademantel), arbeitete sich durchs Wohnzimmer und das Arbeitszimmer bis in die Küche vor. Hier stand ein teurer Herd, aber der Mann kochte offensichtlich nicht. Im Kühlschrank eine gute Käseauswahl, Milch, ein paar Marmeladen; keine Eier, keine Tiefkühlkost. Nirgends Dosengerichte. Dafür ein großer temperierter Weinschrank, halbleer. Die paar Flaschen enthielten französische Weine. Hatte hier vor kurzem ein Schwarzriesling vom Weingut Unger in Schweigen gelegen?

In einem Hängeschrank, der Gläser mit diversen Olivensorten und eine Packung Käsegebäck enthielt, fand Karo eine weiße Steingutdose mit Deckel. Unbeschriftet. Sie nahm die Dose heraus und öffnete sie. Sie war zur Hälfte mit einem hellen kristallinen Pulver gefüllt. Das Rattengift?

Karo hörte Schritte und drehte sich um. Ein Mann stand in der Küchentür. Gutaussehend, älter – höchstwahrscheinlich der Besitzer des silbergrauen Haares im Kamm. Hajo Hombach, der in diesem Augenblick in seiner Düsseldorfer Agentur sitzen und Werbekampagnen aushecken sollte. Verdammter Mist.

Karo bemühte sich um ein Lächeln. „¡Hola!“, sagte sie, stellte die Dose zurück und schloss die Schranktür. Blöd, dieser Ausrutscher. Selbst, wenn sie mit einer Rose zwischen den Zähnen mitten in einem Stierkampf einen männermordenden Flamenco hinlegen würde, ginge sie nicht als Spanierin durch.

„Buenos días“, sagte er. „¿Usted coqeter en mi armario donde usted nada tiene que buscar?“

Bus-Car? Hatte er sie gefragt, ob sie mit dem Autobus gekommen war?

„Si“, sagte Karo, schüchtern, wie sie hoffte, und wandte sich ab. Sie ergriff einen Lappen und wischte über die Arbeitsfläche.

Hombach lachte leise. „Nachdem Sie gerade zugegeben haben, unberechtigterweise meine Schränke durchwühlt zu haben, kann ich ja wohl die Polizei rufen. Oder möchten Sie, dass ich erst Frau Thalers um eine Erklärung bitte?“

Für einen Mörder reagierte er recht gelassen. Oder war

das eine Finte? Mit Mercedes in der Wohnung würde er doch nicht riskieren, Karo aus dem Weg zu räumen, oder? Sie versuchte, sich ein paar passende Judogriffe in Erinnerung zu rufen. Warum nur hatte sie den Kurs nicht regelmäßiger besucht?

„Aber vielleicht wollen Sie mir selbst erklären, was Sie in meiner Wohnung zu suchen haben?"

Karo nickte. Das fehlte ihr noch, dass er die Polizei rief und sie ihre nicht ganz legale Anwesenheit begründen musste. Für Lutz wäre das ein Festtag. Und in welche Schwierigkeiten sie Bertha Thalers dadurch bringen würde, daran mochte sie gar nicht denken.

„Ich bin Privatdetektivin."

„Wie ungemein faszinierend."

„Und ich ermittle in einem Mordfall."

„In meiner Küche. Muss ich das verstehen?"

Wollte sie, dass er es verstand?

„Die Einzelheiten meines Falles muss ich vertraulich behandeln. Sie können sich davon überzeugen, dass ich hier keinen Schaden angerichtet habe. Und ich versichere Ihnen, dass Frau Thalers keine Schuld trifft. Ja - dann würde ich jetzt gerne gehen." Karo machte einen Schritt auf die Tür zu.

Er schüttelte den Kopf.

„Nein?", sagte Karo.

„Nein."

Sollte sie versuchen, aus dem Fenster zu fliehen?

„Verraten Sie mir, warum Sie sich so für mein Glaubersalz interessieren?."

„Glaubersalz?"

„Ja. In der weißen Dose."

„Das ist kein Ratt-?" Karo biss sich auf die Lippen.

„Ratt-?" Seine Augen zogen sich zusammen. „Rattengift! Sie wollten Rattengift sagen, nicht wahr?"

Karo schwieg.

„Hat dies etwas mit dem Toten bei der Gourmetmeile zu tun? Der ist an Rattengift gestorben, stand in der Zeitung. Nach dem Genuss von Pfälzer Wein im Pavillon des Pfälzer

Stübchens ... So ein Pech für –" Er schnipste mit den Fingern. „Sandrine hat sie geschickt. Habe ich recht?"

Karo zuckte mit den Schultern. „Dann haben Sie sicher nichts dagegen, dass ich Ihr Glaubersalz mitnehme und analysieren lasse?"

„Sie sind schwer zu überzeugen, was? Glauben Sie, wenn ich jemanden vergiftet hätte, würde ich das Gift aufbewahren?"

„Ist alles schon vorgekommen."

Er hob seine Hände. „Na gut. Nehmen Sie's mit. Und richten Sie Sandrine mein Bedauern darüber aus, dass dieser Mord nicht ihretwegen begangen wurde. Das wird ein Schlag für ihre Eitelkeit sein. So wie ich sie kenne, hat sie sich mit dem Gedanken inzwischen angefreundet."

„Aber Sie sind doch im Streit auseinandergegangen?"

„Natürlich sind wir das. Ich habe sie erwischt, wie sie Unterlagen kopierte. Ihre Vorbereitungen zur Gründung einer eigenen Agentur. Nicht die feine Art."

Karo rief Mercedes. Hombach erklärte ihr auf Spanisch, sie solle durch ihre Unterschrift auf dem Umschlag bezeugen, dass Karo die Dose aus Hombachs Küchenschrank entfernt und mitgenommen habe.

„Okay", sagte Mercedes und unterschrieb.

Na gut. Was immer er Mercedes gesagt haben mochte, sie konnte zumindest bezeugen, dass die Dose aus seiner Küche stammte.

Karo brachte das Pulver zu einem Labor, mit dem sie zusammenarbeitete, und wartete auf das Ergebnis. Es war Glaubersalz, ganz wie Hombach gesagt hatte. Natriumsulfat. Was nicht bedeutete, dass er unschuldig war. Nur, dass er wahrscheinlich unter Verstopfung litt. Er konnte das Rattengift ins Klo geschüttet oder in seinem Büro versteckt haben.

Sabine rief an und lieferte einen Zwischenbericht aus der Südpfalz: herrliches Wetter, aber bisher keine Spur von einem Giftmischer auf dem Weingut Unger.

„Ein wunderschönes Weingut, Karo. Ein Familienbetrieb in einem ehemaliges Kloster. Das Betriebsklima scheint in

Ordnung. In der Weinprobierstube kriege ich so manches mit, während ich die Weine verkoste. Übrigens eine ausgezeichnete Kollektion. Der im Holzfass ausgebaute Spätburgunder ist ein Traum – er duftet ganz zart nach Sauerkirsche und Bitterschokolade. Selbst der Literwein ist gut. Ich bin dabei, mich einzudecken. Ist ja auch eine tolle Tarnung, nicht? Kann ich noch ein paar Tage weitermachen? Vielleicht grabe ich noch etwas Relevantes aus."

„Klar", sagte Karo. War ja nicht ihr Geld. Und nicht ihre Leber. Apropos Bitterschokolade ... müsste da nicht irgendwo noch ein Riegel rumliegen? Karo fing an, ihren Schreibtisch zu durchwühlen.

Auch die Polizei war einer Lösung nicht näher, wie Karo aus den Zeitungen und von Lutz erfuhr. Die Passantenbefragung hatte bisher keine interessanten Einzelheiten hervorgebracht. Frau Gamselmann, der Witwe des Toten, war alles ein großes Rätsel, ein Schlag des Schicksals, der Wille Gottes. Die Familienverhältnisse schienen unverdächtig. Das Ehepaar war seit acht Jahren verheiratet gewesen, für beide eine zweite Ehe. Frau Gamselmann hatte aus erster Ehe eine dreiundzwanzigjährige Tochter, die nicht mehr zu Hause wohnte. Weder die Tochter Nicole, noch Herrn Gamselmanns Schwester Heidemarie oder die durchaus klatschfreudigen Nachbarn in der Heisinger Reihenhaussiedlung konnten ein Licht auf die Tat werfen.

„Ein Psychopath", sagte Lutz. „Darauf wird es hinauslaufen."

Frau Gamselmann war noch nicht gesprächsfähig, wurde Karo am Telefon von der Schwägerin Heidemarie Gamselmann mitgeteilt, die vorübergehend ins Haus gezogen war.

„Es ist ja sehr lobenswert, was Sie da tun, junge Frau, aber wir haben volles Vertrauen in unsere Polizei. Außerdem sind wir noch im Schock und völlig überwältigt von diesem schrecklichen Ereignis. Mein armer Bruder. Zweiundfünfzig! Das ist doch kein Alter zum Sterben. Und erst die arme Helma. Sie hat ihn vergöttert. Vergöttert, sage ich Ihnen."

„Darf ich mich denn in zwei Tagen noch einmal wegen eines Termins bei Ihnen melden? Wenn es Ihnen beiden besser geht?"

„Ach, ich weiß nicht. Die Polizei -"

„Nur ein kurzes Gespräch . . ."

„Nun gut. Sie tun auch nur Ihre Pflicht, nehme ich an."

„Ja, genau. Vielen Dank. Ich melde mich dann übermorgen."

Eine von Karos Putzstellen befand sich in Essen-Heisingen: eine Villa mit vier stark haarenden Hunden, leider nicht in der Nähe des Gamselmann-Hauses. So dauerte es fast den ganzen nächsten Tag, bis sie sich telefonisch über ihr bekannte Putzfrauen in Nachbarvillen und deren Putzkontakte um mehrere Ecken an Frau Meinecke herangearbeitet hatte, die bei den Gregors putzte, im Haus neben den Gamselmanns.

Frau Meinecke wohnte in Rüttenscheid und war sofort zu einem Treffen bereit.

„Putzfrau *und* Privatdetektivin, nee, das finde ich ja interessant", sagte sie Karo im Café Kötter über Trüffeltorte und koffeinfreiem Kaffee. „Und in Heisingen putzen Sie bei diesem Professor? Der mit den Hunden? Ist da Teppichboden?"

„Weißer Marmor.".

„Oh, gut. Weil, Teppichboden riecht leicht bei so vielen Tieren, finden Sie nicht?"

„Hält aber die Hundehaare besser."

„Ist auch wieder wahr. So. Und jetzt wollen Sie was über die Gamselmanns wissen?"

„Ja. Kennen Sie die Familie?"

„Kennen - nee. Nur so vom Sehen. Ich putze bloß alle vierzehn Tage bei den Gregors. Einmal die Woche wäre angebrachter, aber das müssen die wissen. Ich misch mich nicht ein. Bringt nichts. Ja, die Frau Gamselmann, die ist bestimmt völlig fertig mit den Nerven. Eine nette Frau. Und immer noch verliebt. Das konnte man sehen. Sie war natürlich viel zu gut für ihn. Immerhin bleibt ihr das Wissen jetzt erspart."

„Das Wissen? Welches Wissen?"

„Männer!“ Frau Meinecke drückte mit ihrer Kuchengabel ein paar Trüffelkrümel platt. „Dobrila - die putzte damals bei den Gamselmanns - Dobrila war wirklich schockiert, als sie das erste Mal ein Haar fand.“

„Sie war schockiert, als sie ein Haar fand? Als Putzfrau?!“

Frau Meinecke nickte mehrmals und sah Karo in die Augen. „Sie fand es im Ehebett! Ein langes blondes Haar! An einem von den Wochenenden, an denen Frau Gamselmann ihre Eltern in Überlingen besuchte! Und an dem Nicole da war, die Tochter von der Frau Amselman!“

„Die lange blonde Haare hat?“

„Sie haben‘s erfasst.“

„Frau Meinecke!“ Karo steckte sich ein Stück Würfelzucker in den Mund und zerkaute es krachend. Sie sah es vor sich. Betrogen. Mit der eigenen Tochter. Im eigenen Bett. Schock - Enttäuschung - Wut - Rache.

„Frau Meinecke . . . Sie sind ein Goldstück. Darf ich Ihnen noch ein Stück Torte bestellen?“

„Ach, nein danke. Die Figur, wissen Sie. Aber zu einem Gläschen Eierlikör würde ich nicht nein sagen.“

Karo winkte der Kellnerin.

„Frau Meinecke, wissen Sie, wo ich Dobrila finden kann? Ich müsste ihr ein paar Fragen stellen.“

„Nee, keine Ahnung. Prösterchen. In Deutschland ist sie jedenfalls nicht mehr.“

„Was? Nicht mehr in . . . ?“ Die Lösung des Mordfalles hing an einem Haar, und die einzige Zeugin dieses Haares war verschwunden? Diesmal ließ Karo zwei Gläser Eierlikör kommen.

„Prost, Frau Meinecke.“

„Prost, Frau Rutkowsky.“

Karo seufzte und schüttelte den Kopf. Frau Gamselmann konnte sie kaum um die Adresse ihrer ehemaligen Putzfrau bitten. Nein, ihre einzige Chance an Dobrila ranzukommen, saß vor ihr und fuhr soeben mit ihrer Zunge um den Innenrand des bereits wieder geleerten Likörglases.

„Wissen Sie, wie Dobrila mit Nachnamen heißt, Frau Meinecke?“

„Nee, tut mir leid. Irgend so was Jugoslawisches."
„Wo sie wohnte?"
„Auch nicht, nein. Haben wir irgendwie nie drüber gesprochen. Sie saß immer schon im Bus, wenn ich an der Paulinenstraße einstieg. Wir fingen beide um zehn an. Deshalb trafen wir uns meistens. Aber nur, wenn ich den 146er nahm. Im 145er saß sie nie."
„Na seh'n Sie! Da kommen wir der Sache doch schon näher." Karo nickte der Kellnerin zu. „Also wird Dobrila irgendwo an der Route des 146ers gewohnt haben. Wo kommt der her?"
„Vom Wasserturm, und vorher aus Kray. Oh - dankeschön! Auf Ihr Wohl."
Karo prostete Frau Meinecke zu. Nach einem Glas war ihre Eierlikörgrenze eigentlich erreicht. Aber im Leben einer Privatdetektivin gab's nun mal Situationen, da musste man einfach durch. Dies war eine davon.
„Und wenn Sie im Bus saßen, worüber haben Sie da so geredet?"
„Och . . . Dies und jenes, wissen Sie? Dies und jenes." Frau Meinecke sah auf ihre Armbanduhr.
Karos Arm schnellte in die Höhe. „Noch zwei Eierliköre bitte".
„Zweimal Eierlikör", notierte die Bedienung und fragte, nicht ohne Sarkasmus: „Sie möchten nicht gleich die ganze Flasche, nein?"
„Wie? Na ja. Warum nicht. Frau Meinecke?"
Frau Meinecke stellte ihre Handtasche zurück auf den Boden. „Ach, ich weiß nicht . . . Aber wenn Sie drauf bestehen, dann nehme ich gerne noch ein Schlückchen."
„Also, im Bus: hat Dobrila mal irgendwas Persönliches erwähnt? Wo sie im ehemaligen Jugoslawien herstammte? Ob sie verheiratet war, Kinder hatte?"
„Nee . . . Doch! Warten Sie mal . . ."
Karo schenkte nach.
„Danke, aber Sie müssen sich auch ... ist doch lecker, nicht? Also . . . sie kam *nicht* aus Montenegro. Ich hab sie nämlich mal gefragt, ob der Ort irgendwo in Montenegro

liegt, fällt mir ein. Weil, da hätte ich fast mal Urlaub gemacht, wenn nicht Typhus ausgebrochen wäre. Oder waren es die Pocken?"

Karo goss ein.

„Und verheiratet war sie nicht. Oder nicht mehr. Ihr Ehemann ist ihr abhanden gekommen, war mein Eindruck. Keine Kinder. Sie las sehr gerne. Bücher. Auch im Bus. Und hilfsbereit war sie, das muss ich sagen. Als ich damals ins Krankenhaus musste, wegen ... na, ist ja egal, da hat sie ihren Vetter gefragt, ob das Elisabeth-Krankenhaus da gut wäre. Als Pfleger weiß er ja Bescheid. Und es war auch alles bestens, obwohl ich am dritten Tag ..."

Beinahe wäre der Pfleger im Eierlikör-Nebel an Karo vorbeigesegelt. „Halt", sagte sie. „Warten Sie mal. Sie hat hier einen Vetter? Ist der etwa noch am Elisabeth-Krankenhaus?"

„Keine Ahnung. Nehme ich doch an. Den hatte ich ganz vergessen. So was!"

„Macht ja nichts." Karo lächelte. „Nun haben wir's ja."

Die Personalabteilung des Krankenhauses hatte sich dem Datenschutz verschworen, und die Sachbearbeiterin verweigerte jegliche Auskunft. Lobenswert, aber lästig.

„Ich finde es so oder so raus", sagte Karo ins Telefon. „Nur, wenn Sie mir jetzt sagen, wie er heißt, komme ich schneller voran. Es geht nämlich um einen Mordfall. Ich bin Privatdetektivin."

„Also wirklich! Da habe ich echt schon bessere Geschichten gehört. Tssss ..."

„Doofe Trulla!", sagte Karo in die tote Leitung. „Dann gehe ich eben ins Café." Obwohl sie von Cafés im Moment eigentlich genug hatte. Na ja, es war auch mehr eine Cafeteria, die vor allem von Besuchern und Patienten frequentiert wurde. Nach zwei Nachmittagen, sieben Stück Bienenstich, einigen Puddingteilchen und einem zähen Käsebrötchen – nach stundenlangem detailliertem Geplauder über innere Organe und komplizierte Knochenbrüche sowie unzähligen Tassen Kaffee, war Karo am Ziel.

„... die Galle war es bei Ihrer Großtante?", sagte Karos

Tischnachbarin, die wegen einer Ausschabung hier war, über die Karo nun wahrscheinlich mehr wusste, als der behandelnde Arzt. „Galle machen sie hier wirklich gut. Keine Frage. Und der Pfleger könnte Drago gewesen sein. Der ist aus Jugoslawien, dem ehemaligen. Herr Dragovic eigentlich, aber wir nennen ihn Drago. Sehr nett! Wird sich sicher freuen, wenn ihm ihre Großtante als Dank ein Fläschchen Kognak vorbeischickt. Ganz bestimmt. Schlimm, wenn im Alter das Gedächtnis so nachlässt, nicht? Drago - ist doch eigentlich leicht zu merken."

Karo merkte sich den Namen den ganzen Weg hoch in die innere Abteilung, wo sie den Pfleger im Schwesternzimmer fand. Sie stellte sich ihm als Putzfrau vor, die auf der Suche nach Dobrilas Telefonnummer war.

„Ich habe schon eine Stelle in Heisingen, und jetzt will mich eine Frau Gamselmann haben. Ist ganz in der Nähe und würde mir gut passen. Aber zu jedem gehe ich ja nicht, verstehen Sie?"

Drago nickte uninteressiert.

„Ich will schon wissen, mit wem ich es da zu tun habe. Und von einer Bekannten, Frau Meinecke, weiß ich, dass Dobrila bis vor kurzem bei den Gamselmanns gearbeitet hat und -"

„Ach, die Trudi Meinecke, ja? Von der hat Dobrila oft erzählt."

Karo war verblüfft. Wie eine Trudi hatte sie nun gar nicht ausgesehen. Eher nach einer Daniela oder so etwas. Aber egal. „Und da wollte ich Sie bitten, mir Dobrilas Telefonnummer zu geben, damit ich mich bei ihr über die Gamselmanns erkundigen kann. Wo ist sie jetzt überhaupt?"

„In der Nähe von Belgrad. Den Ort kennen Sie sowieso nicht. Lassen Sie mir Ihre Telefonnummer da. Ich werde Dobrila sagen, dass sie Sie anrufen soll."

„Warum so umständlich? Geben Sie mir doch ihre Nummer, dann rufe ich sie an. Und erspare ihr die Kosten eines Ferngesprächs."

Drago schüttelte den Kopf.

Karo gab nach. Sie wollte ihn nicht misstrauisch machen.

Sie schrieb ihm ihre Privatnummer auf. Wenn er wüsste, dass sie auch noch Detektivin war, würde er wahrscheinlich ganz dichtmachen.

Am späten Abend rief Dobrila Dragovic bei Karo an. Karo outete sich als Privatdetektivin, die den Mord an Herrn Gamselmann untersuchte.

„Er ist tot?", sagte Dobrila. „Gut! Das ist das beste für sie. Als ich wegging, habe ich Frau Gamselmann gesagt, was die beiden da tun. So eine nette Frau. Immer gab sie ihrer Tochter Geld und Geschenke. Und ihrem Mann las sie die Wünsche von den Augen ab. Ich würde es wissen wollen, wenn in meinem Haus so etwas geschieht. Also habe ich es ihr gesagt."

„Wären Sie bereit, diese Aussage zu Protokoll zu geben? Er wurde vergiftet. Und dies gibt ihr ein starkes Motiv."

„Vergiftet? Doch nicht mit Rattengift?"

„Ja, genau. Wie kommen Sie darauf?"

Schweigen.

„Frau Dragovic?"

„ . . . dann habe ich sie auf die Idee gebracht. Ein paar Wochen vorher fand ich beim Aufräumen im Keller eine alte Dose Rattengift. ‚Soll ich die wegschmeißen oder lieber aufheben, falls Sie mal jemanden vergiften wollen?' hab ich gefragt. So im Scherz, verstehen Sie? Und sie hat gesagt, auch ganz lustig: ‚Nein, lassen Sie die stehen. Man weiß ja nie.' Wenn ich geahnt hätte . . . Aber zu Protokoll gebe ich nichts."

„Hören Sie, Frau Dragovic, wenn –"

„Grüßen Sie Trudi von mir", sagte Dobrila und unterbrach die Verbindung, irgendwo in einem Ort, der in der Nähe von Belgrad liegen mochte oder auch nicht.

Tja. Dann würde sich die Polizei eben mit Dobrilas Aussagen aus zweiter Hand begnügen müssen. Ob der Fall so vor Gericht Bestand haben würde, war eine andere Frage.

Es war noch nicht Mitternacht. Karo rief Sandrine Hellerau an. „Frau Hellerau, ich habe den Fall gelöst. Es ist so, wie Sie erhofften: ein ganz privates Motiv, das niemand mit –"

„Gerettet! Sie meinen, die Kampagne ist gerettet? Großartig, Frau Rutkowsky! Phänomenal. Mir fällt ein Stein vom Herzen. Wer war's denn? Ich werde sofort eine Pressemitteilung rausgeben. Irgendeinen Dreh, irgendetwas Positives für unseren Wein müsste ich natürlich ... Ich hab's! Was halten Sie von etwas in dieser Richtung: So bedauerlich es ist, dass er sterben musste, hatte er doch den köstlichen Geschmack eines Pfälzer Schwarzrieslings auf der Zunge, als er das Zeitliche segnete ..."

„Also, ich weiß nicht", sagte Karo. Litt die Frau unter Geschmacksverirrung?

„Aber stellen Sie sich die Alternative vor! Es hätte Cola sein können. Oder ein billiger Burgunder! Mich schaudert's!"

„Ja, mich auch", sagte Karo.

„Also, wer hat ihn umgebracht? Wenn ich's gleich losschicke, macht die Meldung noch die morgigen Zeitungen."

„Frau Hellerau, ich muss erst die Polizei informieren. Ich glaube nicht, dass die erfreut wäre, erst morgen davon in der Zeitung zu lesen. Und Fluchtgefahr für die – eh, den Täter besteht schließlich auch."

„Ach, kommen Sie! Die fangen ihn schon wieder ein. Sagen Sie der Polizei erst morgen Bescheid. Ich zahle Ihnen auch einen Bonus. Das wäre ein Coup! Die von der Wein-Kampagne engagierte Detektivin löst den Fall, während die Polizei noch im Dunkeln tappt. Das zeigt doch der Öffentlichkeit, dass wir uns um unsere Kundschaft kümmern."

„Kann ich nicht machen, Frau Hellerau. Wirklich nicht."

„Und wenn ich den Bonus erhöhe?" Sie nannte eine Summe, die Karo Sterne sehen ließ. Damit hätte sie die Anzahlung für den Loft fast zusammen.

„Nun sagen Sie schon ja, Frau Rutkowsky. Ich schicke Ihnen den Bonus in bar zu."

„Ich schicke Ihnen meine Rechnung zu." Karo legte auf, ehe sie schwach werden konnte.

Requiem für einen Goldfisch

Der Mann ließ die kleine Leiche in dem schwarzen Plastiksack verschwinden und sah sich um. Einen Moment lang fiel das Licht einer Straßenlaterne voll auf sein Gesicht.

Karo war entzückt. Kein Hollywood-Studio, kein Polizei-Fotograf hätte ihn besser ausleuchten können. Sie ließ den handtellergroßen Camcorder in ihrer Handtasche verschwinden und widmete sich ihren Spaghetti en Papillote. Zur Feier des Tages würde sie sich die sündhaft gute wie teure Zabaione bestellen und sie irgendwie auf ihre Spesenrechnung schmuggeln. Ihr Kellner, der aussah, als habe er den Paten zum Paten, würde ihr dabei sicher behilflich sein können.

Seit erst einer Woche bearbeitete sie den Fall, und dies war schon das dritte Opfer, das sie auf Video bannen konnte.

Ihre Auftraggeberin Sylvie Bernstein würde zufrieden sein. Wenn das so weiterging, würde Karo ihr Material bald Peter Hollander übergeben können, dem auf Tierrecht spezialisierten Anwalt, der das Restaurant im Auftrag der Gruppe um Sylvie Bernstein verklagen würde. Wegen fortgesetzter und vorsätzlicher Tierquälerei mit Todesfolge.

Karo beäugte den Goldfisch, der in dem kleinen Kugelglas auf ihrem Tisch müde seine Runden zog. War er im Laufe ihrer Mahlzeit langsamer geworden? Früher oder später würde auch sein Lebenslicht aus Sauerstoffmangel erlöschen. Wenn er nicht vorher an Langeweile sterben würde. Nicht die winzigste Muschel, keine noch so mickrige Pflanze belebte das Goldfischglas. Welch ein Leben. Karo verging der Appetit auf das Dessert.

Ein paar Tische weiter bestellte eine fröhlich gackernde Frauenrunde die sechste Flasche Wein. „Gib her, unser kleiner Liebling soll auch etwas davon haben!"

Karo tauchte nach ihrer Handtasche und filmte von unten schräg am Tischtuch vorbei, wie sich das Wasser im Goldfischglas weinrot färbte. Karo schwenkte zum Gesicht des Oberkellners, der unbeteiligt auf die Szene schaute. Genug für heute. Sie durfte nicht unvorsichtig werden. Ihr Vorgänger in diesem Job, ein recht erfahrener Privatdetektiv, war erwischt und aus dem Restaurant geworfen worden. Auf der Straße vor dem Lokal hatten ihn ein paar Typen zusammengeschlagen. Er lag immer noch im Krankenhaus. Dass die Schläger auf Geheiß des Restaurantbesitzers Franco Silvestri aktiv geworden waren, lag auf der Hand, war aber nicht zu beweisen.

Sylvie und ihre Aktivisten konnten sich im Restaurant schon lange nicht mehr blicken lassen.

„Deshalb ist es so toll, dass du die Beobachtung übernehmen kannst, Karo“, hatte Sylvie erklärt. „Eine Touristin werden sie nicht verdächtigen, für uns zu spionieren.“

Es hatte Karo überrascht, wie pikiert sie reagiert hatte. Schließlich lief sie nicht im Dirndl, mit Fotoapparat um den Hals und Stadtplan in der Hand rum.

Sylvie hatte gelacht. „Mach dir nichts draus. Es dauert eine Weile, bis man die Feinheiten raus hat. Es ist sehr subtil - wie man sich bewegt, wie man guckt, grüßt oder Leute ignoriert, in den Aufzug tritt. Und in diesem Fall ist es wirklich von Vorteil, dass du wie eine Fremde wirkst. Wir brauchen nur noch etwas Beweismaterial auf Video, dann können wir zuschlagen. Franco Silvestri lässt uns keine andere Wahl. Zuerst haben wir es durchaus mit Geduld und Überzeugungskraft versucht. Ich meine, ich sehe ja ein, dass er Goldfische haben muss, wenn er sein Restaurant Goldfish Bowl nennt und mit ‚Sehen und gesehen werden’ wirbt. Ein Riesenaquarium mit Fischen, Pflanzen, von mir aus mit einer ganzen Unterwasserarchitektur wäre doch auch eine Attraktion. Oder irgendetwas in der Art, solange nur die Fische mit Sauerstoff versorgt werden und genügend Bewegungsfreiheit haben. Aber nein. Der Mann blieb stur wie ein Holzkopf. Er hat sein Restaurant mit einem Goldfischglas auf jedem Tisch geplant und so soll es bleiben.

Und in den anderen Restaurants werden. Er plant nämlich, weitere zu eröffnen. Ich glaube ja, wenn die Fische nicht so spottbillig wären, wäre er schon längst auf eine artgerechte Haltung umgeschwenkt. Aber so? Ein Fisch ist krank oder tot? Ab in den Müllsack damit und ein neuer gekauft. Viel billiger als frische Blumen ist der Tischschmuck natürlich auch."

Vor diesem Auftrag hatte Karo nicht viel über Zierfische gewusst. Sie lernte rapide dazu. Sylvie hatte über eine gemeinsame Freundin von ihr erfahren und sie in ihrer Doppeltätigkeit als Privatdetektivin und als Putzfrau engagiert. Trotzdem war es wie ein Urlaub für Karo. Bezahlte An- und Abreise; eine ganze Wohnung im denkmalgeschützten *Beaux Arts* kostenlos zur Verfügung; ein Aquarium und den Balkon versorgen; alle paar Tage in einem schicken Restaurant essen gehen und Goldfische filmen, denen es nicht gut oder gar nicht mehr ging. Vorspeise, Hauptgericht, ein Glas Hauswein und das Trinkgeld auf Spesen. Ein Detektivhonorar, das ihre Lebenshaltungskosten abdeckte. Und vier Wochen Zeit, um die Wohnung gründlich zu putzen. Ein Kinderspiel.

Zu Hause putzte sie an manchen Tagen zwei ganze Villen. Und sauste nachmittags noch in ihr Detektivbüro, um Verbrechen zu lösen oder Zeitung zu lesen. Je nach dem, wie die Auftragslage war.

Jedenfalls, jetzt hatte sie Urlaub. Es war ganz erholsam. Lange schlafen. Abends, wenn es nicht mehr ganz so heiß war, im Duft von Geißblatt, Großstadt und Mückenschutzmittel auf dem Balkon sitzen und das Fernglas schweifen lassen. Das Zwillings-Gebäude gegenüber war ebenfalls achtzehn Stockwerke hoch. Kaum jemand hatte Vorhänge oder benutzte die Jalousien. Hitchcocks *Fenster zum Hof* war nichts dagegen.

Karo winkte dem Kellner und zahlte. Winkte dem Goldfisch auf ihrem Tisch zu und ging.

Kaum hatte sie das klimatisierte Restaurant verlassen, kam sie sich selbst vor wie ein Goldfisch. Der klebrig-warmen Luft fehlte Sauerstoff. Sie schlich die Dritte Avenue entlang. Die Innentemperatur bei D'Agostino an der achtunddreißigsten betrug köstliche fünfundzwanzig Grad Celsius. Wohlig fröstelnd kühlte sich Karo in dem Laden ab. Ehe sie wieder in die schwüle Backofenluft hinaustrat, kaufte sie zwei große Behälter Eiscreme. Ihr stand eine lange Fernsehnacht bevor, die sie ohne Klimaanlage überstehen musste.

Die todbringende Mücke ging diesen Sommer wieder um. Hunderte von Raben, Rotkehlchen und Tauben waren dem von ihr übertragenen Westnilvirus zum Opfer gefallen. Auch Menschen waren wieder infiziert worden und an Gehirnhautentzündung erkrankt. Anders als im Vorjahr gab es unter ihnen bisher keine Todesfälle. Heute Nacht sollte erneut Gift gesprüht werden, das der mörderischen Stechmücke und ihren Larven den Garaus machen sollte. Die Bevölkerung war aufgerufen, die Fenster zu schließen, Klimaanlagen abzuschalten sowie Haustiere und Kinder in die Wohnungen zu sperren.

Karo betrat den Aufzug. Der Knopf für den 17. Stock leuchtete bereits. Sie drehte ihren Mitfahrern den Rücken zu und stellte sich mit dem Gesicht zur Tür. Zumindest das konnte sie wie eine Einheimische.

Zwischen dem zwölften und vierzehnten Stock sah sie aus den Augenwinkeln eine Bewegung. Ein mausgroßes dunkles Ding krabbelte hinter einer Einkaufstüte hervor. Karos Nackenhaare stellten sich auf.

Die ältere Frau neben ihr fing an zu schreien und warf sich ihrem Begleiter an den Hals.

Die Frau, die zu der Einkaufstüte gehörte, zischte „Merde" und hob entschlossen einen Fuß.

Der fünfte Mitfahrer, ein Hausangestellter in einem Blaumann, stieß sie zur Seite. „Nicht! Die will ich lebend."

Die Frau ignorierte ihn und trat zu. Ein knackendquaatschendes Geräusch erfüllte die plötzliche Stille im Aufzug. Eine gelbliche Flüssigkeit quoll seitlich aus dem geplätteten Panzer.

Die ältere Frau japste unartikulierte Laute und wühlte in ihrer Handtasche. Ihr Begleiter tätschelte ihren Arm.

Der Hausangestellte war sauer: „Frau, warum mussten

Sie das tun? Ich hab Ihnen gesagt, dass ich sie wollte."
Die Frau zuckte mit den Schultern. Der Fahrstuhl hielt, sie stieg aus.

„Gott, was war das denn?", sagte Karo.

„Ein arrogante französische Tucke. Sie haben gehört, wie ich ihr sagte –"

„Nein, ich meine das ... das Ding da. Was ist das?"

Er grinste. „Sie sind wohl noch nicht lange hier, was? Das war einer von den vielen Mitbewohnern, die mietfrei in diesem Gebäude leben: eine Kakerlake."

„Nee, nee", sagte Karo. Auf den Arm nehmen konnte sie sich selber. „Kakerlaken habe ich schon ein paar gekillt. Die sind kleiner, das sind Insekten. Aber dies ... igitt!"

„Doch, im Ernst. Sie meinen die kleinen fiesen, das sind die deutschen Kakerlaken."

Wuchs sich dies zu einem ausländerfeindlichen Vorfall aus? „Wie meinen Sie das, deutsche?"

„Die heißen einfach so. Und dies war eine amerikanische, wir nennen sie Wasserkäfer, fragen Sie mich nicht, warum." Er schüttelte den Kopf. „Und ich hätte Bares dafür kriegen können ..."

Die Türen glitten zur Seite. Sie waren im 17. Stock angelangt. Die ältere Frau sah gar nicht gut aus. Ihr Begleiter trug sie fast hinaus.

„Kann ich Ihnen helfen?", fragte Karo ihn.

„Ja, danke. Wenn Sie die Tür zu 17 D aufschließen würden? Mein Schlüssel steckt in der Jackentasche."

Karo öffnete die Wohnungstür gleich neben ihrer. „Wir sind Nachbarn, so was. Ich bin Karo Rutkowsky."

„Tommy Frey, hi." Er führte die Frau zum Sofa. „Meine Cousine, Karin Ludwig. War etwas viel für sie, diese Riesenkakerlake, die gibt es bei ihr zu Hause wohl nicht. Karin ist aus Deutschland zu Besuch."

„Ach, sagen Sie bloß. Ich auch."

„Kaffee?"

Karo nickte. Sie legte Karins Beine hoch und schob ihr ein Sofakissen unter den Kopf. Sie sah immer noch sehr angegriffen aus.

„Vielleicht sollten wir einen Arzt rufen?"

Karins Lider flatterten. Sie sah Karo an und bewegte die Lippen. Karo beugte sich vor.

„Regal, am Nachttisch. Tabletten." Sie deutete mit zitternder Hand auf eine Tür.

Karo trat in das Gästezimmer und fand im Bücherregal zwei identische Röhrchen mit Herztabletten. Sie nahm eins und eilte zurück ins Wohnzimmer.

„Hier. Brauchen Sie Wasser dazu?"

Ein Kopfschütteln. „Zwei, unter die Zunge."

Die Medizin wirkte erstaunlich schnell. Als ihr Cousin mit dem Kaffee aus der Küche kam, saß Karin schon aufrecht auf dem Sofa und empörte sich über die hygienischen Zustände im Haus.

„Und das bei der Miete, die du zahlst, Tommy."

„Hat damit nichts zu tun. Ich habe Giftfallen aufgestellt und lasse kein Essen rumstehen, das hilft. Und einmal im Jahr kommt der *Exterminator,* so 'ne Art Kammerjäger. Aber die Biester sind überall, auch wenn man sie nicht sieht. Es heißt, für jede, die man flitzen sieht, wenn man nachts im Bad oder in der Küche plötzlich Licht anmacht, hat man hunderte. Hinter Schränken, in Ritzen, überall. Die großen sind seltener, sie kommen erst rein, wenn es warm wird. In diesem Sommer hatte ich bisher nur eine."

Karin fing an, hechelnd zu atmen. Auf ihrer Stirn standen winzige Schweißperlen.

„Vielleicht sollten wir lieber übers Wetter reden", sagte Karo. „Unglaublich, diese Schwüle, nicht?"

Karin gab sich Mühe. „Ja, so was habe ich noch nicht erlebt. Vierzig Grad Celsius und zweiundneunzig Prozent Luftfeuchtigkeit heute. Sie müssen verzeihen, dass ich mich so aufführe. Aber ich habe einen solchen Ekel vor diesen . . . diesen Dingern. Bei Spinnen ist es schon schlimm genug. Mein Herz, wissen Sie, ich muss aufpassen. Zum Glück habe ich die Tabletten immer dabei. Ich hätte schwören können, in meiner Handtasche waren auch welche. Hätte ich gewusst, was mich hier erwartet, hätte ich ein Kilo davon mitgenommen. Oder wäre zu Hause geblieben."

Sie ließ das Röhrchen in die Handtasche fallen.

„Ach, komm, Cousinchen. Das wäre doch schade gewesen. Wissen Sie, Karo, wir kannten uns bisher nur schriftlich. Ich fand es toll, meine einzige Verwandte endlich kennenzulernen. Wie ist es noch? Die Tochter der Tante meiner Mutter."

„Ja, seine Mutter und ich waren richtige Cousinen. Meine Mutter und ihr Vater ware Geschwister. Onkel Richard wanderte nach dem Krieg aus, nach St. Louis, an den Mississippi. Ich fand das immer so romantisch. Tom Sawyer und so, wissen Sie?"

Karo stand auf. „War nett, Sie kennenzulernen. Wenn Sie Lust haben, kommen Sie doch morgen auf einen Kaffee rüber. Der Balkon ist sehenswert."

„Danke, mache ich gerne. Ich habe schon rübergelugt, es sieht sehr tropisch aus. Schade, dass Tommy keine Blumen hat."

Karo stellte als erstes die Klimaanlage aus. Die Nacht würde eine Qual werden. Sie packte die angetaute Eiscreme ins Gefrierfach, das hauptsächlich Unmengen von Eiswürfeln enthielt. Das Wasser der Goldfische durfte keinesfalls zu warm werden. Während sie sich die lange James Stewart-Nacht im Fernsehen mit Pecan-Vanille-Eis und Zitronen-Baiser-Eis versüßen würde, durfte sie nicht vergessen, ab und zu die Temperatur des Aquariumwassers zu messen. Sollte die zu sehr ansteigen, war sie angewiesen, das Wasser der Fische mit Eiswürfeln zu kühlen. Nachtschwester Karo im Einsatz.

Gegen drei fielen Karo immer wieder die Augen zu. Sie verabschiedete sich von James Stewart und deponierte sicherheitshalber drei herzchenförmige Eiswürfel im Aquarium.

Vom Schlafzimmer aus ließ sie ihren Blick durchs Fernglas noch einmal über das Zwillingsgebäude gegenüber gleiten. Die meisten Fenster waren dunkel. Ein Mann saß noch am Computer. Ein eng umschlungenes Paar tanzte zu lautloser Musik. Die alte Frau im Penthouse saß im Bett und strickte. Die beiden Schwulen mit dem Riesenbildschirm guckten Baseball und aßen Sushi.

Karo legte sich aufs Bett und zog das Laken über die Beine. Ohne ein bisschen zugedeckt zu sein, konnte sie nicht schlafen. Neben dem Bett stand ein Eimer mit Wasser und sechs Pfund Eiswürfeln. Karo hängte einen Arm hinein. Ihre Klimaanlage für die Nacht.

Als Karo morgens die New York Times von der Fußmatte nahm, stand im Flur der junge Mann aus dem Aufzug auf einer Leiter und wechselte Glühbirnen aus. Karo stellte sich vor.

Er nickte. „Basilio Mendez, hi. Kann ich was für Sie tun?"

„Na ja, ich bin nur neugierig. Sie sagten gestern, diese schreckliche Kakerlake hätte Ihnen Geld bringen können, wenn sie noch gelebt hätte? Zahlt jemand etwa Kopfgeld dafür?"

Basilio lachte. „Irgendwie schon. Kennen Sie das Buch *Archy & Mehitabel* von Don Marquis?"

Karo schüttelte den Kopf.

„Darin beschreibt Archy seine Ansichten von der Welt. Sollten Sie mal lesen, ein echter Klassiker. Archy ist eine Kakerlake. Und jetzt werden Teile des Buches verfilmt, fragen Sie mich nicht, wie. Jedenfalls werden amerikanische Kakerlaken gesucht. Sie werden trainiert. Hunderte von ihnen teilen sich sozusagen die Rolle. Na, und die Filmgesellschaft zahlt fünf Dollar pro Kakerlake. Ein nettes Taschengeld."

Karo schüttelte sich. Diesen Film würde sie auslassen.

Wenig später klopfte Karin an. Karo hatte gerade angefangen, Bücher aus den Regalen zu räumen. Etwa zweitausend mochten es sein, die Sylvies Regale füllten und seit Jahren nicht sauber gemacht worden waren. Sylvies reguläre Putzfrau wedelte nur ab und zu mit dem Federwisch daran vorbei. Ein Rasierpinsel, weiche Staubtücher und eine Creme für alte Lederrücken lagen bereit.

„Och nein, die Unordnung macht mir gar nichts", sagte Karin Ludwig. „Tommy ist zum Vorsprechen, und da dachte ich, ich schaue mir mal Ihren Balkon aus der Nähe an. Er ist Schauspieler, wissen Sie. Nicht sehr erfolgreich, fürchte ich."

„Von denen wimmelt es hier wohl nur so", sagte Karo.

Karin zuckte zusammen. „Sagen Sie nicht ‚wimmeln'", bat sie.

„Ich meine doch Schauspieler. Ein hartes Geschäft. Der Mann meiner . . . eh, Freundin, denen die Wohnung hier gehört, ist auch einer. Er dreht irgendwas in Montana, und sie besucht ihre Mutter in Hannover. Ich hüte die Wohnung."

„Ach, wie nett. Und da putzen Sie auch noch? Das nenne ich wahre Freundschaft."

„Na ja. Hm." Karo warf die Kaffeemaschine an. „Um die Wahrheit zu sagen, ist das Teil der Abmachung. Sylvie hat meinen Flug bezahlt. Dafür kümmere ich mich um ihre Fische, den Balkon und putze gründlich die Wohnung. Für mich ist es eine Art Urlaub, und sie spart 'ne Menge Geld."

„Wirklich?"

„Sie hat es mir vorgerechnet. Allein die Leute vom Fischladen würden 600 Dollar in dem Monat kosten: das Aquarium muss jede Woche gereinigt werden, und die Jungs bekommen fünfundsiebzig Dollar die Stunde. Fünfzehn Dollar am Tag für den Portier, wenn er die Balkonpflanzen gießt und die Fische füttert. Die Putzfrau bekommt fünfundsiebzig Dollar, da sind Küche und Bad mit drin, aber nicht die Fenster und nicht die Bücher, das Einwachsen der Möbel und das alles." Die Mahlzeiten im Goldfish Bowl und das Honorar für ihre Tätigkeit als Privatdetektivin erwähnte Karo nicht.

„Ja, tatsächlich, das rechnet sich. Hat alles mit der Globalisierung zu tun. Wissen Sie, ich bin Geschäftsfrau. Mir gehört eine Kette von Reinigungen. Die Reine Freude."

„. . . weil Sie es sich wert sind", sagte Karo. Der Slogan war ihr aus dem Radio und von Plakatwänden her bekannt. „Das sind Sie?"

„Genau. Vor zehn Jahren habe ich in Dresden angefangen. Erst habe ich den ganzen Osten mit Läden überzogen, und dann den Süden. Jetzt fehlt mir nur noch der Norden. Nächstes Jahr kommt Niedersachsen dran. Ich will mich hier auch ein bisschen umgucken. Nach Technik, aber in erster Linie nach Service. Den will ich noch ausbauen. Und was machen Sie so?"

„Ich bin Privatdetektivin." Karo verschwieg, dass auch sie eine Reinigungsexpertin war, nämlich in ihrem schwarzen Zweitjob, oder eigentlich Erstjob, als hoch bezahlte Putzfrau in einigen exklusiven Haushalten. Möglicherweise war Karins Steuermoral nicht sehr elastisch.

„Detektivin? Tatsächlich? In Essen? Das passt ja gut. Wir haben in der Gegend nämlich einige Probleme in letzter Zeit. Ware verschwindet. Seidendessous, Kaschmirpullover, ein Yves Saint Laurant-Kostüm und ähnliches. Ich werde meinem Geschäftsführer für's Ruhrgebiet sagen, dass er Sie mal aufsuchen soll, wenn es Ihnen recht ist."

„Klar", sagte Karo. „Ich denke, das lässt sich einrichten. Mein Büro befindet sich in der Lichtburg, dem alten Filmpalast neben dem Burgplatz. Ist nicht zu verfehlen." Eine Großkundin! Sie würde umgehend ihren Tagessatz erhöhen. Und wem verdankte sie diesen Kontakt? Einer Riesenkakerlake.

Mit vielen Oh's und Ah's besichtigte Karin den üppig bewachsenen Balkon, der sich über die ganze Länge der Wohnung erstreckte.

Er war so schmal, dass sie hintereinander gehen mussten. Bunte Sommerblumen und Küchenkräuter füllten die Balkonkästen, eine Birke und ein chinesischer Ahorn wuchsen in Kübeln. Kletterrosen, Geißblatt und Wein rankten die Art Déco-Fassade hoch.

„Paradiesisch", murmelte Karin, die in Dresden ein Villa mit Park und einem Gärtner ihr eigen nannte. Sie aß einige Trauben, ehe Karo sie wegen des in der Nacht versprühten Gifts warnen konnte. Die Pracht endete an dem schulterhohen Gitter zum Nachbarbalkon, der bis auf einige Taubenfedern und einen Plastikstuhl leer war.

„Schade, dass Tommy nicht wenigstens ein paar Geranien hinstellt."

Bei einem herzschonenden koffeinfreien Kaffee besiegelten sie ihre künftige Geschäftsbeziehung.

Mit dem erfreulichen Gefühl, nach ihrer Rückkehr einen neuen Auftrag zu haben, kümmerte sich Karo wieder um die Goldfische. Um Sylvies glückliche Sechs, deren neunundzwanzig-Gallonen-Aquarium mit Wasserpflanzen, Filtergerät und Luftpumpe bestens ausgestattet war.

Und um die kleinen, die im Goldfish Bowl in ihren gläsernen luftarmen Zellen ihre Runden drehten, und die nie das Alter oder die Größe von Sylvies Fischen erreichen würden.

Am Abend aß Karo ein letztes Mal in dem Restaurant. Sie hatte jetzt genug Material auf Video. Am nächsten Tag würde sie es dem Anwalt übergeben.

Sie saß am selben Tisch wie beim vorigen Mal. Der kleine Goldfisch lebte noch. Das Wasser war trüb und er schwamm oft an die zu kleine Oberfläche, auf der Suche nach Sauerstoff.

Karo aß wenig. Die Tagliatelle mit Austernpilzen in Salbei-Sahne-Sauce waren ihr heute abend zu schwer. Ein Salat wäre die bessere Wahl gewesen. Sie bestellte ein zweites Glas Wein.

Mit jedem Schluck wuchs ihr Mitgefühl mit diesem kleinen Goldfisch. Sie winkte dem Kellner.

„Die Rechnung, bitte. Packen Sie mir die Tagliatelle ein, ach ja, und den Goldfisch auch. Setzen Sie ihn mit auf die Rechnung."

Der Kellner hielt eine Sekunde inne. „Möchten Sie den Fisch zusammen mit den Tagliatelle in einen –".

„Nein, getrennt, bitte. Und den Fisch in reichlich Wasser."

Der Kellner entfernte Schüssel und Kugelglas von Karos Tisch. Kurz darauf kehrte er mit den wohlverpackten Nudeln und dem Goldfisch in einem Schraubglas zurück. Karo verdoppelte das übliche Trinkgeld. Vierzig Prozent. Sie hoffte, Sylvie würde diese unvorhergesehene Ausgabe und den Zuwachs in ihrem Aquarium gutheißen.

Peter Hollander, der Anwalt, war sehr zufrieden mit Karos Videomaterial.

„Zusammen mit den Aufnahmen ihres unglücklichen Vorgängers und den Aussagen diverser Mitglieder von Ms. Bernsteins Gruppe sollten wir keine Probleme haben, eine einstweilige Verfügung gegen das Restaurant zu erwirken“, sagte er. Er rief eine Sekretärin herein und nahm Karos Aussage zu Protokoll.

Mit dem Putzen der Wohnung war sie fast durch. Das Bad strahlte, soweit es den alten Kacheln möglich war. Die Küchenschränke waren bis in die letzte Ecke gereinigt, alles Geschirr abgewaschen, jede Fußleiste, jeder Türrahmen vom Staub befreit. Der Holzfußboden war poliert, die Weichholzmöbel glänzten matt und dufteten nach Zitronenöl und Bienenwachs; Wäsche- und Kleiderschränke waren von Flusen befreit, von innen mit Zedernholzöl eingerieben und neu eingeräumt. Die Fenster ließ Karo zum Schluss. Die Scheiben wurden klar, die Wohnung war heller als zuvor, aber die denkmalgeschützten Metallrahmen, von denen die Farbe blätterte, sahen trotz sorgfältiger Behandlung so unansehnlich und schmuddelig aus wie vorher. Nichts zu machen.

Das Aquarium brauchte neue Pflanzen. In der irrigen Annahme, ein bisschen Bewegung würde ihr gut tun, machte sich Karo zu Fuß auf zum New World Aquarium. Der Fischladen lag in der neunten Straße. An der neununddreißigsten, bei achtunddreißig Grad Celsius gab Karo auf. Sie winkte ein klimatisiertes Taxi heran.

„Zur Neunten an der Fünften“, sagte sie und sank mit einem Seufzer in die kühlen Polster. Der Schweiß rann ihr den Nacken hinunter. Alles klebte.

Karo bat den Fahrer, vor dem Laden zu warten. Das Risiko, nach ihren Einkäufen ein Taxi ohne Klimaanlage zu erwischen, wollte sie nicht eingehen. Es war eine sauerstoffarme Hölle da draußen. Kein Wunder, dass man Alte, Kranke und Kinder aufgefordert hatte, in diesen Tagen möglichst ihre Wohnungen nicht zu verlassen.

Mit neuem Flüssigdünger, die Wasserpflanzen für vier bis neunundzwanzig Dollar das Stück in prallen Wasserbeuteln verpackt, kletterte Karo zurück ins Taxi.

„Dreiundvierzigste und zweite“, sagte sie.

Die wöchentliche Reinigung des Aquariums stand auch an. Sie saugte vorschriftsgemäß ein Drittel des Wassers ab, setzte die Pflanzen ein und füllte frisches Wasser nach. Der Restaurantfisch stürzte sich auf eine der teureren Pflanzen und begann, sie abzuknabbern.

„Heh!“, sagte Karo. Sie kam sich schlecht behandelt vor. Und sprach sie mit einem Fisch? Vielleicht ganz gut, dass ihre Abreise in einigen Tagen bevorstand.

Hatte da jemand gerufen? Karo drehte die Musik (*Requiem für einen Goldfisch* von Perillo) runter und lauschte. Nichts.

Dann ein Rumsen und Scheppern. Stille. War das von nebenan gekommen?

Karo trat auf den Flur und schellte bei 17 D. Keine Reaktion. Sie klopfte. „Tommy? Karin?“

Es schien niemand zu Hause zu sein. Karo ging zurück in die Wohnung. Sie hatte sich wohl getäuscht. Oder?

Sie trat auf den Balkon. Die Balkontür ihres Nachbarn war angelehnt. „Tommy? Karin?“

Karo stellte sich auf einen Hocker. So konnte sie sich mit dem Oberkörper über das Trenngitter hängen und ein Stück in die Nachbarwohnung schauen. Sie sah einen Damenschuh mit einem Bein hinter dem Sofa hervorragen.

„Karin? KAAARIN, können Sie mich hören?“

Das Bein reagierte nicht. Oh, verdammt. Beim Überklettern des rostigen Gitters ratschte sich Karo die Innenseite des rechten Oberschenkels auf. Sie stieß die Balkontür auf und betrat das Wohnzimmer.

Karin lag auf dem Rücken, die Augen geöffnet. Sie war tot. Neben ihr lag ihre Lacklederhandtasche und eine leere Vase.

Karo griff zum Telefon und wählte 999.

„Meine Nachbarin ist tot zusammengebrochen, schicken Sie einen Krankenwagen und einen . . . nein, ich bin die

Nachbarin . . . Tot, ja, bestimmt . . . okay.“ Karo gab die Adresse durch und versprach, in der Wohnung zu bleiben. Sie entriegelte schon mal alle drei Türschlösser.

Herzanfall. Wahrscheinlich hatte Karin sich ihre Herzpillen aus der Handtasche nehmen wollen, als sie fiel. Griff nach der Tasche und riss die Vase mit. Karo öffnete die Tasche und durchsuchte sie. Keine Pillen. Solche Vergesslichkeit konnte wahrhaftig tödlich sein.

Karo ging ins Gästezimmer. Das zweite Röhrchen Tabletten, das hier neulich noch im Regal gelegen hatte, war auch nicht mehr da. Merkwürdig. Karo durchsuchte rasch den Nachttisch, die Kommode und den Schrank. Nichts. Der Koffer war leer.

Vielleicht im Badezimmerschrank? Keine Spur.

Oder in der Küche? Eine Hängeschranktür stand auf. Ein Becher lag umgestürzt auf der Arbeitsfläche. Die große Teedose war auf den Boden gefallen. Karin wollte sich wohl gerade einen Tee machen, als sie den Anfall kommen spürte.

Karo bückte sich nach dem Behälter. Sie ließ ihn fallen, als habe sie einen elektrischen Schlag bekommen. Eine riesige Kakerlake, ein Wasserkäfer, verließ das Halbdunkel der Dose und verschwand unter dem Herd. Karo stieß die angehaltene Luft aus.

Jemand hämmerte an die Wohnungstür. Karo machte einen Satz. Sie brauchte einen Kognak.

„Polizei! Machen Sie auf!“

Karo lief zur Tür und riss sie auf.

Ein uniformierter Polizist drängte in die Wohnung, packte Karos Handgelenk und stellte sie gegen die Wand. „Keine Bewegung!“

Ein zweiter Polizist, mit gezogener Waffe, blieb an der Tür stehen. Auf dem Hausflur ertönten eilige Schritte.

„17 D. Hier ist es. Wo ist die Tote?“ Zwei Sanitäter und ein Arzt kamen durch die Tür.

„Weiter durch, im Wohnzimmer“, sagte Karo.

Einer der Sanitäter blieb stehen. „Was hat sie getan?“

„Jemand von gegenüber hat einen Einbruch gemeldet“,

sagte der Polizist, der Karo immer noch festhielt. „Sie wurde beobachtet, wie sie über ein Gitter kletterte und durch die Balkontür in die Wohnung eindrang."

Der Arzt kam zurück. „Exitus", sagte er. „Sind Sie eine Verwandte?"

„Eine Nachbarin", sagte Karo. „Ich habe gehört, wie sie fiel, vielleicht war es auch die Vase. Und als niemand öffnete, bin ich über den Balkon –"

Der Polizist ließ sie los.

„Was ist passiert?" Tommy stand in der Tür. „Ist etwas mit Karin?" Er fing an, sich die Haare zu raufen.

Karo verdrückte sich. Sie musste nachdenken.

Sie holte den Krug Zitronentee aus dem Kühlschrank, nahm sich ein Glas und schob einen Sessel vor das Aquarium.

Tommy war ein schlechter Schauspieler. Das war das erste, das ihr in den Sinn kam, als sie den Tee nippte und sich von den Bewegungen der Fische beruhigen ließ. Gleich als Zweites folgte die Erkenntnis, dass ihr soeben der Auftrag einer vielversprechenden Großkundin verloren gegangen war. Und als Drittes meldete sich der Verdacht, dass Karins Tod kein Zufall war.

Karo streute Futter ins Aquarium. Der Restaurantfisch war wie immer der Erste. Er war gierig. Zu lange hatte er zu wenig gehabt. War Tommy gierig geworden? Er hatte wenig Geld, wenig Talent, wenig Erfolg. Hatte ihn die Aussicht auf das Vermögen seiner einzigen Verwandten auf Ideen gebracht? Die Kakerlake in der Teedose - war sie hineingekrochen, nachdem die Dose hingefallen war? Und wo waren die Teebeutel? Karins Herzanfall war doch nicht durch den Schreck, die Dose leer zu finden, ausgelöst worden. Eher durch das Entsetzen, eine oder gar mehrere mausgroße Wasserkäfer darin zu entdecken, als sie den Deckel öffnete. Vielleicht hatte sie sogar hineingefasst.

Und wohin waren die Pillen verschwunden, die Karin bei sich in der Handtasche getragen hatte? Im Aufzug waren sie weg gewesen und jetzt wieder. Das letzte Röhrchen im Schlafzimmer war auch nicht mehr da. Karin hatte auf

Karo keinen tüddeligen Eindruck gemacht, und selbst wenn der Jetlag sie noch beeinträchtigt hätte - warum waren die Pillen nicht woanders aufgetaucht? Im Kühlschrank, unterm Bett, neben der Zahnbürste?

Karo sprang auf. Sie nahm den Personal- und Lastenaufzug geradewegs in den Keller und machte sich auf die Suche nach Basilio.

Sie entdeckte ihn im Keller unter dem Keller, in den tiefsten Eingeweiden des Gebäudes. Fern von jeglicher Art Déco-Ästhetik schien hier kaltes Licht auf Wände, die teilweise aus dem Fels herausgehauen waren. An manchen Stellen tropfte Wasser aus der Decke und sammelte sich zu Pfützen. Dicke Heizungsrohre dampften und zischten. In den Fußboden eingelassene Eisenplatten verschlossen die Zugänge in das Labyrinth der Abwasserkanäle, in denen Ratten und Reptilien hausten. Die Luft war warm und stickig und roch nach Verfall.

Basilio wechselte Birnen in einer Deckenlampe aus. Er grinste. „Hat man denn nirgendwo mehr seine Ruhe? Gestern 17 D und heute Sie."

„Ah!", sagte Karo. „Danach wollte ich Sie fragen, Basilio. War Tommy - 17 D - auf der Suche nach Wasserkäfern? Ich nehme an, hier fühlen sie sich wohl."

Basilio nickte. „Ich hab ihm drei verkauft. Selber suchen wollte er nicht. Der Keller war ihm unheimlich. Es ging um eine Wette, sagte er. Erst wollte ich nicht, ich habe ja meine Abnehmer. Aber er bot echtes Geld . . . Er hätte auch mehr genommen, aber zaubern kann ich nun mal nicht. Warum die Fragen?"

„Ich glaube, er hat sie benutzt, um seine Cousine umzubringen." Karo erläuterte ihre Theorie.

„Krass", sagte Basilio. „Das ist echt krass. Aber ein Beweis sind die Wasserkäfer nicht."

„Ich weiß. Was ich brauche, sind die Tablettenröhrchen. Ich kann mir nicht vorstellen, dass er sie noch in der Wohnung hat . . . Basilio, wo landet der Abfall, den man oben auf dem Flur in den Müllschlucker wirft?"

„17 D? Das wäre der letzte Abfallschacht. Der Müll fällt in

Container, im Keller über – Nein!“ Basilio hob abwehrend die Arme. In seinen Augen stand das Entsetzen. „Das kann nicht Ihr Ernst sein.“

Karo nickte. „Ich fürchte, doch.“

Es war eine Menge Müll.

Karo reduzierte ihren Atem auf das absolut Nötigste und stocherte mit einer Forke durch den Abfall, den Basilio aus dem Container schaufelte.

Am unangenehmsten waren die siffenden stinkenden Küchen- und Badezimmerabfälle, die von Kakerlaken und anderem Getier belebt wurden. Es gab jede Menge Unidentifizierbares, aber auch erstaunlich viele Klamotten, Bücher und Schuhe.

„Die Leute begreifen nicht, dass Bücher zum Altpapier gehören“, sagte Basilio voller Missbilligung.

Karo fischte eine kleine quadratische Messingscheibe aus einer aufgeplatzten Plastiktüte mit Katzensand, gebrauchten Kleenex-Tüchern und Kondomen. Leider keine Polizeimarke, sondern eine nummerierte Tollwutimpfmarke eines örtlichen Tierhospitals inklusive Telefonnummer. Karo steckte sie ein. Sie sah irgendwie offiziell aus und würde sich bestimmt mal als nützlich erweisen.

Wenig später entdeckte Basilio die beiden Tablettenröhrchen. Sie ruhten unter einer vertrockneten Palme in einem Rest von Ratatouille.

Karo bewachte den Müllhaufen, während Basilio nach oben ging, um die Polizei anzurufen.

Tommy Freys Fingerabdrücke fanden sich auf den Tablettenröhrchen sowie auf und in Karins Lacklederhandtasche. Dies, zusammen mit den Aussagen von Karo und Basilio führten zu seiner Verhaftung.

Der Staatsanwalt sah der Gerichtsverhandlung zuversichtlich entgegen, da bei dem Angeklagten die Absicht zur Tat vermutet und sein Wissen um die voraussichtliche Reaktion des Opfers nachgewiesen werden konnte. Absicht und Wissen – darauf kam es an. Eine Verurteilung wegen

Totschlag - oder Mord zweiten Grades, wie es hier hieß - schien Tommy Frey sicher.

„Der Blödmann hat mit seiner Cousine gleichzeitig meine vielversprechende Großkundin ermordet“, beklagte sich Karo vor ihrer Abreise bei Sylvie. „Einen ersten Auftrag hatte sie mir so gut wie versprochen.“

Davon, dass sie hier einen Mordfall ohne Auftrag und ohne Honorar gelöst hatte, wollte Karo gar nicht reden.

„Verklag ihn“, sagte Sylvie. „Verklag ihn auf Verdienstausfall. Ich kann dir einen Anwalt nennen, der darauf spezialisiert ist.“

Das Panama-Huhn

„Nein, Frau Rutkowsky, zur Polizei kann ich nicht gehen. Auf gar keinen Fall. Mein Mann kegelt mit unserm Dorfsheriff. Sie wissen nicht, wie das auf dem Dorf ist. Und wenn mein Mann davon erfahren würde . . ." Frau Papendieck schüttelte den Kopf. „Das könnte ich nicht ertragen. Dann bring ich mich um."

Karo beschloss, sicherheitshalber einen doppelten Vorschuss zu verlangen.

„Und Sie meinen nicht, dass Ihr Mann Ihnen glauben würde, wenn Sie ihm versichern –"

„Nein. Wie sollte er auch? Wenn ich nicht wüßte, dass ich das auf dem Foto nicht sein *kann,* würde ich mir ja selbst nicht glauben! Und manchmal, nachts, wenn ich darüber nachdenke und sich meine Gedanken um und um im Kreise drehen, dann habe ich Angst, dass ich wahnsinnig geworden bin. Neulich bin ich früh um zwei aufgestanden und habe das Foto in die Hand genommen. Nur um mir zu beweisen, dass ich mir nicht alles eingebildet habe . . ."

Frau Papendieck zupfte das Ziertuch aus ihrer Blusentasche und tupfte sich die Augen ab.

„Tja", sagte Karo. „Es klingt wirklich merkwürdig. Nehmen Sie Drogen?"

„Nie!"

„Haben Sie schon mal Gedächtnisausfälle gehabt?"

„Nein, jedenfalls nicht, dass ich mich erinnern könnte. Na ja, ich vergesse schon mal was. Den Einkaufszettel. Oder einen Geburtstag. Aber ich würde nicht vergessen, wenn ich mit einem fremden Mann geschlafen hätte, glauben Sie mir. Noch dazu in dieser Position."

Sie blickten beide auf das Farbfoto, das auf Karos Schreibtisch lag.

„Aber es sieht aus wie Ihr Po, ja?"

„Ja. Das macht es ja so schlimm. Seit unserem Panama-Urlaub letztes Jahr ist mein Po nicht zu verkennen."

„Ach, das Huhn stammt aus Panama?"

Frau Papendieck lächelte zum ersten Mal. „Wir waren ein bisschen beschwipst und hielten es für eine wirklich witzige Idee. Die Zeichnung stammt aus einer Rum-Reklame. Wir hatten sie aus einer Zeitschrift ausgerissen, die in unserem Hotel auslag. Dirk sagte, es sähe aus wie ein glückliches Huhn. Das ist sein Kosename für mich, manchmal. Weil er sagt, ich gackere wie ein glückliches Huhn, wenn . . . eh, während, hm, Sie wissen schon."

Karo nickte.

„Ja, und dann bummelten wir durch die Altstadt und kamen an dem Tatoo-Shop vorbei. Da ist's passiert." Frau Papendieck schüttelte den Kopf. „Ich habe mir gesagt, es ist ja nicht völlig unmöglich, dass der Tätowierer das Motiv noch mal verwandt hat, dass es noch eine Frau gibt, die dies Huhn auf der rechten Pobacke hat . . . Aber dass sie in unser Dorf kommt, auf unseren Hof, und dann so fotografiert wird, und ich mit dem Foto erpresst werde, das *kann* doch nicht sein! Kann nicht. Es ist ein Alptraum . . . Würden Sie den Fall übernehmen, Frau Rutkowsky?"

Karo nickte. Sie würde. Obwohl das Land nicht so ihr Ding war. Aber die Leute, die unten vor der Lichtburg Schlange standen, wollten nicht zu ihr, sondern in den neuen Film von Tom Tykwer. Und nur in ihrem zweiten Job konnte sie wählerisch sein, welche Aufträge sie übernahm. Als Privatdetektivin konnte sie das nicht. Noch nicht.

Karo nahm das Foto in die Hand. Von dem Mann war kaum etwas zu sehen. Von der Frau wenig mehr. Der Küchentisch war aus altem Kiefernholz, die Vorhänge am Fenster von Laura Ashley. Eine Putzkundin, die den englischen Land-Look liebte, hatte die gleichen. „Und das ist bei Ihnen zu Hause."

„Nein, nein! Auf unserem Hof, ja. Aber nicht in unserem Haus, sondern in dem ehemaligen Altenteil. Ein Häuschen, das hinter dem Obstgarten steht. Wir haben es seit einem Jahr vermietet."

„Aha? Und an wen?"

„An jemanden aus Köln, Max Penk. Er nutzt es hauptsächlich an den Wochenenden."

„Und was ist er für einer? Das Foto wurde in seiner Küche aufgenommen. Kann er etwas damit zu tun haben?"

Uli Papendieck zögerte. „Er ist ein sehr netter Mensch. Sympathisch. Aber ..."

„Aber?"

„Na ja. So eine Erpressung traue ich ihm eigentlich nicht zu. Weil er wirklich nett ist. Und er hat auch genug Geld. Aber ... also, er schreibt nämlich Kriminalromane, und ich habe mich schon gefragt, ob so ein Krimiautor vielleicht, na ja, so etwas mal ausprobieren möchte, oder so. Aber eigentlich glaube ich es nicht."

„Max Penk?", sagte Karo. „Von dem habe ich noch nie gehört. Kann nicht sehr erfolgreich sein. Wohl möglich, dass er Geld braucht und lieber krumme Dinger dreht, als über sie zu schreiben."

Uli Papendieck schüttelte den Kopf. „Das hat er wirklich nicht nötig. Wenn Sie versprechen, es niemandem zu verraten ..."

Karo hob eine Hand. „Ehrenwort einer Privatdetektivin."

Frau Papendieck beugte sich vor und flüsterte: „Er ist nämlich Sophie Réchaud."

„Sophie Réchaud? Nee! Wirklich?"

„Wenn ich es Ihnen doch sage." Uli Papendieck nickte mehrmals.

Sophie Réchaud, der neue Star des deutschen Landhaus-Krimis! Rosamunde Pilcher trifft Stephen King. Selbst Karo hatte von ihr gehört. Ihm.

„Sophie Réchaud ein Mann. Soso." Ein Mann mit allen Merkmalen eines Hauptverdächtigen. „Weiß er von Ihrer Tätowierung?"

„Ich bitte Sie. Natürlich nicht. Und auch sonst niemand."

Was nicht sein konnte. „Vielleicht hat er mal auf einer Leiter gestanden und in Ihr Schlafzimmer geguckt?"

„Unsinn. Dies ist schließlich nicht Bayern! Und Herr Penk ist aus Köln. Das habe ich doch schon gesagt."

„Dann gehen Sie vielleicht in die Sauna? Haben das Huhn Ihrer besten Freundin gezeigt? Oder waren Sie zur Massage? Auf der Sonnenbank? Oder bei einem Arzt?“

„Nein. Glauben Sie mir, ich habe mir schon den Kopf zermartert darüber. Nur bei der Frauenärztin war ich vor zwei Monaten. Aber die kommt nicht in Frage. Sie ist über sechzig und sehr seriös. Ich bin seit Jahren bei Doktor Fuchs in Issum. Und meine Mutter ist auch schon zu ihr gegangen. Nie im Leben könnte meine Frauenärztin mit so etwas zu tun haben! Nie.“

Karo war geneigt, ihr zuzustimmen, als sie am nächsten Tag auf das graue Haupt zwischen ihren Oberschenkeln blickte.

„Ich kann nichts entdecken, Frau Rutkowsky. Keine Spur von einer Entzündung. Es war vielleicht nur eine vorübergehende Irritation. Melden Sie sich, wenn es wieder auftritt.“

Karo strich die Ärztin von der Liste der Verdächtigen. Vorläufig. Der Krimiautor war der Täter ihrer Wahl.

Konrad Krieger, der Experte, dem sie das Foto vorgelegt hatte, hatte es für echt gehalten. „Sehr unwahrscheinlich, dass es sich um eine Montage handelt. Mit an Sicherheit grenzender Wahrscheinlichkeit ist es ein genuines Foto von einem tätowierten Frauengesäß. Bei einer ziemlich eindeutigen Tätigkeit. Wobei ich die Vorliebe mancher Leute für Küchentische nicht verstehe. Vor allem, wenn es sich wie hier um alte Tische handelt. Die Gefahr, sich einen Splitter einzuhandeln –“

„Niemand wurde verletzt“, hatte Karo ihn unterbrochen und sich verabschiedet. Er war stets hilfsbereit und eine Koryphäe auf seinem Gebiet, aber so etwas von langatmig, dass man nur durch einen fluchtartigen Rückzug entkommen konnte.

Von der Frauenärztin in Issum fuhr Karo weiter nach Rheurdt.

„Mein Mann ist heute unterwegs", hatte Uli Papendieck Karo am Morgen telefonisch mitgeteilt. „Er ist in dem Komitee, das das erste niederrheinisch-niederländische Traktor-Rennen vorbereitet. Es trifft sich in Herongen. Vor vier Uhr erwarte ich ihn nicht zurück. Aber sollte er früher kommen und Sie sehen ..."

„Ach, dann fällt mir schon eine Ausrede ein", hatte Karo gesagt und sich von ihrer Mutter die neue Kollektion von Dubber-Ware-Plastikbehältern ausgeliehen. Einige Prospekte über diese preiswerte Alternative für die preisbewusste Hausfrau hatte sie ohnehin im Kofferraum. Seit ihre Mutter die Marke auf Hausfrauenpartys vertrieb, hatte Karo sich mehr als einmal als Vertreterin getarnt.

Der Bauernhof der Papendiecks lag außerhalb des Dorfes, in der Nähe einer stillgelegten Bahnstrecke. Der zweistöckige Backsteinbau hatte weißgestrichene Fensterrahmen und war mit liebevoll bepflanzten Blumenkästen geschmückt. Neben dem Haus lag ein eingezäunter Gemüsegarten, dahinter eine Scheune und mehrere Ställe.

Karo wollte gerade die Stufen zur dunkelgrünen Haustür emporsteigen, als Uli Papendieck um die Hausecke bog. Mit einem kleinen Hackebeil in der Hand kam sie auf Karo zu. Das Beil war ebenso wie ihre Schürze blutbespritzt.

Karo sah die Schlagzeilen vor sich:

Selbstjustiz!
Junge Bäuerin meuchelt Krimiautor, um Ehe zu retten!
Sophie Réchaud ein Mann!
Ein Erpresser!
Tot!

„Hallo." Uli Papendieck lächelte. „Ich schlachte gerade ein paar Gänse. Warten Sie einen Moment? Dann zeige ich Ihnen sein Haus."

Das ehemalige Altenteil hinter der Obstwiese sah aus wie des Städters Traum vom Landleben. Buchsbaumhecken grenzten den schmalen Vorgarten ein. Ein kiesbestreuter

Weg führte zur königsblauen Haustür, die von himmelblauen Holzkübeln mit weißen Rosenbäumchen flankiert wurde. Butzenscheiben mit schmucken weißen Scheibengardinen; innen Terrakottafliesen und ausgesuchte bäuerliche Antiquitäten; Rosenmuster auf Kissen und Vorhängen; jeder technische Komfort in der Küche.

Karo hielt eine Vergrößerung des Po-Fotos in der Hand. Ohne Zweifel war es in dieser Küche aufgenommen worden. Mit Selbstauslöser. Karo überprüfte den Aufnahmewinkel. „Hier muss der Fotoapparat gestanden haben, sehen Sie?“ Sie klopfte auf den frei im Raum stehenden Butcher‘s Block. Es sah schlecht aus für Sophie Réchaud.

„Darf ich das Foto noch mal haben?“ Uli Papendieck lehnte am Fenster und studierte die vergrößerte Aufnahme. „Hm. Wissen Sie was? Herr Penk kann es gar nicht gewesen sein! Ach, bin ich erleichtert. Weil –“

„Was? Wieso?“ Karo riss ihr das Foto aus der Hand.

Die Bäuerin deutete auf ein verwischtes Gelb, das auf dem Foto durchs Fenster zu sehen war. „Das sind die Osterglocken. Im Vorgarten. Er war damals verreist, nach Italien. Er kann also mit dem Foto nichts zu tun haben. Und mit der Erpressung. Ich habe die Blumen nämlich geplündert, für ein Dorfkonzert von Sound & Soul, unserem Gospel-Chor. Zwei große Körbe voll. Sah toll aus.“

Mist. Karo befragte ihre Klientin noch einmal gründlich. Die blieb dabei: Niemand hier habe ihr Huhn gesehen, außer vielleicht die Frauenärztin.

Karo stöhnte. Globalisierung hin oder her – sie glaubte einfach nicht daran, dass der Panamaische Tätowierer gerade auf Erpressungstournee durch Europa war.

Irgendjemand musste nach einer sehr genauen Vorlage einen zweiten Po tätowiert haben. Im Auftrag des Erpressers oder der Erpresserin. Und irgendeine zweite Frau hatte seitdem eine solche Tätowierung. Mindestens drei Leute wussten etwas über die Angelegenheit. Der Tätowierer und das Paar auf dem Foto. In die Erpressung, tippte Karo, war nur das Paar involviert. Oder die Frau allein?

Karo trank im Dorfkrug Zur Post ein Bier, versorgte sich

in der Bäckerei Schomaker mit Bio-Brötchen und Streußelkuchen und begann, die Tatoo-Studios zwischen Geldern und Moers abzuklappern. Es gab erstaunlich viele. Eines wurde von einer pensionierten Handarbeitslehrerin geführt, die sich auf Kreuzstich-Tatoos spezialisiert hatte. Niemand gab zu, dieses oder überhaupt ein Huhn tätowiert zu haben. Woody Woodpecker, den deutschen Adler, Donald Duck - ja. Aber kein Huhn. Bis Karo zum Studio von Tom Duhley kam.

Er erinnerte sich an das Huhn, den Po, die Frau und deren Begleiter. Aber sagen wollte er nichts. „Datenschutz, wissen Sie".

Karo nickte und fing an, Scheine über die Theke zu schieben.

Bei hundertsechzig Euro fiel ihm ein, dass es gar keine Daten zu schützen gab. Weil er keine Namen kannte, nur wusste, dass die Blondine in einer Buchhandlung in Geldern arbeitete. „Meine Freundin arbeitet in einem Büro gegenüber. Von da guckt man voll in den Buchladen. Da habe ich sie öfters gesehen." Seine Personenbeschreibung von ihrem Begleiter, der in bar bezahlt hatte, war brauchbar.

Die Beschattung der Buchhändlerin war nicht weiter schwierig. Karo lief ihr eine Mittagspause lang wie ein Hündchen hinterher, von der Buchhandlung zur Reinigung, zum Italiener und zurück. Abends folgte sie ihr im Auto zu einem zweistöckigen Wohnhaus. Schon am nächsten Abend bekam die Buchhändlerin dort Besuch von einem Mann, auf den die Beschreibung von Tom Duhley passte. Karo notierte seine Autonummer.

Leider hatte Lutz Berner, ihr Ex-Freund und der einzige erpressbare Polizist, den sie kannte, erst am nächsten Morgen wieder Dienst.

Anscheinend hatte er eine anstrengende Nacht hinter sich, denn seine Widerstandskraft war gering, als Karo ihn kurz nach neun im Essener Polizeipräsidium erreichte. Keine Stunde später, erfuhr Karo von ihm, auf wen der Wagen zugelassen war, und sie musste ihrer Auftraggeberin die bedauerliche Mitteilung machen, dass der Fall gelöst sei.

Ihr Mann Dirk war der Erpresser. Mit der Buchhändlerin hatte er seit längerem ein Verhältnis.

Uli Papendieck wurde weiß wie Milch und sah zu Boden. „So“, sagte sie schließlich, unnatürlich ruhig. „So ist das also.“

„Es tut mir sehr leid“, sagte Karo. Und, nach einer Weile: „Sie haben Gütertrennung?“

„Ja, haben wir. Sie meinen, er will mit ihr ein neues Leben anfangen? Er hat nichts. Und Buchhändlerinnen verdienen nicht viel, nicht? Ich habe nie verstanden, warum. Da war die Erpressung keine schlechte Idee. Ich hätte gezahlt. Meine Eltern hatten ein paar Felder als Bauland verkauft. Von daher habe ich einige hübsche Aktienfonds.“ Sie nickte kurz. „Ich danke Ihnen. Den Rest übernehme ich.“

Karo dachte an das blutige Hackebeil. „Machen Sie keine Dummheiten, nein?“

Uli Papendieck schüttelte den Kopf. „Nie wieder.“

Monate später, Karo putzte gerade eine ihrer Villen, fiel ihr Blick auf eine der Illustrierten auf dem gläsernen Sofatisch. Zeit für eine Tasse Tee, entschied sie, nach einem Blick auf das Cover:

Exklusiv in COUNTRY & ELEGANZ!
Ein neuer Kurzkrimi von Sophie Réchaud,
der Queen des deutschen Landhaus-Krimis

Karo legte das Staubtuch zur Seite, kochte sich ein Kännchen Tee und machte es sich im Sessel bequem. Schreiben konnte er, dieser Max Penk, aber das war nicht der einzige Grund, aus dem Karo immer schneller las.

Die Geschichte spielte - natürlich - in einem Landhaus. Die reiche, betrogene und erpresste Gattin hatte sich während des Urlaubs auf Guadeloupe zu einer Schwanen-Tätowierung überreden lassen. In den Augen ihres liebenden Gatten besaß sie nämlich einen Schwanenhals. Dann erfuhr sie von dem Privatdetektiv, einem gutaussehenden, aber desillusionierten ehemaligen Polizisten, die Wahrheit. Erst litt sie stumm, dann sann sie auf Rache. Am Hauptbahnhof der nächsten Großstadt kaufte sie drei AIDS-infizierten Drogenabhängigen ihre benutzten Nadeln ab. Während eines vermeintlichen Liebesspiels fesselte sie ihren Mann kunstvoll mit handbedruckten Seidenschals. Sie zog Tinte in die Nadeln und tätowierte ihm langsam und schmerzhaft ein krummes Herz auf seine rechte Pobacke. Dabei erzählte sie ihm, woher die Nadeln stammten. Dann setzte sie ihn vor die Tür.

Der Tee war kalt geworden. Karo las den Krimi ein zweites Mal durch. Anschließend ließ sie sich von der Auskunft die Nummer raussuchen und rief auf dem Bauernhof in Rheurdt an.

„Hier Penk, bei Papendieck", meldete sich eine Männerstimme.

Karo legte sehr behutsam auf.

Darüber musste sie erstmal nachdenken.

Was sie jetzt brauchte, war heißes Wasser und Kognak.

Keine zehn Minuten später lag sie in der weißen Marmorwanne und ließ eine Weinbrandbohne nach der anderen auf ihrer Zunge zergehen, während aus in der Decke verborgenen Lautsprechern Elgars Violinkonzert in den Raum strömte. Das Badewasser hatte Karo großzügig mit einem französischen Zimt-Badeöl angereichert. Die Hausbar dieser Villenbesitzer war ein Witz, aber die Flaschen und Flakons in ihrem Bad ließen keine Wünsche offen. Sie musste nur darauf achten, dass sie sich nachher nicht wieder Rasierschaum unter die Achseln sprühte, in der irrigen Annahme, es handele sich um ein ihr noch unbekanntes Deo.

Die nackte Wahrheit

„Es ist ja nicht nur, dass ich für ihn putze, Karo. Ich meine, wir gehen auch manchmal zusammen aus. Er lädt mich ins Konzert ein, oder ins Theater, weißt du. Neulich erste Reihe bei Stratmann! Immer sehr nobel ist er, der Herr Werner. Wir verstehen uns echt gut, ganz freundschaftlich, keine Hintergedanken oder so was. Aber jetzt, wo ich den Ohrring gefunden habe . . . ich sag dir, Karo, es läuft mir nun kalt den Rücken runter, wenn ich ihn ansehe. Ich meine, jeder weiß doch aus dem Fernsehen, wie nett so ein Massenmörder sein kann. Ich hab ja immer gedacht, die hat damals die Flitze gemacht, die Yvonne. Weg von ihrem Spießermann und ab in ein besseres Leben. Aber jetzt – vielleicht hat Herr Werner sie verschwinden lassen. Vielleicht ist er so einer. Und vielleicht soll ich die nächste sein." Hettas üppiger Busen bebte.

Karo schwieg. Die Schwarze Hetta musste man ausreden lassen. Die war nicht zu bremsen.

„Und schon bin ich nicht mehr entspannt beim Putzen. Ist ihm bereits aufgefallen. ‚Was ist los, Hetta', fragte er Montag. ‚Sie halten den Wedel so verkrampft.' Das hat mich erst richtig nervös gemacht. Bin umgeknickt und hab mir den Absatz abgebrochen. Ausgerechnet die roten Lackleder-Sandaletten, die hat er so gerne . . . Jedenfalls geht's so nicht weiter. Du musst den Fall übernehmen, Karo. Du bist die einzige Privatdetektivin, die ich kenne. Finde raus, was aus der Yvonne geworden ist. Wenn Herr Werner was mit ihrem Verschwinden zu tun hat, dann ist der Ofen aus, auch wenn er mein bester Kunde ist und ich die Theaterbesuche und das alles wirklich vermissen würde." Hetta lehnte sich zurück.

Der apricotfarbene Cocktailsessel seufzte. Die Schwarze Hetta hatte die Figur einer Walküre.

„Also, was sagste? Das Honorar ist kein Problem. Das Geld hab ich."

Und kein Wunder. Von einem Stundenlohn wie ihn Hetta kassierte, konnte Karo nur träumen - sowohl in ihrem Zweitjob, oder eigentlich Erstjob, als hochbezahlte Putzfrau wie auch als aufstrebende Privatdetektivin.

Denn Hetta war Nacktputzfrau. Für hundertfünfundzwanzig Euro die Stunde setzte sie ihren Staubwedel in Bewegung. Sie stimmte ihn jeweils farblich auf ihre hochhackigen Pumps und die baumelnden Ohrringe ab. Über Buchreihen, Schränke, Tische, Türrahmen und Gardinenleisten wischte und wedelte sie, langsam, gründlich und graziös. Sie war freischaffend und hatte einen festen Kundenstamm. Am liebsten arbeitete sie vormittags. Am Nachmittag lag sie gerne zu Hause auf ihrem Sofa, guckte Talkshows oder Naturfilme und sorgte mit Pralinen dafür, dass ihre Figur nicht schmolz.

„Okay", sagte Karo. „Ich mach's." Sie zog einen Schreibblock aus der Schublade. „Also, diese Yvonne ist vor zwei Jahren verschwunden? Wann genau?"

„Na, so im April ungefähr. Ich habe im Mai bei Herrn Werner angefangen. Als ihre Nachfolgerin quasi. Sie war ihm von dieser Agentur vermittelt worden, bei der ich auch mal war. Vierzig Prozent kassieren die vom Honorar. Ich habe mich da, sobald ich konnte, abgesetzt. Die Telefonistin gab mir den Tip, dass die Stelle sozusagen frei war. Yvonne war einfach eines Tages nicht mehr aufgetaucht. Sie hatte immer mal davon geredet, dass sie weg wollte, aus dem Ruhrgebiet und aus ihrer Ehe. Alles hinter sich lassen und ein neues Leben anfangen. Sagt sich so einfach, nicht? Aber dann hat sie es getan. Glaubten wir wenigstens. Na ja, jedem das Seine, dachte ich. Obwohl ich ja nichts gegen das Ruhrgebiet einzuwenden habe, und ihr Mann war auch ganz nett, ich habe sie mal im Theater zusammen gesehen. Ja, so war das. Sie war weg. Ihr Mann hat sie als vermisst gemeldet, aber keine Spur von ihr. Was ja kein Wunder wäre, wenn Herr Werner sie vielleicht . . . na ja, irgendwie um die Ecke gebracht hat."

Karo notierte Namen und Adressen. Herr Werner, Getränkegroßhändler und Hettas Lieblingskunde, hatte ein Haus in Essen-Haarzopf. Herr Möller, Yvonnes Ehemann, wohnte immer noch im Moltkeviertel. Die *Agentur für Partyspäße,* die nicht nur Bauchtänzerinnen, singende Telegramme und aus Papptorten springende Blondinen vermittelte, sondern eben auch Nacktputzfrauen und -männer, residierte in der Huyssenallee.

„Den Ohrring könnte sie aber doch irgendwann dort verloren haben, oder? Was macht dich so misstrauisch, Hetta?"

„Weil Yvonne drüber gesprochen hätte! Sie hätte rumgefragt, um ihn wiederzukriegen. Hat sie aber nicht, ich habe mich in der Agentur umgehört. Der Ohrring war ihr Talisman. Den hat sie extra anfertigen lassen. Aus Platin. Sie hätte sich nicht abgesetzt, ohne wenigstens zu versuchen, ihn wiederzubekommen." Hetta langte in ihre Handtasche. „Vorschuss", sagte sie und legte ein Bündel Hunderter auf Karos Schreibtisch. „Und hier, das ist der Ohrring."

Karo griff nach dem zierlichen Ohrhänger. Er war etwa zwei Zentimeter lang und einem Staubwedel nachempfunden. Die Platin-Federn schimmerten in zartrosa Emaille. Witzig irgendwie, sicher kostbar und sehr passend für eine Putzfrau.

„Hm . . .", sagte Karo.

„Nix da! Wenn wir sie nicht finden, behalte ich das Ding. Wedeln ist schließlich mein Beruf. Du kannst dir ja einen kleinen Schrubber ans Ohr hängen. Heh – und an das andere ein Pistölchen! Wär das nichts?"

Karo grinste. „Nette Idee, aber 'n bisschen zu teuer für mich. Obwohl, in Silber, vielleicht –" Sie riss sich zusammen. „Okay. Ich nehme ihn erstmal an mich. Für meine Nachforschungen brauche ich ihn. Dann kriegst du ihn wieder. Er war Yvonnes Glücksbringer. Soweit du weißt, hat sie nirgends nach ihm gefragt. Also ist sie wohl verschwunden, kurz nachdem sie ihn verloren hat. Wo hast du ihn denn gefunden, Hetta?"

„Bei Herrn Werner in so einer Art Gästezimmer. Am Freitag war das. Ich zog mich dort vor der Arbeit um. Als ich mich kämmte, legte ich die Haarspange auf die Frisierkommode. So eine altmodische, mit einer Glasplatte und einem Stoffröckchen drumrum. Stammt, glaube ich, noch von seiner Mutter. Und dann war sie weg, die Spange. Vielleicht bin ich dran gestoßen, als ich den Lippenstift aus der Handtasche nahm, ich weiß es nicht. Ich sofort den Fußboden abgesucht. Dann habe ich die Kommode von der Wand abgerückt: nix, außer Staubflocken. Es war zum Verrücktwerden. Und wo war sie dann?"

Karo zuckte mit den Schultern.

„Hängengeblieben zwischen der Glasplatte und den Stoffrüschen. Und da fand ich auch den Ohrring."

„Hast du was zu Herrn Werner gesagt?"

„Nee, hab ich nicht. Ich versuchte nachzudenken. Es war mir irgendwie unheimlich. Und dann klopfte er an und fragte, ob irgendwas nicht stimmte. Weil ich doch so lange brauchte. Da habe ich den Ohrring vor Schreck wieder fallen lassen. Ist doch klar, dass ich dann beim Putzen ganz verkrampft war, oder?"

„Was weißt du denn über Herrn Werner? Hat er eigentlich auch einen Nachnamen?"

„Das ist sein Nachname. Mit Vornamen heißt er Bertold. Tja, er ist so Mitte fünfzig, unverheiratet, Geschäftsmann. Und sehr nett eben. Ruhig, unauffällig, höflich. Ist Mitglied in einem Schachklub. Fährt im Sommer immer kneippen, früher mit seiner Mutter, jetzt alleine. Ja, und geht gerne mal ins Theater oder in ein Konzert."

„Und leistet sich eine Nacktputzfrau."

„Ja. Aber er hat auch noch eine normale. Die aber nicht sehr gründlich ist, was in diesem Fall ja nicht schlecht ist. Da findest du vielleicht noch andere Spuren, wenn du das Zimmer gründlich untersuchst. Übermorgen habe ich meinen nächsten Termin bei ihm, und ich hab mir gedacht, du kommst mit und guckst dich in dem Zimmer um."

„Ich komme mit dir mit? Wie stellst du dir das denn vor? Sagen wir Herrn Werner, ich bin deine Kusine aus Zwickau und will im Gästezimmer warten, während du wedelst?"

„Natürlich nicht! Wir sagen, du bist neu in der Branche und machst bei mir ein Praktikum! Er hat bestimmt nichts dagegen. Zwei für den Preis von einer ... Und nach einer Weile wedelst du dich unauffällig aus dem Zimmer. Oder sagst, du musst mal oder so was. Na? Ist das eine gute Idee oder was?"

„Du meinst, ich soll als Nacktputzfrau ... ?"

„Genau! Stell dich nicht so an. Als Privatdetektivin musst du doch bestimmt öfter undercover arbeiten und dich dafür verkleiden. Kenn ich doch alles aus dem Fernsehen."

„Hm", sagte Karo. Unter Verkleiden stellte sie sich eigentlich was anderes vor. „Könnte ich nicht einen Bikini tragen?"

„Nee! Wenn du ein Mann wärst, könntest du dir ein Servierschürzchen umhängen. Aber so: nix als hochhackige Pumps. Na ja, und Ohrhänger, wenn du möchtest. So sind nun mal die Regeln. Tut mir leid."

„Pumps", schrieb Karo auf ihren Notizblock. Oder hießen sie seit der Rechtschreibreform Pömmpps? „Ich habe gar keine Pumps", sagte sie.

„Das", sagte Hetta, „habe ich mir schon gedacht." Sie griff in ihre Handtasche, die Karo immer mehr wie eine Alptraumversion von Mary Poppins' Reisetasche vorkam, und holte ein Paar giftgrüne Pumps mit wolkenkratzerhohen Bleistiftabsätzen hervor. „Die sind mir ein bisschen knapp. Dir werden sie wie angegossen sitzen."

Karo wußte, wann sie geschlagen war. Sie zog ihre Turnschuhe und Socken aus und schlüpfte in die Undercover-Dienstschuhe. Sie kam sich einen halben Meter größer vor, kein unangenehmes Gefühl. Nur gehen konnte sie nicht. Sie schwankte, knickte, stolperte und wäre gefallen, wenn ihr Büro nicht so klein gewesen wäre.

Hetta schnalzte mit der Zunge und schüttelte den Kopf. „Da musste mächtig üben, Mädchen, wenn das bis übermorgen klappen soll."

„Schaff ich", sagte Karo. Regel Nummer eins aus dem Fernkurs *In sechs Wochen zum erfolgreichen Privatdetektiv* lautete: Vor dem Kunden immer Zuversicht ausstrahlen.

„Schaff ich, Hetta. Kein Problem."

Ans Treppengeländer geklammert, erreichte Karo die unter ihrem Büro liegende Film-Bar der Lichtburg und übte dort laufen.

Abends mischte sie sich im Erdgeschoss unter die Kinobesucher, um Navigieren zu üben. Sie stieß mit einigen Leuten zusammen, bekam zwei unsittliche Anträge und zog mit den giftgrünen Stöckelschuhen und ihrem absatzbedingten Hüftschwung viele Blicke auf sich.

Alles vergebens.

Am nächsten Tag teilte Hetta Karo telefonisch mit, dass Herr Werner keinen Wert auf ein Putzfrauen-Duo legte. „Er war einfach nicht zu überreden. So starrköpfig kenne ich ihn gar nicht. Was machen wir jetzt?"

„Kein Problem", sagte Karo. „Kein Problem." Und es war auch keins, denn das Gästezimmer lag im Parterre. Karo schlich sich durch den Garten an und kletterte durch das von Hetta geöffnete Fenster. In den fünfzig Minuten, in denen Hetta und Herr Werner im Wohnzimmer beschäftigt waren, durchsuchte Karo nicht nur das Gästezimmer samt Schrank und Frisierkommode, sondern auch die zwei Wandschränke im Bad sowie die Abstellkammer. Der einzige relevante Fund war ein silberblondes langes Haar, das vermutlich von Yvonne stammte, aber gar nichts bewies, außer dass die Putzfrau nicht sehr gründlich war.

„Und das wussten wir ja schon", sagte Hetta, als sie sich in Karos Büro wiedertrafen. Nichts wies darauf hin, dass Herr Werner etwas mit Yvonnes Verschwinden zu tun hatte.

Trotzdem blieb Hetta beunruhigt. „Such weiter, Karo. Der Verdacht hängt über ihm, und so kann ich da nicht weiter arbeiten, und mit ihm ausgehen schon gar nicht. Ich hab ihm gesagt, ich fahre drei Wochen an die Ostsee."

„Dann werde ich mir mal Yvonnes privates Umfeld ansehen", sagte Karo. „Ein Ehemann ist immer verdächtig, wenn seiner Frau etwas passiert. Regel Nummer 11b. Oder vielleicht hat er ja inzwischen von ihr gehört."

„Ja, frag ihn. Vielleicht lebt sie ja ganz mondän in Monte

Carlo. Dass er sie umgebracht hat, kann ich mir nicht vorstellen. Bei seinen Prinzipien."

„Er hat Prinzipien?"

„Natürlich! Du musst doch auch von ihm gelesen haben. Und erst neulich war er im Fernsehen, er wurde in Hier und Heute interviewt, wegen des Straßenstrichs an der Münchener Straße. Die Moral-Apostel hatten dort eine Protest-Nachtwache abgehalten, die ganze Nacht, mit Kerzen."

„Yvonnes Mann ist Clemens Möller? Der Vorsitzende der Moral-Apostel?" Karo hielt es nicht in ihrem Schreibtischstuhl. „Und das erwähnst du erst jetzt?" Sie legte beide Hände auf Hettas Schultern und versuchte, sie zu schütteln. Ohne Erfolg.

„Heh, was soll das? Verknüll nicht meine Bluse. Was regst du dich so auf?" Hetta schien ehrlich erstaunt.

Karo ließ sich in ihren Schreibtischstuhl sinken. Sie öffnete eine Schublade nach der anderen, auf der Suche nach Nervennahrung. In einer alten Pralinenschachtel fand sie neben Büroklammern und schlaffen Gummiringen zwei Spekulatius, die Weihnachten überlebt hatten. Sie schmeckten wie süße Pappe.

„Aber Hetta! Er ist der Vorsitzende einer Organisation, die sich für Sitte, Moral und Anstand einsetzt! Hat er von der Nebentätigkeit seiner Frau gewusst? Wie reagierte er, als er davon erfuhr? Für einen Mann in seiner Position wäre das doch wohl ein wenig peinlich gewesen, oder? Wieso ist das eigentlich nicht durch die Presse gegangen, als Yvonne verschwand? ‚Moral-Apostel-Gattin jobbt als Nacktputzfrau. Vorsitzender diskreditiert' oder so. Da hätte die ganze Organisation dran zu knabbern gehabt."

„Das stimmt. In der Zeitung stand damals nichts, außer einer kleinen Vermisstenmeldung, wie man sie fast jede Woche liest. Und du meinst –"

„Na klar! Ein erstklassiges Motiv! Ich meine, der Mann hat wegen einer Helmut Newton-Ausstellung eine Boykott-Kampagne gegen das Folkwang Museum aufgebaut! Wegen ein paar Nackt-Fotos. Der glaubt doch, er hat die Moral gepachtet. Was meinst du denn, sagt so einer zu seiner Frau, wenn er mitkriegt, was sie tut?“

„Verbietet es ihr? Obwohl - Yvonne war keine Frau, die sich etwas verbieten ließ. Das Putzen gab ihr einen Kick, sagte sie, und den brauchte sie, um die Langeweile ihres hochanständigen Lebens zu ertragen. Ich finde, nach einer Weile ist es ein Job wie jeder andere - aber na ja . . . Ich hab‘s! Er hat es entdeckt, schlägt Krach und sie haut einfach ab. Hatte sie ja schon länger vor. Und er hat kein Problem mit einer Scheidung oder so was. Da ist er nämlich gegen. Eine praktische Lösung für beide Seiten. Na? Wär doch möglich?“ Hetta holte eine Tüte Katjes aus ihrer Tasche, riss sie auf und hielt sie Karo hin.

Karo kippte sich eine Handvoll der schwarzen Kätzchen in den Mund und nickte. „Möglisch wär‘sch.“ Sie schob das Lakritz in eine Backe. „Aber was, wenn sie eines Tages wiederkommt? Oder pleite ist und anfängt, ihn zu erpressen? Wenn er sie aber umbringt, ist er auch nicht geschieden. Und muss nicht fürchten, dass sie eines Tages wieder auf der Matte steht.“

„Stimmt. Leuchtet ein. Dabei sah er so nett aus . . .“

Karo rief bei der Kripo an und verlangte Lutz Berner. Inzwischen brauchte sie kaum noch erpresserische Andeutungen zu machen oder an sein schlechtes Gewissen zu appellieren. Meist rückte ihr Ex-Freund widerstandslos mit den gewünschten Informationen heraus. Er wußte, dass sie am längeren Hebel saß. Nicht nur hatte er sie kurzfristig wegen dieser Elektroingenieurin verlassen, er hatte auch noch kurz - sehr kurz! - vor seiner Hochzeit mit Karo geschlafen und fürchtete immer noch, dass Karo seiner Frau dies verraten könnte. Karo tat nichts, um ihm seine Furcht zu nehmen. Ein guter Kontakt bei der Kripo war für eine Privatdetektivin schließlich Gold wert.

Sie brauchte keine Stunde zu warten, bis Lutz zurückrief und ihr die wesentlichen Einzelheiten aus der dünnen Akte „Vermisstenmeldung Yvonne Möller“ mitteilte.

Clemens Möller hatte seine Frau am 22. April als vermisst gemeldet, nachdem sie am Vorabend nicht nach Hause gekommen war. Widerstrebend, aber um Aufrichtigkeit bemüht, hatte er auch ihr „Hobby“ erwähnt, von dem er erst zwei Wochen zuvor erfahren haben wollte. Der Sohn eines Bekannten hatte bei der selben Agentur als singendes Telegramm gejobbt (immer in einem Kostüm, wie er beteuerte) und Yvonne dort mal gesehen. Er hatte sich seinem Vater anvertraut, der es wiederum als seine Pflicht angesehen hatte, Clemens Möller davon in Kenntnis zu setzen.

Clemens Möller hatte der Polizei gegenüber nicht seine tiefe Enttäuschung verhehlt, die er als Ehemann, Mensch und Bundesvorsitzender der Moral-Apostel empfand. Auch die Auseinandersetzungen mit Yvonne hatte er erwähnt, die dieser Enthüllung folgten. Er hatte sich zur Vergebung bereiterklärt, sollte sie von ihrer halbseidenen Tätigkeit ablassen. Aber Yvonne, deren Klagen über die Enge und Langeweile ihres Lebens in letzter Zeit zugenommen hatten, hatte es offensichtlich vorgezogen, ihn zu verlassen. Die Nachforschungen der Polizei ergaben nichts. Die Gattin des damaligen zweiten Vertreters des Polizeipräsidenten war ein Mitglied der Moral-Apostel, und ihr Mann sorgte dafür, dass der Fall bei der Polizei so diskret behandelt wurde, dass die Presse keinen Wind von den Zusammenhängen bekam.

„Eine schöne Frau“, sagte Lutz, der die Fotos aus der Akte vor sich hatte. „So eine kühle Blonde, weißt du? Wenn ich mir vorstelle, wie –“

„Danke, Lutz“, sagte Karo, die weder kühl noch blond war. „Das hilft mir schon weiter.“ Sie legte auf.

Filz! Überall Filz. Hätte Yvonne ein anderes Hobby gehabt, Golf oder Weißstickerei zum Beispiel, hätte die Polizei bestimmt intensiver gesucht und sie sicher längst gefunden. Möglicherweise auf der Jacht eines griechischen Millionärs oder bei den Reichen und Schönen von Miami Beach. Vielleicht auch tot gefunden. Ermordet. Vom Ehemann?

Karo tippte auf den Ehemann. Die Schwarze Hetta war überzeugt davon, dass Yvonne nicht ohne ihren Talisman in ein neues Leben aufgebrochen wäre. Zumindest nicht, ohne vorher den Versuch zu unternehmen, den Ohrring wiederzufinden. Am Morgen war sie bei Herrn Werner gewesen und hatte den Ohrring verloren. Am Abend war sie nicht mehr nach Hause gekommen. Plötzliche Abreise? Plötzlicher Tod?

Karo steckte den Ohrring ein. Es war an der Zeit, sich den Hauptverdächtigen anzusehen.

Sie fuhr ins Moltkeviertel. Clemens Möller öffnete ihr die Tür der gediegenen kleinen Villa. Auf den Zeitungsbildern wirkte er größer.

„Herr Möller? Guten Tag. Mein Name ist Karola Rutkowsky. Dürfte ich Sie kurz sprechen?"

„Guten Tag. Worum geht es denn? Ich bin sehr beschäftigt. Am besten machen Sie mit meinem Büro einen Termin aus. Ich gebe Ihnen die Nummer, einen Mo–"

„Es handelt sich um eine private Angelegenheit. Es geht um Ihre Frau."

Er trat einen Schritt vor und fasste Karos Arm. „Meine Frau? Haben Sie Nachricht von ihr?" Sein Gesicht wurde lebendig, sein Haar blonder, seine Haltung aufrechter. Mit soviel plötzlicher Hoffnung sah er Karo an, dass ihr Zweifel an ihrem Verdacht kamen.

Sie schüttelte den Kopf. „Nein."

Er nickte. „Dumm von mir. Entschuldigen Sie. Nur, als Sie sagten ... Hm. Ja. Worum geht es denn? Wollen Sie nicht hereinkommen?"

Er führte Karo in sein Arbeitszimmer. „Nehmen Sie bitte Platz. Wenn Sie mir erklären würden, was Sie zu mir führt? Sie wissen vermutlich, dass meine Frau mich verlassen hat? Seit über zwei Jahren nicht mehr hier wohnt?"

„Ja, das weiß ich, Herr Möller. Ich bin Privatdetektivin und bin gebeten worden, die näheren Umstände des Verschwindens Ihrer Frau zu untersuchen."

„Privatdetektivin? Dann muss ich nicht mit Ihnen reden, nicht wahr? Wie ich schon sagte, ich habe viel zu tun, und wenn Sie mir nichts Neues mitzuteilen haben, möchte ich Sie bitten –"

„Sie weigern sich also, mir bei den Nachforschungen

behilflich zu sein? Das finde ich interessant.“ Karo erhob sich.

„Weigern? Was heißt hier weigern? Wer hat Sie überhaupt beauftragt?“

Karo setzte sich wieder. „Eine Freundin Ihrer Frau. Oder vielleicht ist Kollegin der bessere Ausdruck. Eine Kollegin, die sich nicht vorstellen kann, dass Ihre Frau ohne ihren Talisman abgereist wäre.“ Karo legte den Platin-Ohrhänger auf den Schreibtisch.

Herr Möller sah aus wie ein hypnotisierter Rotbarsch.

„Wo . . . wo haben Sie den her? Nehmen Sie ihn weg!“ Er fegte das Schmuckstück vom Schreibtisch. „Zu denken, dass ich ihn auch noch bezahlt habe! Und bewundert, als sie ihn vom Goldschmied abholte! Ich ahnte ja nicht, dass es sich um das Symbol ihrer . . . ihrer Tätigkeit - oh Gott.“ Er stützte seinen Kopf in beide Hände. „Sagten Sie, eine Kollegin? Wie meinen Sie das? Etwa auch eine . . . so eine . . . unglückliche Person?“

„Keine unglückliche Person, aber auch eine Nacktputzfrau. Ja.“

Herr Möller stöhnte auf und schüttelte den Kopf.

Die Tür öffnete sich, und eine Frau kam herein. „Clemens, ich habe den Text für die Broschüre - oh Verzeihung. Ich wußte nicht, dass du Besuch hast.“ Sie lächelte Karo zu und ging wieder hinaus.

„Ihre neue Lebenspartnerin?“

„Frau von Bosselberg ist meine rechte Hand. Bei den Moral-Aposteln. Sie wissen, ich bin -“

Karo nickte. „Vorsitzender.“

„Ja. Ich wüsste nicht, was ich ohne Frau von Bosselberg machen würde. Eine treue Seele, und so effizient.“

„Treue Seele. Ah ja. Das ist wirklich . . . Ja.“

Gottchen. Sollte sie jemand je so beschreiben, würde sie sich umgehend erschießen. Sich, oder vielleicht lieber denjenigen, der es gesagt hatte. Jedenfalls würde Blut fließen.

„Das lernt man schätzen, wenn man in einer Notlage ist. Glauben sie mir“, sagte Herr Möller, als habe er Karos Gedanken gelesen. „Sie war wunderbar damals. Hat sich um alles gekümmert. Ich war wie gelähmt. Und sie war ein Bollwerk gegen all die wohlmeinenden Damen, die mich plötzlich wie einen Witwer behandelten.“ Herr Möller wagte ein kleines Lächeln. „Wussten Sie, dass Witwer Freiwild sind? Man brachte mir Suppen und Kuchen, lud mich zum Mittagessen ein und wollte meine Hemden bügeln. Damen aus der Organisation und aus der Gemeinde. Es war erstaunlich. Und überwältigend. Bis Ria das in die Hand genommen hat. Wir sind ein gutes Team. - Aber ich schweife ab. Entschuldigen Sie. Ich kann Ihnen nicht helfen. Ich habe damals der Polizei alles gesagt. Bitte gehen Sie.“

Karo ging. Sie fuhr zur Stadtbibliothek und tauchte in die Heimatkunde-Abteilung ab. Herr Peter, deren Leiter, musste gar nicht erst nachschlagen. „Ria von Bosselberg? Moral-Apostel und Gärten, nicht?“

Karo nickte.

„Warten Sie, ich bin sicher, ich habe da etwas in der Zeitungs-Dokumentation . . .“

Er überreichte Karo nach kurzer Suche eine Mappe. Ein Artikel aus dem Hochglanzjournal RuhrSociety befasste sich in erster Linie mit Gärten und Anlagen, die von der Garten- und Landschaftsgestalterin Ria von Bosselberg angelegt worden waren. Ihr Stil wurde als klassisch und konservativ beschrieben. Sie hatte eine Vorliebe für Eibenhecken und Kletterrosen, eine Abneigung gegen ornamentale Gräser und Springbrunnen und lehnte Aufträge für Dachgärten ab. Ganz ohne Humor schien die Dame allerdings nicht zu sein: sie integrierte gerne Pflanzen, deren Name einen Bezug zum Besitzer des Gartens herstellten. Dies hatte sich zu einer Art Markenzeichen entwickelt. Ein paar Dichternarzissen im Vorgarten einer Kölner Lyrikerin, Trompetenblumen an der Terrasse eines Posaunisten, Netzhaut-Iris im Staudenbeet eines Augenarztes.

Die anderen Artikel stammten aus der NRZ und WAZ. Sie befassten sich mit Ria von Bosselbergs Engagement bei den Moral-Aposteln. Sie hatte anscheinend keine bestimmte Position, aber mehrmals wurde ihr starker Einfluss erwähnt und sie als enge Vertraute des Vorsitzenden bezeichnet.

Wie weit würde so jemand gehen, um den Ruf des Vorsitzenden und den der Organisation zu schützen? Weit, vermutete Karo. Möglicherweise sogar sehr weit.

Ein Gespräch, um nicht zu sagen Verhör, mit ihrer neuen Hauptverdächtigen war fällig.

Am nächsten Morgen um elf saß Karo in Essen-Heisingen im Wohnzimmer von Frau von Bosselberg, mit Blick auf den Garten, der sich zum Waldrand hin senkte. Ein kleiner Teetisch war gedeckt. Die Rosen auf den Servietten harmonierten mit den Kletterrosen, die sich über einen Bogen hinter einer Gartenbank rankten. Die Lachsschnittchen waren köstlich. Karo verzehrte eins nach dem anderen, während Frau von Bosselberg, die dieses „Gespräch von Frau zu Frau", wie sie es nannte, an sich gerissen hatte, Karo freundlich, aber bestimmt eintrichterte, dass Herr Möller keinesfalls durch erneute Fragen beunruhigt werden dürfe, dass man ohne Frau Möller viel besser dran sei, dass sicher auch Frau Möller viel besser dran sei, da ihr das Leben hier ja nicht mehr behagt habe.

Draußen wehte ein leichter Juniwind durch das Pampasgras, drinnen lies Karo Frau von Bosselbergs Geplauder über sich hinwegwehen. Diese Frau würde Karo durch ihre Fragen nicht erschüttern können, soviel hatte sie begriffen. Ganz zu schweigen davon, dass sie seit einer halben Stunde kaum zu Wort kam und gar keine Gelegenheit fand, ihre Fragen zu stellen. Karo schob sich das letzte Schnittchen in den Mund und stand auf.

„Ich danke Ihnen für das Gespräch", sagte sie und reichte Frau von Bosselberg die Hand. „Es war sehr aufschlussreich, aber jetzt muss ich leider gehen."

Frau von Bosselberg lächelte und begleitete Karo hinaus.

„Das war wohl nichts", sagte Karo zu sich selbst und stieg in ihr Auto. Sie fuhr über die Heisinger Straße zurück in Richtung Innenstadt.

In Höhe der Schwarzen Lene, deren historische erste Wirtin sie sich immer wie Hetta vorstellte, verursachte Karo durch ihre Vollbremsung fast eine Massenkarambolage. Hinter ihr quietschten Bremsen, ertönten Hupen. Autofahrer drohten und zeigten ihr den Vogel. Karo nahm es kaum wahr. Wieso war es ihr nicht gleich aufgefallen? Der Bruch im Muster. Das untypische Handeln.

Karo gab Gas und fuhr zu Hetta nach Holsterhausen.

„Nee! Echt, Karo. Glaubst du wirklich? Hier, bedien dich." Hetta nahm den Deckel von einer Pralinenschachtel. „Versuch die dunklen, mit Cointreau. Das wär ja 'n Ding!"

„Ich weiß. Mh, lecker. Aber es passt so, weißt du? Und in dem Artikel stand mehr oder weniger, dass sie Gräser nicht ausstehen kann. Und dann in ihrem eigenen Garten! Ergibt doch keinen Sinn. Und das Schärfste ist: Weißt du, wie die Blüten, oder was es ist, aussehen?"

Hettas dunkle Augen wurden noch größer. Sie nickte langsam. „Wie Wedel . . . Das ist doch dieses Gras mit den Wedeln, nicht? Ein bisschen wie die Staubwedel, ja. Und du meinst, sie . . ."

„Absolut. Und in ihrem eigenen Garten kann sie sicher sein, dass nicht jemand sie zufällig ausgräbt. Ist doch ideal. Ich bin sicher, es bereitet ihr täglich Vergnügen, dass nur noch das Gras über Yvonne wedelt und Yvonne keinen Schaden mehr anrichten kann. Ich muß sofort Lutz anrufen."

Lutz lachte nur. „Vergiss es, Karo. Wir werden bestimmt nicht im Garten einer angesehenen Geschäftsfrau rumgraben, nur weil du es verdächtig findest, dass sie Pampasgras gepflanzt hat. Du willst nicht zufällig, dass wir in allen Essener Gärten unter Pampasgras nach Leichen suchen, nein?"

Karo schmiss den Hörer auf die Gabel. Blödmann. Selbst ist die Frau. Darauf lief es immer wieder hinaus.

Hetta war willig. „Klar mach ich mit. Aber die Schaufel musst du besorgen."

Gegen Mitternacht schlichen Karo und Hetta durch den Heisinger Wald auf das Grundstück von Frau von Bosselberg zu. Das heißt, Karo schlich. Hetta brach mit der Zielstrebigkeit eines Zwölfenders durchs Unterholz. Was ihr im Wege war, machte sie mit der Schaufel platt.

„Mann ey", sagte sie. „Hier könnte auch jemand mal aufräumen."

Der Hang hoch zum Garten erwies sich als schwierig. Schnaufend und schwitzend standen sie schließlich vor dem Pampasgras, das in den Sternenhimmel ragte. Der Mond war fast voll, so dass sie ihre Taschenlampen kaum brauchten.

Karo fing an zu graben, zumindest versuchte sie es. Der Boden war hart und trocken. „Und hier, eine blöde Baumwurzel!"

„Gib her." Hetta grub verbissen, fluchend und mit aller Kraft. „Mann, was bin ich froh, dass ich keinen Garten hab. Da muss man ja echt malochen." Sie zog ihre Windjacke aus, wenig später ihr T-Shirt.

Karo lenkte den Strahl der Taschenlampe vom Erdloch auf Hettas fliederfarbenen Spitzen-BH, Körbchengröße F.

„Mööönsch, Hetta! Wenn das Herr Werner sehen könnte!"

„Was ist denn das?", kreischte Hetta und ließ die Schaufel fallen.

Karo leuchtete nach unten. Ein blonder Zopf war deutlich zu erkennen unter den Erdkrumen. Karo schluckte.

„Weiter grab ich nicht", schrie Hetta. „Lass uns abhauen."

„Schschh", machte Karo. „Nicht so laut." Sie nestelte ihr Mobiltelefon aus dem Rucksack. „Ich ruf die Poli-"

„Hände hoch!", sagte Frau von Bosselberg. Sie trug ein bodenlanges Nachthemd und keine Schuhe.

Karo riss ihre Arme hoch und schleuderte das Handy gegen Frau von Bosselbergs Stirn. Die schrie auf und fasste sich an den Kopf.

Mit einem tigerähnlichen Grollen warf sich Hetta auf Frau von Bosselberg und begrub sie unter sich.

Karo entwand der unter Hettas Hüfte hervorragenden Hand die kleine Pistole. „Ein damenhaftes Ding", sagte sie und steckte die Waffe in ihren Rucksack. Es dauerte eine Weile, bis sie die Taschenlampe wiederfand, die sie brauchte, um nach dem Handy zu suchen.

„Hier ist es nirgends. Liegt es vielleicht unter dir, Hetta?"

„Ich rühr mich nicht vom Fleck!"

Von Frau von Bosselberg waren nur erstickte Laute zu hören.

Karo wollte gerade über die Terrasse ins Haus gehen, um von dort die Polizei anzurufen, als mehrere Martinshörner ertönten und immer näher kamen.

Aus ihrer Nachtruhe aufgeschreckte Nachbarn hatten die Polizei längst alarmiert.

Der Beuys von Borbeck

Karo nahm den Hörer auf. „Detektivbüro Rutkowsky, guten Ta-“

„Hallo! Karo, bist du allein?“

Schon wieder diese heisere Flüsterstimme! Karo hatte gehofft, den Kerl endgültig losgeworden zu sein, nachdem sie ihm letzte Woche, nach seinem fünften Anruf innerhalb von drei Tagen, ein paar Nummern von Telefon-Dominas genannt hatte, die seine Anrufe gerne entgegennehmen würden. „Hören Sie, guter Mann, dies wird langsam langweilig. Wenn -“

„Karo! Ich bin‘s doch!“, flüsterte es aus dem Hörer. Du dumme Nuss, blieb ungesagt, klang aber mit.

„Moni? Aber warum flüsterst du denn?“

„Bist du allein?“

„Ja, bin ich. Kannst du nicht etwas lauter sprechen?“

„Karo, ich hab einen Job für dich“, flüsterte Moni. „Du musst sofort kommen. Sofort, verstehst du?“

„Ja. Kein Problem.“ Nicht nötig, ihre beste Freundin zu fragen, um welche Art von Job es sich handelte. Moni wußte, dass Karo in ihrem Zweitjob als begehrte und hochbezahlte Putzfrau ausgebucht war und sogar eine Warteliste hatte. Es konnte sich also nur um einen Auftrag für die Privatdetektivin Karola Rutkowsky handeln, deren Auftragslage derzeit wieder mal desolat war.

„Worum geht‘s denn?“

„Um eine Leiche“, wisperte Moni. „Ich weiß nicht, wohin damit.“

„Wohin damit?“

„Ja. Jetzt liegt sie hinter der Theke in der Musikbibliothek, aber hier kann sie nicht bleiben. Während der Ausstellungseröffnung vorhin schien mir das ein ganz guter Platz. Jedenfalls fiel mir in der Eile nichts Besseres ein. Gerade sind die Promis gegangen, rüber zum Haus der Technik, zu diesem Vortrag von Germaine Greer. Übrigens, glaubst du, es ist Provokation oder Überzeugung, wenn sie Frauen auffordert, keine Unterwäsche zu tragen? Na, Alice Schwarzer wird sie in der Diskussion sicher zur Minna machen. Ja, und alle, die zur Bibliothek gehören, haben sich jetzt in die Büros verzogen. In gut einer Stunde öffnen wir für das Publikum und vorher muss der Tote woanders hin."

„Aber warum?"

Karo war klar geworden, dass sie hier keinen Mord aufklären, sondern nur eine Leiche bewegen sollte. Und dass Moni ihre Auftraggeberin sein würde. Moni, die als Diplom-Bibliothekarin auf einer zeitlich begrenzten Halbtagsstelle zu wenig verdiente, als dass Karo ihr ein saftiges Honorar abnehmen könnte. „Kannst du die Leiche nicht lassen, wo sie ist?"

„Nein! Auf keinen Fall! Hier lagern die Ausstellungskataloge. Und ich bin während der Eröffnung vorhin ein paar Mal hergekommen, um Nachschub zu holen. Man würde wissen wollen, warum ich den Toten nicht gemeldet habe."

„Ja, gute Frage. Warum hast du nicht?"

„Na, dann hätte ich ihn ja wohl gleich vorne liegen lassen können und mir die ganze Mühe sparen. Hast du eine Ahnung, wie schwer so ein Toter ist? Dabei ist er nicht mal besonders groß."

„Du hast ihn durch die Gegend geschleppt? Moni, bist du wahnsinnig?"

„Schrei nicht so", flüsterte Moni. „Es war eine Stress-Reaktion. Du weißt, wieviel Mühe ich mir mit den Schaukästen gegeben habe. Und es sieht wirklich gut aus, du wirst es ja gleich sehen. Ich bin chronologisch vorgegangen. Es war gar nicht so einfach, die Ausstellungsstücke, die Fotos und die Bücher ansprechend miteinander zu kombinieren. In letzter Minute kam über den Internationalen Leihverkehr noch ein toller neuer Bildband über die Rolle von Dessous in der Popmusik. Den habe ich schräg hinter diesen Glitzer-BH von Madonna aufgestellt, der –"

„Moni - können wir vielleicht allmählich zu der Leiche kommen?"

„Dann unterbrich mich nicht andauernd, ja? Also, als morgens aus Düsseldorf durchgegeben wurde, dass nicht nur der Kultusminister, sondern auch der Ministerpräsident zu unserer Ausstellungseröffnung kommen wollte, wurde unsere ganze Direktion so nervös, dass wir dann alle ganz hippelig wurden. Da bin ich noch mal runter, um nach dem rechten zu sehen. Na ja, und da lag er, gleich neben dem vordersten Schaukasten, nicht zu übersehen, wenn man die zweite Freitreppe runterkommt. Die Vitrinentür stand auf, das Buch war umgestoßen, die Presse stand vor der Tür, der Oberbürgermeister würde gleich auftauchen, ganz zu schweigen von den ganzen Politikern und Promis, und mein Vertrag läuft bald aus und ich will doch einen guten Eindruck machen, was mir nicht gelingen würde, wenn die alle von einer Leiche begrüßt worden wären, das war mir klar . . ."

„Moni, Moni . . . Das hätte dir doch keiner zum Vorwurf mach-"

„Hast du eine Ahnung! Ich war mir ja plötzlich selbst nicht mehr sicher, ob ich die Vitrine richtig abgeschlossen hatte und dadurch vielleicht der Beihilfe beschuldigt werden konnte. Und so habe ich ihm den Madonna-BH abgenommen und zurück in die Vitrine gelegt, das Ding abgeschlossen und mir aus der Kammer einen große Müllsack -"

„Moment mal. ER TRUG MADONNAS BH?"

„SCHREI MICH NICHT AN!", schrie Moni. Mit gesenkter Stimme fuhr sie fort: „Um den Hals. Er ist damit erwürgt worden. Ich hab ihn irgendwie auf den Müllsack gerollt und die Schräge für Rollstuhlfahrer runtergezogen und bis ganz hinten in die Musikbibliothek, hinter die Theke. Dass er hier nicht bleiben kann, wirst du doch verstehen."

Karo setzte mehrmals zum Sprechen an. Sie kühlte ihre Stirn mit der Unterseite eines Leitz-Lochers, der wie die übrige Büro-Ausstattung noch aus den fünfziger Jahren stammte, und seufzte. Von jeder anderen würde sie ein solches Anliegen ohne Überlegung ablehnen.

„Ich zahle natürlich deinen Tagessatz, Karo."

„Ach, Moni, als ob –"

„Und du bekommst die beiden letzten Flaschen vom Holundersekt meiner Großtante ..."

„Bin schon unterwegs." Diesen Freundschaftsdienst musste sie Moni schon erweisen. Und der Holundersekt ihrer Großtante Melissa war nicht von dieser Welt. Spritzig und fruchtig – ein Sommernachtstraum. Moni hoffte, dass sie eines Tages das alte Familienrezept erben würde. Karo hoffte das auch.

„Komm zum Seiteneingang. Ich erwarte dich dort in fünf Minuten."

An jeder Litfaßsäule, an der Karo vorbeikam, in fast jedem Schaufenster, hingen die fliederfarbenen Plakate, die auf die Veranstaltungen des Essener Dessous-Fests aufmerksam machten. Die Stadtväter hatten sich von ihrem Schock erholt. Selbst dem Bürgermeister flossen inzwischen Worte wie Strapse, Liebestöter und Feinripp locker von den Lippen. Undenkbar noch vor einigen Monaten, nachdem man begierig das Vermächtnis eines verstorbenen Essener Großkaufmanns angenommen hatte: seine Villa in Werden als Gästehaus für Stadt und Universität, inklusive seiner kulturhistorischen Sammlung, die der Öffentlichkeit zugänglich gemacht werden sollte. Groß war die städtische Pein, als sich herausstellte, dass dieser alte vornehme Herr Damenunterwäsche gesammelt hatte. Manches Stück war recht historisch, gewiss, aber sein Sammeleifer hatte vor der Gegenwart nicht halt gemacht. Erst kürzlich hatte er bei Sotheby's einen glitzernden Bühnen-BH von Madonna ersteigert. Andere Teile waren mehr praktisch als prominent. Die Stadt fand sich im Besitz von sehr viel Unterwäsche und fühlte sich düpiert. Da Sommer war, Saure-Gurken-Zeit, mokierten sich im Nu Kolumnisten bundesweit über das Essener Dilemma. Gerade noch rechtzeitig rissen die Marketing-Leute das Ruder rum. Das erste Essener Dessous-Fest wurde geboren. Ausstellungen im Plakatmuseum, im Ruhrlandmuseum, in der Stadtbibliothek wurden konzipiert, *ki:motion new media design* entwarf in einer Wochenend- und Nacht-und-Nebel-Aktion eine Website, die sogleich für einen internationalen Preis vorgeschlagen wurde. Die Missfits probten ein neues Programm „Oben hui und unten pfui", das in der Kohlenwäsche auf Zeche Zollverein uraufgeführt werden sollte. Die WAZ forderte ihre Leserschaft auf, saubere Witze zum Thema Unterwäsche einzusenden. Das Kindertheater erarbeitete eine Bühnenfassung von *Die Abenteuer des Käpt'n Superslip*. Dazu kamen zahlreiche Veranstaltungen von Vereinen und privaten Initiativen.

An der Stadtbibliothek machte ein lila Banner auf die Buch-Ausstellung aufmerksam, für die Moni zuständig war.

Moni ließ Karo ein und führte sie in die unterste Etage, zur Auskunftstheke am Ende der Musikbibliothek.

„Dahinter liegt er."

Ein Glaskrug mit rosa Nelken versperrte Karo die Sicht. Sie schob ihn zur Seite, hängte sich über die Theke und blickte auf den Toten, der auf einem großen schwarzen Müllsack ruhte.

Anfang sechzig, eher schmächtig, schütteres graues Haar unter einer knappen schwarzen Wollmütze, rotes T-Shirt, schwarzes Jackett, schwarze Jeans, rote Turnschuhe. Dunkle Verfärbungen am Hals.

„Weißt du, wer er ist?"

„Keine Ahnung. Keiner unserer Stammleser. Dann würde ich ihn zumindest vom Sehen kennen."

„Hat er keine Papiere bei sich?"

„Glaubst du etwa, ich habe ihn durchsucht?"

„Irgendwie schon. Als alter Krimi-Fan . . ."

„Das ist ja wohl etwas völlig anderes! Also, ich dachte, wir hieven ihn auf diesen Schreibtischstuhl und rollen ihn rüber in die Heimatkunde oder in die Kunst und setzen ihn gemütlich in einen der Ohrensessel. Da wird er früher oder später schon jemandem auffallen. Hier." Sie reichte Karo ein Paar türkise Gummihandschuhe und einen hellblauen Müllsack. „Ich habe Kopf- und Armlöcher hineingeschnitten. Damit wir keine Spuren hinterlassen oder Fasern von seiner Kleidung annehmen. Seit Patricia Cornwell spätestens weiß man ja Bescheid. Du musst deine Ärmel noch hochrollen."

Sie zogen sich Säcke und Handschuhe über.

„Tolles Türkis", sagte Karo. „Ich hab sie immer in Gelb oder Rosa. Könntest du rausfinden, wo es diese gibt? Die finde ich echt schön."

„Ja, ja. Ich kann auch eine Zehnerpackung aus der Putzkammer klauen und sie noch zu deinem Honorar schlagen."

„Hervorragende Idee."

Karo beugte sich über den Toten und zog eine Visitenkarte aus seiner Brusttasche.

„Jupp Kniffken, Aktionskünstler. Essen-Borbeck, Stollbergstraße –"

„Ach du liebe Scheiße", sagte Moni. „Der Beuys von Borbeck."

„Häh?"

„Der Mann einer Kollegin. Frau Kniffken rekonstruiert den systematischen Katalog der Krupp-Sammlung. Von ihrem Mann, dem gescheiterten Künstler, habe ich immer nur gehört. Das ist er also. War er. Sie hat ihn vergöttert. Das wird sie umhauen. Sie ist 'ne ganz Sensible."

„Hm", sagte Karo. Regel Nummer 11b aus dem Fernkurs *In sechs Wochen zum erfolgreichen Privatdetektiv* lautete: In einem Mordfall ist der Ehepartner immer der Hauptverdächtige.

Moni rollte den Schreibtischstuhl in Position und umfasste die Beine des Toten. Als Karo ihn an den Schultern hochhob, knickte sein Kopf auf äußerst unnatürliche Weise zur Seite. Karo ließ ihn wieder sinken.

„Du hast vergessen zu erwähnen, dass sein Genick gebrochen ist."

„WAS?!" Moni wich ein paar Schritte zurück. „Genick gebrochen und erwürgt? Warum konnte er keinen Herzinfarkt kriegen? Mitten in seinem Bett. Das ist ja ein Alptraum. Bist du sicher, dass er nicht auch noch vergiftet wurde?"

Karo sah auf ihre Armbanduhr. Sie hatten definitiv keine Zeit für einen hysterischen Anfall. Sie nahm die Nelken aus der Vase und goss Moni das Blumenwasser ins Gesicht.

„Karo! Willst du mich vergiften? Da ist Frischhaltepulver drin."

„Komm, wir müssen uns beeilen."

Mit viel Kraft und Mühe und begleitet vom Knistern der Plastiksäcke hoben und schoben sie den Toten in eine halbwegs aufrechte Stellung auf den Schreibtischstuhl.

„Gut, dass der Stuhl Armlehnen hat", sagte Karo. „Wohin?"

„Da rüber. In die Heimatkunde."

Karo hielt den Kopf. Moni schob. Auf dem Holzfußboden kamen sie gut voran. Sie nahmen gerade mit Schwung die Kurve um ein Regal herum, als ein kurzer spitzer Schrei sie erstarren ließ.

Karo wandte sich um. So etwas wie ein langes dünnes Schlossgespenst in dunklen wehenden Gewändern bewegte sich auf sie zu. Eine schwarzbehandschuhte Hand streckte sich ihnen entgegen. Ein Wimmern ging von der Gestalt aus.

Sie blieb vor ihnen stehen. „Waa - Waaaaa - Was machen Sie da?"

Über einen breitrandigen Hut war ein schwarzer Schleier gebreitet. Karo konnte das Gesicht der Frau nur erahnen.

Moni trat einen Schritt auf sie zu. „Frau Kniffken? Sind Sie das?"

Die Frau nickte. „Waa - Waaaaa - Was machen Sie da mit meinem Mann?"

Moni wurde rot, dann blass. „Ich . . . ich . . . Wir . . ." Sie griff nach Frau Kniffkens Hand. Türkises Gummi auf schwarzem Leder. „Frau Kniffken, es tut mir sehr leid. Ihr Mann ist leider . . . er ist tot, fürchte ich."

Frau Kniffken riss ihre Hand weg. „Natürlich ist er tot. Zumindest will ich das hoffen. Was ich wissen will, ist, warum Sie ihn durch die Gegend kutschieren. Und wie sehen Sie überhaupt aus? Wir haben doch nicht Karneval! Also?"

Moni strich mit beiden Händen ihren Plastik-Hänger glatt. „Tja . . ."

„Wir mussten eben improvisieren“, sagte Karo. „Ich glaube nicht, dass wir Ihnen das –“

„Der Ministerpräsident kam“, sagte Moni. „Ich habe wohl etwas übereilt reagiert . . .“

„Moment“, sagte Karo eingedenk der Regel Nummer 11b. Sie hob einen türkisen Zeigefinger. „Moment mal. Frau Kniffken, woher wussten Sie, dass Ihr Mann tot ist? Warum tragen Sie schon Trauerkleidung? Kurz gesagt: Was haben Sie mit dem Tod Ihres Mannes zu tun?“

Frau Kniffken beachtete Karo gar nicht. „Der Ministerpräsident ist gekommen? Das bedeutet noch mehr Presse! Und mein Jupp hing nicht mehr da? Meine Güte, so eine verpasste Chance! Das können Sie nie wieder gut machen! Nie!“ Sie fing an zu weinen.

„Ich konnte ihn nicht einfach da liegen lassen, Frau –“

„Hing?“ rief Karo. „Wollen sie sagen, er . . . ihr Mann hing dort oben? Sie haben ihn erhängt?! Und da wagen Sie es, uns Vorwürfe zu –“

Frau Kniffken schluchzte auf.

„Also, Karo, wirklich. Frau Kniffken hat ihren Mann doch nicht umgebracht! Sie ist jetzt durch den Schock ein bisschen . . . Frau Kniffken, sagen Sie ihr, dass Sie ihn nicht –“

„Nein“ sagte Frau Kniffken. „Umgebracht habe ich ihn nicht. Das hätte ich nicht fertiggebracht. Ich habe bei meiner Kusine in Steele übernachtet. Mein Jupp bestand darauf, dass ich ein Alibi habe. Er war immer so gut zu mir, so gut . . . Einen Abschiedsbrief, in dem er seine Selbstmordabsicht bekundet, hat er natürlich ebenfalls hinterlassen. Sicher ist sicher. Nein, ich habe ihm nur den Schlüssel für die Vitrine besorgt, aus Ihrem Schreibtisch, Frau Sydow. Und dann habe ich ihn in die Bibliothek gelassen, nach Mitternacht. Er war schwer krank, wissen Sie, und er wollte nicht mehr. Konnte nicht mehr. Wir besprachen, dass er heute morgen seinem Leben ein Ende setzen würde. Er hat es auch praktisch vorbereitet, zum Beispiel, indem er die letzten paar Tage nichts mehr zu sich nahm, um möglichst wenig . . . wenn . . . na, Sie wissen schon. Ähnlich, wie diese

Yogis, wenn sie ihre Selbstmumifizierung vorbereiten. Und als Künstler - er war Aktionskünstler, Anfang der siebziger Jahre hatte er eine ganz gute Presse hier im Ruhrgebiet - das war wohl vor Ihrer Zeit. Jedenfalls wollte er nicht verlöschen wie eine Kerze, sondern sich mit einem Feuerwerk verabschieden, mit einem Paukenschlag, am liebsten mit einem Skandal. Auf jeden Fall sollten ein paar Presseberichte dabei rausspringen. Und als ich ihm von der Ausstellung erzählte, von den Exponaten und vom Kultusminister bei der Eröffnung, war er Feuer und Flamme und hatte die Idee: Er wollte sich mit Madonnas BH das Leben nehmen."

„War er ein Fetischist?"

„Karo!"

„Er war ein Künstler, das sagte ich doch schon. Es ging ihm um die Brust als Metapher. Geburt und Tod. Von der lebenspendenden Mutterbrust zum BH als Todesbringer oder so ähnlich. Ganz habe ich es nicht verstanden. Aber ich habe ihn unterstützt wie ich ihn immer unterstützt habe. Und nun haben Sie alles zunichte gemacht! Wirklich! Wie konnten Sie nur?"

„Frau Kniffken, als Moni - Frau Sydow - Ihren Mann fand, hing er nicht mehr medienwirksam am BH von der Balustrade, sondern lag vor den Vitrinen auf dem Boden. Ich nehme an, der BH-Verschluss hat seinem Gewicht nicht lange standhalten können."

„Das finde ich empörend", sagte Frau Kniffken. „Der BH war doch bestimmt nicht billig. All die aufgenähten Pailletten und Glitzersteine. Handarbeit laut Katalogbeschreibung. Eine Maßanfertigung. Und dann knapsen sie am Verschluss?"

„Also, ich glaube -"

„Darf ich vorschlagen", sagte Moni, „dass wir ihn hier erstmal in den Sessel setzen und dann weiter diskutieren? Die Bibliothek macht gleich auf. Außerdem ist es unter dem Müllsack recht warm."

„Ja", sagte Frau Kniffken. „Meine Witwenkleidung ist auch ein bisschen heftig für einen Sommertag. Jupp hat sie noch entworfen. So war er. Dachte einfach an alles. Er hat in seinem Entwurf Elemente aus der Trauerkleidung von Königin Victoria und von Jackie Kennedy miteinander kombiniert."

„Ja, ganz apart", sagte Moni. „Vielleicht hilft es, wenn Sie den Schleier nach hinten über den Hut legen und das Gesicht frei lassen? ... Ja, so, das ist doch weniger stickig, oder? Nun brauchen Sie nur noch etwas Lippenstift. Ein ernstes Kirschrot. Dann wäre es perfekt."

„Entweder schieben wir ihn jetzt weiter oder ich gehe", sagte Karo.

„Einen Augenblick! Frau Sydow, könnten Sie Jupp wohl in die Kunst setzen? Da steht auch ein Sessel. Es sind nur ein paar Meter mehr und wäre doch viel passender, finden Sie nicht? Ich schau mal, ob ich einen Bildband von Beuys finde, den könnte er lesen – ich meine auf dem Schoß liegen haben. Er verehrte Beuys nämlich sehr, mein Jupp, ja ... Und dann rufe ich die Presse an, die ist doch jetzt sicher bei Germaine Greer im Haus der Technik. Ach ja – könnte mir eine von Ihnen vielleicht einen Lippenstift borgen? Für die Fotos nachher."

Frau Kniffken eilte davon. Karo und Moni folgten mit ihrem Jupp.

Der folgende Unterwäsche-Witz wurde von den Besuchern und Besucherinnen des ersten Essener Dessous-Fests zum Sieger gekürt.

Die Einsenderin, Frau A. aus E., macht darauf aufmerksam, dass der Witz aus den 50er oder frühen 60er Jahren stammt, als schwarze Unterwäsche – jedenfalls im Ruhrgebiet – als äußerst verrucht galt:

Bei einem seit vierundzwanzig Jahren verheirateten Ehepaar aus Gladbeck ist sexuell nicht mehr viel los.

Die Frau will wieder etwas Schwung in ihre Ehe bringen und bekommt von einer Freundin den Rat, es doch mal mit schwarzer Reizwäsche zu versuchen. Sie geht also los und kauft sich ein schwarzes Höschen und einen schwarzen Spitzen-BH, der laut Verkäuferin auch den schlappsten Gladbecker aufwecken würde.

Als sie nach Hause kommt, sitzt ihr Mann wie jeden Abend auf dem Sofa und liest Zeitung. Sie trägt ihre neuen Dessous, lehnt sich gegen den Türrahmen und räuspert sich.

Er blickt auf und sagt: „Is watt mit Omma?“

White Christmas

Karo stand im Vorraum der Damentoilette und betrachtete sich im Spiegel. Niemand würde sie erkennen, oder? Sie zog die Mütze ein wenig tiefer ins Gesicht und strich den Bart glatt. Es war alles höchst bedauerlich. In dieser Vorweihnachtszeit hatte sie als Privatdetektivin besonders wenig zu tun. Die Auftragslage war an einem Tiefpunkt angelangt, den man lediglich deshalb nicht als dramatisch bezeichnen konnte, weil der Jahreshöhepunkt nur unwesentlich höher gelegen hatte. Na ja. Dafür hatte sie in ihrem gut bezahlten und vor dem Finanzamt bisher erfolgreich verborgenen Zweitberuf als Putzfrau reichlich zu tun.

In den von ihr betreuten Villen war rechtzeitig mit den ersten Kränzen an der Tür das Weihnachtsfieber ausgebrochen. Familienfeste wurden vorbereitet, silberne Leuchter mussten geputzt, Gästezimmer wollten vorbereitet werden. Und jede Fläche Holz musste Karo mit besonderem Nachdruck polieren oder einwachsen. Offensichtlich war keiner ihrer Putzkundinnen der Artikel in einer der exklusiveren Wohnzeitschriften entgangen, in dem vom edlen und altmodischen Schimmer und wohltuenden Duft wohlpolierten Holzes die Rede gewesen war, der zum aromatherapeuthischen Muss für jeden gepflegten weihnachtlichen Haushalt erklärt wurde.

Noch vor dem zweiten Advent umgab Karo ein Aroma von Zitronenöl und Bienenwachs, das auch unter der Dusche nicht verschwand. Nicht mehr lange und sie würde aufs Duschen verzichten und ihren Körper einfach polieren können.

Die Massen von Weihnachtsschmuck – der geschmackvollsten Art natürlich – für draußen und drinnen, die Karo entstaubt und gesäubert hatte, spotteten jeder Beschreibung. Und nebenbei mussten die Häuser von den Fenstern bis zu den Fußleisten natürlich wie üblich gereinigt werden.

An der Putzfront lief also alles bestens. Wie immer. Wäre sie als Detektivin doch nur halb so begehrt. Aber selbst die eifersüchtigsten Eheleute des Ruhrgebiets scheuten sich, vor den Feiertagen möglichen Wahrheiten ins Gesicht blicken zu müssen und den brüchigen Familienfrieden zu Weihnachten möglicherweise bröckeln zu sehen. Der Januar würde erfahrungsgemäß die Ernüchterung bringen und auch neue Überwachungsaufträge. Doch bis dahin waren es noch ein paar Wochen. Und sie brauchte jetzt ein offizielles Einkommen. Andernfalls würde sich das Finanzamt wieder mal wundern, wie sie beispielsweise ihre Büromiete bezahlte, und unangenehme Fragen stellen.

Ob sie eine Sonnenbrille aufsetzen sollte, um ganz sicher zu gehen? Oder würde sie damit die Aufmerksamkeit eher auf sich ziehen? Keinesfalls wollte sie erkannt werden. Irgendwie glaubte sie nicht, dass es ihrem Image als junger – okay: relativ junger aufstrebender Privatdetektivin förderlich wäre, wenn bekannt würde, dass sie als Weihnachtsmann rumlief, um ein Auge auf Taschendiebe zu halten. Damit war sie kaum mehr als ein Kaufhausdetektiv – eine mindere Spezies, mit der sie keinesfalls verwechselt werden wollte. Nur kein Selbstmitleid. Karo bleckte die Zähne. Der Januar war nicht mehr fern. Und schließlich war sie froh gewesen, als ihr Berny heute morgen gesteckt hatte, dass die Organisatoren von *White Christmas in Essen* dringend einen zusätzlichen Weihnachtsmann für ihr Sicherheitspersonal suchten. Ihr Vorgänger hatte sich am Vorabend im Vollrausch am Rande der Eislauffläche auf dem Kennedyplatz schlafen gelegt. Nachdem er mit Unterkühlung ins Klinikum eingeliefert und gefeuert worden war, fehlte ein Weihnachtsmann.

Der Erfolg des Winterfestivals hatte nicht nur bereits in den ersten Tagen zu Besucherrekorden geführt, sondern auch Taschendiebe von nah und fern angezogen. Selbst eine berüchtigte Bande aus Schwaben, traditionell auf den Nürnberger Christkindlesmarkt spezialisiert, sollte sich auf dem Weg ins Ruhrgebiet befinden.

Okay. Sechzehn Uhr. Dienstbeginn. Auf ins Getümmel. Karo ging über den Flur zurück in ihr Büro. Sie verstaute das Dienst-Walkie-Talkie, etwas Geld, ein paar große Handschellen sowie eine Tüte Zimtsterne in den geräumigen Taschen des Kostüms.

Sie schloss ihre Bürotür hinter sich und lauschte. Noch war alles ruhig im Gebäude der Lichtburg. Jeden Abend um achtzehn Uhr zeigte man *Holiday Inn,* den Film, der Irving Berlins Lied *White Christmas* berühmt gemacht hatte. Oder vielleicht war es ja umgekehrt, und Bing Crosbys unnachahmliche Art das Lied zu singen, hatte den Film berühmt gemacht. Um dreiundzwanzig Uhr gab es das Technicolor-Remake *White Christmas*. Karo bevorzugte das schwarz-weiße Original von 1942 und hatte es sich schon einige Male angesehen.

Das Walkie-Talkie knisterte. „Ja?“, sagte Karo.

„Hier ist Santa. Hier ist Santa. Santa an Rudolph.“

Karo verdrehte die Augen. Udo Timm, Exfeldwebel der Bundeswehr und Chef des Festival-Sicherheitsdienstes, war eindeutig zu lange in der amerikanischen Wüste stationiert gewesen. Er fand die von ihm vergebenen Codenamen witzig. Er hatte seine Sicherheitsweihnachtsmänner nach den Rentieren in einem amerikanischen Weihnachtsgedicht benannt.[1] Da es dort nur acht waren, hatte er den neunten Weihnachtsmann Rudolph getauft.

„Was gibt’s, Santa?“

„Bitte Position bestätigen, Rudolph. Roger.“

„Kettwiger Straße, Höhe Lichtburg.“ Das war kaum geschwindelt.

„Position beibehalten. Die Kettwiger runter bis zum Münster, Münster inklusive. Roger.“

„Okay.“

„Roger, Rudolph?“

Karo knirschte mit den Zähnen. „Roger, Santa.“

---

1 Dasher, Dancer, Prancer, Vixen, Comet, Cupid, Donner und Blitzen (aus „Twas the Night Before Christmas“).

Sie öffnete die Schwingtür zur Film-Bar. Giorgio bereitete sich auf den Ansturm vor, der in Kürze einsetzen würde.

„Hi, Giorgio. Kann ich schon mal was probieren? - Und spare dir deine Bemerkung über mein Kostüm."

„Schade." Er grinste und schob ihr ein Glas Egg-Nog über die Theke. Für die Dauer des Festivals nannte er das Getränk White Christmas und konnte gar nicht genug davon machen.

„Ich bin mir nicht sicher, dieser neue Cognac ... meinst du, ich muss mehr Muskat nehmen?"

Karo nippte an dem heißen Getränk. „Mhhhh. Nein, ist okay so. Sehr lecker, wie immer. So, dann werde ich mal. Ich gucke später wieder rein."

Sie schlüpfte aus dem Seiteneingang des Kinos und mischte sich auf der Kettwiger Straße, einer reinen Fußgängerzone, unters Volk.

I'm dreaming of a white Christmas ...

Bing Crosbys Stimme schien aus dem All herunterzudriften, gerade so laut, dass man genauer hören wollte, was er sang und woher es kam. Die Menschen blickten unweigerlich auf.

... Just like the ones I used to know

Sie sahen hoch in das schmale Stück Himmel zwischen den Hausdächern und ließen sich von dem Licht-, Farben- und Klangspiel über ihnen verzaubern.

Where the treetops glisten
And children listen ...

Schneegestöber vor einem winterlichen Blau wurde angedeutet und verschwand wieder. Helle Formen, begleitet von fernem Glöckchenklang huschten darüber hinweg.

To hear sleigh bells in the snow

Das schneegedämpfte Klappern von Hufen war vorbei, ehe man entschieden hatte, ob man es gehört oder sich nur eingebildet hatte.

I'm dreaming of a white Christmas
With every Christmas card I write

Es war gelungen. Kein Zweifel. Es störte noch nicht einmal, dass kein Schnee lag. Mit Einbruch der Dämmerung, zu Beginn der blauen Stunde, wurde die Innenstadt in winterlich blaues Licht getaucht und die Licht- und Klanginstallationen von über hundert Künstlerinnen und Künstlern aus dreiundzwanzig Ländern verwandelten Straßen und Plätze, Gassen und Gebäude in etwas Fremdes und Zauberhaftes.

May your days be merry and bright
And may all your Christmases be white

Bing Crosbys Wünsche wehten hinter Karo her, als sie durch die Menschenmenge die Kettwiger hinunterbummelte. Acht Stunden hatte sie Dienst, bis Mitternacht. Schön langweilig würde das werden auf dieser kurzen Strecke. Hin und her und her und hin. Sicher sprach nichts dagegen – oder jedenfalls würde es niemandem auffallen – wenn sie alle paar Stunden in die Lichtburg schlüpfen und sich mit einem Egg-Nog White Christmas stärken würde. Schon hob sich ihre Stimmung. Seine diesjährige Version des heißen würzigen Eierpunschs war zweifellos eine von Giorgios Glanzleistungen.

Vor den Stufen, die zum Burgplatz hinunterführten, standen Menschentrauben. Über den Platz hinweg schien der Blick bis in die Arktis zu reichen. Transparente Eisberge schwebten über dem Horizont. Eiskalte Töne zerschellten auf dem Platz.

Das monströse Essener Rathaus, das sonst hinter dem zierlichen Münster aufragte, war unsichtbar, verschluckt von dichtem schwarzem Licht. Für viele war dies die größte Leistung des Festivals.

Karo beschloss, sich eine Weile ins Münster zurückzuziehen. Auch dort könnten schließlich Taschendiebe auftauchen. Außerdem gab es dort Sitzgelegenheiten. Ihr war ein klein bisschen schwummrig.

„Heh – Rudolph! . . . Rudi-Rotnase, joh!“

Karo drehte sich um. Neben C & A wühlte sich ein hochgewachsener Weihnachtsmann in einem tomatenroten, puschelpelzbesetzten Anzug durch die Menschen. Das war Donner. Oder war es Comet? Jedenfalls einer ihrer derzeitigen Kollegen. Er zog einen älteren Herrn hinter sich her. An Handschellen.

„Na, Rudi, warst du auch schon fündig? Ist schon Nummer drei seit gestern. Noch 'ne Prämie ..."

Prämie? „Was für 'ne Prämie?"

„Na, der Fuffi für jeden, den du kassierst. Und dann auch noch steuerfrei", flüsterte Donner. Wenn es nicht Comet war. „Hat dir Santa das nicht erzählt? Hah! Dieses Schlitzohr!" Er grinste. „Na, ich muss weiter, ihn abliefern. Hodriho." Er zog mit seiner Beute ab.

Hinter Woolworth, in einem silberglänzenden Wohnmobil, befand sich die Abgabestelle. Dort saß Santa, rauchte Zigarren und übernahm die Festgenommenen. Er regelte den Papierkram mit der Polizei. Und griff in die Keksdose, um steuerfreie Prämien zu verteilen? Von denen er Karo nichts verraten hatte. Konnte das Zufall sein? Karos Augen wurden schmal. Das würde sie erstmal rausfinden. Sie drehte sich um. Und drehte sich sofort wieder zurück. Ihr wurde heiß. War das etwa Lutz gewesen? Würde ihr Ex-Freund mit einer Biberfellmütze rumlaufen? Vermutlich konnte alles passieren, wenn man in die Fänge einer heiratssüchtigen Elektroingenieurin geraten war. Mehr denn je hatte er etwas von einem Teddybären. Aber wer hatte schon etwas gegen Teddybären? Keinesfalls durfte er sehen, wie tief sie gesunken war. Natürlich hatte sie ihn auch schon in lächerlichen Verkleidungen gesehen, zum Beispiel letzten Winter als Bettler. Aber er war so rumgelaufen, weil er ein verdeckt ermittelnder Kriminalbeamter war. Das war etwas ganz anderes. Nein - er konnte sie in dem kurzen Augenblick nicht erkannt haben. Außerdem hatte er sie noch nie mit Bart gesehen. Ihre eigene Mutter hätte sie nicht erkannt. Kein Grund zur Aufregung. Sie musste sich nur unauffällig verhalten. Karo machte kurze gleitende Schritte Richtung Lichtburg. Sie würde einfach eine Weile dort untertauchen, in ihrem Büro oder in der Film-Bar, und ihm Zeit zum Verschwinden geben. Womöglich hatte er sogar die

Gattin dabei. Nicht auszudenken, wenn sie dieser Frau bei der ersten Begegnung als Weihnachtsmann gegenüberstehen müsste.

„Karo?“

Oh Schiet. Das war Lutz. Aber mit Unglauben in der Stimme. Er war sich nicht sicher. Gut. Karo reagierte nicht auf seinen Ruf. Aus den Augen aus dem Sinn schien als Motto der Stunde angesagt. Die Lichtburg war zu weit, außerdem würde dieses Ziel seinen Verdacht nur bestätigen. Ihr Blick irrte umher. Kirchenasyl! Sie sprintete über die Kettwiger, sprang die Stufen zum Münster-Vorplatz hinunter und lief weiter in den alten Innenhof. Links in die Johanniskirche oder rechts ins Münster? Das Münster war größer.

Karo öffnete einen Türflügel. Die Kirche war menschenleer. Vom anderen Ende blickte ihr die Goldene Madonna unbewegt entgegen. Karo machte ein paar Schritte und blieb stehen. Wo waren denn Beichtstühle, wenn man sie mal brauchte? Sie rannte auf die andere Seite. Nichts. Das durfte doch nicht wahr sein! Die Tür öffnete sich. Sie hörte Schritte. Hoch auf die Empore? Keine Zeit. Karo schlich in die siebte Bankreihe und kauerte sich auf den Boden. Die hallenden Schritte näherten sich. Karo duckte sich tiefer. Sie machte sich so klein sie konnte und versuchte, mit dem Boden zu verschmelzen. Er blieb stehen. Karo kniff die Augen zu.

„Lieber-Gott-lass-Lutz-mich-hier-nicht-so-sehen-bitte-bitte-Amen.“

Zu spät. Die Bank knarrte. Er setzte sich. Karo öffnete ein Auge. Dunkelbraune italienische Lederschuhe vom Feinsten. Seidensocken. Kaschmirhosenbeine. Nicht Lutz. Doch erhört! Halleluja! Sie sah hoch. Ein schmales gebräuntes Gesicht, Augen von der Farbe alten Portweins, fragend auf sie gerichtet, dunkle Haare und schmale, aber sinnliche Lippen. Definitiv kein Teddybär. Karo richtete sich etwas auf und kniete nun neben dem attraktivsten Mann, den seit letztem Dienstag gesehen hatte. Da allerdings nur auf Zelluloid, wenn auch überlebensgroß: Cary Grant in *Die Nacht vor der Hochzeit.* Ihr Blick fiel auf den schwarzen Rollkragen. Oh.

„Sie sind Priester?“ Ihre Stimme klang heiser. Sie räusperte sich.

„Nein. Wieso? Wollen Sie etwa die Beichte ablegen?“, fragte er gedehnt.

Diese Stimme! Karo lächelte. Breit. Die Barthaare kitzelten. Verdammt, den Bart hatte sie ganz vergessen. Sie löste die Gummibänder hinter ihren Ohren und ließ den Bart unter ihr Kinn rutschen.

„Ah“, sagte der Mann. „Eine Frau. Das habe ich nun nicht erwartet.“ Aber er klang nicht enttäuscht.

„Das passt ja gut“, sagte Karo. „Ich habe auch jemand anders erwartet.“

„Tja, ich musste einspringen.“

Für den Erzengel Gabriel? „Wie schön. Ich bin übrigens auch eingesprungen.“ Und sie beklagte sich nicht. Sie würde ihn auf einen Drink einladen. Warum nicht? Einen White Christmas in der Film-Bar.

„Und?“, sagte er.

„Und ...?“, lächelte Karo.

„Ja. Sagen Sie's.“

Konnte er Gedanken lesen? „Also ... Ich wollte sagen ...“

„Sie haben es vergessen?“

„Na ja ... Nein, nicht direkt ...“

Sein Blick ließ den ihren nicht los. Er wußte, dass er die Quelle ihrer Verwirrung war. Und es amüsierte ihn. Er sagte: „Na gut. Weil Sie es sind. Und weil ich nicht ewig Zeit habe. Ich helfe Ihnen auf die Sprünge. Ausnahmsweise. Ich sag den Anfang: White ...“

„Christmas!“, rief Karo, so dass es von den Wänden widerhallte. Er konnte Gedanken lesen. Es war unheimlich. Auf eine angenehme Art und Weise.

„Na also!“ Er lachte leise. Und viel versprechend. Er begann, die unteren Knöpfe seines Mantels zu öffnen. „Dann wollen wir mal sehen, was ich Schönes für Sie habe.“

„Oh.“ Karo wurde warm. „Ich dachte eigentlich ... K-k-kennen Sie die Film-Bar? Die ist ganz in der Nähe und –“

„Nervös?“ Er lachte leise. „Nein, nein, so eine Kirche ist ideal, glauben Sie mir. Und entspannen Sie sich.“ Er griff unter den Mantel und nestelte an etwas herum.

Karo sah sich um. Was, wenn Lutz jetzt hereinkäme? Oder ein Priester oder sonst jemand. “Hören Sie, ich . . .“ Karo verstummte. Was zog er denn da hervor? Sie sah ihn an.

Er nickte. „Sieht gut aus, nicht? Sieht gut aus und ist gut. Das garantiere ich.“

Karo beugte sich vor. Wieso geriet sie immer in solch unmögliche Situationen? Sie streckte eine Hand aus.

Er schüttelte den Kopf. „Erst das Geld, bitte.“

Natürlich. Er wollte bezahlt werden. Die fünf Euro sechzig, die sie bei sich hatte, würden da wahrscheinlich nicht ausreichen. Denn was da in den aneinander geschweißten Plastikbeutelchen weiß schimmerte, war sicher kein Zucker. Das war Schnee. Sie war in einen Drogendeal geraten. Wo blieb Lutz?

„Na, was ist – wird's bald?“

„Klar, Moment . . .“ Ihre Hand tauchte in die Jackentasche und ertastete Metall. Hm . . .

„Vögelchen!“, rief Karo. Er guckte nach oben. Es ging doch nichts über eine gute Kinderstube. Im Nu legte sie die Handschellen um seine Fußknöchel, ließ sie zuschnappen, sprang auf und rannte los.

„Heh, was soll das? Komm sofort zurück, du Schlampe.“

Karo blieb hinter einer Säule stehen und zog ihr Walkie-Talkie hervor. „Rudolph an alle Rentiere: Mayday – Mayday. Bitte sofort ins Münster kommen. Sofort! Ha-habe einen Drogendealer. Brauche Unterstützung.“ Sie lugte um die Säule. Der Typ hatte sich aus der Kirchenbank gehievt und begann, sich mal schlurfend, mal hüpfend, auf Karo zuzubewegen. Mit einem mehr als finsteren Gesichtsausdruck. Und mit etwas in der Hand. Eine Waffe? Karo verschwand hinter der Säule und ließ sich fallen. „Ist bewaffnet“, kreischte sie ins Walkie-Talkie. „Roger. Hilfe!“

Das Gerät knisterte. „Hier Dancer. Bin unterwegs. Roger.“

„Ich auch, Rudolph. Roger.“

„Hier Roger, ich meine, Donner. Durchhalten. Roger.“

„Bin gleich da, Rudi. Roger.“

Schlurf-schlurf, hüpf. Schlurf-schlurf, schlurf. Er kam immer näher. Sie traute sich nicht, hinter der Säule hervorzuspähen. Hier stehen zu bleiben war jedenfalls kein guter Gedanke. Bis zur Tür waren es vielleicht sechs Meter, höchstens acht. Sie holte tief Luft und rannte los. Aus dem Augenwinkel sah sie, wie er den Arm hob. Etwas Dunkles wirbelte durch die Luft, traf Karo an der Nase und brachte sie aus dem Gleichgewicht. Aus ihrer Nase schoss Blut, ihr Kopf schmerzte, ihr war schwindelig. Karo stöhnte und fiel auf die Knie. Das Blut tropfte auf ihren Ärmel und hinterließ keine Spuren. Praktisch.

Der Schlurfer kam näher. „Und jetzt den Schlüssel“, sagte er und streckte eine Hand aus.

„Hände hoch! Sie sind umzingelt.“ Durch den Seiteneingang strömten sieben Weihnachtsmänner und gingen in Stellung. Der Typ hob seine Arme. Wieso hatten sie Waffen und Karo nicht? Egal. Karo grinste sie an.

Ein Flügel des Haupteingangs öffnete sich. Lutz trat in die Kirche und blieb stehen. Er schüttelte den Kopf und zog seine Marke. „Kripo Essen. Nehmen Sie die Waffen runter. Was, zum Teufel . . .“

„Rudolph hier hatte Probleme mit dem da. Der is’n Drogenhändler. Und da sind wir –“

“Ja. Alle für einen und einer für alle. Besonders, wenn es ein Mädchen ist.“

Karo hielt sich das Bartende vor die Nase. Es färbte sich rot.

„Ich dachte mir doch, dass du das warst.“ Lutz reichte Karo ein gebügeltes Taschentuch. „Und wen haben wir denn hier? Ich glaub’s nicht: der Schneemann! Ich dachte, Sie machen die Drecksarbeit nicht mehr selber?“

„Er musste für jemanden einspringen“, sagte Karo. „Und da –“

„Aber wieso hat er Handschellen um die Füße? Nein – sag’s mir nicht.“

Karo tat ihm den Gefallen und sagte nichts. Sie fiel in Ohnmacht.

Wunder gibt es immer wieder

Karo schloss die Wohnungstür auf und blieb stehen.

Es durfte doch nicht wahr sein! Das Weib war schon wieder zu Hause. Und nicht nur das. Wenn sie die Geräusche korrekt interpretierte, und da gab es wahrhaftig nicht viel Spielraum, dann göbelte sie auch schon wieder. Karo verdrehte die Augen. Noch nie war ihr jemand begegnet, dem das Talent, sauber ins Klo zu kotzen dermaßen abging.

Sie seufzte, schloss behutsam die Tür hinter sich und schlich den Flur entlang in Richtung Küche. Auf Höhe des Badezimmers stellte sie im Bestreben, noch lautloser zu sein, sogar die Atmung ein. Vergebens.

„Frau Rutkowsky?“

„Ja, ich bin‘s.“ Heute würde sie es ihr sagen. So ging‘s nicht weiter. Sie hatte diese Stelle in Essen-Werden in dem Glauben angenommen, dass sie die Wohnung während der drei Putzstunden für sich haben würde.

„Selbstverständlich, das ist gar kein Problem“, hatte Chrissie Gabriels Manager gesagt. „Chrissie ist morgens sowieso meist im Studio.“

Von wegen. Bereits das dritte Mal hing sie zu Hause rum und störte Karos Kreise. Einmal hatte sie blass und mit Wärmflasche auf der Couch gelegen und etwas von Magenkatarrh, Stress und Fischrestaurant gemurmelt. Letzte Woche hatte sie dann überm Klo gehangen und jetzt wieder.

Karo stieß die Tür zum Bad auf und rümpfte die Nase. Dieser säuerliche Geruch! Und wie die Klobrille wieder aussah!

Sie half ihrer Arbeitgeberin auf und begleitete sie ins Wohnzimmer. In ihr privates Wohnzimmer natürlich, das sich im plüschig-gemütlichen Teil der Wohnung befand.

Die meisten Besucher, und ausnahmslos alle Journalisten, Fotografen und Fan-Club-Vorsitzenden bekamen nur den vorderen, weitgehend ungenutzten Teil der Wohnung zu Gesicht. Hier beherrschten italienische Designer-Möbel und die Farbe Grau das Bild. Gelebt wurde mit der grünen Polstergruppe, der Schrankwand, dem Perserteppich, der Alpenlandschaft in Öl und dem gerahmten Jahreshoroskop an der Wand.

Der Kulturschock, den Karo jedesmal erlitt, wenn sie durch die Wohnung putzte, von geometrischem Minimal-Look in die vollgestellte Gemütlichkeit und zurück, war mit ein Grund dafür, dass sie wegen ihres Stundenlohns mit Promi-Aufschlag so gut wie nie ein schlechtes Gewissen hatte.

Karo half der vor sich hin Stöhnenden aufs Sofa und breitete eine braungemusterte Mohairdecke über sie aus. „Also, Frau Gabriel, wenn Sie jetzt nicht bald mal zum Arzt gehen und -"

„War ich . . .", hauchte es. „Vorgestern?"

„Ach! Na ja, dann . . . Und wieso geht es Ihnen noch nicht besser?"

„Ich kann an nichts anderes denken? Ich verstehe es nicht, Frau Rutkowsky? Wie kann mir so etwas passieren?"

Karo knirschte mit den Zähnen. Fast hätte sie es vergessen. Ein weiterer Grund, wegen des Stundenlohns kein schlechtes Gewissen zu haben. Wenn sie es recht bedachte, sollte sie noch einen Aufschlag verlangen. Schmerzensgeld sozusagen. Sie war eine geduldige, langmütige Person . . . na gut, das war vielleicht ein kleines bisschen übertrieben. Oder sogar unwahr. Aber tolerant war sie, ja, das konnte man wohl behaupten. Doch immer, wenn sie Chrissie Gabriel länger als zwei Minuten sprechen hörte, überkam sie der Wunsch, nein: das fast nicht zu beherrschende Verlangen, sie zu schütteln. Die Kleinmädchenstimme hätte sie ja noch ertragen, aber diese Angewohnheit, beinahe jeden Satz eine halbe Oktave höher enden zu lassen und so in eine Frage zu verwandeln, brachte sie nah ans Kreischen.

„Sie bleiben jetzt schön hier liegen und ruhen sich aus. Soll ich Ihren Manager anrufen?"

„Onkel Piet? Nein, den will ich jetzt nicht hier haben."

Karo war nie dahinter gekommen, ob der Manager ihr richtiger Onkel war oder ob der Name nur ein Überbleibsel aus der Zeit war, als Piet Becker die Vierzehnjährige mit der „Stimme einer Fee“ ins Schlagergeschäft und in die Hitlisten katapultiert hatte. Jetzt war Chrissie Gabriel achtundzwanzig. Sie sah immer noch aus wie ein Teenager.

„Dann lasse ich Sie jetzt in Ruhe. Das Badezimmer ruft.“ Angesagt waren Gummihandschuhe, eine doppelte Dosis Essig im Wasser und am besten noch eine Wäscheklammer auf der Nase.

„Nein – warten Sie. Setzen Sie sich?“

„Aber das Bad –“

„Ist egal. Das kann warten?“

„Okay.“ Karo ließ sich in einen der grünen Sessel sinken.

„Frau Rutkowsky? Ich will, dass Sie für mich arbeiten.“

Karo sah in die hellgrauen Augen („geheimnisvoll wie die Nebel von Avalon“, stand auf dem Cover ihres neusten Albums, „wechselhaft wie Wolken über dem schottischen Hochmoor“). „Frau Gabriel, ich *arbeite* bereits für sie. Seit vier Monaten. Sie erinnern sich, dass Frau Schwanke aufhörte, weil sie nach Mallorca zog und –“

„Sie verstehen mich nicht. Sie sind doch auch Privatdetektivin? Sie sollen etwas für mich rausfinden?“

„Oh! Warum geht‘s denn?“ Seit zwei Wochen wartete Karo auf einen neuen Auftrag in ihrem Hauptjob.

„Frau Rutkowsky? Ich bin schwanger.“

„Ach!“ War da jetzt ein Glückwunsch angebracht oder eher Bedauern? Karo hatte keine Ahnung, so gut kannte sie Chrissie nicht. Einen festen Freund gab es jedenfalls nicht. „Und, ist das ... mh, ein Problem?“

„Nun ... verstehen Sie mich nicht falsch? Ich freue mich auf das Kind. Das Problem, über das ich die ganze Zeit nachdenken muss? Ich bin doch Jungfrau?“

Ah ... ein astrologisches Problem. Karo sah ihr Honorar entschwinden. Mit den Sternen kannte sie sich eher nicht aus. Gewiss, sie las alle vierzehn Tage ihr Zwei-Zeilen-Horoskop in der Fernsehzeitung ...

„Und Sie meinen, dies sei – sternenmäßig gesehen – der falsche Zeitpunkt für eine Schwangerschaft. Ich verstehe. Aber glauben Sie nicht, für ein Kind ist es wichtiger, dass es geliebt wird, als dass irgend so ein Aszendent der Jungfrau –"

„Jungfrau? Jungfrau? Ich bin doch Löwe! Wussten Sie das denn nicht? 12. August, morgens um vier?"

Karo überkam das Gefühl, irgendwo in der Milchstraße falsch abgebogen zu sein. „Morgens um vier? Löwe? Sagten Sie nicht gerade, Sie seien Jungfrau? Nein, antworten Sie nicht. Ist ja egal. Mir jedenfalls. Sagen Sie mir einfach, wofür Sie eine Privatdetektivin brauchen. Was soll ich für Sie tun?"

Chrissie setzte sich auf. „Also, ich bin nicht katholisch?"

War es möglich, dass sie annahm, Karo habe eine rein katholische Detektivagentur? Hatte da jemand Gerüchte in die Welt gesetzt? Ein Konkurrent vielleicht? Erklärte das die schlechte Auftragslage?

„Frau Gabriel, glauben Sie mir, ich bin da ganz offen. Die Religionszugehörigkeit meiner Kundschaft spielt keine Rolle für mich, was immer Sie gehört haben mögen. Sagen Sie mir bitte einfach, worum es geht."

Chrissie klimperte mit den Wimpern. Sie sah eindeutig ein wenig verwirrt aus. Die Hormone, vielleicht.

„Ich weiß fast nichts über die unbefleckte Empfängnis", sagte sie. „Finden Sie alles darüber heraus? Und erklären es mir?"

Ah, sie wollte zum Katholizismus übertreten. „Ja, kann ich machen. Das ist kein Problem." Sie könnte ihre Freundin Moni dransetzen. Die war Auskunftsbibliothekarin bei der Stadtbibliothek und würde ihr ein paar Seiten zum Thema kopieren. „Aber, Frau Gabriel, wäre es nicht einfacher, Sie würden einen Priester fragen, wenn Ihnen dieser Aspekt noch nicht richtig klar ist?"

„Was für einen Priester? Ich kenne keinen."

Aha. Kein Übertritt? Vielleicht wollte sie ja nur ein Weihnachtslied schreiben oder so was.

„Ich versteh's einfach nicht?" Chrissie schüttelte den

Kopf. „Ich dachte immer, Wunder sind nur früher passiert?“

„Wunder gibt es immer wieder“, summte Karo. Von wem war dieser Schlager noch?

„Onkel Piet habe ich es noch nicht erzählt? Weil, er wird ausflippen. Und sofort die Presse informieren. Ich will mich erstmal selber daran gewöhnen. Können Sie sich die Schlagzeilen vorstellen? ‚Chrissie Gabriels unbefleckte Empfängnis‘? Oder ‚Chrissies Baby, die jungfräuliche Geburt‘?“ Sie legte ihre Hände auf den Bauch und lächelte versonnen.

„Öh?“, sagte Karo. „Ich meine, wie bitte? Wollen Sie sagen, sie sind *solch* eine Art von Jungfrau? Sie haben noch nie –?“

„Nein. Habe ich nicht. Ich warte auf den Richtigen?“

„Ja, aber . . . Sind Sie *sicher,* dass sie schwanger sind?“

Chrissie nickte mehrmals. „Hat mein Doktor gesagt.“

„Vielleicht meinte er es scherzhaft? Wegen der Übelkeit?“

Chrissie schüttelte nachdrücklich den Kopf. „Es ist ein Wunder. Ist das nicht ein Ding?“

„Ein Ding?“ Karo räusperte sich. „Ja. Doch. Durchaus.“ Ob sie sich den Arztbesuch nur eingebildet hatte?

„Angenommen, Sie sind wirklich schwanger, Frau Gabriel –“

„Ich bin, ich bin!“ Chrissie Gabriel wirkte aufgeregt.

„Ja, sag ich doch. Aber angenommen, es ist kein Wunder.“

Chrissie macht den Mund auf, doch Karo winkte ab. „Als Privatdetektivin kann ich mich nicht gleich auf die Wunder-Ebene begeben, Frau Gabriel. Ich muss alle Aspekte eines Falles beleuchten. Wenn ein Mann in einem geschlossenen Raum erstochen aufgefunden wird und es unmöglich scheint, dass jemand sich Zutritt zu diesem Raum verschaffen konnte, kann ich nicht einfach die Arme in die Luft werfen, schreien ‚Es ist ein Wunder!‘ und der Fall ist gelöst. Verstehen Sie das?“

Chrissie nickte. „Und? Haben Sie den Mörder gefunden?“

„Wie? Nein, das habe ich mal in einem Film gesehen. Ist nur ein Beispiel.“

„Ach so?“

„Ja. Also – im wievielten Monat sollen Sie sein?"

„Am Ende des dritten."

Karo rechnete zurück. Oh? „Und wo waren Sie vor Weihnachten? Was haben Sie gemacht? Und mit wem?"

„Vom 18. 12. bis zum 14. 1. waren wir in Onkel Piets Chalet, in der Nähe von Oberstdorf. Schön war das. Wir waren fast die ganze Zeit fast richtig eingeschneit. So romantisch."

Eingeschneit mit Onkel Piet, soso. „Ist er eigentlich Ihr richtiger Onkel?"

„Ja, ich glaube schon. Er ist ein Cousin von Mamma."

Ein Cousin. War das noch Inzest? „Können Sie sich an eine Gelegenheit erinnern, an so einen eingeschneiten romantischen Abend, an dem Sie etwas mehr getrunken haben, und nicht mehr wissen, wie Sie ins Bett gekommen sind?"

Die Sängerin schüttelte den Kopf. „Chrissie Gabriel trinkt keinen Alkohol. Das wissen Sie doch?"

„Chrissie Gabriel isst auch nicht das Fleisch von armen geschlachteten Tieren", zitierte Karo. „Und trotzdem ist Ihr Gefrierschrank voll mit handbeschrifteten Plastikbehältern, auf denen ‚Sauerbraten' steht, und ‚Szegediner Gulasch', ‚Kalbsnierenbraten', ‚Schnitzelchen' und ‚Hirnfrikassee'. Ist da etwa Ihr Schmuck drin?"

Chrissie zog einen Flunsch. „Und warum waren Sie an meinem Gefrierschrank?"

„Ähm ... ich wollte sehen, ob er abgetaut werden müsste." Was nicht zu ihren Aufgaben gehörte. Aber sollte die Stromverschwendung, die durch vereiste Gefriertruhen verursacht wurde, nicht jeder umweltbewussten Bürgerin am Herzen liegen? „Die Stromverschwendung, Frau Gabriel –"

„Ist schon okay. Meine Mamma kocht meine Lieblingsgerichte für mich und friert sie ein? Alkohol trinke ich aber wirklich nicht. Und Onkel Piet meint, es passt besser zu meinem Image, dass ich auch Vegetarierin bin."

„Aber das mit dem Alkohol stimmt? Kein wärmender Glühwein oder so etwas während draußen der Schnee rieselte?"

„Orangenpunsch hat Onkel Piet einmal gemacht."

Aha!

„Aber den haben nur die anderen getrunken. Ich habe –"

Karo setzte sich auf. „Welche anderen?"

„Na, meine Mamma, Tante Trude, Onkel Piet und Arndt."

„Sie waren nicht allein dort mit Onkel Piet? Und wer ist Arndt? Hat der Ihnen mal eine Pille angeboten oder etwas zu rauchen?"

„Nein. Ich rauche auch nicht? Arndt ist Onkel Piets Freund. Sie wissen schon?"

„Sie meinen Ihr Onkel Piet ist schwul?"

Chrissie nickte. „Arndt auch."

So ein verdammtes Pech. „Gut, Frau Gabriel. Ich kümmere mich drum. Wir werden schon dahinter kommen. Ich mache noch eben die Bäder und die Küche und sauge kurz durch. Den Rest lasse ich für nächste Woche, ja?"

„Okay."

In der Küche stärkte sich Karo erstmal mit einem Becher Grießpudding mit Himbeersoße. Der Kühlschrank war neuerdings voll davon. Vielleicht war Chrissie ja wirklich schwanger.

Karo rief die Information der Stadtbibliothek an. Sie hatte Glück und landete gleich bei Moni.

„Stadtbibliothek Essen, Information, Sydow. Wie kann ich Ihnen helfen?"

„Hallo, Moni, ich bin's. Hast du Zeit für eine Recherche? Es eilt aber ziemlich."

„Schieß los."

„Ich brauche ein paar Infos über die unbefleckte Empfängnis, jungfräuliche Geburt und so, du weißt schon."

„Zwei Recherchen also."

„Wieso? Ist das nicht das Gleiche?"

„Nein. Das eine bezieht sich auf Marias Empfängnis, also auf ihre Mutter Anna. Das andere auf die Geburt Jesu."

„Seit wann bist du denn katholisch?"

„Karo, wirklich. Das weiß doch jeder."

„Na, ich zum Beispiel nicht." Und Chrissie Gabriel auch nicht. „Dann brauche ich nur etwas über die jungfräuliche Geburt. Nicht zuviel. Ein paar Kopien reichen mir."

„Jungfräuliche Geburt. Ist notiert. Aus der theologischen, naturwissenschaftlichen oder literarischen Sicht?"

„Ach, mehr so allgemein. Ob es heutzutage noch vorkommt, zum Beispiel. Ich hole mir die Kopien nachher ab. Ich wollte sowieso vorbeikommen und in meine E-Mail gucken."

Monis Stimme senkte sich. „Karo, komm besser erst nach meinem Dienst. Es ist, glaube ich, aufgefallen, dass ich dich in der Warteliste für die PCs manchmal nach oben schmuggle. Meine Chefin machte gestern so eine eigenartige Bemerkung. Es ist besser, man sieht uns jetzt nicht zusammen. Mein Vertrag, du weißt."

Monis zeitlich befristete Teilzeitstelle lief demnächst aus. Sie hoffte auf eine Verlängerung. Klar, dass sie die nicht durch zu offensichtliche Freundschaftsdienste gefährden wollte.

„Okay, Moni. Wo finde ich die Kopien?"

„Unten in der Musikabteilung. Moment . . . Ja, ich lege sie in eine Sammlung von Weihnachtsliedern. *Die Christnachtigall.* Die wird zu dieser Jahreszeit bestimmt niemand vorher aus dem Regal nehmen. Schreib dir die Signatur auf MU:R 21."

„Okay. Danke dir. Tschüss dann."

Karo putzte, fuhr zurück zu ihrem Büro in der Lichtburg und hörte den Anrufbeantworter ab. Nichts. Sie sah auf ihre Uhr. Noch zu früh für die Stadtbibliothek. Sie schloss ihr Büro ab und stärkte sich eine Etage tiefer, in der Film-Bar, mit ein paar Handvoll Erdnüssen. Giorgio konnte nun großzügig mit seinen Vorräten umgehen. Die Film-Bar und das Kino würden in wenigen Tagen schließen. Nicht permanent, zum Glück, sondern für die Restaurierung des Gebäudes. Der jahrelange Kampf der Initiative „Rettet die Lichtburg" hatte sich gelohnt. Und auch ihre Unterschrift befand sich unter den 13.000, die vor der entscheidenden Schlacht gesammelt worden waren. Wim Wenders ahnte nicht, wie dankbar Karo ihm war. Mit seinem leidenschaftlichen Plädoyer vor dem Stadtrat hatte er wesentlich dazu beigetragen, die Lichtburg zu retten. Und damit Karos Büro.

Und im Gegensatz zu Giorgio mußte sie ihren Arbeitsplatz während der Restaurierung nicht einmal räumen. Ihr Büro würde in ein paar Monaten einen neuen Anstrich bekommen und hoffentlich einen neuen Fußboden. Abgesehen von diesen paar Tagen, würde sie weitermachen können wie bisher. Außer, dass sie ihre Kundschaft durch die Baustelle zur ihrem Büro geleiten und die Toilette im Grillo-Theater benutzen müsste.

Giorgio hatte sich bis zur Neueröffnung im Spätherbst auf ein Kreuzfahrtschiff anheuern lassen. Ein paar Monate Karibik. Auch nicht schlecht.

Karo ließ sich von ihm in ein Gespräch über Mokka-Maschinen verwickeln. Er schwärmte ihr von dem Gerät vor, das ihn hier nach seiner Rückkehr erwarten würde. Ein paar hundert Erdnüsse und viele technische Details später gelang Karo die Flucht.

Leicht benommen von ihrem unfreiwillig erworbenen Mokka-Wissen drängte sie sich durch das Gewühle am Kino-Eingang. Der neue Wim Wenders war ein Kassenmagnet. Nicht nur, weil er zum Teil in der Lichtburg gedreht worden war und wohl auch nicht, weil Karo als Statistin mitgewirkt hatte. Obwohl das einige Karten verkauft hatte. Selbst ihre Mutter hatte sich den BAP-Film angesehen, dabei war sie seit Ende der fünfziger Jahre, als Ruth Leuwerik bei einer Lichtburg-Premiere als Essener Mädchen bejubelt werden musste, in keinem Kino gewesen.

Karo stand vor der Lichtburg. Es war immer noch zu früh für die Bibliothek. Etwas Schwarzes eilte an ihr vorüber. Ein Priester. Karo setzte sich in Bewegung.

Sie folgte ihm in einem großzügigen Abstand, rückte erst näher, als er kaum hundert Meter weiter das Münster ansteuerte und durch eine Tür verschwand. Im Kreuzgang holte sie ihn ein.

„Entschuldigung, darf ich Sie etwas fragen?"

Der Priester drehte sich um. „Falls Sie die Toiletten su-"

„Nein, danke. Haben Sie eine Sekunde Zeit?"

„Ja. Worum geht es denn?" Er war blond, nicht viel über dreißig und hätte auch ein Jungmanager sein können. Karo konnte ihn sich als Sekretär des Bischofs vorstellen.

„Ich wollte nur wissen ... wie würden Sie reagieren, wenn Ihnen eine Frau sagen oder beichten würde, sie sei eine schwangere Jungfrau. So wie Maria, verstehen Sie?"

Er hob seine Brauen.

„Würden Sie sie für ein Wunder halten und dem Bischof vorführen oder so was?"

„Kaum. Ich würde ihr raten, sich einer psychologischen Beratung zu unterziehen. Die Wahrscheinlichkeit, dass es sich um eine religiöse Wahnvorstellung handeln würde, wäre hoch."

„Aber wenn es keine wäre?"

Er zuckte mit den Schultern. „Wir würden uns da raushalten. Wenn es sich gar nicht vermeiden ließe, vielleicht ein kleines Komitee gründen."

„Was? Keine Mail an den Papst oder so was?"

„Eher nicht. Wenn Sie mich jetzt entschuldigen würden?"

Karo nickte. Er eilte davon.

Ohne je darüber nachgedacht zu haben, hatte sie doch erwartet, die Kirche würde sich auf ein mögliches Wunder nur so stürzen. Na ja, anscheinend nicht. Es schlug fünf. Zeit für die Stadtbibliothek.

Dort begab sie sich schnurstracks runter in die Musikbibliothek, fischte die Kopien aus dem Weihnachtsliederbuch hervor und setzte sich an einen der Arbeitstische.

Es waren nur ein paar Seiten, zum Glück. Artikel aus einem Biologielexikon, einer theologischen Enzyklopädie und zwei aus einer medizinischen Datenbank. Karo begann zu lesen.

Jungfernzeugung oder Parthenogenese ... aha ... *die Entstehung von Nachkommen aus unbefruchteten Eiern* ... na so was ... *Entwicklung prinzipiell auch ohne Befruchtung durch eine Spermazelle möglich* ... im Biologie-Unterricht hatte das aber niemand erwähnt ... *eingeschlechtliche Fortpflanzung* ... Würde die Schlagzeile lauten: „Chrissies eingeschlechtliche Fortpflanzung"? ... *tritt unter den Plattwürmern, Saugwürmern auf* ... blabla ... *auch bei Bienen, Hummeln, Rüsselkäfern* ... kein Wort von Schlagersängerinnen, aber halt, da gab es noch die künstliche Parthenogenese ... *auch schon bei Säugern gelungen* ... das hörte sich doch gut an ... *bei Kaninchen und Mäusen* ... na ja, aber immerhin ... *verschiedene Methoden* ... blablabla ... *durch Schütteln, Bürsten, Anstechen mit einer Glasnadel* ... und wie bürstete man bitte ein Ei? ... *durch Ultraviolettbestrahlung* ... war die nicht in den Bergen besonders hoch? Vielleicht hatte Chrissie einfach überempfindlich reagiert? ... *durch Elektroschocks* ... ob sie sich beim Baden die Haare geföhnt hatte? ... *auch durch Temperaturschock* ... alles deutete auf die Alpen hin ... AHA! ... *1995* ... *der Fall eines Jungen* ... *Tests* ... *Untersuchung seiner Chromosomen* ... *vermutlich Parthenogenese* ... na, wer sagt's denn? ... *sicher kein einmaliger Fall,* schloss der Wissenschaftler seinen Bericht. Was Karo sehr einleuchtend fand.

Wenn die Mutter verheiratet war oder jedenfalls zur fraglichen Zeit mit einem Mann geschlafen hatte, kam sie doch gar nicht erst auf den Gedanken, dass ihr Ei sich selbstständig gemacht haben könnte. Höchstens gab sie der Pille die Schuld; es war ja bekannt, dass die nicht hundertprozentig zuverlässig war. Oder einem undichten Kondom. Wahrscheinlich sprangen überall jungferngezeugte Menschen rum. Die sich wunderten, warum sie so gar nichts von ihrem Vater hatten.

Aber was bedeutete das für ihren Fall? Sollte sie Chrissie etwas über Bienen erzählen, über Plattwürmer und Rüsselkäfer, und ihr raten, die Chromosomen des Kindes nach der Geburt testen zu lassen?

Karo steckte die Kopien ein und machte sich auf die Suche nach einem unbesetzten PC. Sie hatte Glück, gerade wurde einer frei.

In ihrem E-Mail-Briefkasten lag eine einzige Mail, von der Privatissima-Mailingliste. Karo überflog die darin enthaltenen Anfragen, auf die sie keine Antwort wusste, und blieb beim einzigen Jobangebot hängen. Eine reitende, golfende, rauchende Privatdetektivin mit bayerischem Zungenschlag wurde für einen Einsatz im Chiemgau gesucht. Selten war sie sich unqualifizierter vorgekommen. Sicher wimmelte es in Bayern von geeigneten Kolleginnen und sie hätte ohnehin keine Chance gehabt. Na ja.

Mehr um die bezahlten Minuten am PC auszunutzen als aus Entdeckerlust rief Karo Google auf und gab „Chrissie Gabriel“ ein. Tausende von Treffern. Sie fügte „Dezember“ ein und setzte das Jahr dazu. Schon besser, nur sechsundfünfzig Hits. Sie rollte die Zeilen runter ... was war das? ... „gesichtet wie sie die Klinik betrat“. Karo klickte.

Es handelte sich um eine dieser Ich-habe-einen-Promi-gesichtet-und-fotografiert-Seiten. Foto, Ort, Datum, Uhrzeit und ein kurzer Erlebnisbericht.

Hier hatte sich ein gewisser Eddie S. auf dem Weg zu einem Kunden verfahren und war auf dem Parkplatz der Professor-Beumer-Klinik gelandet. Dort meinte er gesehen zu haben, wie Chrissie Gabriel die Klinik betrat. Sein Foto zeigte eine Frau in einem Trenchcoat, mit Kopftuch und großer Sonnenbrille, die einen Handkoffer trug. Kein eindeutiger Beweis. Außer, man erkannte wie Karo das Kopftuch. Datum: 15. Dezember.

Wieso checkte jemand drei Tage vor dem Urlaub in eine Klinik ein? Und warum hatte Chrissie dies nicht erwähnt?

Die Professor-Beumer-Klinik umgab eine gewisse Aura. Idyllisch und einsam lag sie in den Hügeln hinter Hösel. Diskret und erstklassig wurde hier behandelt, wer Geld hatte. Karo tippte die Professor-Beumer-Klinik ein. Sie überflog einige Berichte und rief die Homepage auf.

Unter der Leitung von Professor Doktor Carsten Beumer wurden Ruhekuren angeboten, kosmetische Chirurgie, Vollwert-Reduktionswochen und ... Beratung und Behandlung bei Fertilisationsproblemen.

Karo lehnte sich zurück. Wenn das mal nicht künstliche Befruchtung bedeutete. Chrissie freute sich auf das Kind. Hatte sie sich etwa, vom Ticken ihrer biologischen Uhr angetrieben, Spendersamen einsetzen lassen? Und versuchte nun, dies zu verschleiern und sogar in ein Medienspektakel zu verwandeln? Mit Karos Hilfe?

„Mit mir nicht!“, sagte Karo laut.

Fünfundzwanzig Minuten später war sie wieder in Werden, parkte im Halteverbot vor Nummer fünf und stürmte in den vierten Stock. Zu Fuß. Im Aufzug wäre sie explodiert. Sie schellte Sturm und drängte, als Chrissie die Tür öffnete, an ihr vorbei in die Wohnung.

„Frau Rutkowsky? Was ist los? Haben Sie schon was rausgefunden?"

„Zu welchem Zweck betraten Sie am 15. Dezember um elf Uhr vierunddreißig die Professor-Beumer-Klinik?"

„Die Professor-Beumer-Klinik?"

„Leugnen nützt nichts. Es gibt Zeugen."

„Das war wegen der Schlange."

„Welcher Schlange?" War sie gebissen worden? Das würde manches erklären. Wenn auch nicht alles.

„Der auf meinem Rücken? Onkel Piet meinte, so große Tätowierungen seien nicht mehr in. Sie haben sie weggemacht. Es tat ziemlich weh."

„Wurde es denn nicht betäubt?"

„Doch. Ich hatte eine Vollnarkose. Das war meine Bedingung. Es tat hinterher weh."

„Hm. Und was ließen Sie sonst noch machen?"

„Nichts. Wieso?"

„Schon gut." Irgendwie glaubte Karo ihr. Jetzt war wohl der Zeitpunkt gekommen, um mit ihr über gebürstete Eier und solche Dinge zu sprechen.

Karo zögerte. Ihrem Konto würde ein zweiter Tagessatz gut anstehen, keine Frage. Und würde eine wirklich gewissenhafte Detektivin sich die Klinik nicht wenigstens von außen angucken? Oder gar einen Vorstoß ins Sekretariat wagen?

„Morgen werde ich mal die Klinik unter die Lupe nehmen."

„Aber warum?"

„Ach, man kann nie wissen." Einfach würde es nicht werden. Sicher wusste man sich dort gegen die neugierige Außenwelt abzuschotten. Karo liebte solche Herausforderungen.

„Sollte Sie jemand von der Klinik anrufen und sich nach mir erkundigen, Frau Gabriel, geben Sie bitte Auskunft.

Aber nicht erwähnen, dass ich auch Privatdetektivin bin, okay?"

Chrissie Gabriel nickte.

Am nächsten Morgen um zehn saß Karo Frau Barlow gegenüber, der Personalchefin der Professor-Beumer-Klinik.

„Wie gesagt, Frau Rutkowsky, es freut mich, dass Frau Gabriel einen so positiven Eindruck von unserer Klinik gewonnen hat. Ich kann auch verstehen, dass Sie ein festes Arbeitsverhältnis bei einer so erstklassigen Institution wie der unseren anstreben, um nicht mehr von den Launen ihrer privaten Arbeitgeber abhängig zu sein . . ."

Karo leistete stumme Abbitte bei ihren Putzkunden, die sie soeben hemmungslos verleumdet hatte. In Wahrheit war es andersrum. Die meisten waren Wachs in Karos Händen.

„. . . und dass Sie aus der Illegalität raus wollen, spricht für Sie. Der Schwarzarbeitsmarkt fügt unserer Volkswirtschaft ungeheuren Schaden zu, erst kürzlich las ich einen Artikel darüber. Aber, leider, zur Zeit haben wir keine Vakanzen beim Reinigungspersonal. Beim gesamten Personal gibt es sehr wenig Wechsel. Überdurchschnittliche Gehälter, gute Sozialleistungen, ein interessantes Publikum - Sie verstehen."

Karo nickte.

„Sie können mir gerne eine Bewerbung hier lassen. Vielleicht ergibt sich mal was. Nach Frau Gabriel und den anderen Herrschaften, die Sie erwähnten, wissen Sie ja, wie man mit einem anspruchsvollen Publikum umgeht. Insofern . . ."

„Ja, eigentlich bin ich wie geschaffen für Ihre Klinik, nicht wahr?" Karo erhob sich. „Aber da kann man nichts machen. Dann versuche ich es eben in der Clinique de Beauté in Kettwig. Ich habe gehört, die suchen -"

„Einen Moment!" Frau Barlow griff nach dem Telefon.

Karo wandte sich ab, nahm den weißen Baumwollhandschuh aus ihrer Umhängetasche und zog ihn über. Sie ging zur Tür, öffnete sie und fuhr mit den behandschuhten Fingern über die Oberseite. Bingo! Schwarz vor Staub. Es wäre gar nicht nötig gewesen, den Handschuh zu präparieren. Sie drehte sich um und präsentierte das Ergebnis Frau Barlow.

„Wird gerne vergessen“, sagte Karo. „Ich weiß ja nicht, wie Sie dazu stehen, aber ich lege großen Wert darauf, dass auch die Stellen sauber sind, die nicht gleich ins Auge fallen. Also, dann Auf Wieder-“

„Warten Sie. Ich habe mit unserem Geschäftsführer gesprochen. Eventuell lässt sich was machen. Nächste Woche weiß ich mehr. Wenn Sie noch etwas Geduld haben könnten?“

Karo konnte. Sie bot sogar an, sofort ein paar Probeputzstunden zu absolvieren, kostenlos selbstverständlich, und in einem nicht sensitiven Bereich, damit man sich ein Bild von ihr machen konnte. Anschließend vielleicht ein Tässchen Kaffee mit den Kolleginnen in spe? „Denn Sie verstehen, Frau Barlow, auch ich will nicht die Katze im Sack kaufen.“

Eine ausgezeichnete Idee, fand Frau Barlow.

Keine halbe Stunde später, nach einer Einweisung durch Renate, der Chefin des Hygiene-Teams, putzte Karo die öffentlichen Toiletten. Der hellblaue Hygiene-Team-Kittel, den man ihr geliehen hatte, war etwas weit und lang und einen Ton zu blass, um wirklich kleidsam zu sein, aber dessen ungeachtet, putzte Karo alles geschwind und gründlich, vom Terrakotta-Fußboden über die Waschbecken, Toiletten bis zu der Unterseite der Seifenspender und – natürlich – der Oberseite der Türen.

Renate inspizierte, war zufrieden, und nahm Karo mit in den Pausenraum des Hygiene-Teams, wo sich acht Hellblaue zur Pause versammelt hatten.

„Mädels, das ist Karola. Sie wird möglicherweise nächste Woche bei uns anfangen.“

„Ach, ich glaube, das ist so gut wie sicher“, sagte Karo nach einem Gruß in die Runde. „Chrissie Gabriel hat mich empfohlen.“

„Die war doch vor kurzem hier!“

„Echt, bei der arbeitest du?“

„Oh, ihre Lieder bringen mich zum Schmelzen . . .“

„Erzähl mal, wie ist sie denn so?“

„Komm, nimm Platz. Käffchen?“

„Ja, gerne.“ Karo setzte sich mit an den Tisch. „Vielen Dank.“

Sie goss Milch in den Becher und rührte um. „Also . . .“

Die Frauen beugten sich vor.

„Also, sie ist wirklich ganz süß.“ Sie nickten. „Eine ganz Liebe. Und irgendwie tut es mir auch leid, dass ich bei ihr aufhören werde. Besonders jetzt, wo . . .“

Die Frauen krochen ihr fast in den Kaffeebecher.

Karo trank einen Schluck. „Ich bin natürlich sehr diskret. Muss man ja sein. Ich meine, die Sachen, die man so mitkriegt . . .“

Renate nickte. „Müssen wir hier natürlich auch sein. Hier kommen ja viele Promis hin. Der Professor sagt, es ist auch für uns so was wie die ärztliche Schweigepflicht. Wer redet, fliegt. Untereinander können wir natürlich. Das machen die Ärzte ja auch. Nur nicht nach draußen.“

„Na dann . . . vielleicht . . . wo ich doch demnächst hier anfangen werde ...“

„Genau. Erzähl schon. Es bleibt unter uns.“

„Na gut. Also: Chrissie bekommt ein Baby! Aber: pssst, ja?“

Das Entzücken war groß – sowohl über das Baby als auch darüber, in ein dermaßen exklusives Geheimnis eingeweiht worden zu sein. Renate bot Pralinen an. Nun wurde es ausgesprochen gemütlich.

Als Gegengabe für ihre köstliche Nachricht servierte man Karo häppchenweise Klinik-Klatsch, den sie ganz unterhaltsam fand, aber für ihren Fall nicht hilfreich. Vielleicht gab es für sie in der Klinik ja wirklich nichts zu holen. Oder es gab etwas, aber die Putzfrauen hatten keine Ahnung. Was möglich, aber verwunderlich wäre. Vor allem, da eine mit einem Pfleger befreundet war und die beste Freundin einer anderen in der Verwaltung arbeitete. Na, dann würde sie sich wohl opfern und hier eine Woche arbeiten und herumschnüffeln müssen.

„Tja", sagte Karo. „Das ist ja alles ganz nett, aber da weiß ich wirklich etwas Saftigeres als ihr ..." Sie sah in die Runde und war mit der Wirkung zufrieden. „Ich arbeite da noch für diesen Professor in Heisingen. Na ja, und er ist mit einem der Ärzte hier befreundet. Habe den Namen vergessen. Irgendwas mit M oder N ... oder mit H ..."

„Ja? Und?"

„Vor ein paar Wochen war der zu Besuch und ... nicht, dass ihr denkt, ich lausche ..."

Heftiges Kopfschütteln und gespannte Blicke.

„Aber ich wischte Staub im Wohnzimmer, und die Tür zu seinem Arbeitszimmer war wohl nicht ganz zu – jedenfalls, dieser Arzt machte da Andeutungen ... Junge, Junge."

„Nun sag schon. Worum ging es?"

„Also, ich glaube nicht, dass ich darüber reden sollte. Ich meine, es wäre etwas anderes, wenn ihr es schon wüsstest. Aber so ... die Diskretion meinem Arbeitgeber gegenüber, ihr versteht ..."

Die Frauen tauschten Blicke miteinander aus. Sie drucksten herum. Karos Antennen fuhren aus.

„Du meinst sicher die Sache mit Ralph", sagte Renate. „Darüber wissen wir natürlich Bescheid. Supergeheimhaltungsstufe. Sonst werden wir rausgeschmissen. Und verklagt. Und jetzt hat einer der Ärzte darüber geredet? Finde ich ja ein starkes Stück. Wie hieß er?"

„Ist doch egal", sagte Karo. „Weiß ich nicht mehr. Hat er sicher ganz im Vertrauen getan. Aber ich meine, als ich das hörte, ich war wirklich ... sehr ... ihr wisst schon."

„Schockiert?", warf eine der Frauen ein.

„Mh! Ja. Genau. Man fragt sich natürlich ..."

„Das Motiv? Es war wegen der Rente."

„Wegen der Rente." Musste sie das jetzt verstehen?

„Ja, Ralph machte sich Sorgen über seine Rente. Die zurückgehende Geburtenrate. Weniger Einzahler, weniger Rente."

Geburtenrate! Ihr Stichwort! „Und deshalb ..."

„Genau. Für ein paar mehr Babys hat er ja gesorgt."

Er hatte Patientinnen vergewaltigt? So einen Fall hatte

es doch neulich erst in einem süddeutschen Krankenhaus gegeben. Frauen, die in der Narkose lagen, vergewaltigt von einem Besucher, der sich immer wieder eingeschlichen hatte. Und so ein Skandal wurde hier unter den Teppich gekehrt? „Er hat es getan, während sie ..."

„Ja, meist erst nach der OP, wenn sie zurück in ihren Zimmern waren, aber noch völlig weggetreten. Da hat ihn die Oberschwester dann auch erwischt."

„Und, weiß man, wie viele Patientinnen er vergewaltigt hat?"

Den Frauen wurde unbehaglich.

„Na, Vergewaltigung ... ich weiß nicht", sagte Renate. „Das wird doch bei jeder künstlichen Befruchtung so gemacht. Mit einer Art Spritze. Das tut nicht weh, glaube ich."

„Sie haben alle Patientinnen angerufen, die in der Zeit, als Ralph hier Pfleger war, eine Vollnarkose hatten. Unter einem Vorwand natürlich. Vierzehn haben etwa neun Monate später ein Baby bekommen. Welche davon durch Ralph zustande gekommen sind, weiß man natürlich nicht."

Vierzehn Frauen, die nicht auf der Pille waren, bei denen der Zeitpunkt zufällig stimmte. „Das heißt, er hat es bei Dutzenden, vielleicht Hunderten getan."

„Ach nein. So viele waren es bestimmt nicht", sagte Renate.

Eine ältere Frau meldete sich zum ersten Mal zu Wort. „Ich glaube ja auch, dass es ihm leid tat, den Samen einfach wegzuschütten. Ralph hasste Verschwendung. Die Spender kommen doch an festen Tagen. Und wenn dann gerade kein Bedarf war oder nicht soviel, dann musste Ralph die ... die Spenden entsorgen. Nicht alle werden eingefroren. Das tat ihm einfach leid, glaube ich."

Karo fasste sich an den Kopf.

Chrissie lag auf dem grünen Sofa, als Karo ihr Bericht erstattete.

„WAS hat er gemacht? Igittigittigitt! Da will ich gar nicht dran denken! Igitt!"

„Werden Sie die Klinik verklagen, Frau Gabriel?"

„Nein! Gar nichts werde ich machen. Ich will keinen Skandal? Denken Sie an das Baby. Onkel Piet darf das auch nicht wissen."

„Von mir erfährt keiner was."

„Wissen Sie, was das für Männer sind, die da hinkommen? Diese Spender?"

„Habe ich gefragt. Es sind alles Medizinstudenten."

„Oh?" Chrissie strahlte. „Ein Arzt in der Familie? Das ist doch was?"

Freuden der Fortbildung

Es würde eine Weile dauern, bis sie sich in ihrem Büro wieder ganz zu Hause fühlen würde.

Karo stellte die beiden Stoffbeutel auf den Schreibtisch und hängte ihre Jacke an den Wandhaken. Es war der selbe alte Wandhaken. Auch die Möbel hatten sie nicht angerührt. Der schmale graue Metallschrank war so verkratzt wie vor der Restaurierung des Gebäudes. Drehstuhl und Schreibtisch schienen ebenfalls unverändert - nun gut, sie waren staubfrei, vorübergehend, aber nicht etwa poliert oder gar aufgearbeitet. Karo fuhr mit der Hand über die raue Holzoberfläche des Schreibtischs. Schwarzblaue Tintenkleckse, die sicher wie die ganze Einrichtung aus den fünfziger Jahren stammten. Helle Gläserringe wie besoffene Olympia-Zeichen, zu denen Karo nur einen beigetragen hatte. Ein paar eingeritzte Initialen. Und vorne, am Rand, bräunliche Flecken, die man für Tee oder Rotwein halten mochte, die aber Blut waren und noch relativ frisch. Vor knapp einem halben Jahr war Karo hier die Decke auf den Kopf gefallen, jedenfalls ein Teil davon, als die Presslufthämmer in der Etage über ihr tobten. Nach diesem Vorfall hatte sie ihr Büro verlassen müssen, das Stadtbauamt hatte darauf bestanden. Nur für wenige Monate, hatte es geheißen. Aber aus dem versprochenen Einzug im November war nichts geworden. Nun war es März.

Ihrem Gewerbe hatte die Unbehaustheit gar nicht gut getan. Improvisierte Bürostunden an einem Tisch im Café Central wirkten auf manche Leute eben nicht vertrauenerweckend.

Aber diese Zeiten waren nun vorbei.

Karo stellte den alten Leitz-Locher auf den Schreibtisch und verteilte ein paar Gesetzbücher: BGB, HGB und ein StGB, alles nicht die neusten Ausgaben, doch wem fiel das schon auf? Sie schüttete den Inhalt des zweiten Stoffbeutels in die oberste Schublade: Büroklammern aller Größen, Bleistifte, Kulis, Gummiringe, versteinerte Radiergummis, ein Stempelkissen. Die Schublade darunter nahm die Keksdose auf, eine angebrochene Tafel Schokolade, ein Röhrchen Aspirin, eine Tüte Salmiakpastillen, Tempo-Taschentücher und Tampons. Die Hängeordner kamen zurück in die mittlere Schublade des Metallschranks. So. Karo setzte sich in den Drehstuhl und sah sich um.

Es fehlten nur noch das Telefon und die Schreibtischlampe - beides Originale, die sie lieber bei sich zu Hause aufbewahrt hatte und die noch im Auto lagen. Ebenso wie der apricotfarbene Cocktailsessel, in dem Romy Schneider nach einer Premiere gesessen hatte, und den Karo bei ihrem Auszug mit Bernys Hilfe rausgeschmuggelt hatte. Eine unnötige Vorsichtsmaßnahme, hatte er gemeint. Das Haus werde ja unter denkmalschützerischen Aspekten restauriert, daher würden die Sessel in der Film-Bar gewiss bleiben. Er hatte recht behalten. Aber die anderen Cocktailsessel waren doch neu bezogen worden. Und das Lichtburg-Rot des Bezugs würde Jahrzehnte brauchen, bis es zu diesem unvergleichlichen Apricot verbleichen würde. Wenn der Stoff nicht gar lichtecht war.

Es klopfte.

Schon Kundschaft? Es ging eben nichts über ein bisschen Reklame, und so eine Erwähnung in einem Zeitungsartikel war Gold wert. Gut, dass sie gestern bei der Reporterin nicht locker gelassen hatte. Auch wenn ihr dabei jemand das Handy aus der Tasche geklaut hatte. Gleich nachher würde sie sich den Artikel im Aushang in der Akazienallee angucken.

Karo schlug das BGB auf und nahm einen Bleistift in die Hand. „Herein!"

Eine dunkelhaarige Frau trat ein. Um die dreißig. Helles Chanel-Kostüm, dazu rosa Prada-Pumps. Das sah nach Geld aus. Das war gut.

„Frau Rutkowsky? Guten Tag. Ich bin Ingalill Wirtz, zusammengeschrieben beziehungsweise mit Tezett."

Karo lächelte. „Guten Tag. Wollen Sie sich nicht setzen, Frau Wirtz?" Sie stand auf und rollte der Kundin den Drehstuhl rüber. „Sie müssen entschuldigen, ich ziehe gerade erst wieder ein." Karo setzte sich auf die Schreibtischkante. „Worum geht es? Und darf ich fragen, wie Sie auf mich gekommen sind? War es die Erwähnung im WAZ-Artikel heute?"

„In der WAZ? Nein. Ich beziehe immer noch die Süddeutsche. Ich bin vor kurzem aus München hergezogen, müssen Sie wissen. Nein, Frau Rainiger hat Sie erwähnt. Ich traf sie neulich ganz zufällig bei einer Wohltätigkeitsveranstaltung der Rotarier."

Karos Lächeln verlor seinen Enthusiasmus. Zu früh gefreut. Frau Rainiger war eine von ihren Putzkundinnen (Villa, montags). Dort hatte sie heute morgen gewirkt.

Sie hatte genügend Putzstellen. Eine Warteliste hatte sie auch. Nein, was sie brauchte, war ein ein netter Fall für Karo Rutkowsky, die Privatdetektivin. „Es tut mir leid, Frau Wirtz, ich bin zur Zeit ziemlich ausgebucht und -"

„Ach, wirklich? Schade! Frau Rainiger gab mir zu verstehen, dass Sie mit Fällen nicht gerade überhäuft sind. Das ist natürlich schon ein paar Wochen her, aber ich hatte gehofft . . ."

Doch ein Fall! Halleluja. „Nun ja . . ." Keinesfalls durfte sie zu begierig erscheinen. Das drückte die Preise. „Eventuell könnte ich es doch einrichten. Warum erzählen Sie mir nicht erst einmal, worum es geht?"

Frau Wirtz schlug ein schlankes Bein über das andere. „Es ist ein etwas ungewöhnliches Anliegen . . ."

Karo lächelte ermutigend. „Ungewöhnliche Anliegen sind meine Spezialität."

„Ich . . . ähm . . . bin verheiratet und - also, ich kann doch auf Ihre Diskretion rechnen?"

„Selbstverständlich." Bestimmt ein zu beschattender Ehemann. Wie banal. Aber Auftrag war schließlich Auftrag. Vor allem, wenn man sonst keinen hatte.

„Gut. Ja. Also, ich bin wie gesagt verheiratet und ich habe einen Lover."

„Oh. Ich verstehe."

„Und es ist naturgemäß etwas schwierig, viel Zeit mit ihm zu verbringen. Mein Mann macht durch die Wirtschaftsflaute kaum noch Dienstreisen, so dass ich immer nur Stunden stehlen kann, um mit meinem Lover zusammensein zu können."

„Aha. Ja, diese Rezession trifft uns alle irgendwie."

„Aber - und da kommen Sie ins Spiel - meine Firma schickt mich auf ein Fortbildungsseminar. Drei ganze Tage! Sie verstehen, worauf ich hinaus will?"

„Nicht wirklich, Frau Wirtz."

„Sie gehen an meiner statt. Und ich fahre mit *ihm* solange nach Paris!"

„Wie bitte?" Das war ja noch uninteressanter als eine Ehemann-Beschattung.

„Ich bin natürlich bereit, Ihre vollen Tagessätze zu bezahlen, Frau Rutkowsky. Bedenken Sie: fürs Nichtstun. Es handelt sich um eins dieser Larifari-Seminare für leitende Angestellte. Also keine anstrengenden Diskussionen und Arbeitssitzungen. Sie umarmen ab und zu einen Baum, lernen Entspannungstechniken, kommen Ihrem inneren Ich näher, oder tun wenigstens so. Draußen in der Natur."

Karo sah aus dem Fenster. Es war zwar erst März, aber der Himmel war blau, die Luft milde. Ein paar Tage auf dem Lande . . . Vielleicht ließe sich das ertragen.

„Wo findet das Seminar statt?"

„Am Niederrhein. Es ist also gar nicht weit. Auf einem ehemaligen Bauernhof, irgendwo hinter Neukirchen-Vluyn. Na? Was denken Sie? Ich erhielt heute die Liste aller Seminarteilnehmer. Niemand von ihnen kennt mich. Sie können also gar nichts falsch machen, müssen nur bis zum Ende dableiben. Die Teilnahme zählt. Es gibt keine Bewertung oder so etwas."

„Wann fängt es an?"

„Schon übermorgen. Es hat sich gerade erst ergeben, dass mein Lover jetzt einige Tage weg kann. Sonst hätte ich mich eher gemeldet. Heißt das, Sie sind interessiert? Sie werden es tun? Ich wäre Ihnen so dankbar."

„Nun, Frau Wirtz, ich muss noch darüber nachdenken. Ob . . . ob ich die anderen Fälle vorher erledigen oder verschieben kann. Ich gebe Ihnen morgen Bescheid." Bis dahin würden aufgrund des Artikels sicher interessantere Fälle des Weges kommen. Hoffentlich. Es musste ja nicht gleich ein Mord sein. Obwohl, warum nicht?

„Oh. Das ist aber sehr kurzfristig, Frau Rutkowsky. Aber gut, ich werde Sie morgen früh anrufen. Auf Wiedersehen."

Karo schloss ihr Büro ab und lief an der Film-Bar vorbei die Treppe runter. In der Lobby der Lichtburg wimmelte es vor Leuten. Halb Essen schien sich hier rumzutreiben, um zu sehen, was ein Jahr Restaurierung aus dem traditionsreichen Filmpalast gemacht hatte.

„Also, mir fehlt diese ulkige Verkaufsinsel hier in der Mitte", sagte eine Frau. „Sie war *so* Fünfzigerjahre! Es ist nicht das gleiche, Brausewürfel oder Cola an der Theke drüben zu kaufen."

„Sie war aber total unpraktisch", sagte eine junge Frau. „Einen Cappuccino machen und noch die Kühlschranktür zu öffnen war fast unmöglich, das kannst du mir glauben."

„Vielleicht haben sie's ja nur wegen des großen Eröffnungsempfangs gestern noch nicht wieder aufgestellt. Vielleicht kommt sie ja noch zurück."

Träum weiter, Mädchen, dachte Karo. Das Ding war über Ebay nach Polen verscherbelt worden. Sie vermisste es auch. Als geisterhafte Spur war der Umriss auf dem Steinfußboden noch zu erkennen und hatte bisher allen Restaurierungsversuchen widerstanden.

Vor dem Kino, auf der Kettwiger Straße, war Italien ausgebrochen. Menschen schlenderten in hastig ausgegrabenen Sommersachen die breite Fußgängerstraße entlang. Alle Tische vor dem neuen Café Solo waren besetzt. Man trank Latte oder Macchiato, streckte sein Gesicht der Sonne entgegen und genoss die Tatsache, dass sich das Ruhrgebiet schneller erwärmte als weniger begünstigte Landstriche. Früher hatte man dies der industrieverschmutzten Luft zugeschrieben, die wie eine Käseglocke über der Region gelegen hatte, aber davon konnte ja nicht mehr die Rede sein. Mal abgesehen von ganz normalen Smog-Tagen.

Karo blickte in den tiefblauen Himmel. Tagelang sah er schon so aus. Früher hatte es hier so etwas nicht gegeben.

Ein gewisses Bleu war das äußerste gewesen, das man erwarten konnte. Karo war sich nicht sicher, ob ihr dieses vorindustrielle grelle Blau an ihrem Himmel gefiel. Eher nicht. Ebenso wenig wie das neue leuchtende Rot auf den Film-Bar-Sesseln. Sie bog um die Kino-Ecke in die I. Dellbrügge und gleich wieder rechts ab, ins Schwarze Meer, eine nüchterne kurze schmale Straße, lichtlos und voller Liefereingänge, grau, vollgeparkt und menschenleer.

Irgendwie mochte sie diese Straße, und keineswegs nur, weil sie eine nützliche Abkürzung zur Akazienallee bildete. Eine ganze Weile hatte sie die Straße meiden müssen. Das war, nachdem sie bei Stempel Kraemer ihr Büroschild abgeholt und nebenan, im Schaufenster vom Alpha Fotostudio plötzlich Lutz gesehen hatte. Mit seiner Braut. Beide strahlend. Auf einem großformatigem Hochzeitsfoto.

Vorbei am heute geschlossenen H+. Hier hatte sie noch einige Haarschnitte und Kopfmassagen gut, seit sie den entführten antiken Kinderfrisierstuhl mit Pferdekopf heil zurückgebracht hatte. Als sei er nie fort gewesen, stand er hinter der großen Scheibe, wieder bereit für die jüngste Kundschaft. Ein paar Schritte weiter, im Schaufenster der Anzeigenannahme, waren die aktuellen Seiten der WAZ angepinnt. Zwei Männer in blau-weißer Schalke-Kluft lasen den Sportteil. Karo überflog im Lokalteil Essen die Artikel über die gestrige offizielle Wiedereröffnung der Lichtburg.

Roter Teppich ... bla-bla-bla ... *Bergmannskapelle spielte ‚Der Steiger kommt'* ... ein Lied, bei dem ihr immer die Tränen kamen, zu peinlich ... *die Rede des Ministerpräsidenten* ... ob das mit seinem traumatischen Kino-Erlebnis als kleiner Junge stimmte? War jedenfalls gut angekommen ... *der größte und schönste Kinosaal Deutschlands* ... *Grußbotschaft von Tom Tykwer* ... ob sie mal neben ihm gesessen hatte, als er in der Lichtburg jung und unbekannt Filme geguckt hatte? Könnte sie heute Franka Potente sein? ... *Ilja Richter kam spontan auf die Bühne* ... ja, und beim Empfang hatte er ihr spontan zugelächelt, bis in die Kniekehlen hatte sie es gespürt ... *Joachim Król, obwohl erkältet* ... ah! hier musste es kommen ... *Unter den Essenerinnen und*

Essenern aus Wirtschaft, Politik und Kultur ... Kultur natürlich am Schluss ... *entdeckten wir* ... bla-di-bla ... *vom KVR* ... wo blieb sie denn? Hatte sie die Reporterin nicht genug bearbeitet? ... *von der Krupp-Stiftung* ... OH NEIN! Karo stöhnte auf und erntete einen interessierten Blick der beiden Schalke-Fans. Das durfte doch nicht wahr sein: *Kaba Ruhrkowski, die ihr Büro im Lichtburg-Gebäude hat* ... Kaba??? Ruhrkowski?? Und hatte sie nicht mindestens dreimal DETEKTIVbüro gesagt?

Karo lehnte sich gegen die Scheibe und ging langsam in die Knie. Niemand würde sie aufgrund dieses Artikels anrufen, um ihr einen Auftrag zu erteilen. Niemand. Die ganze Mühe, sich die Einladung zu erschleichen, vergebens. Jetzt konnte sie sich nur noch erschießen. Oder diesen Auftrag auf dem Lande annehmen. Was im Moment kaum attraktiver erschien. Am liebsten würde sie diese Reporterin würgen und schütteln. Oder umbringen.

Karo raffte sich auf, ging rüber zur Hauptpost, rief Ingalill Wirtz an und übernahm den Auftrag.

Am Mittwoch gegen vierzehn Uhr stand sie vor dem Blumengeschäft im Duisburger Hauptbahnhof, dem von der Seminarleitung angeordneten Treffpunkt. Nach und nach versammelten sich dort sieben Frauen und ein Mann. Karo nickte ihm zu. Er wurde rot und wandte sich einer Azalee zu. Vielleicht doch kein Seminarteilnehmer.

Um sechs nach zwei trabten zwei blonde gebräunte Gestalten vom Haupteingang her auf die Gruppe zu. Ein Mann und eine Frau, wie man sah, als sie näher kamen. In gebügelten hellblauen Jeans und grauen Sweatshirts. *PotMan* stand in schwarzen Buchstaben darauf; darunter, etwas kleiner, *Potential for Managers: Seminare & Coaching.*

„Sorry“, rief die Frau und blieb vor der Gruppe stehen. „Diese Baustellen! Wir fanden keinen Parkplatz für unseren Van. Hallo, ich bin Pinky Tohn.“

„Und ich bin Tom Tohn“, sagte der Mann. „Sie können Tom zu mir sagen. Aber wir siezen uns. Regel Nummer eins. Keine Verbrüderung. Und ihr seid die neue Truppe. Alle neune, wie ich sehe. Haha."

Der Mann hatte wohl genug von der Azalee und wandte sich um.

Tom Tohn runzelte die Stirn. „Da fehlt ja doch noch eine. Wer sind Sie?"

„Ähm . . ." Der Mann räusperte sich. „Gestatten, Eike Hansen, Ruhr-Stahl, Niederlassung Oberhausen."

Pinky und Tom guckten sich an. Pinky zuckte mit den Schultern. „Ich dachte, das wäre ein Frauenname."

„Sowohl als auch", sagte Herr Hansen. „Sowohl als auch."

PotMan zeigte sich kurz verunsichert. „Es ist nur so: Wir hatten so viele Anmeldungen für dieses Seminar, dass wir es teilten. In eins für Männer und eins für Frauen. Das ist manchmal sogar besser."

„Ja . . .", sagte Herr Hansen. „Soll ich dann nochmal wiederkommen? Das wäre kein Problem. Ganz bestimmt nicht."

„Geht nicht", sagte Pinky. „Das andere fand schon letzte Woche statt. Nein, bleiben Sie hier. Die Damen werden Sie schon verkraften, nicht?"

Ein paar Damen lächelten. „Kein Problem", sagte eine Frau in Karos Alter mit kurzen dunklen Haaren und einer Brille gelassen. „Übrigens, ich bin Frau Schnick."

„K - eh, Ingalill Wirtz", sagte Karo. Verdammt, sie musste aufpassen. Hatte die ältere Frau mit dem Strickkorb sie bei dem Versprecher misstrauisch angeguckt? Ach, wahrscheinlich guckte die immer so streng.

„Frau Möller", sagte die nun in die Runde. Sie hatte eine tiefe angenehme Stimme. Ein Lächeln verwandelte ihr Gesicht. Eine Oma, die einen Pullover für ihre Lieblingsenkelin strickte, entschied Karo, und wahrscheinlich ganz nett.

Die drei jüngsten, Steffi, Evi und Ellie waren Mitte zwanzig, schlank und gestylt. Leitende Angestellte aus der Modebranche?

Bettina Suhr, Anfang vierzig, mit frischer Dauerwelle und neuem Kostüm, war nervös. Sie klimperte mit den Augenlidern, ein halbherziges Lächeln kam und ging, ihre Finger rieben aneinander.

Die letzte Teilnehmerin stellte sich vor. „Ich bin Ruth

Sawatzki. Und ich wollte sagen, dass ich mich sehr auf das Seminar freue. Ich verspreche mir sehr viel davon. Ich habe nämlich eine Chance befördert zu werden. Aber mein Chef meint –"

„Sehr schön", rief Pinky und klatschte zweimal in die Hände. „Dann wollen wir mal los. Schnappen Sie ihr Gepäck und folgen Sie uns."

Sie schleppten und rollten ihr Gepäck zum ein paar Straßen entfernt parkenden Kleinbus. Er war kreuz und quer und in verschieden Farben mit dem PotMan-Logo bedruckt. Karo saß am Fenster und sah hinaus. Pinky sammelte die Handys ein. Sie verließen Duisburg Richtung Westen, fuhren ein Stück über die A 40, nahmen die Ausfahrt Neukirchen-Vluyn. Es wurde immer ländlicher. Karos Stimmung sank. Das Land hatte oft diese Wirkung auf sie. Eine emotionale Landallergie oder so etwas.

Der Bus rumpelte auf einer schmalen geteerten Straße durch den dichten Laubwald. Ein schmuckes renoviertes Bauernhaus kam in Sicht.

„Wie süß", rief Frau Sawatzki. „Ich liebe Fensterläden!" Hälse reckten sich. „Wohnen wir hier?" Sie ließen das Bauernhaus hinter sich. Der Wald wurde dichter.

„Gleich sind wir da", sagte Pinky und bog in einen Waldweg ein. Streng, war der Ausdruck, der Karo in den Sinn kam, als sie das Haus sah. Und das war noch geschmeichelt. Ein graues zweistöckiges Haus undefinierbaren Alters mit einer ungepflegten Auffahrt. Das Innere entsprach dem Äußeren, grau, nüchtern und kühl. Immerhin gab es Einzelzimmer. Alle Schlafzimmer, bis auf zwei, lagen in der ersten Etage. Karo und Herr Hansen mussten ihr Gepäck noch eine steile Stiege hochhieven. Ihre Zimmerchen lagen unter dem Dach. Karo nahm das erste, das gleich am schmalen Treppenabsatz lag. Herr Hansen verschwand ein paar Türen weiter.

Mönchisch, dachte Karo, als sie das schmale Bett, den Metallspind und das winzige Waschbecken betrachtete. Und saukalt. Sie drehte am Thermostat neben den drei Heizrippen. Nichts tat sich.

Sie lief erst die Stiege und dann die Treppe runter ins Parterre. „Gibt es hier keine Heizung?“, fragte Karo, als sie in den Seminarraum trat.

„Aber natürlich“, sagte PotMan. „Wir müssen nur den Herd in der Küche gründlich einfeuern. Dann gibt es Heizung und heißes Wasser.“ Er griff hinter seinen Sessel und hielt Karo eine Axt hin. „Der Holzschuppen liegt hinterm Haus.“

„Soll das ein Witz sein?“

„Nein. Wer fragt, ist dran. Nur los. Trauen Sie sich. Schauen Sie tief in sich hinein. Bestimmt wollten Sie schon einmal zuschlagen. Jetzt ist Ihre Chance. Lassen Sie‘s raus.“

Karo starrte ihn an. Er meinte das ernst.

„Na, los. Das Seminar hat begonnen.“

Und sie hatte versäumt, ihre Auftraggeberin zu fragen, wie das Seminar hieß. War es ein Umschulungsseminar? Endete es mit einem Holzfäller-Diplom? Konnte man damit nach Kanada auswandern?

„Frau Wirtz?“

„Frau Wirtz! . . . Ingalill!“ Frau Schnick stieß Karo an.

Oh, sie war gemeint. „Ähm . . . ja?“

„Kommen Sie mit, ich helfe Ihnen.“

PotMan reichte Karo die Axt und sie folgte Frau Schnick nach draußen. Vor dem Schuppen stand ein Baumstumpf. Der Boden war von Spänen und abgesplitterten Holzstückchen übersät. Frau Schnick holte einen Stück Baum aus dem Schuppen und setzte es auf den Stumpf.

„Danke, Frau Schnick“, sagte Karo. „Haben Sie auch einen Vornamen?“

„Selbstverständlich. Schlagen Sie zu. Alle Kraft aus der Schulter. Und dann mit Schwung.“

Karo umfasste den Stiel fest mit beiden Händen. Sie stellte sich breitbeinig hin, atmete tief ein, grunzte und schwang die Axt hoch, bis über ihren Kopf. So weit so gut, aber sie konnte den Schwung nicht bremsen, die Axt zog sie mit. Karo fiel auf den Rücken, die Axt immer noch umklammert.

Frau Schnick schüttelte den Kopf. „Geben Sie mal her.“

Karo setzte sich auf und klaubte Holzstückchen aus ihrem

Haar. „Ich ... eh ... Hätten Sie erwartet, dass man auf diesem Seminar Holz hacken muss?"

Frau Schnick stellte ein Bein vor, hob die Axt, ließ sie runtersausen in das Holzstück, hob es mit der Axt hoch, haute es auf den Stumpf und hatte zwei Stücke. „Na ja, immer wenn es um unterdrückte Aggressionen geht, Bekämpfung von Schüchternheit, Entspannung und solche Sachen, muss man mit allem rechnen." Frau Schnick schlug wieder zu, und noch einmal und hatte vier Scheite. „Jetzt Sie."

Karo holte sich ein Stück Holz aus dem Schuppen. Merkwürdig. Frau Schnick machte doch einen ganz selbstbewussten Eindruck. Und die drei Mädels, Steffi, Ellie und Evi schienen nicht gerade Prototypen verunsicherter Mittzwanzigerinnen zu sein. Doch die kannten einander schon. Vielleicht fühlten sie sich nur in der Gruppe stark. Aber Herr Hansen - ja, der kam viel zu beflissen rüber, und schüchtern war er auch, das war schon auf dem Bahnhof nicht zu übersehen gewesen. Und die anderen? Na ja, könnte sein. Frau Möller, mit ihrem Strickzeug, war mindestens dreiundfünfzig. Mochte sein, dass sie Probleme hatte, ihre Position gegen jüngere dynamische Führungskräfte zu verteidigen. Egal. Es ging sie nichts an. Karo schob das Holzstück etwas weiter nach rechts, schön in die Mitte.

„Na los, Ingalill! Machen Sie schon. Hopphopp!"

Hopphopp? Karo wandte sich um und legte eine Hand auf ihre Hüfte. „Und darf ich fragen, Frau Schnick, warum *Sie* an diesem Seminar teilnehmen? Zum Abbau Ihrer Schüchternheit etwa?"

„Wahrscheinlich aus dem Grund, aus dem auch Sie hier sind. Um ein paar arbeitsfreie Tage zu genießen, die nicht vom Urlaub abgehen. Seien wir doch ehrlich! Außerdem macht sich ja jede Fortbildungsteilnahme gut in der Personalakte, nicht? Die Stress-Seminare sind natürlich angenehmer, aber die sind bei uns so beliebt, mehr als einmal im Jahr kriege ich keins. Seit die Stadt kein Geld mehr hat, komme ich an die Top-Seminare ohnehin nicht mehr ran, da wird es Ihnen in der freien Wirtschaft besser gehen, nehme ich an."

Karo schnaubte. Kreiste über ihrem Detektivbüro nicht der Pleitegeier? „Besser? Hah! . . . Ich meine . . . selbstverständlich. Viel besser. Unserer Firma geht's blendend." Bei welcher Firma war ihre Auftraggeberin überhaupt? Und warum hatte sie an diesem Seminar teilnehmen wollen? An diesem Ort, der so gar nicht zu Chanel und Prada passte? Karo hob die Axt und schlug zu. Schon besser. Das hatte was.

„Na, sehen Sie", sagte Frau Schnick. „Es geht doch. Ich nehme diese Scheite schon mal mit rein. Zum Anfeuern. Aber wir brauchen noch jede Menge mehr."

„Kein Problem. Ich glaube, ich habe ein Talent dafür."

Und - zack! - fuhr die Axt in den nächsten Holzklotz und spaltete ihn zur Hälfte. Karo hob ihn mit der Axt in der Kerbe hoch, schlug ihn zurück auf den Hauklotz und hatte zwei Scheite. Und aus zwei mach vier. „Hah!" Nächstes Stück. Wenn sie so weitermachte, brauchte sie keine Heizung mehr. Karo zog ihr Sweatshirt aus und attackierte den nächstes Klotz. Heben - Hauen - Spalten. Heben - Hauen - Spalten. Ihr Atem ging schneller, aber sie ließ nicht nach. Späne flogen durch die Gegend. Einer pfiff an ihrer linken Backe vorbei. WAS?!

Karo ließ sich fallen. Seit wann pfiffen Späne?

Kugeln pfiffen.

Jemand hatte auf sie geschossen.

Karo rollte sich auf den Bauch und robbte auf die andere Seite des Hauklotzes. Im Wald knackte etwas. Schlich jemand heran? Oder verschwand? Oder knackte es im Wald immer?

Vom Haus her näherten sich Schritte. Karo tastete nach der Axt und zog sie zu sich heran.

Die Schritte hörten auf. „Ingalill?" Es war Frau Schnick. „Wo sind - Ja, wieso liegen Sie denn auf dem Boden? Ein Schwächeanfall?"

„Passen Sie auf!", flüsterte Karo. „Jemand hat auf mich geschossen!"

„Wirklich?" Frau Schnick sah sich um. „Sind Sie verletzt? Bluten Sie?"

„Nein. Die Kugel hat mich haarscharf verfehlt."

Frau Schnick hob ihre Brauen. „Sind Sie sicher? Ich sehe

niemanden. Vielleicht ist im Wald nur ein trockener Ast abgebrochen oder so etwas. Das kann ziemlich laut klingen."

Karo setzte sich auf und klopfte ihr T-Shirt ab. Sie war mit Sägemehl paniert. „Ein Ast? Meinen Sie?" Mit Ästen kannte sie sich nicht aus. Aber wer oder was war dann an ihrer Backe vorbeigepfiffen? Eine manische Biene? „Nein, nein, ich glaube, das war ein Schuss. Ich geh' jetzt rein. Soll jemand anders Holz hacken."

„Aha."

Glaubte die Schnick, sie wolle sich drücken? „Das Holz dürfte ja wohl erst mal reichen, oder?"

„Ja. Doch. Gar nicht schlecht. Es gibt jetzt Tee. Ich soll Sie holen."

Tee. Sicher gab's auch Kaffee. Den könnte sie jetzt brauchen. Am besten mit einem Schuss Cognac drin, gegen den Schreck. Und dazu ein schönes Stück Kuchen.

Tom, Pinky und die anderen hatten sich schon im Seminarraum versammelt. Pinky nahm weiße Becher von einem Tablett und reichte sie herum. Karo schaute in ihren hinein. Definitiv kein Kaffee. In blassgelbem Wasser schwamm ein Grashalm.

Frau Sawatzki nahm einen Schluck. „Mh! Köstlich. Sehr aromatisch."

„Danke", sagte Karo. „Aber ich hätte lieber einen Kaffee. Oder einen Cappuccino. Mit viel Zucker. Ich hatte nämlich einen Schock. Draußen –"

„Kaffee gibt es hier nicht, Frau Wirtz", sagte Pinky. „Aber Sie dürfen den Tee gerne süßen. Dieser toskanische Salbeiblütenhonig ist sehr aromatisch und harmoniert hervorragend mit den Zitronengrastee."

„Oh, Zitronengras . . .", sagte Frau Suhr. „Das erinnert mich an meinen Thailand-Urlaub. Ein exotisches Aroma."

Karo nippte an dem Tee. Exotisch war nicht der Ausdruck, den sie benutzen würde. Jedenfalls nicht, bevor ein Schuss weißer Rum und etwas Ananassirup oder so etwas ihren Weg in den Becher gefunden hätten. Und ein Haufen Eiswürfel. Oder wenigstens ein zweiter Grashalm.

„Ich finde, es schmeckt nach nichts", sagte Karo.

Sie erntete schockierte Blicke von dem Damen Suhr und Sawatzki. Die Mädels grinsten. Herr Hansen zog den Kopf ein. Frau Schnick guckte amüsiert. Über Frau Möllers Gesicht huschte ein Ausdruck der Verachtung. Für Karo? Für den Tee?

„Na na", sagte Pinky. „Ihre Geschmacksknospen sind abgestumpft. Ihre Sinne verstopft. Warten Sie ab. Nach diesen drei Tagen werden sich Ihnen die Feinheiten des Lebens wieder voll erschließen. Ihre Geschmacksknospen werden aufblühen, Ihre Ohren sich öffnen für die zartesten Töne der Natur . . ."

„Jemand hat draußen auf mich geschossen", sagte Karo.

„Wie bitte?"

„Das meinen Sie nicht im Ernst!"

„Wer denn?"

„Aber wieso sollte jemand auf Sie schießen?"

Ja, wieso? Oder hatte der Schuss Ingalill Wirtz gegolten? Der eifersüchtige Ehemann? War er hinter ihre Affäre gekommen? Aber der hätte sie wohl kaum mit seiner Frau verwechselt.

„Ich glaube ja, es war nur ein trockener Ast."

„Kein Ast. Etwas pfiff an meiner Backe vorbei –"

„Vielleicht hat Sie jemand für ein Wildschwein gehalten."

„Wie darf ich denn das verstehen?"

„Na, ich meine ja nur. Es kommt doch vor, dass Jäger –"

„Ich will, dass die Polizei gerufen wird."

„Aber Frau Wirtz . . ."

„Ich bestehe darauf."

„Na gut." PotMan stand auf. „Wenn es Sie beruhigt." Er verließ den Raum.

„Also", sagte Pinky. „Nach der Teestunde dürfen Sie sich für vierzig Minuten auf Ihre Zimmer zurückziehen und still sein. Horchen Sie in sich hinein. Achten Sie darauf, wie es in Ihnen lärmt. Wenn der Gong ertönt, kommen Sie bitte runter. Wir machen dann einen Waldgang. Schweigend. Langsam. Lauschend. Anschließend versammeln wir uns wieder hier und teilen miteinander, was wir der Natur abgelauscht haben."

„Wie ich die Natur liebe . . .“, sagte Frau Sawatzki.

„Können wir joggen?“, wollte Evi wissen.

„Joggen können Sie morgen früh. Joggen oder walken. Um sieben. Heute abend gehen wir. Langsam.“

Wie bitte? Joggen, walken? Um sieben? Welche Symptome brauchte man wohl, um überzeugend einen Meniskusschaden vorzutäuschen? Außerdem hatte sie Hunger. „Ich wüsste gerne, wann es Abendessen gibt. Vor oder nach dem Waldgang?“ Vorher hoffentlich. Sie wollte nicht vor Entkräftung ins Unterholz sinken.

„Abendessen?“, wiederholte Pinky. Die anderen sahen Karo an. Frau Möller presste die Lippen zusammen. Frau Schnick hob die Brauen.

„Ja! Abendessen. Abendbrot. Dinner. Wann ist es?“

„Tja“, sagte Pinky. „Könnte es sein, dass Sie die Seminar-Beschreibung nicht so richtig gelesen haben?“

Welche Seminarbeschreibung? War sie etwa verpflichtet, ihr Abendbrot selbst zu erlegen? Würden sie durch den Wald schleichen, um Wildschweine zu erschießen? Oder Rehe oder so etwas? Das würde sich natürlich nahtlos ins Holzhack-Programm einfügen. Und sie für ein Leben in Kanadas Wildnis qualifizieren.

„Gelesen? Na ja“, sagte Karo. „Ich bin mir nicht sicher. Möglicherweise habe ich es nur überflogen. Wir hatten so viel zu tun. Eine Besprechung jagte die andere. Was . . .“ Sie räusperte sich. „Was stand denn bezüglich des Abendessens drin?“

Die Mädels guckten sich an. Frau Schnick starrte an die Decke. Herr Hansens Gesicht verzog sich teilnahmsvoll. Frau Möller schüttelte den Kopf. Die Damen Suhr und Sawatzki flüsterten miteinander.

„Tja“, sagte Pinky. „Es ist so: Hier wird nicht gegessen.“

„Ach, wir gehen aus?“ Endlich ein Lichtblick.

„Nein, wir gehen nicht aus. Außer in den Wald natürlich. Wir essen überhaupt nicht.“

„Wie? Nie?“

„Ganz recht. Wir fasten. Das klärt den Geist und reinigt den Körper.“

„Aber ...“ Karo fasste sich an den Kopf. Das war ja noch schlimmer als Wildschwein.

Die Tür ging auf. „Alles in Ordnung“, sagte Tom. „Die Jugend vom Schützenverein übt wohl manchmal in dieser Gegend, meinte der Polizist. Er wird sich mit ihnen in Verbindung setzen und sagen, dass das Seminarhaus bewohnt ist. Allerdings fragte er auch, wie sicher Sie seien, dass es wirklich ein Schuss war. Manchmal kann ein Auspuff –“

„Definitiv kein Auspuff. Glauben Sie mir.“ Schießende Dorfjungend. Nichts zu essen. Verdammter Mist.

„Okay“, sagte Pinky. „Dann gehen Sie bitte auf ihre Zimmer und sammeln sich. Vierzig Minuten. Bis zum Gongschlag.“

Sie erhoben sich.

„Haben Sie das echt nicht gewusst?“, fragte Frau Schnick Karo auf der Treppe. „Haben Sie überhaupt nichts zu essen dabei?“

„Zu essen dabei?“ Karo überlegte. Vielleicht lag am Boden ihrer Handtasche noch etwas Brauchbares rum. Der eine oder andere Gummibär. Oder ein staubiges Katzenpfötchen. „Wieso, haben Sie etwa?“

„Na klar. Wenn man so etwas liest, sorgt man doch vor.“

„Sie glauben, die haben sich alle Verpflegung mitgebracht?“

„Keine Ahnung. Wenn sie wirklich fasten wollen, wohl nicht. Ich glaube ja, die PotMans machen das nur aus Bequemlichkeit. Keiner muss kochen, es erhöht die Gewinnmarge und hört sich noch gut an.“

Erklärte dies das umfangreiche Gepäck mancher Leute?

Sie waren in der ersten Etage angekommen. „Öh ...“, sagte Karo. „Ich weiß ja nicht, wieviel Sie ... aber glauben Sie, sie könnten mir vielleicht etwas abgeben? Verkaufen natürlich. Egal was?“

Hinter ihnen entstand ein Stau. „Würden Sie bitte weitergehen?“, sagte Frau Möller.

Ob die auch ... ? Vielleicht nicht. Ein, zwei Pfund weniger würden ihr gut stehen.

„Okay“, murmelte Frau Schnick. „Kommen Sie runter,

wenn alle im Bett sind."

Karo nickte. Schon fühlte sie sich besser. Und Frau Wirtz würde sie einen dicken Aufschlag aufbrummen. Wegen erschwerter Arbeitsbedingungen und Verschweigen von essentiellen Tatsachen. Plus Nachtzuschlag. Und Gefahrenzulage.

„Haben Sie das mit dem Fasten wirklich nicht gelesen?", fragte Herr Hansen, der hinter Karo die Stiege hochkletterte.

Karo hatte die Hand schon auf der Klinke ihrer Zimmertür. „Nein, habe ich nicht!", fauchte sie und fuhr herum. Herr Hansen guckte wie ein erschreckter Hase und wäre fast rückwärts die Stufen runtergefallen. Karo packte seinen Arm.

„Haben Sie denn vorgesorgt?", fragte sie freundlicher. „Ich meine, haben Sie was dabei? Sie wissen schon . . . ?"

„Vorgesorgt? Wie meinen Sie das? Lassen Sie mich los." Er machte sich dünn und schob sich an Karo vorbei. „Ich bin ein verheirateter Mann. Ein glücklich verheirateter Mann. Entschuldigen Sie mich." Er lief den Flur entlang und verschwand in seinem Zimmer.

„Nur in deinen Träumen, Eike." Karo grinste ihm hinterher. Sie schüttete den Inhalt ihrer Handtasche aufs Bett. Nie wieder würde sie ihre Wohnung ohne eine Überlebensration verlassen. Sie fand zwei zerdrückte, aber noch eingewickelte Kaugummistreifen. Leider zuckerfrei. Sie schob sich einen in den Mund. Köst-lich! Im durchsichtigen Kosmetiktäschchen sichtete sie zwei Fisherman's Friends. Und das war's.

Sie setzte sich aufs Bett und lauschte befehlsgemäß in sich hinein, konnte aber nichts hören, weil ihr Darm gluckerte und ihr Magen knurrte. Warum warten, bis alle im Bett waren? Sie öffnete die Tür und lauschte. Nichts. Auf Socken schlich sie die Stiege hinunter, auf Zehenspitzen den Gang entlang bis zu Frau Schnicks Zimmer. Karo drückte die Klinke im Zeitlupentempo hinunter, öffnete die Tür einen Spalt und hielt inne. Mit wem sprach Frau Schnick? Teilte sie ihre Lebensmittel schon mit einer anderen? Karo spähte ins Zimmer. Die Schnick saß im Schneidersitz auf dem Bett, mit dem Rücken zur Tür, und telefonierte! Von wegen Handys abgeben.

„. . . nein, dies wäre genau das richtige für dich, glaub mir. Ein netter kleiner Giftmord. Ich weiß doch, dass du nichts Blutiges und keine Schießerei magst. Das würde ich dir gar nicht erst anbieten, ich kenne doch meine Pappenheimer." Frau Schnicks Kichern klang hämisch. Vielleicht war dies nicht der günstigste Moment für einen Besuch. Karo schloss die Tür auf Frau Schnicks Worte: „Okay. Das mit dem Geld regeln wir, wenn –"

Karo legte sich auf ihr Bett und atmete tief ein und aus. So aus dem Zusammenhang gerissen, würde sich sicher manches Telefongespräch verdächtig anhören, wenn nicht gar bedrohlich. Kein Grund zur Aufregung. Die Schnick organisierte gewiss keine Auftragsmorde. Mit einem vollen Magen und der Aussicht auf geregelte Mahlzeiten wäre Karo nie auf eine solch absurde Idee gekommen. Andererseits war da der Schuss. Was, wenn es nicht die Dorfjugend gewesen war?

Der Gong riss Karo aus ihren Grübeleien. Der Waldgang und die anschließende Runde im Seminarraum nahm sie wie durch eine Nebelwand wahr. Die angebotene Gemüsebrühe – salzlos und nicht das kleinste Fettauge weit und breit – kippte sie klaglos in sich hinein. Um neun war endlich Schluss. Alle zogen sich in ihre Zimmer zurück. Türen klappten noch eine Weile auf der Etage unter ihr. Besuche in den zwei Badezimmern, auf den Toiletten. Dann blieb es ruhig. Karo zog ihren Schlafanzug an und legte sich aufs Bett. Vor zehn sollte sie nicht kommen, hatte die Schnick ihr zugeflüstert.

Karo verfiel in einen Wachtraum. Berge von Spaghetti. Bäche aus sämiger Tomatensauce. Champagnergläser voller Salmiakpastillen. Der Wecker piepte. 21 Uhr 59. Endlich.

Sie zog den Kopfkissenbezug ab. Das Knistern einer Plastiktüte könnte Aufmerksamkeit erregen. Sie öffnete die Tür und lauschte in die Dunkelheit. Nichts. Karo streckte den rechten Arm aus, auf der Suche nach dem Stiegengeländer, machte einen Schritt nach vorne und hob ab. Wie ein Vogel schwebte sie durch die Luft, ein wundersames Gefühl, das bedauerlicherweise schon nach Sekundenbruchteilen endete, als sie mit ihrer rechten Seite auf die Holzstufen knallte. Sie griff nach den Streben des Geländers und bremste so ihren Stakkato-Fall die Stiege hinunter. Es machte einen Höllenlärm. Türen wurden aufgerissen, das Licht ging an, Stimmengewirr erfüllte die Luft.

„Was ist los?"

„Es ist Frau Wirtz."

„Ist sie tot?"

Karo öffnete ein Auge.

„Frau Wirtz, können Sie mich hören?" Das war Pinky.

„Mhm", machte Karo.

„Wollten Sie zur Toilette?"

„Also, in Socken auf der Treppe, das ja wirklich leichtsinnig."

„Ist etwas gebrochen?"

Karo wackelte mit den Zehen.

„Lassen Sie mich mal sehen." Das war Tom. „Ich war Sanitäter." Er tastete Karo ab, bewegte ihre Glieder, ignorierte Karos Stöhnen. „Ein paar Prellungen. Nichts gebrochen. Kommen Sie, wir helfen Ihnen auf."

Karo wollte liegen bleiben. Tom und Pinky fassten sie unter die Arme und stellten Karo hin. „Na, geht doch."

Karo war froh, als sie ihr Zimmer erreichten. Alles tat ihr weh. Und der Magen knurrte immer noch.

„Das fühlt sich schlimmer an, als es ist", sagte Pinky. „Ich gebe ihnen eine Creme. Traumhaft bei Prellungen und blauen Flecken. Wo ist Ihr Kopfkissenbezug?"

Die Tür ging auf. „Dieser Kopfkissenbezug hing in der Lampe", sagte Frau Sawatzki.

Pinky und Tom schauten Karo an.

Sie zuckte mit den Schultern. „Au! – Keine Ahnung, wie der dahin gekommen ist. Ich kann mich an nichts erinnern."

„Ich bringe Ihnen den Gong hoch", sagte Tom. „Hauen Sie drauf, falls Ihnen übel wird. Dann haben Sie eine Gehirnerschütterung und wir müssen einen Arzt holen."

Arzt! Krankenhaus! Mahlzeiten!

„Ich glaube, mir ist jetzt schon übel."

„Müssen Sie sich übergeben?"

„Nei-ein . . ." Womit denn bitte?

Tom stellte ihr einen chinesischen Gong mit dem Durchmesser einer Familienpizza und einen gelben Plastikeimer neben das Bett. Er wünschte ihr eine gute Nacht.

Karo zog sich aus und rieb sich mit der Salbe ein. Ein verdammtes Pech. Aus der Traum von einem Mitternachtsschmaus. Und die Socken waren schuld. Halt! War sie denn wirklich auf den Stufen ausgerutscht? Karo schloss die Augen und dachte zurück. Sie hatte die Tür geöffnet, hatte über den meterbreiten Flur nach dem Geländer getastet, war einen Schritt vorgetreten – genau! Sie war nicht ausgerutscht, sondern gestolpert. Über ... Ihre Hand flog zu ihrem rechten Schienbein. Weit unter dem aufgeschrappten Knie, eine Handbreit über dem Knöchel, mitten in einem hässlichen Bluterguss fühlte sie eine waagerechte fadendünne Linie. Mit dem Auge war sie kaum zu erkennen. Sie war über eine vor ihrer Tür gespannte Schnur gestolpert! Es konnte gar nicht anders sein.

Karo hoppelte vom Bett zur Tür und öffnete sie. Mit Mühe ging sie in die Hocke und betrachtete die Türpfosten. Sie waren alt, hatten Risse und Wurmlöcher. Falls hier Nägel gesteckt hatten, waren sie entfernt worden. Von einer Schnur oder einem Draht keine Spur.

Karo dachte daran, wie tödlich Kopfkissen sein konnten und schloss die Tür von innen ab, ehe sie sich wieder hinlegte. Es war höchst merkwürdig. Wer? Und warum? Sie fiel in einen unruhigen Schlaf und träumte von eifersüchtigen Ehemännern und Auftragskillern.

Das einzig Gute war, dass niemand von ihr erwartete, den morgendlichen Waldlauf mitzumachen. Eins der Mädels brachte ihr eine Kanne mit warmen Zitronenwasser aufs Zimmer und begleitete sie ein Stockwerk tiefer bis zum Badezimmer.

Karo stand an ihrem Fenster, als der Trupp in den Wald lief. Sie zählte. Okay. Alle zehn waren aus dem Haus. Ihre Chance.

Ans Geländer geklammert humpelte sie die Treppe wieder hinunter. Frau Schnicks Tür war nicht abgeschlossen. In einem kleinen Metallkoffer unter dem Bett fand Karo gekochte Eier, kleine Kakaoflaschen, Packungen mit Keksen und Crackers, eine angebrochene Schachtel Pralinen, Äpfel,

Schokoriegel, Käsehappen, Orangen, Servietten, Erfrischungstücher, Sahnebonbons, Mini-Salamis, Joghurts diverser Geschmacksrichtungen, eine kleine Flaschen Sekt und einen mit einem Plastikclip verschlossenen Abfallbeutel. Sie füllte die mitgebrachte Plastiktüte mit dem Nötigsten, legte einen Zwanziger in den Koffer und wandte sich dem Spind zu. Sie fand das Handy in der Packung mit Slipeinlagen - nicht sehr originell - und setzte sich aufs Bett. Es klingelte lange. Sie würde doch nicht etwa -

„Ja . . . ? Wirtz." Sie klang verschlafen. Gut.

„Frau Wirtz! Karo Rutkowsky hier. Ich habe nicht viel Zeit. Eine Frage. Es ist wichtig. Könnte es sein, dass Ihr Mann von ihrem Geliebten weiß?"

„Wie?" Frau Wirtz lachte. „Nein, ganz gewiss nicht."

„Wie können Sie so sicher sein?"

„Ach . . . na, jetzt kann ich es ja gestehen: Ich bin gar nicht verheiratet."

„Was? Aber dann . . . Sind Sie denn in Paris?"

„Ah . . . ehm . . . ich weiß zwar nicht, was Sie das angeht, aber: nein, ich bin nicht in Paris. Ich bin zu Hause."

„Aber warum . . . Ich meine, wieso haben Sie mich dann angeheuert?"

„Spielt das eine Rolle? Ich bezahle Ihr Honorar, sie haben ein paar ruhige Tage auf dem Land . . ."

Karo schnappte nach Luft. „Von Ruhe kann nicht die Rede sein. Und wussten Sie, dass es hier NICHTS zu ESSEN gibt?"

„Oh. Habe ich das nicht erwähnt? Tut mir leid. Als Sie anriefen . . . Es ging alles so schnell."

„Frau Wirtz, ich bestehe darauf, dass Sie mir sagen, warum Sie mich auf dieses Seminar geschickt haben. Hier geht Merkwürdiges vor. Warum wollten Sie nicht selbst herkommen?"

„Regen Sie sich nicht so auf. Ist alles ganz harmlos. Als ich am Montag die Teilnehmerliste bekam und sah, dass es ein reines Frauenseminar war, hatte ich eben keine Lust mehr."

„Ein Mann ist dabei. Eike ist auch ein Männername."

„Tatsächlich? Und, habe ich was verpasst?"

„Wie?"

„Schätzchen, was meinen Sie, warum ich diese Fortbildungen besuche? Sie sind einfach ideal für nette kurze heftige Affären! Bisher habe ich noch immer jemanden aufgerissen. Kein Vorher, kein Nachher. Wirklich ideal. Na ja, und weil ich so kurzfristig in der Firma keinen Rückzieher machen wollte und ein paar freie Tage wirklich gut brauchen konnte - ich sagte ja, dass ich noch nicht lange hier bin, Urlaub steht mir erst in vier Monaten zu - nun, da kam mir diese Idee. Und ich genieße es, glauben Sie mir. Kommen Sie, bis morgen halten Sie es doch noch aus, oder? Und vielleicht gucken Sie sich diesen Eike mal näher an ..."

„Bestimmt nicht. Außerdem ist er verheiratet."

„Das sind die besten." Frau Wirtz lachte auf. „Die kommen wenigstens nicht auf falsche Gedanken, zumindest die meisten nicht. Wiederhören."

Karo verstaute das Handy, schnappte die Tüte mit den Lekkereien und machte sich auf den Weg in ihr Zimmer. Also kein eifersüchtiger Ehemann. Zu lecker dieser Kokos-Schoko-Riegel! Also doch die Dorfjugend? Und ihr Sturz? Vielleicht ein Schwindelgefühl, ausgelöst durch den Essensmangel? Sie fuhr wieder mit der Hand über die Rille an ihrem Bein. War sie mit dem Schienbein doch auf die Stufe aufgeschlagen? Rätsel über Rätsel.

Unerträglich gut gelaunt kam die Gruppe aus dem Wald zurück. Karo hörte das Lachen und Lärmen bis in ihr Zimmer. Frisch geduscht, mit noch feuchten Haaren, kam Pinky nach einer Weile vorbei, um Karo abzuholen.

„Kopfschmerzen? Lieber liegen bleiben? Unsinn! Ein bisschen Gesellschaft wird Ihnen gut tun. Ich brühe Ihnen einen Wermuttee auf, der hilft."

Widerstand war zwecklos. Karo setzte sich auf. Morgen würde sie wieder dort sein, wo es Wermut in Flaschen gab. Noch neunundzwanzig Stunden.

Sie versammelten sich um den großen Tisch im Seminarraum. Pinky verteilte Testbögen und Bleistifte.

„Heute morgen wollen wir uns selbst besser kennen lernen. Dies sind psychologische Tests. Sie haben eine Stunde, um sie auszufüllen. Und nicht vergessen: ehrlich sein!"

Karo sah auf die Überschriften.

Elegant oder sportlich – Einklang von innerem und äußerem Ich

Team-Typ oder Einzelgänger – wie arbeiten Sie am effektivsten?

Ruhe oder Rennen – welchen Ausgleich brauchen Sie?

Du liebe Güte. Dazu brauchte sie doch keine Tests. Sie war eine unelegante und ruhebedürftige Einzelgängerin. Das war doch wohl klar. Karo machte ihre Kreuze irgendwo.

„Oh, ich liebe Tests!“, murmelte Frau Suhr.

Pinky sah sich die Ergebnisse an. Sie wies darauf hin, wie Aussehen, Ausgeglichenheit und sportliche Betätigung sich positiv auf das Selbstbewusstsein auswirkten. Sie empfahl diverse Sportarten, zum Beispiel Frau Suhr Federball, Herrn Hansen Kickboxen, Frau Möller einen Teamsport mit Ball, Frau Schnick Wasserballett und Karo Gruppen-Schattenboxen. Karo bekam nun echte Kopfschmerzen und bestand darauf, sich hinzulegen.

Pinky nickte. „Jetzt sind ohnehin sechzig Ruheminuten vorgesehen. Setzen Sie sich in den Wald oder in Ihr Zimmer. Um zwölf gibt es im Hof Farbberatung bei mir oder Fitness mit Schrei bei Tom. Sie können es sich aussuchen.“

Herr Hansen meldete sich als erster für die Farbberatung. Karo verschwand auf ihr Zimmer. Sie biss gerade in einen Keks, als es kurz klopfte und Frau Schnick eintrat. Sie hielt Karo einen Zwanziger hin. „Hier. Ich will doch kein Geld dafür. Aber wühlen Sie nicht noch mal durch meine Sachen. So was macht man doch nicht.“

„Tut mir leid. Der Hunger, wissen Sie . . .“

Frau Schnick nickte. „Hauptsache, es schmeckt.“

„Wie Ambrosia. Vielen Dank noch mal. Sie haben mir das Leben gerettet. Öh – das ist nicht zufällig Ihr Bereich, nein? Lebensrettung, meine ich.“

„Nein. Stadtbibliothek.“ Frau Schnick wandte sich zum Gehen.

„Ah!“ Sollte etwa . . . ? „Ach – können Sie mir einen guten neuen Krimi empfehlen?“

Frau Schnick seufzte. „Was mögen Sie denn? Darf's ruhig

ein bisschen blutig sein?“

Bingo! Harmlos! Sie hatte es doch geahnt. „Ja, danke, ein bisschen Blut wäre nett. Aber es eilt nicht. Ich hab nicht dran gedacht – Sie wollen sich ja erholen. Übrigens, fanden Sie die Tests vorhin nicht auch ein bisschen ... Ich meine, ist so etwas üblich auf solchen Fortbildungen?“

„Kommt ganz drauf an. Die Tests stammen bestimmt aus irgendwelchen Frauenzeitschriften. So was ist immer beliebt. Und ich finde, die beiden machen es ganz gut. Nicht gerade tiefschürfend, aber locker. Sie haben vor der Reiseflaute Club-Urlauber betreut, wussten Sie das? Gymnastik, Animation, Farbberatung und ähnliches.“

„Ach.“ Das erklärte manches.

„Okay. Bis später dann.“

Karo hatte sich gerade unter ihre Decke gewühlt, als es wieder klopfte. Frau Möller hielt einen dampfenden Becher in der Hand. „Ihr Wermuttee! Pinky meint, der würde Ihren Kopfschmerzen gut tun. Ich habe aber auch noch Schmerztabletten, falls Sie ein paar möchten?“

„Vielen Dank, Frau Möller. Der Tee reicht mir, denke ich.“

Frau Möller hielt Karo den Becher hin und sah sie erwartungsvoll an. Einem blieb aber auch nichts erspart. Karo setzte sich auf und nahm einen Schluck. „Uh!“ Sie verzog das Gesicht.

„Ich weiß“, sagte Frau Möller. „Aber er wirkt. Trinken Sie!“

„Mache ich.“

„Versprechen Sie‘s?“

Karo nickte. Sie nahm wieder einen Schluck, um ihren guten Willen zu beweisen. Und noch einen. Der Tee schmeckte scheußlich bitter. Er musste einfach gut tun.

„Dann ruhen Sie sich gut aus, Frau Wirtz.“ Frau Möller lächelte und ging zur Tür. „Und schön austrinken, ja?“

Würde die das überprüfen? Irgendwie traute Karo es ihr zu. Sie trank noch etwas. Nee. Ein Tropfen mehr und ihr würde übel werden. Sie stand auf und goss den Rest aus dem Fenster. Sie legte sich hin, schloss die Augen und driftete in einen von Traumfetzen durchsetzten Halbschlaf. Dieser Wermut hatte es auch ohne Alkohol in sich. Es klopfte. In ihrem Traum? An ihrer Tür? Karo hatte Mühe ihre schweren Augenlider zu öffnen. Frau Möller schwebte ins Zimmer. Sie setzte sich auf die Bettkante. „Na, wie fühlen Sie sich? Ah, gut, Sie haben brav ausgetrunken."

Karo grinste schwach. Sie wollte schlafen. Frau Möller verschwamm und fügte sich wieder zusammen.

„Heh, einen Moment müssen Sie noch wach bleiben", rief Frau Möller und gab Karo einen Klaps auf die Backe.

„Wrrumm?" Karo wollte ihre Ruhe.

„Ich bin Frau Möller", sagte Frau Möller.

„Tagchen."

„Möller . . . ! Sagt Ihnen das nichts?"

Noch ein Test? Wenigstens im Bett sollten Sie einen in Ruhe lassen.

„Möller . . ." Karo überlegte. „Issernich 'n Minister?"

„Ts ts ts. Der heißt Müller. Möller. Denken Sie! Möller!"

„Oh, ich weiß." Wozu arbeitete sie in einem Kino? Über einem Kino. Die Lilo Pulver-Retrospektive neulich. Piroschka. „Ich weiß! Gunnar Möller. Hundert Punkte." Karo kicherte.

Frau Möller guckte böse. Falsche Antwort? Sie kniff Karo mit spitzen Fingernägeln in den Arm.

„Aua! Ham'se nich mehr alle?" Karo versuchte, ihren Arm wegzuziehen.

Frau Möller brachte ihr Gesicht näher an das von Karo. „Sie verdorbenes Weib!", zischte sie. „Ich rede von Kevin. Kevin Möller."

„Kennich nich."

Frau Möller traten Tränen in die Augen. „Sie haben ihn vergessen, ja? *Wir* werden ihn nie vergessen. Er war der beste Sohn, Ehemann und Neffe, ehe Sie ihn in die Finger kriegten. Feng-Shui für Firmen. Insel Mainau. Im letzten Mai. Erinnern Sie sich jetzt?"

Karo schüttelte den Kopf. Mainau? „War mal auf Hallig Hooge", sagte sie. „Die ganze Zeit schlechtes Wetter."

„Der dumme Kerl hat es seiner Frau gestanden", sagte Frau Möller. „Sie verließ ihn. Und *Sie* wollten ihn nicht. Er brachte sich um. Meine Schwester erlitt einen Schlaganfall und sitzt im Rollstuhl."

„Tut mir Leid“, sagte Karo.

Frau Möllers Augen zogen sich zu Schlitzen zusammen. „Es tut Ihnen Leid? Sie erinnern sich ja nicht mal. Es tut Ihnen Leid . . . Aber nicht mehr lange!“ Sie riss das Kissen unter Karos Kopf weg. „Sie werden sterben.“

„Was?“ Die Frau war verrückt! Karo versuchte, sich aufzurichten. Gott, war sie müde. Unnatürlich müde. „Was war im Tee?“

„Ein Schlafmittel. Spüren Sie, wie es von Ihnen Besitz ergreift? Sie stürzen keine Familien mehr ins Unglück, Frau Wirtz.“ Das Kissen näherte sich Karos Gesicht.

Wirtz? Oh. „Irrtum“, sagte Karo.

„Eine Überdosis Schlafmittel. Plötzlicher Herzstillstand“, erläuterte Frau Möller im Plauderton. „Eigentlich bin ich froh, dass ich Sie gestern beim Holzhacken verfehlt habe. Ein Versuch, die Aufmerksamkeit auf sich zu ziehen, werde ich sagen. Und der Treppensturz war vielleicht schon ein Selbstmordversuch?“

Das Kissen legte sich Karo über Nase und Mund. Sie versuchte, den Kopf zu wenden. Sie griff nach dem Kissen. Ihre Arme waren weich wie Gummi. In ihren Ohren rauschte es. Mit aller Kraft und Konzentration gelang es ihr, ihre Beine anzuziehen. Auf drei würde sie Frau Möller in den Bauch treten und sie vom Bett schleudern. Eins - zwei -

„Frau MÖLLER!“, donnerte ein Engel. Nein, es war die Stimme von Frau Schnick. „Was machen Sie denn da?“

Das Kissen flog zur Seite. Karo holte Luft und stieß Frau Möller mit ihren Füßen sanft in die Hüften.

„Sie ist eine männermordende Mamba“, stieß Frau Möller hervor. „Sie muss sterben.“ Sie bückte sich nach dem Kissen. Frau Schnick schrie „Hilfe!“ zur Tür hinaus, warf Karo ein Buch an den Kopf und stürzte sich auf Frau Möller. Die beiden rollten keuchend über den Boden, als Herr Hansen, gefolgt von Tom, Pinky und dem Rest, ins Zimmer rannte. Tom trennte die beiden.

Frau Schnick setzte sich schwer atmend aufs Bett. Sie griff nach dem Taschenbuch, das Karo am Ohr getroffen und es wahrscheinlich permanent verformt hatte. „Hier, das hatte ich gerade aus. Ich wollte es Ihnen zum Lesen bringen.“ Sie grinste.

Mords-Appetit. Krimi-Leckerbissen vom Niederrhein las Karo. So eine Unverschämtheit. Sie rollte sich auf die Seite. Sie wollte schlafen. Nur schlafen. Das Stimmengewirr schien von weit her zu kommen. Es hatte nichts mit ihr zu tun. „Frau Wirtz?“ „Ingalill, wachen Sie auf!“ „ . . . etwa betäubt?“ „ . . . einen Arzt rufen . . .“ „Ich kannte einen Fall . . .“ „ . . . den Magen auspumpen und . . .“ „Frau Wirtz!“

Erst mal ausschlafen. Und morgen würde sie sich die WAZ vorknöpfen und eine Richtigstellung verlangen. Kaba Ruhrkowski . . .

Der Zweck heiligt die Mittel

Karo trank einen Schluck. Abartig! Wenn Giorgios neustes Katermittel ebenso gut half wie es schlecht schmeckte, sollte es ihr bald besser gehen. Was um elf Uhr morgens auch an der Zeit wäre. Jedenfalls für eine Privatdetektivin, die an ihrem Schreibtisch saß und bereit zu neuen Taten war. Theoretisch jedenfalls. Ihr Kopf tat weh. Das Licht schmerzte. Aber die Party war es wert gewesen. Mein lieber Scholli!

Auch wenn der Anlass eigentlich ein trauriger gewesen war. Für sie und für die Lichtburg: Giorgio ließ die Film-Bar im Stich! Ab nächster Woche würde er seine Cocktails in Venedig mixen. Sein Onkel Marcello, ein Cousin zweiten Grades von Giorgios Mutter, musste aus Gründen, auf die Giorgio nicht näher eingegangen war, für achtzehn Monate ins Gefängnis. Und da Giorgio der einzige in der ausgedehnten Familie war, der Onkel Marcello als Barkeeper das Wasser beziehungsweise den Martini reichen konnte, würde er nun die kleine Bar in der Calle Frezzeria in San Marco übernehmen. In Essen-Katernberg als Enkel eines neapolitanischen Gastarbeiters und seiner Frau geboren und aufgewachsen, war ihm Venedig nicht sonderlich vertraut. Italienisch konnte er auch nicht. „Aber Bar ist Bar", hatte er Karo erklärt. „Und sie stammt wie die Film-Bar aus den fünfziger Jahren. Onkel Marcello hat am Dekor seit der Eröffnung nichts geändert. An den Wänden hängen wie hier signierte Fotos von Filmstars – von der Lollobrigida, de Sica, Giulietta Masina und sogar von Romy. Ich werde mich fast wie zu Hause fühlen."

„Wie schön für dich", hatte Karo gemurmelt und sich von ihm noch einen giftgrünen Cocktail mixen lassen. Ein Karo-Cocktail. Giorgios neuste Kreation und sein Abschiedsgeschenk für Karo.

Die Party hatte nach der letzten Vorstellung in der Film-Bar begonnen. Um Mitternacht hatte Marianne Menze als Geschäftsführerin eine kurze Rede gehalten, über Giorgios Verdienste und das Ende einer Ära. Denn künftig würde die Film-Bar nur noch bei besonderen Anlässen geöffnet sein. Bei Premierenfeiern, den monatlichen Jazz-Abenden und nächste Woche für die Hochzeitsfeier zweier Filmfans. Nach Mariannes Rede hatten sie die Film-Bar verlassen. Giorgio hatte die Schwingtüren ein letztes Mal abgeschlossen und den Schlüssel Berny übergeben. Ein bewegender Moment, besonders für Karo.

Sie würde nun niemanden mehr haben, der Vorzimmerdienste für ihr Büro leisten, sie mit Cappuccinos und Salzstangen versorgen und ihre Visitenkarten unter die Leute bringen würde.

Weitergefeiert hatten sie unten im Blauen Salon, der neuen Bar, die es gab, seit der Filmpalast nach der Restaurierung wiedereröffnet worden war. Die Glastüren zum Mezzo Mezzo hatten aufgestanden. Das Restaurant hatte köstliche Häppchen serviert. An die konnte Karo sich noch genau erinnern. Aber nachdem Hanns-Peter Hüster die an Giorgio gerichteten Grußworte von Pierce Brosnan verlesen hatte, verschwamm der Abend vor ihrem inneren Auge. Auf den fünften Karo-Cocktail hätte sie wohl verzichten sollen, aber sie war mit einem Mal von der fixen Idee beseelt gewesen, fünf Papierschirmchen als Trophäen mit nach Hause nehmen zu müssen. Solange sie ihr zu Hause noch hatte.

Immerhin war ihr Büro für ein weiteres Jahr gesichert. Zu einer nur geringfügig erhöhten Miete. Sie öffnete ein Auge. Und schloss es wieder. Das blendende Weiß, in dem die Wände seit der Renovierung erstrahlten, waren nicht der richtige Anblick für jemandem mit einem Kater. Nur gut, dass die Einrichtung unverändert geblieben war. Auf den neuen Linoleumfußboden (in dem vom Denkmalschutzbeauftragten abgesegneten Muster) konnte Karo ohne Schmerzen gucken. Trotzdem klopfte es in ihrem Kopf. Nein. Es klopfte an der Tür.

„Ja?“ Zu leise. Sie räusperte sich. „Herein.“

Lutz trat ein. Karo schloss die Augen. Sie halluzinierte. Immerhin war es eine nette Halluzination. Lutz war zu ihr zurückgekehrt. Er wollte ihr sagen, dass er alles wieder rückgängig machen wollte, angefangen bei seiner Hochzeit.

„Tag, Karo", sagte Lutz. *Nicht* liebevoll.

Karo blinzelte. Seine Krawatte hatte ein ganz erstaunliches Muster. Doch keine Halluzination. Solch ein Muster würde ihr selbst nach billigem Sekt nicht einfallen. Und der von heute Nacht war erstklassig gewesen. Die Tür fiel ins Schloss. Karo hielt sich ihren Kopf. „Nicht so laut. Bitte."

Lutz setzte sich auf den Besucherstuhl. „Wir ermitteln wegen einer Vermisstenanzeige. Maren Krenz."

„Frau Krenz ist weg?" Dann hatte sie sich also endlich aufgerafft. Gut.

„In ihrem Telefonverzeichnis taucht dein Name auf. Kannst du dir das erklären?"

„Ja. Ich habe mal für sie gearbeitet."

„In welcher Eigenschaft?"

„Sie war eine Putzkundin."

„Das habe ich befürchtet", sagte Lutz. „Deshalb habe ich zugesehen, dass ich diese Befragung übernehme."

„Wieso? Oh!" Karo setzte sich auf. „Du meinst . . ."

„Ja. Wenn rauskommt, dass du schwarz arbeitest, bist du dran. Das weißt du."

Ihre Sachbearbeiterin vom Finanzamt erstand vor Karos innerem Auge. Der war es mal wieder ein Rätsel, wie Karo von ihrem überaus mageren Gewinn der Detektei leben konnte. Erst kürzlich hatte sie bohrende Fragen nach nicht deklarierten Nebenverdiensten gestellt und angeboten, ihr eine Stelle als Lehrerin zu besorgen. Die wurden doch neuerdings dringend gesucht. Karo hatte dankend abgelehnt. Das Angebot war ein paar Jahre zu spät gekommen. Sie hatte sich an die freie Wildbahn gewöhnt.

Karo sah Lutz an. „Kein Problem. Ich werde einfach sagen, dass Frau Krenz mich als Privatdetektivin konsultiert hat."

„Aber aus welchem Grund sollte das gewesen sein?

Außerdem lenkst du damit einen Verdacht auf den Ehemann."

„Schadet ihm gar nichts. Er ist ein aufgeblasener Langweiler. Und ist nicht der Ehemann ohnehin der Verdächtige Nummer eins, wenn seiner Frau etwas passiert?" Regel Nummer 11b aus dem Kurs *In sechs Wochen zum erfolgreichen Privatdetektiv.*

„Wie erklärst du dir, dass ihm dein Name nichts sagte?"

„Der Name der Putzfrau? Ich bitte dich. Mit solchen Trivialitäten gibt der sich doch nicht ab! Außerdem habe ich ihn nur zwei- oder dreimal zu Gesicht gekriegt. Das reichte auch. Lackaffe."

„Hast du Grund zur Annahme, dass er seiner Ehefrau etwas angetan haben könnte?"

„Ich habe wirklich keine Ahnung."

„Karo! Diesen Blick kenne ich. Du weißt was!"

„Ich weiß überhaupt nichts. Vielleicht ahne ich etwas. Das ist alles. Sie wird schon wieder auftauchen. Oder sich melden. Sie ist eine ganz Korrekte . . ." Karo legte ihre Hände auf den Magen. Merkwürdig. Sie sah Lutz an. Nichts.

„Was ist?"

„Nichts." Überhaupt nichts! Kein Flattern im Magen. Keine sich im Bauch zusammenziehende Sehnsucht. Wie merkwürdig. „Ich glaube tatsächlich, ich bin über dich hinweg."

„Was? Oh. Na, ist ja auch höchste Zeit." Sein Lächeln wirkte gezwungen. „Schön."

Karo nickte. Höchste Zeit war es sicher. Aber war es auch schön? Sie hatte sich an das Gefühl gewöhnt. Sie würde es vermissen, irgendwie.

„Na gut." Lutz klappte sein Notizbuch auf. „Am besten sagen wir, sie hat mal einen Termin mit dir ausgemacht, ist aber nicht gekommen. Und dass du keine Ahnung hast, was sie von dir wollte. Und? Hast du einen anderen?"

„Nein. Das Gefühl ist einfach . . . verpufft." Nun guckte er gekränkt. Einen glutäugigen Rivalen hätte er wahrscheinlich besser wegstecken können.

„Wie geht's deinen Eltern? So, wie's aussieht, wird es ja

noch eine Weile dauern, bis sie ins Haus zurück dürfen."

Karo nickte. „Das Loch wird immer noch mit Zement aufgefüllt. Der Mann vom Bergamt meint, ein paar Monate wird die Evakuierung mindestens dauern. Der Tagesbruch ist ja fast so groß wie der in Wattenscheid vor ein paar Jahren. 350 Quadratmeter groß und 14 Meter tief. Mein Vater ist geradezu stolz drauf. Obwohl ihn der Verlust seines Autos schwer getroffen hat. Vor allem, da die Garage der Nachbarn, vier Meter weiter, nicht in der Versenkung verschwunden ist. Blöd ist, dass ich demnächst aus meiner Wohnung raus muß. Ich wollte erst mal mein altes Zimmer beziehen. Das geht jetzt natürlich nicht."

„Und wo sind deine Eltern jetzt ?"

„Ich habe sie in einer Villa in Bredeney untergebracht. Sie spielen Haussitter und fühlen sich pudelwohl. Hildegard meint, beim Friseur gelesen zu haben, dass einer der Aldis ganz in der Nähe wohnt. Nun hofft sie, ihm eines Tages über den Weg zu laufen. Sie hat da ein paar Vorschläge zum Sortiment von Aldi Nord."

„Typisch Hildegard." Lutz lächelte. Hildegard war seine Traum-Schwiegermutter geblieben, nachdem er Karo längst aus diesem Traum verabschiedet hatte.

Sie musste Moni anrufen. Die würde staunen. „Lutz, wenn das alles ist – ich muß ein paar dringende Telefonate erledigen."

„Viel zu tun hier?"

„Mh. Ja. Geht so. Außerdem muß ich mich dringend um eine neue Wohnung kümmern. Ende nächsten Monats muß ich raus. Eigenbedarf. Meine Vermieterin hat sich bedauerlicherweise in einen Witwer mit vier Kindern verliebt."

„Was ist denn mit dem kleinen Loft auf Zollverein, auf den du gespart hast?"

„Kann ich erstmal vergessen. Meine Eltern wollten mit dem Haus für meinen Kredit bürgen. Die Bank hat jetzt natürlich einen Rückzieher gemacht."

„Pech."

Karo zuckte mit den Schultern. „Ich suche jetzt was hier in der Innenstadt. Aber seit dem Artikel neulich im Südanzeiger sind noch mehr Leute auf die Idee gekommen. *Der neue Trend: Ruhiges Wohnen im Zentrum von Kommerz und Kultur.* Vorgestern hat mir so ein Fuzzi eine Wohnung am Kopstadtplatz vor der Nase weggeschnappt. Hat mich einfach mit der Miete überboten."

Jemand klopfte an die Tür. „Wenn das Kundschaft ist, Lutz . . ."

„Ja, ich geh schon. Überleg's dir noch mal. Wenn du eine Aussage machen willst –"

„Ja ja. Tschüss dann."

Lutz und ein Mann mit Hut gaben sich die Klinke in die Hand. Karo presste die Finger ihrer rechten Hand gegen die pochende Schläfe. Den Typen kannte sie.

„Guten Tag." Sonore Stimme. Gleich würde es ihr einfallen. Da war ein Kino-Zusammenhang. Ein Schauspieler?

„Sie erinnern sich?"

Karo nickte. Der schwarze Schlapphut. Es war noch nicht lange her. „Gleich fällt's mir wieder ein." Er war nicht auf Giorgios Abschiedsparty gewesen. Auch nicht bei der Premierenfeier von –

„Die Passion Christi", sagte er und nahm den Hut ab. „Der Diskussionsabend neulich."

„Ah! Ja." Da war sie doch gar nicht gewesen, oder?

„Sie wollten mich festnehmen." Seine blauen Augen zwinkerten.

Oh je. Nun wusste sie's wieder. Er war dieser Pfarrer, den sie im Garderobengedrängel mit der Hand in der Manteltasche einer Frau erwischt hatte. Nur natürlich, dass sie ihn für einen Taschendieb gehalten hatte. Er hatte nicht ausgesehen wie ein Pfarrer und sie nicht wie seine Frau. Hatte sie ahnen können, dass er einen Niesanfall kommen spürte und nur auf der Suche nach einem Taschentuch gewesen war?

„Weshalb ich hier bin", sagte er und setzte sich. „Wir brauchen Geld, wie Sie vielleicht wissen."

Wer brauchte das nicht? Und nun wollte er Schmerzensgeld für den peinlichen Zwischenfall? Karo zog eine Schreibtischschublade auf und stellte die Metallkasse auf den Tisch.

Der Pfarrer winkte ab. „Es geht um große Summen. Zum Erhalt der Kreuzeskirche. Sie haben sicher in der Zeitung gelesen, dass der Bauverein gegründet wurde und -“

Kreuzeskirche! Innenstadt! Blick auf den Weberplatz. Das wäre vielleicht noch besser. „Ach - äh, haben Sie in letzter Zeit Gemeindemitglieder verloren?“

Er schüttelte den Kopf. „Ganz im Gegenteil, auch bei uns ist eine Trendwende zu bemerken. Es werden erstaunlich viele Eintritte verzeich-“

„Ich meine Leute, die gestorben sind. Ich suche eine Wohnung.“

„Clever.“ Er schmunzelte. „Aber Sie sind nicht die einzige, die auf diese Idee gekommen ist. Ich bin schon von zwei Maklerbüros angesprochen worden. Das Viertel ist im Kommen, keine Frage. Erst der Artikel im Südanzeiger, und jetzt haben die NRZ und die WAZ das Thema aufgegriffen.“

„Also?“

Er zuckte mit den Schultern. Er würde es ihr nicht verraten.

„Aber . . .“ Er kraulte sein Kinnbärtchen. „Sie bringen mich da auf einen Gedanken. Was halten Sie davon: Ich besorge ihnen eine schöne, günstige Wohnung mitten im Altstadt-Viertel, und Sie verzichten auf Ihr Honorar.“

„Honorar wofür?“

Er beugte sich nach vorne, der Blick nun ernst. „Wie viele andere Gemeinden stecken wir in finanziellen Schwierigkeiten. Radikale Schnitte sind nötig. Kindergärten werden geschlossen. Die City-Pfarrstelle wird aufgegeben. Der Kollege in der Marktkirche wurde gebeten, sich eine neue Stelle zu suchen. Dazu kommt bei uns, dass für den Erhalt der Kreuzeskirche erhebliche Summen investiert werden müssen. Die Gemeinde ist mit den Erhaltungskosten überfordert. Deshalb wurde ja auch der Bauverein gegründet. Die Kirche steht unter Denkmalschutz. In die Restaurierung sind schon öffentliche Gelder geflossen. Das Land hat viel investiert. Auch die Stadt Essen hat sich engagiert. Geld hat sie ja selbst nicht. Trotzdem bleibt die Lage kritisch. Ein paar Ommas in unserer Gemeinde haben sogar angefangen, Lotto zu spielen."

Karo lächelte. Ihr Kater war eindeutig auf dem Rückzug.

„Will sagen: Wir brauchen Geld für den Bauverein. Viel Geld. Und es würde mir nicht leicht fallen, eine Spende von vierzigtausend Euro abzulehnen, verstehen Sie?"

Karo nickte. Und wie sie das verstand.

„Wenn mir wohlhabende Gemeindemitglieder einen Scheck überreichen, stelle ich keine Fragen. Sie bekommen ihre Spendenquittung und fertig. Wenn mir die Jungs aus dem Viertel - bei uns gibt's ja auch ein paar halbseidene Gestalten - wenn die mir Bares in den Kasten schmeißen, freue ich mich und bohre nicht weiter nach. Ich weiß, wo es herkommt, aber ich weiß auch, wie's gemeint ist. Das mache ich zwischen mir und Gott aus."

Hah. Und sie musste sich mit dem Finanzamt rumschlagen!

„Aber wenn mir eine ehrbare Witwe mit einer kleinen Postbeamtenpension plötzlich vierzigtausend Euro für den Bauverein überweist, dann stelle ich Fragen. Auf die ich bisher keine befriedigende Antwort bekam. Aber den deutlichen Eindruck, dass mehr dahinter steckt. Was genau, das will ich von Ihnen wissen."

„Sie glauben, sie hat es irgendwo geklaut?"

„Ich kann mir nicht vorstellen, wo. Doch die Kirche bedeutet ihr viel. Und an der Kreuzeskirche hängt sie besonders. Sie hat darin geheiratet. Ihr verstorbener Sohn wurde bei uns getauft und konfirmiert. Sie hat sich immer in der Gemeinde engagiert. Ich will sie nicht vor den Kopf stoßen, indem ich das Geld einfach ablehne. Aber ich will wissen, wie sie drangekommen ist. Auch ihretwillen."

„Okay." Karo zog ihren Block heran. „Die Wohnung möglichst mit Balkon. Aber vielleicht hat sie's ja im Lotto gewonnen?"

Der Pfarrer schüttelte den Kopf. „Sie spielt nicht. Außerdem hätte sie es mir dann ja sagen können, oder? Sie sagte aber nur ‚Ich habe es einfach bekommen' und hatte dabei den starren Blick eines fünfjährigen Kindes, das sich haarscharf an einer Lüge vorbeibewegt."

„Hm. Name? Adresse? Hobbys? Alter, Aussehen?"

„Margarethe Wachowiak, dreiundsechzig. Sie wohnt in der Kastanienallee. Hier ist ein Foto. Adresse und Telefonnummer habe ich auf die Rückseite geschrieben. Die zweite von rechts, das ist sie. Auf dem Pfarrfest letztes Jahr, am Handarbeitsstand."

„Hm." Mittelgroß, stabil, resoluter Blick. Das graue Haar hochgesteckt. Sie sah harmlos aus. Verdächtig harmlos?

„Ich könnte Sie als neues Gemeindemitglied einführen. So kämen Sie schnell an sie ran."

„Gute Idee! Die hätte glatt von mir sein können."

Er lächelte. „Schließlich schreibe ich Krimis. Da ist mir die Denkweise nicht ganz fremd. Zumindest in der Theorie."

Genau! Er war dieser krimischreibende Pfarrer.

„Und das bringt mich zum nächsten Punkt. In drei Wochen gehe ich nach Rom. Bis dahin müsste die Angelegenheit geklärt sein."

„Unbedingt." Karo nickte. „Spätestens." Bis dahin brauchte sie die Wohnung, wenn sie nicht auf der Straße stehen wollte. Oder auf einer Luftmatratze im Büro übernachten. Sie konnte kaum zu ihren Eltern in die Villa ziehen. „Rom? Was wird dann aus Ihrer Frau?"

„Keine Sorge. Meine Familie nehme ich mit."

Das ging? „Aber ich dachte, der Papst –"

„Ich konvertiere nicht. Ich werde beurlaubt. Es geht um meinen nächsten Roman. Ein historischer Krimi, der zum großen Teil im Vatikan spielt. Geheimnisvolle Beerdigungen auf dem deutschen Friedhof im Vatikan. Dafür muß ich umfangreiche Recherchen durchführen."

„Ein deutscher Friedhof?"

„Ja. Wenn Sie mal in den Vatikan wollen, müssen Sie zu der Schweizer Garde nur ‚Campo Santo Teutonico' sagen und man lässt sie sofort durch."

„Ich werd's mir merken." Für den unwahrscheinlichen Fall, dass sie mal einen flüchtigen Priester bis nach Rom verfolgen musste. Obwohl, man konnte nie wissen. Und vielleicht könnte es zögernde Kunden positiv beeinflussen, wenn sie, so ganz nebenbei, fallen ließe, dass sie das Passwort zum Vatikan besaß. Wahrscheinlich war sie die einzige Privatdetektivin im Ruhrgebiet, die es kannte. Oder gar in ganz Deutschland, wenn nicht in –

„Frau Rutkowsky ... ?"

Oh. „Ja. Alles klar. Woher hat sie die vierzigtausend. Und ich bin ein neues Gemeindemitglied."

„Richtig. Leider ist Frau Wachowiak nicht mehr im Chor, sonst wäre das eine einfache Methode gewesen, ihr näher zu kommen."

Karo räusperte sich und bemühte sich um einen neutralen Gesichtsausdruck. Sie sang zwar gerne, am liebsten im Auto vor roten Ampeln oder wenn der Staubsauger auf Hochtouren lief, aber Chormaterial würde sie nie sein. „Nicht mehr im Chor ... Das ist ja schade."

„Aber sie ist eine der Säulen des Handarbeitszirkels. Können Sie eine Hand-"

„Überlassen Sie alles mir", sagte Karo. Sie hatte plötzlich den Geruch des Klassenzimmers in der Nase. Nach Kreide, Staub und Sonne durch die Fensterscheiben. Frau Witpoth, ihre Handarbeitslehrerin, war geduldig gewesen, hatte Karo aber schließlich zur Vorleserin ernannt. „Ich werde schon einen Weg finden." Die Stunde des Gipsarms hatte geschlagen. Echter Stasi-Gips, mit einer cleveren Reißverschlusskonstruktion. Damit war handarbeiten unmöglich. Hoffentlich war er nicht zu eingestaubt. Na, sonst würde sie ihn anmalen. Türkisblau, wie die neuen Gummihandschuhe. „Machen Sie sich keine Sorgen. Wird schon klappen. Äh ... kommt das denn gut an bei Ihrer Gemeinde, wenn Sie sich in dieser kritischen Situation einfach aus dem Staub machen?"

Er grinste. „Ach, die können mich gar nicht schnell genug loswerden. Kaum hatte das Presbyterium von dem Vorschuss gehört, den ich erhalten soll, sobald ich die ersten drei Kapitel abliefere, waren die schon an der Leitung, um den Kirchenkreis von der Beurlaubung zu überzeugen."

„Aber wieso –"

„Ich mache fifty-fifty mit dem Bauverein."

„Wow!"

„Na ja, ich habe eine große Familie, sonst ... aber selbst der Superintendent fand das mehr als fair, wie er sagte. Und bei den Filmrechten machen wir es genauso."

„Sie glauben, Ihr Roman wird verfilmt?"

Er nickte. „Die Produzenten von *Luther* haben schon Interesse angemeldet."

Und sie hatte auf ihr Honorar verzichtet? Die Wohnung würde es hoffentlich wert sein. Vielleicht könnte sie zusammen mit dem Wohnungsschlüssel eine Spendenquittung erhalten. Über ein paar hundert Euro. Oder gar tausend, je nachdem, wie lange sie für den Job brauchen würde. Ihre Finanzbeamtin würde vom Hocker fallen. Karo lächelte. Außerdem war der Kater weg. Das Licht schmerzte nicht mehr. Sie lächelte breiter.

„Ja, wir haben uns auch gefreut."

„Und wer macht dann Ihren Job hier?"

„Das ist zum Glück kein Problem. Es haben sich sofort zwei Kollegen gemeldet, die gerne mal wieder in die Praxis einsteigen würden. Beide waren in den letzten zwei, drei Jahren mit andere Aufgaben betraut. Einer ist auch Architekt, ein Spezialist für alte Kirchengebäude; der andere hat soeben ein Gutachten über Homosexualität und Kirche fertiggestellt. *Ist schwul cool? Homosexuelle Pfarrer und Akzeptanzveränderung in Gemeinden.* Über den Titel wird noch verhandelt." Der Pfarrer stand auf. „Der Handarbeitszirkel trifft sich täglich von drei bis sieben. Bevor die Krise so akut wurde, kamen sie nur einmal die Woche zusammen. Aber jetzt stricken, häkeln, nähen, sticken sie, was das Zeug hält. Ich fürchte nur, das wird uns auch nicht aus dem Sumpf ziehen. Soll ich Sie morgen dort einführen?"

„Ich rufe Sie morgen früh an. Vielleicht fällt mir noch ein anderer Ansatz ein." Einer, in dem sie ohne den Einsatz von Nadel und Faden auskam. Beziehungsweise ohne den Gipsarm.

Kaum hatte der Pfarrer die Tür hinter sich geschlossen, rief sie Giorgios Anrufbeantworter an. „Eins a Kater-Trank, den du mir da vor die Tür gestellt hast, Schorschi! Lass das Rezept hier, ja? Gib es den Jungs im Blauen Salon. Ciao. Hab ‘nen neuen Fall.“

Sie wählte Monis Nummer an der Informationstheke in der Stadtbibliothek. „Moni? Ich bin‘s. Ich bin über Lutz weg! Er war vorhin hier und – nichts! Kannst du reden? Was sagst du dazu?“

„Heh-heh-heh!“, rief Moni. „Hast du‘s endlich auch gemerkt! Ich hab‘s schon länger vermutet. Ist ja auch höchste Zeit!“

„Kann schon sein, aber woran hast du‘s –“

„Na, als ich dir neulich erzählte, dass Dodo Dittmann Lutz und seine Frau im *Domino* gesehen hat, hast du dich überhaupt nicht verfärbt.“

„Hm.“

„Nicht mal, als ich hinzufügte, dass sie gesehen hat, wie er ihr Billardspiel lobte.“

Dodo arbeitete mit Gehörlosen und konnte von den Lippen ablesen. Bisher hatte sie sich nicht überreden lassen, Karo diese für eine Privatdetektivin wie geschaffene Fähigkeit gegen eine kleine Gebühr beizubringen. Sie wollte kein Geld dafür, sondern während der nächsten Sommerferien, wenn sie ihre Katze nicht auf deren Spaziergängen durch Holsterhausen begleiten konnte, Karo als Bodyguard für Prinzessin. Ein Fall, den sie definitiv nicht übernehmen würde. Ziemlich definitiv jedenfalls.

„Karo, übrigens, heute früh hat jemand meine Boje-Bücher-Sammlung ersteigert! Damit bin ich bei siebenundzwanzig Gästen angelangt. Gut, nicht?“

„Mensch, Moni! Wie kannst du mich jetzt an deine Abschiedsfeier erinnern – wo mir noch die von Giorgio in den Knochen steckt.“

„Ach, stell dich nicht so an. Inzwischen musst du dich an den Gedanken doch gewöhnt haben. Außerdem freust du dich für mich. Nach all den Jahren endlich meine eigene Bibliothek! Und eine feste Stelle!“

Natürlich freute sie sich für Moni. Aber musste die Bibliothek auf einem Kreuzfahrtschiff sein? In weniger als zwei Monaten würde Moni ihre Stelle antreten. Im Hafen von New York. Mit Kurs auf die Karibik. Zur Zeit war Moni dabei, ihre Besitztümer bei Ebay zu versteigern. Mit dem Erlös wollte sie ihr Abschiedsessen im *Casino* auf Zollverein finanzieren. Mit den Verkäufen stieg die Gästezahl. Karos Dessert stand schon fest: Dreierlei Crème Caramel, serviert in Mokkatassen. Sie konnte nicht genug davon kriegen.

„Hoffentlich nehmen sie die Crème Caramel bis dahin nicht vom Menu."

„Karo!", kreischte Moni. „Du bist unglaublich."

Seit sie ihren Zeitvertrag bei der Stadtbibliothek gekündigt hatte, waren Monis Hemmungen, während ihrer Dienstzeit mit Karo zu telefonieren, erheblich geschrumpft. Und vielleicht nicht nur die . . .

„Moni, ich hab da einen neuen Fall. Ich brauche dafür Infos über eine Margarethe Wachowiak. Könntest du nicht mal nachsehen, ob sie Leserin bei euch ist und was sie so ausgeliehen hat?"

„Wirklich, Karo! Du weißt, dass ich das nicht tun kann. Datenschutz. Gedankenfreiheit. Schutz der Privatsphäre. Was Leute lesen, ist ihre Sache. Das geht niemanden etwas an. Dass du immer wieder damit anfängst! Wir haben unseren Berufsethos. Lieber ginge ich ins Gefängnis, als -"

„Ja, ja. Aber wenn sie nun ein Buch über das Basteln von Bomben ausgeliehen hätte?"

Karo hörte, wie Moni etwas in den Computer tippte.

„Wenn es dich beruhigt, Karo: Sie hat keine Bücher mit auch nur im entferntesten kriminellen Inhalten ausgeliehen."

„Aber -"

„Nix. Bleibt es dabei? Morgen abend um sieben im Café Central?"

„Klar. Bis dann, Moni." Karo kippte den Rest des Katermittels runter und legte die Beine auf den Schreibtisch. Besser wäre es, sie müsste in diesem Handarbeitszirkel nicht als willige Teilnehmerin auftauchen. Sie brauchte einen anderen Ansatz. Das Geld. Frau Wachowiak hatte es überwiesen. Wo hatte die ihr Konto? Sie hätte den Pfarrer fragen sollen. In zwei Essener Geldinstituten hatte sie ... hm, Kontaktleute. Die entgegenkommender waren als zum Beispiel Moni. Es könnte aufschlussreich sein, zu wissen, wie das Geld auf Frau Wachowiaks Konto gelangt war. Hatte sie den ganzen Haufen bar eingezahlt? Wann? Oder hatte es da regelmäßige Überweisungen gegeben? Erpresste sie jemanden für diesen guten Zweck?

Karo streckte einen Arm nach dem Telefon aus, als es klingelte.

Es war der Pfarrer. „Ich traf gerade zufällig ein Mitglied des Handarbeitszirkels. Nicht Frau Wachowiak, aber ich dachte, ich deute schon mal an, dass es da ein künftiges Gemeindemitglied gibt, das gerne teilnehmen würde."

Karo verdrehte ihre Augen.

„So wie's ausschaut, wollen die Damen niemand Neues in ihren Kreis aufnehmen. Tut mir leid. Sie war recht vehement."

„Kein Problem." Eigentlich eine Unverschämtheit, sie einfach abzulehnen, noch bevor man sie kennen gelernt hatte. Wo sie eine Meisterstickerin sein könnte oder ein As im Quilten. „Können Sie sich erinnern, welche Bank oder Sparkasse Frau Wachowiak benutzt?"

Er konnte. Karo grinste. Wollte da oben jemand, dass sie die Wohnung bekam?

Und ihr Glück hielt an. Herr Schmitt war weder in der Mittagspause noch in den Ferien, sondern nahm nach dem zweiten Klingeln das Telefon ab.

Wie erwartet, freute er sich mächtig, als Karo sich meldete. Für ihn hieß das: Ein Besuch der Schwarzen Hetta stand ihm ins Haus. Vor seinem Gewissen begründete er seine Indiskretionen damit, dass er durch Karo der Gerechtigkeit diente. Der wahre Grund war, dass es voraussichtlich Jahre dauern würde, bis er auf Hettas Warteliste weit genug nach oben gerückt sein würde, um sie fest buchen zu können. Ihre Fähigkeiten beim Putzen wie ihre Formen als Frau sorgten dafür, dass sie Kunden nur durch Umzug, Tod oder plötzliche Eheschließung verlor. So musste Schmitt sich bis auf weiteres mit seltenen Besuchen der Nacktputzfrau abfinden. Sie fanden statt, wenn einer ihrer festen Kunden in Urlaub war oder wenn er Karo einen Gefallen getan hatte. Karos Seite des Deals mit Hetta war, dass sie deren potentielle Kunden auf Seriosität überprüfte.

„Margarethe Wachowiak", sagte Karo. „Sie hat kürzlich vierzigtausend auf das Konto des Bauvereins der Kreuzeskirche überwiesen. Mich interessiert, wie und woher das Geld auf ihrem Konto gelandet ist."

„Okey-dokey!" Der Jubel in Herrn Schmitts Stimme war nicht zu überhören. „Bleiben Sie dran."

Karo musste anderthalb Durchläufe der Wartemusik (*Money Money Money* von Abba) ertragen, bevor er sich zurückmeldete.

„Also ... das Geld wurde in den letzten sieben Monaten in monatlichen Überweisungen auf ihr Konto übertragen. Die Summen wuchsen mit jedem Monat. Sie bekommt es von einer dieser Firmen, die Null-Hundertneunziger-Nummern vermieten. Sie heißt Eins-Neun-Null Service GmbH und sitzt ... warten Sie ... ja, in Gelsenkirchen-Buer-Erle. Wollen Sie auch Frau Wachowiaks Nummer?"

„Die Null-Hundertneunziger? Na klar!" Karo notierte sie.

Gab Frau Wachowiak kostenpflichtige Handarbeitstipps am Telefon? War es möglich, dass eine solche Nachfrage danach bestand, dass innerhalb eines guten halben Jahres derartige Beträge zusammenkamen? Und wenn, hätte sie es dem Pfarrer nicht gestehen können?

„Darf ich noch fragen, wie es Hetta geht, Frau Rutkowsky?"

„Prächtig, Herr Schmitt, ganz prächtig. Sie ruft Sie innerhalb der nächsten Tage an, um einen Termin auszumachen, ja?"

„Danke!", sagte Herr Schmitt innig. „Vielen Dank!"

„Ach was. Ich danke Ihnen."

„Da nicht für, Frau Rutkowsky, da nicht für. Jederzeit. Auf Wiederhören."

Karo überlegte sich Fragen für die Handarbeitsexpertin. *Welche Wolle ist die beste für handgestrickte Priestersocken?* Und: *Wo findet man eine Häkelanleitung für Scheuertücher?*

war alles, was ihr auf die Schnelle einfiel. Sie wählte die Nummer und hoffte, die Minutengebühr würde sie nicht ruinieren. Sie würde sich ganz kurz fassen.

Es klingelte ein Weile, dann klickte es. Das war alles. Karo versuchte es dreimal. Ob diese Fehlversuche sie schon gekostet hatten?

Von der Auskunft (noch ein teurer Anruf!) ließ sie sich die Nummer der Firma in Buer-Erle geben. Dort wurde nach dem ersten Klingeln aufgenommen, sehr effizient. Freundlich war man auch.

„Einen Augenblick, ich überprüfe die Nummer eben. Mh . . . nein, sie funktioniert. Zur Zeit ist allerdings nur die Hinweistafel zu sehen. *Die Übertragung des Handarbeitszirkels beginnt um 15 Uhr.* Sind Sie sicher, dass Ihr Computer in Ordnung ist? Haben Sie die Leitung überprüft?"

Computer? Oh! „Öhm . . . ja, kann sein, dass der Stecker nicht richtig steckt. Da hab ich nicht dran gedacht. Dankeschön. Wiederhören."

Online-Strickkurse! Oder Häkel- oder Stick- . . . Ganz schön up to date, die Damen. Ob sie die Einnahmen am Finanzamt vorbeischmuggelten und deshalb keine Fremde in ihrer Gruppe wünschten? Das würde erklären, warum sie den Pfarrer nicht einweihten. Vermutlich waren sie nicht sicher, ob er dies noch zwischen sich und Gott ausmachen könnte oder ob er sich gezwungen sähe, sie ans Finanzamt zu verpfeifen. Hm . . . wenn handarbeiten so ergiebig war, sollte sie vielleicht doch mal einen Kurs belegen. Aber vorher musste sie rausfinden, welche Disziplin am lukrativsten war. Hoffentlich nicht Spitzenklöppelei. Eine strickende Detektivin mochte ja noch angehen. Außerdem ließen sich die Nadeln im Notfall als Waffen verwenden und waren deshalb wahrscheinlich sogar steuerlich absetzbar. Aber Klöppeln? Niemals!

Das Telefon klingelte. „Detektivbüro Karola Rutkowsky, guten –"

„Hier Maren Krenz. Hallo, Frau Rutkowsky."

„Frau Krenz! Wie geht es Ihnen? Wo sind Sie? Ihr Mann hat eine Vermisstenanzeige aufgegeben!"

„Ja, ich dachte mir, dass er allmählich unruhig wird. Deshalb rufe ich an. Würden Sie ihm ausrichten, dass es mir gut geht. Niemand soll nach mir suchen. Ich melde mich in vier bis sechs Wochen wieder, wenn ich mich entschieden habe."

„Ob Sie ihn verlassen wollen?"

„Ob ich Diakonisse werde oder eine Hundepension eröffne. Im Hochsauerlandkreis. Verlassen werde ich ihn so oder so. Ich bin in Kaiserswerth. Verraten Sie's aber niemandem. Ein Zwanziger ist an Sie unterwegs. Für Ihre Mühe. Tun Sie's?"

„Kein Problem." Diakonisse! Kleidsame Tracht. „Alles Gute." Karo sprach Herrn Krenz die Nachricht auf den Anrufbeantworter und ging runter in Mariannes Büro. Die war unterwegs zu einem Termin bei der Filmförderung in Düsseldorf und hatte sicher nichts dagegen, dass Karo mal kurz ihren Computer benutzte.

Die Übertragung des Handarbeitszirkels beginnt um 15 Uhr stand auf dem Bildschirm, handgestickt auf grau-blauem Untergrund. Die Schrift umkränzt von Vergissmeinnicht und gelben Rosen. Karo sah auf die Uhr. Reichlich Zeit für ein Nickerchen. Sie zog ihre Schuhe aus und machte es sich auf dem Sofa bequem. Von der Kettwiger Straße klangen Geräusche gedämpft in den Raum und lullten sie in den Schlaf.

Als Karo erwachte, fühlte sie sich erfrischt. Und auf ihren inneren Wecker war wirklich Verlass. So ungefähr jedenfalls. Es war zwanzig nach drei. Sie nahm ihre Schuhe rüber zum Schreibtisch und rief die Handarbeitsseite auf. Das Pausenschild war verschwunden. Man sah nun sechs . . . sieben . . . ja, acht Frauen um einen großen Tisch sitzen und handarbeiten. Sie strickten, häkelten, stickten und nähten. Keine Klöppelarbeit in Sicht. Der Tisch war mit geblümten Tassen und Kuchentellern gedeckt. Ein puderzuckerüberstäubter Gugelhupf war angeschnitten. Daneben ein Korb mit flauschiger Wolle, ein bunter Blumenstrauß, ein Teller mit aufeinandergetürmten Windbeuteln. Der gemütliche, emsige und normale Eindruck wurde lediglich durch die

Tatsache gestört, dass die Damen große Sonnenbrillen und breitrandige Hüte trugen und keine von ihnen bekleidet zu sein schien. Karo beugte sich vor. Nein: Manche trugen Schmuck. Die mit der doppelten Perlenkette könnte Frau Wachowiak sein.

„Noch etwas Kaffee?", fragte die Jüngste in der Runde und stand auf. Hut und Brille erinnerten an die von Audrey Hepburn in *Frühstück bei Tiffany*. Die Figur hatte mehr von Marilyn in ihrer üppigen Phase. Nicht übel.

„Ja, gerne. Halbvoll." Eine Mitfünfzigerin mit Gauloise-gefärbter Stimme hielt ihre Tasse hoch. Ein kurzer Blick auf eine passable Busenhälfte, dann verbarg der Wollkorb wieder die Sicht.

Eine Schmalgesichtige mit dunkelrot lackierten Fingernägeln nahm einen Windbeutel. Noch zwei Windbeutel und ihr Dekolleté beziehungsweise der Blick darauf würde mehr als großzügig ausfallen. Sie biss langsam und genüsslich in die Haube und leckte an der blassrosa Sahnefüllung. „Mh ...", sagte sie. „Mh-mh ... !"

Karo lief das Wasser im Munde zusammen.

„Ein neues Rezept", sagte die, die vielleicht Frau Wachowiak war, und beschrieb in allen Einzelheiten die Komposition der Füllung, in der pürierte Mango und Mascarpone eine Rolle spielten. Dabei senkte sie einige Male ihre Stickarbeit und man erhaschte jeweils kurz einen Blick auf ein großes Muttermal neben ihrer linken Brustwarze. „Es stand neulich in der *Brigitte*."

„Auf deren Rezepte ist immer Verlass." Die rundliche Kurze mit einem schwarzen Ascot-reifen Hut schob den Stuhl nach hinten und schlug ihre Beine übereinander. Sie trug hochhackige Goldsandalen und strickte. Die Kamera erfasste sie im Profil. Die üppigen Oberschenkel waren gut zu sehen. Busen und Bauch wurden von den erhobenen Armen und dem werdenden Pullover verborgen. Bisher jedenfalls.

„Alles klar", murmelte Karo. Da hatte sich ganz offensichtlich jemand von dem Film *Kalender Girls* inspirieren lassen. Während die Frauen aus Yorkshire den Erlös ihres damenhaften Nackt-Kalenders einem Krankenhaus gespendet hatten, floß das Geld, das diese Live-Aufnahmen einbrachten, in den Fond des Bauvereins. Wie würde der Pfarrer dazu stehen?

Karo bewegte die Maustaste, um sich abzumelden, als die mit dem Tiffany-Hut sagte: „Im Radio habe ich heute morgen gehört, wie man wahnsinnig viel Benzin sparen kann." Karo hielt inne. Benzinspartipps konnte sie dringend brauchen. „Man muß einfach mehr Luft in die Autoreifen füllen, als vom Autohersteller empfohlen."

„Wirklich?", sagte Karo.

„Das ist schon alles?", rief die Häkelnde. „Mach ich nachher sofort."

„Ich auch", sagte Karo. Sie hörte dem Geplauder noch eine Weile zu, ehe sie sich zum Abschalten zwang. Zwanzig Minuten! Und schon hatte sie mehr als ein Scherflein zum Fond des Bauvereins beigetragen.

Sie rief den Pfarrer an. „Ich habe herausgefunden, woher das Geld kommt."

„So schnell! Und? Können wir es behalten?"

„Tja. Ich finde schon. Es ist vielleicht etwas delikat."

„Delikat? Dann sollten wir es lieber nicht am Telefon besprechen. Passt Ihnen siebzehn Uhr? Jetzt muß ich zum Bahnhof, einen meiner potentiellen Vertreter abholen. Er will sich in der Gemeinde mal umschauen."

„Okay. Um fünf unten in der Bar? Bringen Sie mir schon 'ne Wohnung mit?"

„Ich bin Pfarrer und kein D-Zug. Fassen Sie sich in Geduld und vertrauen Sie auf Gott."

Karo hört ihn grinsen. Fünf Uhr. Sie würde die Zeit nutzen, um ein paar Belege zu ordnen und abzuheften.

An ihrer Bürotür klebte eine Tüte Salmiakpastillen. Sie riss sie ab. Auf der Rückseite ein Zettel. „Tschüss, caro Karo!" Von Giorgio. Drückte sich vor einem möglicherweise tränenreichen Abschied, dieser Feigling. Karo änderte ihren Kurs und stieß die Tür auf, die auf den Balkon des Kinosaals führte.

„Slow down, woman", sang Cassandra Wilson.

Karo nickte. Sie ließ sich in einen Kinosessel sinken. Vor jeder Premiere gab es so einen Probelauf. Morgen würde Wim Wenders seinen neusten Film vorstellen, *The Soul of a Man.* Karo leckte über ihren rechten Handrücken und klebte aus den Pastillen ein großes Karo darauf. Sie würde Schorschi wirklich vermissen . . . aber eine neue Wohnung hatte sie so gut wie sicher . . .

Karo schreckte auf. Sie war eingeschlafen. Zehn nach fünf! Sie überließ 148 Gramm verstreuter Salmiakpastillen ihrem Schicksal.

Im Blauen Salon war es noch nicht voll. Sie entdeckte den Pfarrer neben einem gut aussehenden Mann um die Vierzig auf einem der Ledersofas.

Beide erhoben sich, als Karo näher kam. „'tschuldigung", sagte sie. „Ich bin . . . ich war beschäftigt."

„Macht nichts", sagte der Pfarrer. „Ich habe meinen Kollegen gleich mitgebracht."

„Thomas", sagte der und hielt Karo die Hand hin. „Ich habe ihn derweil mit meinem letzten Gutachten gelangweilt."

Angenehme Stimme. Und verdammt gutaussehend. Obwohl sie ja nicht so auf Blonde stand. Machte in diesem Fall ja auch nichts. Na ja, dunkelblond eigentlich. Man könnte fast hellbraun sagen.

„Karo", sagte sie schüttelte ihm die Hand. Sie hatte damit ja kein Problem, aber was würden die Damen vom Handarbeitszirkel sagen, wenn er alle gleich duzte? War das bei schwulen Pfarrern üblich? Er ließ ihre Hand mehr als schnell wieder los. Stand wohl nicht so auf Körperkontakt mit Frauen. Na ja.

Er schmunzelte. Karo folgte seinem Blick. Die Salmiakpastillen! Karo pulte sie rasch ab und ließ sie in ihrer Hosentasche verschwinden.

„Tja", sagte sie. „Setzen wir uns doch. Also, der Fall. Ich kann offen sprechen?"

Ihr Auftraggeber nickte. „Er soll gleich wissen, welches Wespennest ihn hier erwartet."

„Nun gut." Karo berichtete.

„Du kriegst die Tür nicht zu! Meine Frau Wachowiak? Unser Strickzirkel?“

Karo nickte. „Und, werden Sie das Geld akzeptieren?“

Thomas winkte dem Barkeeper. „Ich glaube, jetzt braucht er erstmal einen Schnaps.“

Na, zumindest er schien mehr amüsiert als schockiert. Er sagte: „Das war schnelle Arbeit. Ich bin beeindruckt. Ich hatte noch nie eine Privatdetektivin in der Gemeinde.“

„Und ich noch nie einen schwulen Pfarrer“, sagte Karo, ehe sie sich bremsen konnte.

Er hob seine Brauen.

„Nicht, dass ich was dagegen hätte, Thomas“, fügte sie eilig hinzu. Überhaupt nicht. Obwohl sie es zunehmend bedauerte, blonde Haare hin oder her. Andererseits konnte man mit Schwulen wunderbar befreundet sein. Ohne Komplikationen. Vielleicht sogar, wenn er Pfarrer war.

„Tut mir leid, ich bin nicht schwul“, sagte er und grinste.

„Nicht?“ Karo spürte, wie sie rot wurde. „Aber . . . aber ich dachte . . .“

„Er ist der Architekt, Frau Rutkowsky. Und Thomas ist sein Nachname.“

„Oh.“ Sie sah ihm in die Augen. Blau-grau. Überhaupt nicht ihr Typ. Sie versuchte, Johnny Depp heraufzubeschwören. Oder wenigstens Robert Downey Jr.

Keinesfalls würde sie sich in einen Pfarrer verlieben. Niemals. Sie schielte unauffällig auf seinen Ringfinger.

Er hielt die Hand hoch. „Ich lebe getrennt. Meine Frau hat mich verlassen.“

„Ach? Ich meine . . . oh. Tut mir leid.“

„Für unsere Organistin. Vor zwei Jahren.“

„Oh.“

„Ja. Die Kinder hat sie mitgenommen.“

Gott sei Dank.

„Sie verbringen jedes zweite Wochenende bei mir. Das klappt ganz gut. Aber der Präses meinte damals, wir sollten nicht in der selben Gemeinde bleiben. Es war für die Gemeindemitglieder etwas verwirrend.“

„Wie viele sind es?“

„Gemeindemitglieder?“

„Kinder.“

„Drei.“

„Wie nett.“ Karo brachte es gerade über die Lippen. Sie fühlte sich klaustrophobisch. Fliehe, wer noch fliehen kann. Sie erhob sich und streckte ihre Hand aus. „Ich muß nun leider gehen. Auf Wiedersehen. Ich meine . . . Alles Gute.“

Er stand auf und nahm ihre Hand. Er hielt sie fest.

„Ich würde Sie gerne einmal zum Essen einladen. Heute abend. Oder morgen. Hätten Sie Zeit? Und Lust?“

Karo nickte.

Hatte sie nicht den Kopf schütteln wollen?

„Zeit? Klar. Und auch Lust! Lust zum Essen, meine ich. Ich meine . . . heute abend ginge. Warum nicht.“

Der Mensch musste schließlich essen.

Ein Pfarrer. Oh Gott. Was würde Moni dazu sagen?

Quellen der in *Süße Ruh'* (Seite 56) zitierten Gedichtzeilen:

Strick dir eine neue Seele
Aus: Geburtstagswunsch · Copyright © Margarete Bernhardt

‚Hoffnung' ist das Federding
Aus: Emily Dickinson, *Guten Morgen, Mitternacht*
Copyright © 1997 Diogenes Verlag AG, Zürich · Aus dem Amerikanischen von Lola Gruenthal · Mit freundlicher Genehmigung des Verlages

Süße Ruh' · Aus: *Im Grase* · Von Annette Freiin von Droste-Hülshoff

Es glänzt der Tulpenflor
Aus: *Sonst* · Von Josef Freiherr von Eichendorff

Ich sah des Sommers letzte Rose stehn
Aus: *Sommerbild* · Von Friedrich Hebbel

Eine Rose ist eine Rose · Heißt richtig: Rose ist eine Rose
Aus: Gertrude Stein, *Die Welt ist rund*, S. 70 (Klagenfurt 1994)

Die meisten der in diesem Band enthaltenen Geschichten erschienen erstmals in anderen Krimi-Anthologien:

Mordsgewichte, Hrsg. v. Martina Bick & Tatjana Kruse, Piper 2000 (***Dickmadam lacht***).
Rheinleichen, Hrsg. v. Ina Coelen & Ingrid Schmitz, Emons 2000 (***Ausgebadet, Fieberhafte Suche***).
Alter schützt vor Morden nicht, Hrsg. v. Anke Cibach, Gerstenberg 2000 (***Süße Ruh'***).
Teuflische Nachbarn, Hrsg. v. Ingrid Schmitz & Ina Coelen, Scherz 2001 (***Karo hat Schwein***).
Mord mit Biss, Hrsg. v. Anke Cibach, Hannah Verlag 2001 (***Requiem für einen Goldfisch***).
Tödliche Beziehungen, Hrsg. v. Ina Coelen & Ingrid Schmitz, Emons 2001 (***Die nackte Wahrheit***).
Greiffenstein, Hrsg. v. Tatjana Kruse & Anneli von Könemann, KBV 2001 (***Greiffenstein Junior***).
Die Stunde des Vaters, Verlag Ulmer Manuskripte 2002 (***Das Panama-Huhn***).
Liebestöter, Hrsg. v. Anke Cibach, Scherz 2003 (***Der Beuys von Borbeck***).
Mörderische Mitarbeiter, Hrsg. v. Ina Coelen & Ingrid Schmitz, Scherz 2003 (***Freuden der Fortbildung***).
Mords-Appetit, Hrsg. v. Ina Coelen & Ingrid Schmitz, Leporello Verlag 2003 (***After Eight***).
Schlaf in himmlischer Ruh . . ., Hrsg. v. Belinda Rodik & Reinhard Rael Wissdorf, Friedrich Wittig Verlag 2003 (***Blaubart im Schnee***).
Leise rieselt der Schnee . . ., Hrsg. v. Gisa Klönne, Ullstein 2003 (***White Christmas***).
Mord ist die beste Medizin, Hrsg. v. Monika Buttler & Alexandra von Guggenheim, Scherz 2004 (***Wunder gibt es immer wieder***).

Die Autorin

Gesine Schulz
wurde in Niedersachsen geboren und wuchs im Ruhrgebiet auf, wo sie zur Zeit wieder wohnt. Mehr als zehn Jahre verbrachte sie im Ausland (in Irland, Südamerika, der Schweiz und den USA), arbeitete in Bibliotheken oder Hotels und erlebte Abenteuerliches.

Die Autorin schreibt auch Kinderbücher, u. a. die Kinderkrimiserie »Privatdetektivin Billie Pinkernell«.

Wie es Karo erging, als sie wegen der Umbauarbeiten in der Lichtburg ihr Büro in ein Café verlegte, haben Gesine Schulz und Mischa Bach in einem gemeinsam verfassten Kurzkrimi beschrieben, der im Internet steht: »Café mit Schuss« (siehe Link auf www.gesineschulz.com).

KURZ, KRIMINELL UND PREISGEKRÖNT

Mischa Bach · Ina Coelen (Hg.)

Brillante Morde

Die besten Krimi-Kurzgeschichten aus Deutschland, Österreich und der Schweiz – nominiert und ausgezeichnet mit dem Friedrich-Glauser-Preis 2002 · 2003 · 2004

ISBN 3-936783-08-X · 192 Seiten · € 9,-

MÖRDERISCHER NIEDERRHEIN

Ina Coelen · Ingrid Schmitz (Hg.)

Mord unter Kopfweiden

Neue Kriminalerzählungen vom Tatort Niederrhein

ISBN 3-936783-09-8 · 256 Seiten · € 9,-

Tödliche Touren

Der kriminelle Reiseführer vom Niederrhein

21 Autoren liefern eine mörderische Entdeckungsreise

ISBN 3-936783-06-3 · 256 Seiten · € 9,-

Mords-Appetit

Krimi-Leckerbissen vom Niederrhein
(mit mörderisch guten Rezepten)

In 19 Kriminalerzählungen wird nach besten Rezepten geschlemmt und gemeuchelt – spannende kriminell-kulinarische Leckerbissen

ISBN 3-936783-05-5 · 256 Seiten · € 9,-

Tatort Niederrhein

Die besten Kurzgeschichten aus dem Krimi-Wettbewerb der Westdeutschen Zeitung

Jede Story trägt eine andere Handschrift – nur eines haben alle gemeinsam: den Tatort Niederrhein

ISBN 3-936783-04-7 · 256 Seiten · € 9,-

LEPORELLO KRIMI